AF289789

plaisir
d'amour

HAYLEY FAIMAN

DIRTY PERFECT STORM

DEVIL'S HELLIONS MC

Aus dem Amerikanischen ins Deutsche
übertragen von J.M. Meyer

Hayley Faiman
Devil's Hellions MC Teil 1: Dirty Perfect Storm

Aus dem Amerikanischen ins Deutsche übertragen von J.M. Meyer

Inhalt:

Kapitel 1

Henli

Bevor ich den Gehsteig verlasse, um die Straße zu überqueren, schaue ich erst nach links und dann nach rechts. Meine Absätze klacken auf dem Asphalt, meine Konzentration gilt allein der Überquerung der Straße. Ich hoffe, dass ich nicht über einen der kleinen herumliegenden Steine stolpere. Ich stehe etwa mittig auf der Straße, als ich ein Brummen wie von einem Schwarm Hummeln höre, das immer lauter und lauter wird.

Meine Schritte geraten ins Stocken.

Ich blicke die Straße hinunter in Richtung besagter Hummelgeräusche und sehe ein ganzes Bataillon Motorräder auf mich zukommen.

Mein Herz pocht, als würde es mir jeden Moment die Rippen brechen.

Die Angst kriecht durch mich hindurch.

Oh. *Scheiße.*

Auf meinen hohen Hacken werde ich es nicht schnell genug zur anderen Straßenseite schaffen. Außerdem stehe ich noch immer regungslos da und bin nicht dazu fähig, weiterzugehen.

Einen weiteren, langen Moment verharre ich in der Mitte des Zebrastreifens und starre die sich mir nähernden Motorräder an. Wie ein Reh im Scheinwerferlicht. Schließlich geht ein Ruck durch meinen Körper.

Ich versuche, mich zu beeilen.

Ich probiere es, und obwohl ich nicht gerade die Schnellste bin, gelingt es mir glücklicherweise, mich rechtzeitig in Sicherheit zu bringen, bevor ich von den Motorrädern überrollt werde. Allerdings nicht ganz unbeschadet.

Als ich fast am Ziel angekommen bin, ist mir eins der Bikes so nah, dass ich den Fahrer quasi riechen kann. Ich nehme den Geruch von Leder und Schmieröl wahr, woraufhin mir der Atem stockt. Dementsprechend entscheide ich mich dazu, das Erste zu tun, das mir in den Sinn kommt: einen großen Ausfallschritt zu machen.

Das hat zur Folge, dass ich das Gleichgewicht verliere. Ich gerate ins Straucheln und lande auf Händen und Knien – wohlbemerkt, ich trage einen Rock – mitten auf dem Gehsteig in der Innenstadt.

In einer sehr *belebten* Innenstadt.

Hier herrscht so viel Trubel, dass ich mit Sicherheit sagen kann, dass sich bereits Publikum um mich herum versammelt hat. Ich höre zwar das kollektive Aufatmen der Menge, aber wie es leider nun mal in der Arschlochgesellschaft des einundzwanzigsten Jahrhunderts üblich ist, erkundigt sich niemand, ob es mir gut geht.

Mir ist bewusst, dass meine Wangen sich knallrot gefärbt haben. Allerdings habe ich keinen blassen Schimmer, was mit dem Rest meines Gesichts los ist. Das Ganze ist mir unglaublich peinlich. Am liebsten würde ich im Erdboden versinken.

Ich atme keuchend, während ich aufschaue und versuche, eine erste Einschätzung meiner Verletzungen vorzunehmen. Ich setze mich auf den Hintern und betrachte eingehend all meine Gliedmaßen. Obwohl ich mich leicht verletzt habe, denke ich, dass ich ansonsten in Ordnung bin.

Meine Hände sind aufgeschürft, ebenso wie meine Knie, aber das wird schon wieder. Vielleicht.

Wahrscheinlich. Jedenfalls rede ich mir das selbst ein. Würde ich das nicht tun, würde ich vermutlich dasitzen und losheulen.

Dafür habe ich jetzt allerdings keine Zeit.

Ich muss mich mit meinen Kunden treffen.

Ich zwinge mich dazu, aufzustehen, und wische meine aufgeschürften, schmutzigen und blutigen Knie ab. Was für einen tollen ersten Eindruck ich wohl bei meinen Kunden hinterlassen werde? Mir bleibt leider keine Zeit mehr, nach Hause zu gehen und mich umzuziehen. Vielleicht bekomme ich es ja irgendwie hin, die ganze Zeit über hinter meinem Schreibtisch sitzen zu bleiben.

Leicht humpelnd mache ich mich auf den Weg ins Büro, wo ich das Vorgespräch mit einem Brautpaar führen werde. Ich bin nämlich Hochzeitsplanerin … nun ja, eher eine *Eventmanagerin*, die sich auf Hochzeiten spezialisiert hat. Zumindest ist es das, was ich den Leuten immer erzähle, denn ich lebe für die *Liebe*.

Ich bin total verrückt nach Hochzeiten und der damit einhergehenden Freude und dem Glück.

Dabei sein zu dürfen, wie die Märchenhochzeit anderer Menschen wahr wird, ist wahrscheinlich das Schönste, was es auf der Welt gibt. Teil dieses Moments zu sein, Träume wahr werden zu lassen und dabei zu helfen, sich selbst zu verwirklichen? Es gibt in diesem Universum nichts Besseres als das.

Ich habe meinen absoluten Traumjob gefunden.

Diesen übe ich nun schon seit sieben Jahren aus und glaube, dass ich mir mit meinen fünfundzwanzig Jahren bereits einen Namen in dieser mittelgroßen Stadt namens Tucson, Arizona, geschaffen habe. Ich reiße mir für meine Kunden ein Bein aus, weil ich will, dass jede Hochzeit perfekt wird.

Als ich meine Hand nach der Bürotür ausstrecke, höre ich hinter mir jemanden rufen. „Hey, Baby.“

Normalerweise würde ich mich jetzt nicht umdrehen, aber diese Stimme hat einen so tiefen, heiseren und sexy Klang, dass ich nicht anders kann, als es doch zu tun. Ich bin ein Riesenfan solcher Stimmen. Auch wenn er vermutlich nicht mich gemeint hat, will ich trotzdem wissen, zu wem die Stimme gehört.

Ich schaue über meine Schulter und erblicke nur ein paar Meter von mir entfernt einen Mann. Es besteht kein Zweifel daran, dass er mich, und zwar nur mich, gemeint hat, denn er sieht mich direkt an.

Aufgrund seiner Erscheinung mache ich große Augen und drehe mich sogar gänzlich zu ihm um. Er ist riesig, *wirklich* groß. Er trägt eine ausgewaschene Jeans, die wie angegossen sitzt. Als wäre sie eigens für ihn geschneidert worden. Eine Jeans, die er wohl schon seit fünfzehn Jahren Tag für Tag am Leib trägt und die nun eins mit seinem Körper geworden zu sein scheint. Ich wette, dass sie sich extrem weich anfühlt.

Außerdem trägt er ein weißes, enges T-Shirt, das zwar seinen Oberkörper bedeckt, aber dennoch die richtigen Stellen betont. An den Oberarmen und im Brustbereich sitzt es sehr eng. Es steht ihm ausgezeichnet. Er hat breite Schultern, sein Bizeps ist fast so dick wie meine Oberschenkel und seine Mitte wirkt stark und flach.

Und dann wäre da noch dieses Lederjacken-Westen-Ding, das er trägt, was verdammt sexy ist. Das dicke schwarze Leder glänzt beinahe im Sonnenlicht. Überall sind Patches aufgenäht, deren Bedeutung ich nicht verstehe. Als sich jedoch unsere Blicke treffen, spielen die Aufnäher und die Weste plötzlich überhaupt keine Rolle mehr.

Während ich in seine goldenen Augen blicke … bleibt mir regelrecht die Spucke weg.

Mein Gott, dieser Mann sieht aus, als wäre er einem Bad-Boy-Poster entsprungen. Er könnte ein Bad-Boy-Model sein. Ich sehe ihn schon mit einer Zigarette in der einen Hand und einer Flasche Schnaps in der anderen vor mir. Womit auch immer er werben würde, ich würde es kaufen, auch wenn ich es gar nicht bräuchte.

„Ich wollte mich nur vergewissern, ob es dir gut geht. Immerhin bist du vorhin gestürzt", murmelt er.

Seine sexy Stimme lullt mich ein und lässt die kleinen Härchen auf meinen Armen zu Berge stehen. Ich weiß nicht warum, aber ich habe damit gerechnet, dass er sich über mich lustig machen würde.

Doch er tut es nicht.

Stattdessen blickt er tatsächlich besorgt drein. Dass er sich aufrichtig um mein Wohlergehen zu sorgen scheint, verleiht ihm nur noch mehr Anziehungskraft.

Ich atme tief durch und plötzlich wird seine Sexyness von Mitleid überlagert, dass sich auf seinem Gesicht abzeichnet.

Das ist echt zum Kotzen.

Meine Fantasie, dass wir unseren Enkelkindern eines Tages die wunderbare Geschichte unseres Kennenlernens erzählen werden, verraucht. Er ist nur aus Mitleid stehengeblieben und ich möchte weinen und schreien. Das ist ja sowas von peinlich. Ich sollte mich bei ihm bedanken und einfach verschwinden.

Ich räuspere mich und schenke ihm ein zittriges Lächeln. „Außer meinem Stolz ist alles andere unversehrt", erwidere ich und versuche, das Lächeln zu bewahren.

Er grinst mich an und ist dabei so verdammt sexy. Es kommt mir vor, als wäre dieser Mann von einem anderen Planeten. „Okay, Babe. Wie gesagt, ich wollte mich bloß vergewissern. Ich habe dich nicht früh genug gesehen, um zu bremsen. Es war nicht meine Absicht, dich fast über den Haufen zu fahren."

„Mir geht es gut", murmle ich.

Er schenkt mir ein weiteres Lächeln und zwinkert mir zu. Dann dreht er sich um und geht. Ich weiß, dass ich das nicht tun sollte, richte aber dennoch meinen Blick auf seinen Hintern. Einen Moment lang starre ich ihn an, ehe ich den Blick höher schweifen lasse, um seine Schultern in Augenschein zu nehmen.

Während ich seinen Rücken begutachte, fällt mir auf, dass seine Weste mit goldenen Großbuchstaben bestickt ist: *Devil's Hellions MC*. Am unteren Rand der Weste steht auf einem weißen Aufnäher *Casa Grande, AZ* geschrieben. Mitten auf dem Kleidungsstück befindet sich ein Totenkopf mit roten Hörnern.

Ich finde das ein wenig gruselig, aber auch irgendwie sexy und sehr männlich. Ich habe keine Ahnung, was diese Weste zu bedeuten hat. Ich habe noch nie zuvor etwas Ähnliches gesehen, allerdings habe ich Männern auf ihren Motorrädern oder ihren Klamotten auch noch nie Beachtung geschenkt.

Ich glaube, ich habe etwas verpasst.

Ich hätte nie damit gerechnet, dass er so fürsorglich ist, aber es ist ja auch nicht so, dass ich ihn wiedersehen werde. Casa Grande ist, wenn er wirklich von dort stammt, etwa eine Stunde von hier entfernt. Ich mache mich von allen Gedanken rund um diesen Mann frei und gehe ins Büro. Ich sollte mich ein wenig frisch machen, ehe meine Neukunden hier aufschlagen.

Ich eile ins Badezimmer und schließe die Tür schnell hinter mir ab, bevor mich noch jemand in diesem Zustand sieht. Ich schalte das Licht ein und keuche auf, als ich mein Spiegelbild betrachte. Meine Frisur ist ruiniert und einzelne Strähnen stehen wild von meinem Kopf ab. Meine Hände und Arme sind schmutzig, meine Knie weisen verkrustete Blutspuren auf.

Ich nehme ein paar Tücher aus dem Papierspender, mache sie nass und beginne damit, meine Knie vorsichtig abzutupfen. Es brennt höllisch. Ein Aufschrei entfährt mir, da es sich sehr unangenehm anfühlt.

Sobald meine Beine nicht mehr ganz so schrecklich aussehen, wasche ich mir den Schmutz von meinen Gliedern. Nun bleiben nur noch meine wilden Haare übrig. Meine Finger nutze ich als Kamm und gebe mein Bestes, um sie wieder vorzeigbar zu machen. Ich bin mir nicht sicher, ob mir das gelingt, aber im Moment habe ich keine andere Alternative.

Als ich fertig bin, weiß ich, dass ich besser aussehe als noch vor ein paar Minuten, ich wirke allerdings immer noch genauso durcheinander, wie ich mich fühle. Anstatt mich über mein Aussehen aufzuregen, schließe ich kurz die Augen und atme tief ein und wieder aus.

Ich schultere meine Tasche, drehe mich um und lege meine Finger um die Türklinke. Bevor ich sie öffne, räuspere ich mich und schließe sie auf. Noch einmal tief durchatmend, trete ich aus dem Badezimmer, straffe meine Schultern und gehe zu meinem Büro.

Ich beschließe, das Beste aus diesem Tag zu machen, trotz der aufgeschürften Knie. Und ich werde alles daransetzen, um diesen Mann wieder zu vergessen. Ich setze ein Lächeln auf und bemühe mich, die Schmerzen zu ignorieren, die ich bei jedem Schritt verspüre.

Da ich mich fühle, als wäre ich tatsächlich von einem dieser Motorräder angefahren worden, mache ich mir gedanklich eine Notiz. Ich muss mir so schnell wie möglich ein paar entzündungshemmende Medikamente besorgen, da ich schon jetzt weiß, dass die Schmerzen im Laufe des Tages noch schlimmer werden. Bestimmt wird es mir morgen früh hundeelend gehen.

„Henli, deine Kunden sind in der Lobby", verkündet Grace, als ich meine Hand auf den Griff meiner Bürotür lege.

Ich drehe mich zu ihr um und setze ein falsches Lächeln auf. Ich kenne Grace, unsere Empfangsdame, nicht sonderlich gut. Sie hängt immer nur mit den Kerlen ab, die sie datet, und versucht nicht einmal, mich kennenzulernen. Obwohl ich ihre einzige Arbeitskollegin bin, abgesehen von der Inhaberin.

Nichtsdestotrotz schenke ich ihr ein Lächeln und bedanke mich höflich, bevor ich ihr in die Lobby folge. Sie verschwindet sofort wieder hinter ihrem Schreibtisch. Mit einem übertriebenen Grinsen nähere ich mich der sehr glücklich wirkenden Braut und ihrem nicht ganz so begeistert dreinblickenden Verlobten.

Dieser Eindruck ist sehr typisch.

Die Männer begleiten ihre Frauen in der Regel nur zu den Verköstigungen und wollen in den Rest der Planung nicht wirklich involviert werden. Selten ist mir ein Bräutigam untergekommen, der am gesamten Prozess teilhaben wollte. Ich frage mich immer wieder, wie solche Ehen in der Zukunft bestehen wollen.

Ich weiß, dass Hochzeitsvorbereitungen entmutigend oder langweilig sein können, eben nicht so ein Männerding. Aber ich bin immer bemüht, den Bräutigam miteinzubeziehen. Denn so sehr die Braut auch im Mittelpunkt steht, ist es auch sein großer Tag.

„Hallo, ich bin Henli Sinclair", begrüße ich die beiden und reiche ihnen meine Hand.

Legacy

Die Fahrt von Casa Grande nach Tucson dauert nicht lange, ist aber das Letzte, das ich heute tun will. Ich bin der Vizepräsident der Devil´s Hellions MC.

Als VP habe ich einen Haufen Scheiße zu erledigen, obwohl ich keinen Bock darauf habe. Eigentlich will ich bloß an Autos herumschrauben, Motorradfahren, ficken und saufen. Ich bin ein einfach gestrickter Mann mit einem simplen Geschmack.

Allerdings haben wir ein Problem mit einem Chapter unseres Clubs hier in Tucson, weshalb wir uns zu einem kleinen *Zusammentreffen* hier einfinden müssen. Mit *Zusammentreffen* meine ich, dass wir das Chapter entweder gewaltsam übernehmen oder dass sie sich verdammt noch mal fügen werden.

Doch dieses Chapter ist normalerweise keins, das sich fügt. Deshalb glaube ich, dass ab einem bestimmten Zeitpunkt Kugeln fliegen werden. Ich bin dafür gewappnet. Sogar darauf eingestellt. Es scheint so, dass ihr Präsident nicht einsehen will, die Befehle des nationalen, übergeordneten Präsidenten zu befolgen. Nämlich dem von Casa Grande.

Dieser verfickte Club war mir von Anfang an ein Dorn im Auge. Er war schon immer eines dieser Chapter, das stets versucht hat mit allem möglichen durchzukommen. Das war von Gründung an der Fall. Sogar schon zur Zeit meines Vaters und nun auch während meiner Mitgliedschaft.

Casa Grande ist das Mutterchapter des Devil's Hellions MC, des Clubs, den mein Dad gegründet hat. Er und seine Männer legten den Grundstein, vergrößerten sich und eröffneten Chapter im ganzen Bundesstaat. Deshalb ist mein Straßenname Legacy – das Vermächtnis.

Ich bin das Vermächtnis der Devil's Hellions.

Als mein Vater starb, war ich noch zu jung, um Präsident zu sein. Also wählte man Warden zum Oberhaupt und er hat dem Club viel Gutes beschert. Um ganz offen zu sein: Ich wollte damals nicht der Präsident sein und will es heute noch genauso wenig. Ich bin froh darüber, dass der Staffelstab an jemand anderes weitergegeben wurde.

Aber letztlich ist es völlig egal, wer der nationale Präsident ist, denn das Chapter in Tucson hat jahrelang nichts als Ärger gemacht, und damit ist jetzt Schluss. Mit Roadkill, der vorausfährt, sind wir durch die Innenstadt gecruist, als plötzlich etwas Unvorhersehbares geschah.

Ich bin völlig in meine Gedanken versunken, an meinen Dad, an Tucson, an alles, was ich heute noch zu erledigen habe, als ich eine verdammt gutaussehende Gestalt mit kastanienbraunen Haaren vor mir bemerke, die in höllisch heißen Highheels mitten auf einem Zebrastreifen auftaucht.

Wie aus dem Nichts stand sie plötzlich da, sodass

ich nicht mehr rechtzeitig bremsen konnte. Selbst wenn ich mich mit der Maschine abgelegt hätte, wäre ich dennoch in ihre verflucht sexy Beine gerauscht.

Fuck.

Ich sehe ihr dabei zu, wie sie auf ihren Absätzen die Flucht ergreift. Wie sie versucht, mir aus dem Weg zu springen. Irgendwie gelingt es ihr, den rettenden Bürgersteig zu erreichen, doch sie landet dabei auf ihren Händen und Knien. Aufgrund ihres Anblicks muss ich zischen und bin gleichzeitig dankbar, dass die Jungs anhalten und zu ihr hinüber schauen. Sie lassen ihre Motoren im Leerlauf brummen, woraufhin ich ihnen ein Handzeichen gebe, das ihnen zu verstehen gibt, dass ich nach der sexy Frau sehen werde.

Ich will derjenige sein, der nach ihr schaut. Ich kann nicht zulassen, dass es jemand anderes tut.

Ich schwinge mein Bein über den Sitz, steige von meinem Bike und überquere die Straße. Mittlerweile ist sie schon wieder auf den Beinen und will gerade blitzschnell in einem der Gebäude verschwinden. Ihrer Kleidung nach zu urteilen, arbeitet sie in einem Büro: In Rock und Stöckelschuhen. Sie sieht aus wie eins dieser Mädchen, die einem seriösen Job nachgehen.

„Hey, Babe", rufe ich ihr hinterher.

Sie hält an der Tür inne, dreht sich allerdings nicht zu mir um. Zumindest nicht sofort. Doch als sie es schließlich tut, geht ein Ruck durch meinen Körper. Sie ist umwerfend. Nicht nur ein bisschen, sondern verdammt atemberaubend.

Ihre großen grünen Augen weiten sich, während sie mich anstarrt. Ihr dunkelbraunes Haar ist völlig durcheinander, und ich komme nicht umhin, mir vorzustellen, dass sie nicht vom Sturz, sondern von meinen Händen in ihren Haaren beim Ficken, so zerzaust aussieht.

Ich versuche, diesen Gedanken zu verdrängen, und räuspere mich, ehe ich sie anspreche. „Ich wollte mich nur vergewissern, ob es dir gut geht. Immerhin bist du vorhin gestürzt.“

Fuck, ihre großen grünen Augen machen mich fertig. Die, in Kombination mit ihrem wilden, braunen Haar - Shit. Einfach nur *höllisch heiß*. Das ist nicht einmal ansatzweise die treffende Beschreibung für ihren Körper. Sie hat Kurven an exakt den richtigen Stellen und spielt sowas von weit außerhalb meiner Liga, dass es nicht einmal lustig ist.

„Außer meinem Stolz ist alles andere unversehrt“, erwidert sie schließlich.

Ihre Antwort ist süß, genau wie sie selbst. Sie ist wirklich verdammt niedlich. Sie sieht völlig durcheinander aus, wie nach einem Wirbelsturm, und ich will mehr über sie in Erfahrung bringen.

„Okay, Babe. Wie gesagt, ich wollte mich bloß vergewissern. Ich habe dich nicht früh genug gesehen, um zu bremsen. Es war nicht meine Absicht, dich fast über den Haufen zu fahren.“

„Mir geht es gut.“

Ich schenke ihr ein Lächeln und zwinkere ihr zu. Dann kehre ich ihr den Rücken zu und verschwinde. Ich muss mich regelrecht dazu *zwingen* zu gehen. Würde ich es nicht tue, würden die Pferde mit mir durchgehen und ich würde sie ficken. So sehr mich dieser Gedanke reizt, weiß ich dennoch, dass sie etwas Besseres verdient hat, als eine Stunde lang mein Bett zu wärmen und am nächsten Tag bereits von mir vergessen zu werden. Aber ich hätte sie schon ganz gern in meinem Bett. Ich würde jeden Quadratzentimeter ihres Körpers berühren, küssen und lecken.

Für diese eine Stunde würde sie ganz allein mir gehören.

Ich schwinge mich zurück auf mein Bike, recke eine Hand in die Höhe und gebe so das Startsignal. Die Gruppe nimmt die Fahrt wieder auf, direkt zum Tucson Chapter der Devil's Hellions, um wohlmöglich einen Krieg anzuzetteln.

Mein Motorrad summt unter mir, gleitet geschmeidig über die Straße und gerät ein wenig ins Holpern, als ich auf die unbefestigte Schotterstraße abbiege, die mich zum Clubhaus führt.

Dieser Krieg wird nicht lange andauern. Sie werden nicht gewinnen. Gegen uns hat niemand auch nur den Hauch einer verdammten Chance. Ich ziehe in keine Schlacht, von der ich mir nicht hundertprozentig sicher bin, dass ich sie auch gewinnen werde.

Kapitel 2

Legacy

Das Clubhaus kommt in Sicht. Es überrascht mich nicht zu sehen, dass es bestens gesichert ist. Ich wusste, dass das der Fall sein würde, weil ich einer der Männer war, der vor ein paar Jahren das verdammte Sicherheitsprojekt geleitet hat. Wir haben die Sicherheitssysteme aller Chapter erneuert und aufgerüstet.

Das Tor ist verschlossen, weshalb wir zum Wärterhäuschen fahren. Im Inneren sitzt ein Anwärter, ein sogenannter Prospect, allerdings bin mir sicher, dass die Kameras unsere Ankunft bereits angekündigt haben. Sie wissen, dass wir hier sind, haben aber keine Ahnung, was gleich passieren wird.

Das ist vermutlich der einzige Grund, weshalb wir nicht schon tot sind.

Das Tor öffnet sich ganz langsam, ohne dass wir erklären müssen, wer wir sind oder was wir hier zu suchen haben. Der Prospect hätte uns ein paar Fragen stellen müssen, aber da wir Mitglieder des Mutterchapters sind, hat man ihm wohl geraten, das zu unterlassen. Roadkill fährt voraus, wir folgen ihm die Sand- und Kiesauffahrt hinunter. Sie ist lang und führt uns über eine Kurve zu einer Lichtung, auf der ein Lehmgebäude im mexikanischen Stil erbaut ist. Das Haus ist zwar alt, aber noch gut in Schuss.

Als ich vor dem Gebäude zum Stehen kommen, bin ich froh zu sehen, dass einige Männer vor Ort sind.

Während ich mich umschaue, stelle ich fest, dass sie eine Metallwerkstatt haben. Die Tore zur Werkstatt stehen sperrangelweit offen. Ich kann dem Schweißer quasi bei der Arbeit zu sehen. Funken sprühen, während er eine Honda aus den Neunzigern in alle Einzelteile zerlegt. Wenigstens sind sie heute am Arbeiten, denn ihre Bücher belegen, dass sie sehr faul sind.

Als wir von unseren Bikes steigen, fliegt die Eingangstür des Clubhauses auf. Ich sehe Pig, den Präsidenten des Tucson Chapters, mit gespreizten Beinen und vor der Brust verschränkten Armen im Türrahmen stehen. Seine Lippen sind zu einer geraden Linie zusammengepresst, sein Blick ruht auf Warden, unserem Präsidenten.

„Was verschafft mir die Ehre eines unangekündigten Besuchs des Präsidenten des Mutterchapters mit all seinem Gefolge?", will er wissen.

„Wir würden uns gern mal mit euch zusammensetzen", erwidert Warden.

Pig schnaubt, nun ja, es klingt eher wie ein Schweinegrunzen, und tritt einen Schritt zurück. „Fick dich", knurrt er.

Warden reagiert nicht sofort auf die Beleidigung. Ich bin mir sicher, dass ihm ein paar Dinge auf der Zunge liegen, aber er bleibt still. Für diese Respektlosigkeit hätte Pig eigentlich den Tod verdient, doch im Moment ist es nur unser Bestreben, ins Gebäude zu gelangen, um uns einen Überblick über die Lage zu verschaffen.

„Nein, danke. Du wirst uns jetzt hereinlassen, damit wir uns ein bisschen unterhalten, klar?", sagt Warden schließlich.

Es herrscht ein Augenblick der Stille, wir starren einander an. Alle Augenpaare sind auf den jeweils anderen gerichtet. Pig wird nicht gewinnen. Nicht, dass einer von uns erwartet hätte, er würde als Sieger hervorgehen. Heute kann nur eine Seite gewinnen und das sind wir. Pig versucht, uns den Weg zu versperren, aber wir haben den ganzen verdammten Tag lang Zeit.

Wir werden darauf warten, dass er seinen verfluchten Arsch zur Seite bewegt oder ihn, wenn nötig, ohne Gespräch aus dem Weg räumen. Eine Unterhaltung, die es ihm ermöglichen würde, sich zu erklären. Keiner von uns gibt auch nur einen Scheiß darauf, wie seine Verteidigung wohl ausfallen mag. Er – und der ganze Scheißclub – hat uns verarscht. Das ist Fakt. Auch wenn wir keine stichhaltigen Beweise haben, werden wir das Chapter spätestens bis heute Abend dem Erdboden gleich gemacht haben.

Wie es für Pig üblich ist, wird er des Spiels müde und scheint genervt. Letztlich tritt er zur Seite und lässt uns das Clubhaus betreten.

Auf den ersten Blick gleicht es jedem anderen Clubhaus. Hier laufen ein paar heiße Clubmädchen herum und es gibt sogar eine Club-Mama, die dabei ist, die Tische abzuwischen und zu desinfizieren. Sie ist sicher diejenige, die den Laden am Laufen hält. Alle Frauen, egal ob Mamas oder Mädchen, hoffen darauf, unter einem Mann auf dem Rücken zu liegen, ehe die Nacht vorüber ist.

Sie sind Eigentum des Clubs.

„Und ihr seid hier, weil?", will Pig wissen, als wüsste er die Antwort nicht selbst. Sich dumm zu stellen, bringt in unserer Welt aber nur eine Sache mit sich: Nicht mehr zu atmen.

„Wir können unter vier Augen miteinander sprechen, im Versammlungssaal, oder es verdammt noch mal gleich hier und jetzt tun. Doch bevor wir

anfangen, wirst du deine Männer herholen“, verkünde ich.

Wie es seine Art ist, grunzt er lediglich. Vermutlich
ist das der Grund für seinen Straßennamen. Ich reagiere nicht darauf, obwohl ich ihm liebsten dafür die
Fresse polieren will. Ich halte mich zurück, zumindest vorerst. Ich habe nämlich das Gefühl, dass es
eher früher als später sowieso dazu kommen wird.

„Sie sind gleich hier“, entgegnet Pig und wippt auf
seinen Fersen auf und ab.

Seinem dämlichen Grinsen nach zu urteilen, hat er
sie bereits wissen lassen, dass sie sich bewaffnen sollen. Die gute Nachricht ist, dass wir alle mindestens
vier geladene Waffen bei uns tragen.

Diesen verdammten Arschlöchern wird es nicht ge-
lingen uns zu überwältigen. Anstatt weiterhin in der
Mitte des Raums zu stehen und Pigs hässliche Visage
anzugaffen, begeben wir uns an die Bar und bestellen
eine Runde, um uns die Wartezeit zu verkürzen.

Ich streiche über die abgerockte Bartheke und spüre
das Holz unter meinen Fingerspitzen. Ich kann nicht
verhindern, dass meine Gedanken zu der heißen Brü-
netten von vorhin abdriften.

Wir sind nicht hergefahren, um uns volllaufen zu
lassen, aber ein Bierchen wird sicher nicht schaden.
Ich habe das Gefühl, dass mir das bei der Scheiße,
die gleich losbrechen wird, guttun wird.

Als ich den Verschluss von meiner Flasche abge-
dreht habe, führe ich sie an meine Lippen, nehme einen kräftigen Schluck und denke weiter an die langbeinige Frau von zuvor. Sie geht mir einfach nicht
mehr aus dem Kopf. Fuck, sie war echt heiß.

Ihr Wahnsinnskörper in Kombination mit den High
Heels macht sie zu einem Mädchen, das man

unbedingt für sich beanspruchen will. Allerdings ist sie für eine Old Lady viel zu gut. Diese Frau passt eher in die Kategorie *Citizen Wife*, die man völlig vom Clubleben fernhalten muss.

Die Art von Frau, die man heiratet und mit der man Babys macht. Es käme nicht in Frage, sie auch nur in die Nähe des verdammten Clubhauses zu lassen. Niemals. Sie dürfte nicht einmal wissen, dass es existiert.

Ich denke darüber nach, wie ein solches Szenario funktionieren könnte.

Ich kenne ein paar Männer, die das in der Vergangenheit genauso gehandhabt haben, und es hat geklappt. Du hast ein Clubmädchen und sogar zusätzlich noch eine Old Lady im Club. Aber deine Citizen Wife, deine Ehefrau auf dem Papier, die Mutter deiner Kinder, weiß nichts von deinem anderen Leben. Sie ist rein, gut und unschuldig, völlig unberührt vom Dreck des Clubs.

„Was zum Teufel lässt dein Hirn so verflucht laut rattern?“, fragt Warden mich, der neben mir steht.

Ich drehe mich zu ihm hin und zucke mit den Schultern. „Du und Lydia? Wie hat das funktioniert?“

Warden ist einer der Männer, die ich kenne, die eine Citizen Wife geheiratet haben. Allerdings ist sie vor ein paar Jahren an Krebs verstorben. Ich habe seine Frau nie kennengelernt. Er hat sie nicht nur vom Clubhaus ferngehalten, sondern auch von allem, das mit seinem Leben dort zu tun hatte. In jeder Hinsicht.

Warden zieht die Augenbrauen zusammen, dann nimmt er einen Schluck von seinem Bier und räuspert sich. Ich weiß nicht, woran er gerade denkt, aber ich sehe ihm an, dass er seine Gedanken sortieren muss, ehe er mir antworten kann.

„Hast du etwas in diese Richtung vor? Gibt es jemanden?", will er wissen.

Obwohl Warden so etwas wie eine Vaterfigur für mich ist – wenn man bedenkt, dass er der beste Freund meines Dads war -, teilen wir nie unsere intimsten Gefühle und Gedanken miteinander. Privater Scheiß ist eben genau das: Privat.

„Es gibt niemanden. Ich habe nur nachgedacht."

Er brummt und reagiert nicht sofort auf meine Aussage. Erst führt er eine Hand an sein Kinn und reibt es. „Ich würde es nie wieder so handhaben."

Seine Antwort verwirrt mich. Kopfschüttelnd starre ich ihn an und warte darauf, dass er es mir erklärt. Zum Glück tut er dies auch, ohne dass ich nachbohren muss.

„Lydia hat einen verdammt großen Teil meines Lebens verpasst. Sie kannte mich nicht, zumindest nicht in Gänze. Ich habe sie jede Minute eines jeden Tages belogen. Es brauchte erst ihren Tod, um zu realisieren, dass ich mehr hätte mit ihr haben können. Mehr Zeit, mehr Momente, mehr Erinnerungen. Sie schenkte mir meine Kinder. Das Leben, das wir teilten, war gut, aber nie vollständig. Und meine Kinder wollen nichts mehr mit mir zu tun haben."

Fuck.

In diese Richtung habe ich bisher noch überhaupt nicht gedacht, doch er hat Recht. Wie hätte sie ihn je wirklich kennen sollen, ohne über diesen wichtigen Teil seines Lebens Bescheid zu wissen? Das leuchtet mir ein. Es ist eine heikle Situation und ich hätte nie gedacht, einmal selbst an diesen Punkt zu kommen.

„Wenn ich zurückspulen könnte, würde ich dann das Leben, das ich bisher hatte, nicht nochmal führen? Nein. Aber würde ich die Dinge diesmal anders angehen? Das auf jeden Fall."

Ich will gerade etwas auf seine Worte erwidern, als die Tür zum Clubhaus auffliegt und eine Gruppe von Männern den Raum betritt. Sie marschieren im Gleichschritt, ihre Stiefel schlagen bei jedem Schritt auf dem Boden auf, wie bei Soldaten. Wenn sie eine Armee wären, dann würden sie eine ziemlich beschissene Truppe abgeben.

Die Männer umzingeln den Barbereich des Clubhauses. Als sich die Frauen blitzschnell zurückziehen, kann ich mir ein Lachen nicht verkneifen.

„Showtime", murmelt Warden.

Henli

Zum Glück kommentieren meine Neukunden den desaströsen Zustand meines Aussehens nicht. Die Braut ist so sehr auf ihre Hochzeit fokussiert, dass sie nicht einmal mitbekommen hat, dass der Bräutigam bereits nach der Hälfte des Meetings eingeschlafen ist. Als ich ihn danach frage, was er sich für seinen besonderen Tag wünscht, antwortet sie für ihn. Und zwar: *Nichts.*

Sie wird eine große Herausforderung für mich darstellen, da bin ich mir sicher. Es ist nicht meine Aufgabe, ihr Paartherapeut zu sein. Wenn dem so wäre, würde ich dem Mann wahrscheinlich raten, schnellstens das Weite zu suchen. Doch ich werde schweigen und einfach meinen Job erledigen. Vor langer Zeit habe ich gelernt, den Schnabel zu halten, zu lächeln und alles zu tun, was in meiner Macht steht, um den großen Tag perfekt zu gestalten.

Nachdem das Treffen mit dem Paar beendet war,

kam es mir so vor, als hätte die Braut all meine Energie aus meinem Körper gesaugt. Das passiert von Zeit zu Zeit. Es gibt Menschen auf dieser Welt, die Energievampire sind, und sie gehört definitiv dazu.

Anstatt mich auf meinen ergonomischen Stuhl zu setzen, um ein kurzes Päuschen einzulegen, sammle ich die ganzen Ordner ein, die auf meinem Schreibtisch liegen, sowie mein Handy, mein Tablet und meine Handtasche. Ich verlasse mein Büro, schließe die Tür und gehe zu Grace' Schreibtisch hinüber, der in der Lobby steht. Ich muss für eine Weile hier raus.

„Ich bin für den Rest des Nachmittags außer Haus. Sind irgendwelche Nachrichten angekommen oder etwas, das ich wissen muss, bevor ich gehe?", frage ich sie und scrolle dabei durch meine Mails.

Da sie mir nicht antwortet, hebe ich den Kopf und sehe sie an. Ihr rinnen Tränen über das Gesicht. Ihre Unterlippe zittert. Sie sieht schockiert und sehr traurig aus.

„Heilige Scheiße, was ist passiert?", bricht es aus mir heraus. Ich vermute, in ihrer Familie hat es einen Todesfall gegeben oder dass etwas anderes Ernstes vorgefallen ist.

Grace und ich sind nicht die besten Freundinnen oder so, aber wenn man so eng mit jemandem zusammenarbeitet, wie das bei uns der Fall ist, kommt man einander zwangsläufig näher. Ich weiß zwar nicht viel über sie, doch da ich nicht herzlos bin und es nicht ausstehen kann, jemand weinen zu sehen, kann ich das nicht einfach ignorieren.

Ich werde vielleicht nicht zu Thanksgiving zu ihren Eltern eingeladen, aber ich war in der Vergangenheit auf ihren Geburtstagspartys und wir sehen einander an fünf Tagen die Woche.

„Mein Freund hat mit mir Schluss gemacht. Er hat mir einfach eine Nachricht geschickt.“

Oh Mann, das ist echt beschissen. Ich gehe nicht oft genug auf Dates, um abserviert zu werden. Dementsprechend ist es schon eine Weile her, seit ich diese Art des Schmerzes empfunden habe.

„Was für ein Arschloch. Ernsthaft. Was ist das für ein Vollidiot?“

Sie schüttelt den Kopf, wischt sich mit dem Handrücken die Tränen aus dem Gesicht und atmet tief durch. Ich sehe ihr an, dass sie versucht sich zusammenzureißen – *notgedrungen*.

So gern ich ihr auch anbieten würde, mich zu begleiten, um sie aufzumuntern, geht das nicht. Jemand muss hierbleiben, und ich habe keine andere Wahl, als den heutigen Nachmittag dafür zu nutzen, ein paar Lieferanten für meine Kunden abzuklappern.

„Wann machst du heute Feierabend?“, erkundige ich mich.

Sie starrt auf ihre Schreibtischplatte, dann hebt sie langsam den Kopf und sieht mich an. Ehe sie mir antwortet, räuspert sie sich. „Um sechszehn Uhr.“

Grace klingt so traurig und unglücklich. Ich hasse es, dass sie sich so fühlt. Sie scheint ein netter Mensch zu sein, der es nicht verdient hat, per Nachricht abserviert zu werden. Niemand hat so etwas verdient. So ein verdammter Feigling.

„Wir ziehen heute Abend um die Häuser.“

Ihre Augen werden ganz groß und ihre Lippen teilen sich. Normalerweise gehe ich nicht aus.

Nicht wirklich.

Ich bin zwar eine Stubenhockerin, aber ich igele mich auch nicht völlig ein. Ich bin aufgrund meines Jobs ständig auf Feierlichkeiten und Events und das

Letzte, das ich in meiner Freizeit möchte, ist auf noch mehr davon zu gehen. Aber in Zeiten wie diesen oder an Geburtstagen mache ich durchaus eine Ausnahme.

Außerdem glaube ich nicht, dass ich heute Abend nach Hause gehen und die Wand anstarren kann, ohne an diesen sexy Typen von vorhin zu denken. Das wäre zweifellos der Fall.

Ich brauche Ablenkung.

„Wir gehen erst einen Happen essen und danach ertränken wir deinen Liebeskummer, während wir im *Surley Viking* Leute beobachten. Das wird lustig.“

„Der Laden ist die reinste Spelunke“, murmelt sie.

Nickend lache ich. „Richtig, und genau deshalb ist er perfekt, um sich in Ruhe zu betrinken und seine Wunden zu lecken, denn es wird niemand da sein, den du kennst und der dir dabei zusieht.“

Sie holt tief Luft. „Darüber habe ich noch nie nachgedacht“, flüstert sie. „Oh, mein Gott, auch nicht darüber, dass ich ihm vielleicht über den Weg laufen könnte.“

„Deshalb gehen wir ja auch ins *Surley Viking*“, flöte ich.

Grace lächelt, und ich verspreche ihr, dass ich ihr gegen siebzehn Uhr eine Nachricht schreiben werde, um nachzufragen, ob es bei der Verabredung bleibt. Ich werde mir ein Uber rufen, weil ich es nicht mag, mir mit anderen Menschen ein Fahrzeug zu teilen. Nachdem sie meinem Vorschlag zugestimmt hat, lasse ich sie in Ruhe, um wieder meiner Arbeit nachzugehen.

Ich versuche, mich auf meine Aufgaben zu konzentriere, scheitere aber kläglich, weil meine Gedanken permanent um die Beine dieses verdammten

Mannes kreisen.

Sie waren göttlich.

Er war göttlich und ich werde ihn wohl nie wieder sehen.

Kapitel 3

Henli

Ich spiele mit dem Gedanken, mich für das heutige Abendessen und die Drinks sexy anzuziehen. So, wie ich es normalerweise handhaben würde, wenn ich die Nacht durchtanzen und meinen Spaß haben will. Letztlich entscheide ich mich aber dagegen. Dies ist kein sexy Abend. Es geht allein um Grace. Das Ziel ist es, ihren Kummer wegen ihres idiotischen Ex-Freundes zu ertränken.

Ich ziehe eine schwarze Jeans mit hohem Taillenbund an, die eng an Hüfte und Schenkeln anliegt, aber zum Glück über ausreichend Stretchanteil verfügt. An den Füßen trage ich ein Paar abgewetzte schwarz-weiß karierte Vans, die für ausreichend Komfort sorgen.

Ich ziehe mein goldenes, übergroßes Crop-Top mit V-Ausschnitt zurecht und lächle mir selbst im Spiegel zu. Ich habe mir die gleiche Frisur gemacht, wie an einem Arbeitstag. Allerdings habe ich meine Haare nach dem Desaster von heute einmal ordentlich durchgebürstet. Mein Make-up ist schlicht gehalten und etwas dunkler als am Tag. Nach meinem Sturz und den daraus resultierenden Hitzewallungen war es von Nöten, mein Make-up aufzufrischen und die Frisur auszubessern.

Mein Handy klingelt und signalisiert mir, dass mein Uber vorgefahren ist. Ich packe das Nötigste – Portemonnaie, Lipgloss und Schlüsselbund – in meine kleine Handtasche und verlasse das Haus.

Ich wohne in keinem dieser angesagten Hipsterviertel. Mein Haus ist ein kleiner Bungalow, den mir meine Chefin vermietet. Sie hat ihn gekauft, als sie noch alleinstehend war, und nachdem sie vor ein paar Jahren geheiratet hatte, suchte sie einen Mieter.

Ich war zu dem Zeitpunkt achtzehn Jahre alt und wollte meine Unabhängigkeit. Deshalb war ich mehr als glücklich, hier einziehen zu dürfen. Außerdem wohnen meine Eltern nur ein paar Kilometer von mir entfernt. Ehrlich gesagt, es hätte nicht besser laufen können. Mein Arbeits- und Privatleben haben sich wie von selbst ergeben.

Obwohl ich nicht gerade behaupten kann, dass mein Privatleben sehr abwechslungsreich wäre. Ich bin Single und zwar schon länger als mir lieb ist und die meisten Wochenende verbringe ich im Pyjama allein daheim bei einem Glas Wein.

Dankbar dafür, heute keine High Heels zu tragen, eile ich den kleinen Fußweg entlang und steige in das wartende Auto ein. Der Fahrer nennt das Ziel, ich bestätige es und bedanke mich bei ihm. Ich mache ein Selfie und poste es unterlegt mit einem kleinen Song und einigen Hashtags auf TikTok.

Ich bin keine Influencerin. Meine Posts erzielen maximal zweihundert Klicks am Tag, mehr nicht. Wahrscheinlich werden es auch nie mehr werden, aber das ist vollkommen in Ordnung. Ich weiß nicht einmal, wieso ich überhaupt etwas poste – für mich selbst, nehme ich an.

Als das Uber auf die Straße biegt, scrolle ich durch Instagram. Mir fallen ein paar Beiträge von Köchen auf, denen ich folge, und ich fange regelrecht an zu sabbern, als ich einen toll hergerichteten Teller mit Pasta sehe. Mir knurrt der Magen bei dem Gedanken an das Abendessen, das ich gleich verputzen werde.

Es dauert nicht lange, bis wir das Ziel erreichen. Ich

bedanke mich beim Fahrer, steige aus dem Wagen und schicke Grace eine Nachricht, um ihr mitzuteilen, dass ich bereits da bin und schon mal reingehen werde. Ich habe kein schickes Restaurant ausgesucht, weil ich aus irgendeinem Grund Lust auf Pasta hatte. Deshalb schlug ich einen gemütlichen Italiener vor und hoffte, dass Grace dem Vorschlag zustimmen würde.

Grace: *Ich bin in fünf Minuten da.*

Ich: *Ich werde bis dahin versuchen, nicht das ganze Brot aufzuessen.*

Grace: *Oohhhh, Kohlenhydrate.*

Lachend mache ich mich auf den Weg ins Lokal. „Einen Tisch für?", möchte die Empfangsdame wissen.

„Zwei, bitte", erwidere ich, verstaue mein Handy in der Gesäßtasche und lächle ihr zu.

Die Angestellte nickt, schnappt sich zwei Speisekarten und zeigt mir einen der freien Tische. Ich habe nicht damit gerechnet, dass wir so schnell einen Platz bekommen würden. Ich glaube, es hat nur deshalb ohne Wartezeit geklappt, weil an einem Donnerstagabend nicht ganz so viel los ist wie an den Wochenenden.

Obwohl ich bereits jetzt schon weiß, dass ich Penne mit gegrilltem Hähnchen, Pesto und gedünstetem Brokkoli essen werde, schlage ich die Speisekarte auf, nachdem ich Platz genommen habe. Ich habe keine Ahnung, weshalb ich noch einen Blick hineinwerfe, denn ich bestelle hier immer die Penne. Es ist mein

Lieblingsgericht, das hier immer fantastisch schmeckt.

Der Kellner kommt zu mir an den Tisch und stellt einen Korb mit frischem, warmem Brot vor mir ab, ehe er sich erkundigt, was ich gerne trinken würde. Ich werde den Abend mit einem Wasser starten und erst später zum Alkohol wechseln.

Ich kenne mich selbst gut genug, um zu wissen, dass ich müde werde, wenn ich die Pasta mit einem Glas Wein kombiniere. Da ich versuche, Grace eine gute Freundin zu sein, wäre es eine Beleidigung für sie, wenn ich mitten am Abend ein Nickerchen machen müsste.

Ich war noch nie mit Grace aus. Nur in Begleitung anderer zu besonderen Veranstaltungen. Tatsächlich habe ich mich noch nie mit ihr allein getroffen. Dementsprechend wenig weiß ich über sie, und vielleicht ist das auch ganz gut so.

Eigentlich habe ich nicht viele Freunde. Die meisten Leute, mit denen ich während der Highschool befreundet war, haben entweder geheiratet und Kinder bekommen oder sind aufs College gegangen und nie wieder zurückgekehrt.

Als Grace irgendwann auftaucht, wird mir bewusst, wie underdressed ich bin. Sie schaut nämlich aus, als wolle sie in einem Club feiern gehen und Männer bei lebendigem Leib verschlingen. Mir war nicht klar, dass sie bereits diese Phase der Trauer in Hinblick auf ihre Trennung erreicht hat.

Ich dachte, es würde heute darum gehen, Kalorien zu sich zu nehmen und ein paar Drinks zu kippen. Ich weiß nicht einmal, wie lange sie und ihr Freund ein Paar waren. Das hier geht mir irgendwie doch ein wenig zu schnell.

Grace nimmt mir gegenüber Platz, ein Lächeln umspielt ihre Lippen. Sie sieht nicht im Geringsten niedergeschlagen aus. Bevor ich etwas zu ihr sagen oder sie etwas fragen kann, kommt der Keller mit meinem Wasser zu uns an den Tisch und erkundigt sich, ob Grace auch etwas trinken möchte.

„Ich nehme ein Mixgetränk. Rum mit Cola Light“, antwortet sie.

Aufgrund ihrer Getränkebestellung reiße ich die Augen auf und frage mich, ob sie vielleicht diejenige sein wird, die nach der Pasta einschläft. Ich hatte nicht vor, heute Abend etwas so Starkes zu trinken. Wenn ich das tue, bin ich morgen auf der Arbeit zu nichts zu gebrauchen.

„Du siehst toll aus“, sage ich und stelle fest, dass ihre Augen weder gerötet noch aufgedunsen sind.

Sie wirkt … *glücklich*.

Irgendwie euphorisch. Irgendetwas scheint im Busch zu sein. Ich will sie fragen, ob alles in Ordnung ist, doch bevor ich dazu komme, hat sie sich schon über den Tisch gebeugt und schenkt mir ein strahlendes Lächeln.

„Es hat sich alles geändert. Einfach *alles*“, flüstert sie.

Der Kellner bringt ihren Drink und wir ordern das Essen. Natürlich bestelle ich mein Lieblingsnudelgericht, während Grace sich einen Salat aussucht. *Nur einen Salat.* Erneut möchte ich sie fragen, ob alles in Ordnung ist, doch auch diesmal gibt sie mir nicht die Gelegenheit dazu, da sie von ihrem Nachmittag zu erzählen beginnt.

„Nachdem du gegangen warst, ist nicht mehr viel passiert. Während meiner Mittagspause postete ich auf Instagram, dass ich abends mit einer Freundin ausgehen würde. Außerdem kümmerte ich mich um mein Gesicht, damit ich nicht mehr so verheult aussah. Nun ja, fünfzehn Minuten später rief *er* mich an. Er flehte mich an, ihn zurückzunehmen. Er sagte, er sei dumm gewesen und es täte ihm leid. Also sind wir jetzt wieder zusammen."

Ich starre sie an, blinzle und weiß nicht, wie ich darauf reagieren soll. Ich bin wie erstarrt und es kommt mir vor, als würde ich mich in einem Paralleluniversum befinden. Einem, in dem sie sich nicht noch vor ein paar Stunden die Augen aus dem Kopf geheult hat. Einem, in dem ihr Typ nicht per Textnachricht mit ihr Schluss gemacht hat. Nie im Leben hätte ich diesen Kerl zurückgenommen. Zumindest glaube ich nicht daran, dass ich es getan hätte. Allerdings war ich auch noch nie bis über beide Ohren verliebt. Würde ich den *per Nachricht Schlussmacher* vielleicht doch zurücknehmen? Das ist fragwürdig.

„Ich freue mich für dich", entgegne ich, ohne es ernst zu meinen. „Und was machen wir jetzt?"

Ihre Wangen röten sich und sie rutscht nervös auf ihrem Stuhl umher.

Ich bin sehr verwirrt wegen dem, was hier vor sich geht. Ich habe das Gefühl, lediglich eine Beobachterin dieser Szene zu sein und frage mich, wieso ich nicht zu Hause bin, in meinem Bett liege und mir etwas auf Netflix anschaue. Das Restaurant kommt mir plötzlich viel zu eng vor, die Luft ein wenig zu dünn. Vielleicht sollte ich den Abend einfach beenden und nach Hause fahren.

„Wir fahren natürlich trotzdem ins *Surly Viking*. Wir werden dort abhängen und uns ein paar Drinks genehmigen. Später stoßen er und ein paar seiner Kumpels dazu."

Oh, wie ätzend. Das ist das Allerletzte, was ich will. Aber anstatt meinen Unmut laut auszusprechen, lächle und nicke ich. Ich nehme mir ein Stück Brot und schiebe es mir in den Mund, um zu vermeiden, etwas Unhöfliches zu sagen.

Ehrlich gesagt, habe ich ihr eine ganze Menge mitzuteilen, aber das steht mir nicht zu. Stattdessen nippe ich lieber an meinem Wasser und widme mich dem Brot.

Legacy

„Du hast deinen Scheiß nicht unter Kontrolle. Deine Buchhaltung ist in Wahrheit bloß Bullshit. Das habe ich schon auf den ersten Blick erkannt. Dieser ganze Club bescheißt mich, hintergeht die Devil's Hellions und das lasse ich mir nicht bieten. Euer Chapter hat von Anfang an nur Ärger gemacht."

Warden ist mächtig angepisst und bereit dazu, diesen Leuten ein für alle Mal das Handwerk zu legen. Er hat Recht, sie haben nur Ärger gemacht. Ich würde Tucson abhaken, das Chapter schließen und mich nicht länger darüber aufregen, aber Warden will den Club hier unbedingt aufrechterhalten. Nur ein wenig sauberer.

Es spielt eigentlich keine Rolle, wer hier das Sagen hat. Es lief nämlich von Tag eins an beschissen. Und wir tragen alle einen Teil der Schuld, weil wir viel zu lange weggesehen haben.

„Fick dich", knurrt Pig. „Ich habe mir jeden Tag den Arsch für euch aufgerissen. Und das, obwohl du die Früchte meiner Bemühungen erntest, das verdammte Geld."

Warden lacht auf, aber es ist ein humorloses Lachen. Er ist stinksauer. „Ach ja? Bekommst du im Gegenzug keinen Schutz? Bekommst du etwa keine leichten Jobs zugeschustert? Du bist nichts weiter als ein gottverdammter Mittelsmann und du denkst du hast mehr als das verdient?“

Pig reckt das Kinn in die Höhe und versucht, Warden von oben herab anzuschauen. Der Versuch scheitert, denn wir sind alle mindestens zehn Zentimeter größer als der Wichser. Ich würde ja drauflos lachen, aber das ist es nicht wert.

„Hier läuft alles wie am Schnürchen. Wir haben unseren eigenen Scheiß am Laufen und tun, was von uns verlangt wird. Du bekommst deinen Anteil, und das war's. Wir haben eigene Geschäfte, die nichts mit euch zu tun haben.“

„Es ist mir scheißegal, was ihr am Laufen habt, solange es nicht mit unseren Interessen kollidiert. Also gibst du mir gegenüber zu, dass du uns umgehst und nicht damit aufhören wirst?“

Pig presst die Lippen aufeinander, antwortet ihm aber nicht. Einer seiner Männer tritt einen Schritt vor, woraufhin Pig eine Hand hebt, als wolle er ihn stoppen. Und es funktioniert. Der Kerl kehrt sofort an seinen Platz zurück.

„Der Scheiß wird hier genauso weiterlaufen wie bisher. Du magst das Mutterchapter der Devil's Hellions leiten, aber du bist werde ein Imperator noch der oberste verdammte Befehlshaber. Aus diesem Grund wird alles genauso bleiben, wie es verdammt noch mal ist.“

Warden lacht auf. Sein Lachen klingt ein wenig psychotisch. Er stellt das Gelächter bloß ein, um einen Pfiff auszustoßen, was für uns das Signal ist, uns bereit zu machen. Die Kacke ist sowas von am Dampfen.

Ich werde den Eindruck nicht los, dass bei diesem Aufeinandertreffen etwas nicht stimmt. Jedoch schiebe ich das Gefühl vorerst beiseite, weil ich weiß, dass Pig schon seit einer Weile ein Problem darstellt, das immer größer wird. Warden ist vermutlich ziemlich frustriert wegen ihm und aufgrund dieser ganzen Sache.

„Reiß dich zusammen, Pig. Du hast aufs falsche Pferd gesetzt. Du bestimmst nicht, was passiert. Und schon gar nichts, was den Club betrifft. Du lebst im Grunde genommen in einer verfluchten Diktatur. Ich weiß nicht, wie du darauf kommst, es wäre anders."

„Fick dich, Warden. Scheiß auf dich und deinen Club."

Nun bin ich derjenige, der pfeift. Das war das zweite Zeichen, dass der Scheiß jeden Moment los geht. „Das sind krasse Worte", sage ich in warnendem Ton. „Du bist der Präsident. Ihr alle habt einen Eid für diesen Club geschworen, für die Devil's Hellions."

„Scheiß. Auf. Den. Eid."

Und es geht los.

Es geht verdammt noch mal los.

Wir ziehen alle gleichzeitig die Waffen, als wären wir synchronisiert worden. Dann bricht verflucht noch mal die Hölle los. Warden und ich richten unsere Knarren auf Pig, der grinst, als hätte er soeben den Hauptpreis gewonnen.

„Ist es das, was du willst?", fragt Warden.

Abermals reckt Pig das Kinn in die Höhe, ein Lächeln umspielt noch immer seine Lippen. Er scheint völlig verrückt geworden zu sein. Seine Aufmerksamkeit wandert zwischen Warden und mir hin und her. Dann tritt er einen Schritt vor und presst seine Stirn gegen den Lauf von Wardens Waffe.

„Erschieß mich doch, du Wichser, denn ich werde ganz bestimmt nicht den Schwanz einziehen.“

Warden zögert nicht. Er drückt den Abzug, woraufhin Pigs Kopf explodiert. Es herrscht ein Moment lang völlige Stille.

Der ganze Raum ist wie erstarrt.

Dann bricht die Hölle los.

Einer von Pigs Jungs stößt einen Schrei aus und kommt auf uns zugestürmt. Ich reagiere geistesgegenwärtig und richte meine Knarre auf ihn.

Um uns herum hagelt es Kugeln. Es sind Schreie und Rufe zu hören, dann wird es wieder still. Ich lösche ein paar Leben aus, aber zum Glück verlieren wir selbst keinen Mann.

Als Pigs Männer irgendwann kapitulierend die Hände in die Höhe recken, wird es ganz ruhig im Raum.

Ich habe keine Ahnung, was zum Teufel wir mit den Jungs machen sollen, die noch am Leben sind. Ich bin mir nicht sicher, ob man ihnen trauen kann. Sie gehören Pigs Truppe an und es ist bekannt, dass Pig nicht gerade vertrauenswürdig war. Wenn sie am Leben bleiben wollen, werden sie verdammt schnell singen müssen.

Ich schaue Warden an und ziehe eine Augenbraue in die Höhe. Er räuspert sich und positioniert sich mittig im Raum, während alle anderen ihn umzingeln. Er ist ihr verdammter König und das weiß er.

„Entweder ihr seid auf meiner Seite, die der Devil's Hellions, oder ihr seid gegen uns. Dies ist eine

Bruderschaft. Egal, welchem Chapter man zugehörig ist, unsere Leben sind miteinander verbunden. Wir bilden keine eigenen Einheiten, weil wir eine Bruderschaft sind. Wenn jemand damit nicht einverstanden ist, nicht Teil der Devil's Hellions sein will, dann seht ihr direkt hinter mir die Tür."

Abermals wird es ganz still. Ich blicke auf die Männer herunter, die am Boden liegen. Blut fließt aus ihren Körpern auf den Betonboden. Ich kann den Eisengehalt in ihrem Blut reichen, denn der Geruch flutet den Raum. Ich würde lügen, wenn ich behaupte, dass mir der Duft nicht gefällt.

Keiner, der noch steht, rührt sich.

Sie bleiben alle wie erstarrt an Ort und Stelle.

Als ich meinen Blick von Mann zu Mann schweifen lasse, kann ich das Zögern in ihren Gesichtern ablesen. Niemand bewegt sich auf die Tür zu. Dennoch beschleicht mich das Gefühl, dass wir heute Nacht einige Männer verlieren werden.

Für gewöhnlich wird ein Abtrünniger zurückgeholt, um ihm die Tätowierung, die ihn an uns bindet und ihn als Mitglied der Devil's Hellions kennzeichnet, mit einer heißen Klinge aus der Haut herauszuschneiden. Oder man würde ihm auf der Stelle eine Kugel in den Kopf jagen.

Doch ich glaube, dass diese Regel für den heutigen Abend außer Kraft gesetzt wird, denn so etwas, was hier vorgefallen ist, gab es noch nie zuvor. Zumindest nicht, solange ich denken kann.

Roadkill reckt räuspernd das Kinn in die Höhe. Er ist bereit, von hier zu verschwinden. Wir sind alle erschöpft, blutverschmiert und müssen noch etwas Dampf ablassen. *Fuck.* Ich bekomme die Kleine nicht mehr aus meinem Kopf.

Warden räuspert sich ebenfalls. „Wir sehen uns morgen Mittag zu einem Meeting wieder. Wenn ihr versucht, zwischenzeitlich irgendeinen Scheiß abzuziehen, werdet ihr euch dafür vor mir verantworten müssen."

„Was zum Teufel wird mit uns passieren?", fragt einer der Männer mit kratziger Stimme. Er sieht aus, als hätte man ihm die Scheiße aus dem Leib geprügelt, denn er ist voller Blut und Schmutz. Er hat sich gut geschlagen – er lebt schließlich noch. Auch wenn er diese Runde technisch gesehen verloren hat, ist er dennoch ein Gewinner.

Warden reagiert nicht sofort auf seine Frage. Erst atmet er tief ein, dann lange wieder aus. Er schaut jeden einzelnen Mann im Raum an, ehe er seine Aufmerksamkeit wieder dem Kerl widmet, der ihn angesprochen hat.

„Das wirst du morgen früh erfahren."

Kapitel 4

Henli

Das Mädchen, das mir geschrieben hat, dass es sich vollfressen will, scheint wohl nicht zu unserer Verabredung erschienen zu sein. Grace hat einen großen Bogen um ungesundes Zeug gemacht, sie hat einmal daran gerochen.

Nicht, dass ich ihr das übelnehmen würde.

Es gab eine Zeit in meinem Leben, in der ich selbst nichts angerührt habe, was auch nur an Kohlenhydrate erinnerte. Es war eine düstere Zeit, weil ich an nichts anderes als an Kalorien denken konnte und sogar von ihnen geträumt habe. Ich schätze, ich bin einfach bloß ein wenig überrascht, dass sie das Brot verschmäht hat, besonders nach unserem Nachrichtenaustausch. Jetzt gerade reibt sie sich auf der Tanzfläche an jenem Typen, der sie per Textnachricht abserviert hat. Ihr Freund sieht genauso aus, wie ich ihn mir vorgestellt habe: Wie ein riesiges Arschloch.

Und dann wären da noch die Freunde des Trottels. Sie sehen genauso aus wie er und verhalten sich auch so.

Einer der Kerle beugt sich zu mir herunter, um mir etwas ins Ohr zu flüstern. Sein warmer Atem streift über meine Haut, woraufhin ich mir augenblicklich wünsche, er würde das unterlassen. Er dringt in meine persönliche Komfortzone ein. Das würde mir vielleicht gefallen, wenn ich auch nur einen Müh attraktiv fände. Doch dieser Mann hält sich für eine Sahneschnitte und das turnt mich total ab.

Außerdem ist er überhaupt nicht mein Typ – also so gar nicht. Ich meine, in der Highschool hätte ich ihn vielleicht süß gefunden, aber ich lebe mittlerweile zu lange in der realen Welt. Kerle wie ihn habe ich schon oft kennengelernt und daher weiß ich, dass er bloß ein narzisstischer Arsch ist, der dich mit Haut und Haar verzehrt, wieder ausspuckt und noch ein paar Mal auf dir herumtrampelt, bevor er dich links liegen lässt.

Ich rücke so weit wie möglich von ihm ab, rümpfe die Nase und führe mein Wasserglas an die Lippen. Allerdings scheint er den Wink mit dem Zaunpfahl nicht zu verstehen.

Er kommt wieder näher heran, sein Blick ruht auf meinem Getränk. Die Situation ist mir nicht nur unangenehm, sondern auch geradezu unheimlich. Er lehnt sich zurück, was mir ein oder zwei Zentimeter Luft zum Atmen verschafft, und ich nippe an meinem Wasser.

Er sieht mir dabei zu, wie ich die Flüssigkeit herunterschlucke. Während ich einen Schluck nach dem anderen nehme, beobachtet er mich genaustens.

Irgendwie wird mir warm. Ich bin mir nicht sicher, ob es daran liegt, dass der Typ mir so dicht auf die Pelle gerückt ist, oder ob jemand die Heizung angestellt hat oder so. Ich brauche dringend Abstand. Deshalb leere ich mein Glas ganz schnell, woraufhin er komischerweise seine Lippen zu einem Lächeln verzieht. Ich ignoriere sein seltsames Grinsen und denke darüber nach, wie ich hier wegkomme.

Kaum, dass ich mein Glas weggestellt habe, ist er auch schon wieder ganz dicht bei mir. Sozusagen direkt vor mir. Ich kann mich nicht auf sein Gelaber konzentrieren, weil es mir scheißegal ist und weil sich die Luft in dieser Bar schlagartig verändert.

Die Stimmung wird eine andere, und als ich der

Ursache dafür auf den Grund gehen möchte, ist dieser völlig banal.

Der Biker.

Er ist hier.

Der von heute Vormittag, der sich dafür entschuldigt hat, mich fast über den Haufen gefahren zu haben. Und er ist absolut atemberaubend. Er ist noch genauso riesig wie in meiner Erinnerung. Seine Muskeln sind nicht zu übersehen. Sein kurzes Haar ist durcheinander und perfekt, als wäre er mit dem Motorrad hierher gefahren. Ich bin mir sicher, dass er mit seinem Bike hier ist.

Ich erinnere mich noch sehr detailliert an ihn.

Er checkt die Bar ab, sein Blick schweift durch den Raum. Ich habe den albernen Wunsch, dass er mich entdeckt, hierherüber gerannt kommt, mich in seine Arme zieht und festhält. Dass er mir nah ist, dass er mich gegen sich drückt.

Ich stelle mir vor, wie er seinen Mund auf meinen legt und meine Lippen mit einem rauen und verführerischen Kuss versiegelt. Anschließend trägt er mich aus der Bar zu seinem Motorrad, woraufhin wir in der Dunkelheit davonfahren.

All das passiert in meiner Fantasie.

Die Realität ist vermutlich viel düsterer.

In Wahrheit beobachte ich aus der Ferne, wie er sich auf einen Barhocker setzt. Er lässt das Sitzmöbel total klein erscheinen, die Bar wirkt winzig. Ich sehe, wie ihm ein Bier serviert wird. Seine langen, kräftigen Finger umschließen die Flasche, die er an seine Lippen führt, um einen Schluck zu nehmen. Das Bier rinnt ihm die Kehle hinab. Es ist sinnlich oder vielleicht bin ich auch einfach nur so scharf auf ihn, dass es mir so vorkommt.

Er ist in Begleitung von ein paar Jungs, die allesamt kräftige, sexy Muskelpakete sind. Von mir nimmt er keine Notiz. Er weiß nicht, dass ich hier bin, und das ist wahrscheinlich auch besser so. Ich bezweifle, dass ich überhaupt wüsste, wie man mit so einem Mann umzugehen hat.

Ich stoße einen Seufzer aus und wende mich wieder dem Trottel zu, der mir ein Ohr abkaut. Ich habe keinen blassen Schimmer, was er bisher zu mir gesagt hat. Ich habe ihn und das Gespräch, das er eher mit sich selbst als mit mir führt, ausgeblendet, weil ich ihm keine Aufmerksamkeit schenken will.

Ein Song nach dem nächsten dröhnt aus den Boxen.

Grace und ihr Arschloch sind noch nicht wieder zurück. Sie reiben ihre Körper auf der Tanzfläche aneinander, sogar zu schnellen, poppigen Liedern. Es ist so bizarr. Es ist mir unangenehm, ihnen bei ihrem Balztanz zuzugucken. Allerdings bin ich nicht dazu in der Lage, wegzusehen. Wie bei einem Zugunglück.

Der beste Kumpel vom Arschloch hat endlich aufgegeben, mich anzubaggern. Er sitzt zwar immer noch recht nah bei mir, unterhält sich aber mittlerweile mit seinen Freunden.

Laut gähnend beschließe ich, dass der Abend für mich zu Ende ist. Ich muss morgen arbeiten und es ist bereits spät. Ich schnappe mir meine Handtasche und schultere sie. Allerdings kommt es mir so vor, als würde ich meine Bewegungen in Zeitlupe ausführen.

„So, meine Herren, es hat Spaß gemacht", sage ich. Während ich spreche, fühlt sich meine Zunge an, als wäre sie viel zu groß für meinen Mund. Es ist ein seltsames Gefühl, dass ich noch nie zuvor verspürt habe. Das ist nicht normal und ich weiß nicht, was mit mir los ist. Ich wünschte, ich wäre bereits zu Hause im Pyjama.

Als ich aufstehe, fühlen sich meine Beine wie Wackelpudding an. Fast geben sie unter mir nach. So, als wären sie eingeschlafen.

Die Musik klingt, als würde sie in weiter Ferne gespielt.

Ich wende mich von den Jungs ab und marschiere in Richtung Toiletten davon. Plötzlich wird mir ganz warm. Nein, nicht bloß warm. Mir wird unglaublich heiß. Vielleicht sollte ich mir etwas kaltes Wasser ins Gesicht spritzen, bevor ich nach Hause fahre. Vermutlich wird mich das etwas herunterkühlen und gleichzeitig wieder wacher werden lassen.

Ich stolpere regelrecht durch die Bar. Mein Körper reagiert nicht so, wie ich das will. Mir entgleist die Kontrolle trotz der flachen Schuhe, die ich trage, obwohl ich normalerweise immer sehr beherrscht bin. Als ich auf der Tanzfläche mit jemandem zusammenstoße, ringe ich nach Atem. Ich sehe den Mann an, mit dem ich kollidiert bin.

„Es tut mir so leid", probiere ich zu sagen. Die Worte verlassen aber meine Lippen nicht auf die gleiche Weise, wie ich sie im Kopf habe.

Der Fremde starrt mich an, seine Hand liegt um meinen Ellenbogen. Sein Gesichtsausdruck signalisiert Verwirrung. Er fragt mich, ob es mir gut geht. Seine Stimme klingt schallend, als würde er in einem Tunnel stehen. Der Griff um meinen Ellenbogen wird fester. Er hebt den Kopf und spricht mit jemandem, aber ich verstehe nicht, was er sagt.

Mir ist schleierhaft, was hier vor sich geht. Ich reiße mich von ihm los und versuche, zu den Toiletten zu gelangen. Bei jedem Schritt, den ich tue, schwanke und stolpere ich. Doch ich gebe mir große Mühe, mich aufrecht zu halten.

Als ich endlich in den spärlich beleuchteten Flur einbiege, verweigern meine Beine den Dienst. Ich kann mich nicht länger auf ihnen halten. Egal, wie sehr ich mich auch anstrenge, mein Körper gehorcht mir nicht mehr. Als ich nach der Türklinke greife, knicken meine Beine weg und ich falle zu Boden.

Plötzlich tauchen die Freunde vom Arschloch neben mir auf.

Alle drei.

Der Typ, der mir den ganzen Abend über einen Knopf an die Backe gelabert hat und seine zwei Freunde.

„Scheiße, Baby, du bist ja völlig im Arsch. Wir bringen dich hier raus", sagt derjenige, der die ganze Zeit über an mir klebte.

Meine Hirn-zu-Mund-Koordination funktioniert nicht wirklich. Ich versuche, ihm mitzuteilen, dass ich keinen Tropfen Alkohol getrunken habe – ich hatte nur Sprudelwasser -, aber ich bringe die Worte nicht heraus.

Mein Kopf kippt zur Seite weg und ich spüre, wie meine Augen sich drehen. Ich weiß nicht, wieso ich das fühle, doch mein Körper scheint empfindlicher als üblich zu sein. Zudem kommt es mir so vor, als würde ich die Szene aus weiter Ferne beobachten, wie eine unbeteiligte Zuschauerin.

Es ist beinahe eine außerkörperliche Erfahrung.

Ich nehme alles wahr. Allerdings ist mir das Sprechen und Bewegen unmöglich. Ich probiere, meine Augen zu öffnen, bekomme sie aber nur einen Spalt breit auf. Dann versuche ich, den Kopf anzuheben, was jedoch auch nicht so richtig funktioniert.

Der beste Freund vom Arschloch zerrt mich aus dem hinteren Teil der Bar weg. Die anderen Kerle sind ihm dicht auf den Fersen. Ich versuche, meine Füße auf den Boden zu stellen, doch es klappt nicht.

Ich wünschte wirklich, ich hätte mir seinen Namen gemerkt – irgendeinen ihrer Namen -, aber da ich wusste, dass ich sie nach heute Abend ohnehin nie wieder sehen würden, spielten sie keine Rolle.

Plötzlich ist er fort. Sie sind alle weg und ich falle um. Ich kann nicht einmal meine Arme ausstrecken, um den Sturz abzupuffern. Kurz bevor ich jedoch auf dem Boden aufschlage, legen sich zwei starke Arme um meinen Körper.

„Es wird alles wieder gut, Babe.“

Die Stimme, die zu den Armen gehört, ist tief und rau. Ich kann sie niemandem zuordnen, aber sie wirkt dennoch tröstlich auf mich. Aus welchem Grund auch immer fühle ich mich sowohl geistig als auch körperlich sicher. Und dann wird alles um mich herum pechschwarz.

Legacy

Nachdem ich die Bar betreten habe, checke ich die Lage. Ich entdecke sie – die Frau von heute Vormittag – inmitten einer Gruppe Kerle. Sie wirken allesamt wie verdammte Arschlöcher.

Was sie mit Sicherheit auch sind.

Ich bleibe, wo ich bin, und beobachte die Situation aus der Ferne, denn ich weiß, dass ich diese Frau nicht verdiene. Ich würde sie bloß zerstören, würde ich mich an sie ranmachen. Ausnahmsweise bin ich bemüht, ein anständiger Kerl zu sein.

Aber nur dieses eine Mal.

Ich weiß nicht einmal, ob ich übermorgen noch hier sein werde. Das mit ihr und mir wäre eine einmalige Sache und ich habe das Gefühl, dass mir das nicht reichen wird. Sie hat, ohne Zweifel, mehr zu bieten als einen geilen Hintern.

Ich habe nicht die Zeit, ihr die Aufmerksamkeit zu schenken, die es braucht, um sie zu meiner Citizen Wife zu machen. Vor allem, weil wir ein paar Stunden auseinander wohnen.

Ich muss aufhören, über solche Optionen nachzudenken. Aber nun, da ich sie wiedersehe … *Fuck* … ich will sie.

Je länger ich sie beobachte, desto mehr wird mir bewusst, dass sie sich äußerst unwohl zu fühlen scheint. Mit diesen Männern ist sie wohl nicht befreundet. Sie sieht so aus, als wäre sie lieber woanders, aber ich mische mich da nicht ein.

Zumindest noch nicht.

Die Art und Weise, wie einer der Typen mit ihr umgeht, ist plötzlich anders. Er lehnt sich entspannt zurück, während sie völlig weggetreten wirkt. Nicht mehr so unbehaglich wie noch vor ein paar Augenblicken. Ihre Augenlider senken sich langsam, ihre Bewegungen werden träger und ihre Reaktionszeit wirkt vermindert. Es ist schwer zu beschreiben, aber wie schon gesagt, sie scheint völlig weggetreten zu sein.

Ich winke den Barkeeper zu mir heran. „Ich möchte dieser Dame dort einen Drink spendieren", sage ich und deute auf die Frau von heute Vormittag. „Was trinkt sie denn so?"

Warden, der neben mir sitzt, räuspert sich, sagt aber nichts weiter. Er hat mir den verdammten ganzen

Abend über gesagt, ich solle meine Nase nicht in Angelegenheiten stecken, die mich nichts angehen. Er scheint mitbekommen zu haben, dass ich sie beobachte. Dementsprechend wird er wissen, dass sie nicht in meiner gottverdammten Liga spielt.

Roadkill sitzt zu meiner anderen Seite und knurrt. Er hasst diese Art von Arschlöchern ganz besonders. Laut ihm verfolgen solche Leute nur ihre eigenen Interessen und glauben, sie seien die Oberkracher. In Wahrheit sind sie aber Nieten. Ich kann solche Typen ebenfalls nicht ausstehen, aber wie gesagt, ich versuche, mich nicht einzumischen.

„Die Brünette?", hakt der Barkeeper nach. Brummend richte ich meinen Blick wieder auf sie. „Drinks? Sie hatte nur Wasser."

Sofort bin ich in höchster Alarmbereitschaft. Sie sieht nämlich nicht wie ein Mädchen aus, das nur Wasser getrunken hat. Auf einmal steht sie auf und durchquert die Bar in Richtung Toiletten.

Auf der Tanzfläche stößt sie mit einem Mann zusammen, woraufhin mein Blick von ihr zu den Mistkerlen wandert, mit denen sie gerade noch zusammensaß. Sie grinsen für meinen Geschmack ein bisschen zu überheblich, stehen allesamt auf und eilen ihr hinterher. Sie stolpert vor sich hin und wirkt verdammt verloren. Dann verschwindet sie in den Flur.

„Scheiß drauf", knurre ich und stehe auf.

Ich höre Schritte hinter mir und weiß sofort, dass Warden und Roadkill mit von der Partie sind. So wie immer. Als wir den Korridor erreichen, ist einer der Vollidioten gerade dabei, sie hochzuheben. Ihre Beine sind wackelig, wie verdammte Spaghetti.

„Scheiße, Baby, du bist ja völlig im Arsch. Wir bringen dich hier raus", sagt einer der Wichser lachend.

Die anderen beiden schlappschwänzigen Vollidioten lachen ebenfalls. Scheiß auf diese Dreckssäcke.

Ich greife nach den Schultern des Anführerbastards und reiße ihn zu mir herum. Ich sehe, wie daraufhin das Mädchen aus seinen Armen gleitet und zur Seite kippt, doch glücklicherweise ist Roadkill zur Stelle um sie aufzufangen. Er flüstert ihr etwas zu, das ich leider nicht hören kann. Ich konzentriere mich voll und ganz auf das Arschloch vor mir.

Ich hole aus, balle meine Hand zur Faust und schlage sie direkt gegen den Kopf des Wichers. Warden macht dasselbe mit den anderen beiden Scheißkerlen. Sie gehen sofort zu Boden. Ich lache laut auf, denn verdammt, wir haben überhaupt nicht fest zugeschlagen.

„Bitte nicht. Du kannst sie haben. Sie ist vorbereitet und startklar", wimmert er.

Dann höre ich Wasser plätschern. Ich blicke auf seinen Schritt und muss beim Anblick der Pisse, die seine Hose flutet, lachen.

„Du wolltest sie also vergewaltigen?", frage ich ihn.

Sein Blick wandert zwischen uns Bikern umher. Von einem zum anderen. Dann sieht er wieder mich an. „Ich, äh … ich, äh …" Er stammelt vor sich hin, dieses gottverdammte Weichei.

„Also, ja", schnaube ich. „Du bist ein wertloses Stück Scheiße."

Abermals hole ich aus und lasse meine Faust seitlich gegen seinen Kopf krachen. Ohne dem noch etwas hinzuzufügen, gehe ich zu Roadkill, der das Mädchen noch immer fest im Arm hält. Ich gehe in die Knie, lege meine Schulter an ihren Bauch und hebe sie hoch. Sie baumelt kopfüber an meinem Rücken.

„Wie willst du sie hier wegschaffen?", will Roadkill

wissen.

Ich schaue ihn an und grinse. „Ich schätze, ich rufe mir ein gottverdammtes Uber.“

Er nickt. „Wir warten mit dir.“

Es dauert nicht lange, bis der bestellte Wagen eintrifft. Ich kann die Nervosität des Uberfahrers regelrecht spüren, während er uns zum Hotel fährt. Das hier sieht gar nicht gut aus: Die Frau ist total weggetreten und ich bin ein bekanntes Mitglied der Devil's Hellions. Aber er wird nichts sagen. Dafür werde ich schon sorgen.

Ich krame einen fünfzig Dollarschein aus meiner Brieftasche und drücke ihm das Geld dankend in die Hand, nachdem er vor dem Hotel vorgefahren ist. Ich zerre das Mädchen aus dem Auto und trage sie hinein. Die Jungs sind uns auf ihren Bikes hinterhergefahren und stellen die Maschinen auf dem Parkplatz ab.

Warden öffnet unsere Hotelzimmertür und tritt dann einen Schritt zurück. „Ich penne heute Nacht bei Roadkill. Wenn du etwas brauchst, schreib mir eine Nachricht.“

Am liebsten würde ich ihn bitten, nicht zu gehen, denn ich habe keine Ahnung, was die Typen ihr gegeben haben oder ob und wann es ihr schlecht gehen wird. Sie würde wahrscheinlich lieber sterben, als sich vor irgendwem die Seele aus dem Leib zu kotzen. Schon gar nicht vor Warden oder mir, da wir beide zwei verfluchte Fremde sind.

Nickend trage ich sie ins Zimmer und lege sie sanft auf dem Bett ab. Sie stöhnt auf, sagt aber nichts.

Ich berühre mit meinen Fingern ihren Hals und überprüfe ihren Puls. Er ist da und stark, was schon mal gut ist. Ich ziehe ihr die Schuhe aus, werfe sie zu

Boden und betrachte die Frau.

Sie ist wunderschön. Allerdings hat sie sich nicht für eine Partynacht entsprechend gekleidet. Ich komme nicht drum herum, mich zu fragen, was zum Teufel sie heute Abend in dieser Bar und vor allem mit diesen Vollidioten zu suchen hatte.

Da sie weiterhin ohnmächtig ist, schnappe ich mir meine Jogginghose, ziehe meine Kutte aus und hänge sie an den Türknauf der Zimmertür.

Nachdem ich mir die bequeme Hose angezogen habe, ziehe ich mir das Shirt über den Kopf und werfe es in meine Reisetasche.

Dann sehe ich sie wieder an. Sie liegt vollkommen ruhig da. Sie sieht fast wie eine gottverdammte Puppe aus. Eine wunderschöne, langbeinige, verdammt sexy Puppe.

Ich hole den leeren Mülleimer aus dem Bad und stelle ihn neben ihr auf den Fußboden. Anschließend ziehe ich sie aus, weil ich sie nicht in ihren Klamotten schlafen lassen kann. Wenn sie sich vollkotzt, hat sie morgen nichts zum Anziehen.

Obwohl ich mir sicher bin, dass sie nackt noch besser als angezogen aussieht, will ich sie auf keinen Fall nackt nach Hause gehen lassen.

Ich versuche, der Sache nichts Sexuelles beizumessen und ziehe ihr die Klamotten aus. Es fällt mir verdammt schwer, nicht auf ihre Titten, die in einem verflucht verführerischen BH stecken, zu starren, während ich sie des Oberteils entledige. Als ich ihr die Hose ausziehe, erregt auch ihr Slip meine Aufmerksamkeit.

Fuck.

Ihr Körper ist kurvenreich und eine echte Versuchung. Ich möchte meine Zähne in ihrer Haut versenken, wieder und wieder. Ich will sie lecken, alles von ihr kosten und sie ficken. Ich hole ein T-Shirt aus meiner Tasche und ziehe es ihr über den Kopf, um sie zu bedecken. Auch wenn es mir persönlich lieber wäre, alles von ihr zu sehen … dass sie weiter nackt bleibt – nur für mich.

Ich steige ins Bett, schalte den Fernseher ein und suche nach etwas, das ich mir anschauen kann. Nach ein paar Augenblicken entscheide ich mich für eine Sitcom aus den Neunzigern. Wenig später brummt mein Telefon.

Warden: *Wie geht es der Patientin?*

Ich lache auf, ehe ich ihm antworte. Mein Daumen fliegt schnell über das Display.

Ich: *Sie schläft.*

Warden: *Sie bedeutet wahrscheinlich Ärger.*

Ich: *Vermutlich.*

Warden: *Du bist genau wie dein Vater. Ich bin stolz auf dich.*

Ich: *Das kannst du auch sein.*

Ich lege mein Telefon auf den Nachttischschrank, rücke mir das Kopfkissen zurecht und lege mich hin. Wahrscheinlich werde ich heute Nacht kein Auge zu bekommen, aber ich sollte mich trotzdem ein wenig ausruhen.

Die Sitcom läuft leise im Hintergrund weiter,

während ich versuche, mich zu entspannen.

Ich schaue noch eine Weile fern und schlafe dann irgendwann doch ein.

Kapitel 5

Henli

Mir tut alles weh, ich sterbe.

Zumindest fühlt es sich so an. Mein Mund ist so trocken, als hätte mir jemand Wattebällchen hineingestopft. Meine Muskeln und sogar meine Knochen schmerzen. Einfach jeder Teil meines Körpers tut auf irgendeine Weise weh.

Ich öffne die Augen und presse sofort darauf fest meine Lippen aufeinander. Irgendetwas ist falsch. Etwas stimmt ganz und gar nicht.

Was zum Teufel?

Wo zur Hölle bin ich?

Ich schaue nach links und nach rechts und versuche, den Ort, an dem ich mich befinde, auf mich wirken zu lassen, ohne mich dabei zu rühren. Ich habe absolut keine Ahnung, wo ich bin oder wer mit mir hier ist und mich im Blick behält. Obwohl ich nicht das Gefühl habe, beobachtet zu werden, spitze ich dennoch die Ohren und halte den Atem an, aber ich höre rein gar nichts. Ich spüre auch nicht, dass jemand in der Nähe ist. Ich scheine allein zu sein, an diesem fremden Ort.

Langsam drehe ich den Kopf, um das Zimmer in Augenschein zu nehmen. Ich sehe ein Bett und es sieht danach aus, als hätte jemand darin geschlafen. Allerdings kann ich niemanden ausmachen, der noch darin liegt. Mittlerweile bin ich mir sicher, dass ich in einem Hotelzimmer bin.

Doch wo?

So vorsichtig ich kann, richte ich mich auf und setze mich hin. Ich bin tatsächlich allein. Aber so sehr mich dieses Wissen auch trösten sollte, tut es das nicht wirklich. Ich schlucke. Zusätzlich zu dem staubtrockenen Wattemund habe ich schreckliche Kopfschmerzen und einen Kloß im Hals, der einfach nicht verschwinden will.

Ich habe Angst.

Ich bin in einem Hotel, irgendwo. Ich könnte mich überall im Land befinden. Das Letzte, an das ich mich erinnere, ist, dass ich mit diesen Trotteln an einem Tisch in dieser Bar saß. Und ich kenne nicht einmal ihre Namen.

Ich hole tief Luft und schlage mir eine Hand vor den Mund. Ich frage mich, ob sie mich vielleicht hierher verschleppt haben, um mich zu vergewaltigen.

Vielleicht haben sie es schon getan.

Oh mein Gott.

Als ich an mir herunterblicke, stelle ich fest, dass ich meine Klamotten nicht mehr trage. Mein Herz beginnt zu rasen. Ich fahre mir mit der Hand über die Brust und seufze auf, da ich meinen BH ertaste. Dann lege ich die Hände auf meine Hüften und seufze abermals erleichtert auf, weil ich auch noch meinen Slip anhabe.

Ich weiß, dass das nicht zwangsläufig bedeutet, dass ich nicht vergewaltigt wurde, aber es ist zumindest ein gutes Zeichen. Wenigstens gibt mir das ein bisschen Seelenfrieden.

Ich steige aus dem Bett und versuche, mich auf meinen zittrigen Beinen zu halten, strauchele aber rückwärts. Ich greife nach dem Kopfteil des Hotelbettes, um das Gleichgewicht wieder zu erlangen.

In meinem Oberstübchen hämmert es so stark, dass ich das Gefühl habe, mich übergeben zu müssen. Ich zwinge mich dazu, einen Schritt nach vorn zu machen, dann noch einen. Meine Schenkel und Knie sind so wackelig, dass ich mir nicht sicher bin, ob ich es bis ins Bad schaffen werde.

Ich bleibe kurz stehen, als das Bedürfnis, mich übergeben zu wollen, mich erneut übermannt. Jetzt weiß ich, dass allerhöchste Eile geboten ist. Ich spüre nämlich, wie mir die Magensäure die Kehle hinaufsteigt. Sie schmeckt säuerlich und brennt, aber zum Glück tragen mich meine Beine so schnell voran, dass ich mich nicht auf dem Boden erbreche.

Ich renne ins Bad und lasse mich vor der Toilette auf die Knie sinken. Gerade noch rechtzeitig, um meinen Mageninhalt zu entleeren.

Die ganze Pasta, das Brot und das Wasser von gestern Abend kommen wieder heraus und ich bin fast wehmütig, weil das Essen so grandios war. Und sehr teuer.

Meine Mutter hat mir vor langer Zeit eingeimpft, dass man gutes Essen niemals wieder erbricht. Ich habe mich daran gehalten und war immer stolz darauf. Wenn ich schon nicht all ihre Regeln beherzigt habe, dann zumindest diese.

Das kann ich nun nicht mehr von mir behaupten.

Stöhnend spüle ich ab und stehe auf, wobei meine Beine nun etwas weniger zittern als noch vor ein paar Augenblicken.

Ich schaue mich erneut um und bin dankbar, dass sich zumindest mein Kopf etwas besser anfühlt. Ich zwinge mich dazu, aufzustehen, wende mich dem Waschbecken zu und nehme eine Handvoll Leitungswasser in den Mund, um den ekeligen Geschmack vom Kotzen loszuwerden.

Als ich mich im Spiegel betrachte, erschaudere ich. Meine Augen weiten sich und ich stoße aufgrund des schrecklichen Spiegelbilds einen entsetzten Schrei aus. Dann drehe ich mich um, kehre ins Schlafzimmer zurück und erstarre, da ich nun nicht länger allein bin.

Legacy

Als ich ins Hotelzimmer zurückkehre, ist das Bett verwaist. Ich habe ihr einen dieser Kaffees mit Karamellaroma, Schlagsahne und ein paar verdammten Schokostreuseln drauf besorgt, den Mädels so gern mögen. Außerdem habe ich ihr Muffins gekauft, um die Kopfschmerzen zu vertreiben, die sie höchstwahrscheinlich haben wird.

Plötzlich höre ich es: Das Geräusch, wie jemand die Toilette vollkotzt.

Sie haben ihr irgendeine Vergewaltigungsdroge verabreicht, um sie zu benutzen. Diese Wichser hatten vorgehabt, ihr weh zu tun. Nachdem ich sie gleich nach Hause, in Sicherheit, gebracht habe, werde ich die Kerle aufspüren müssen, denn mir reicht es nicht, dass einer sich die Hose vollgepisst hat.

Man muss ihnen die Pisse aus dem Leib prügeln.

„Was in aller Welt?", fragt sie flüsternd.

Meine Lippen verziehen sich zu einem Lächeln und ich mache einen Schritt auf sie zu. „Kaffee und Muffins", murmle ich und halte beides in die Höhe.

Ihr Blick ruht auf meinen Fingern und ihr schockierter Gesichtsausdruck geht ganz langsam in Verlangen über. Ich habe das Gefühl, dass die Anziehungskraft diesmal nicht von mir ausgeht. Sie sieht so aus, als könnte sie Muffins und Kaffee wirklich gebrauchen.

Ich gehe auf sie zu und halte ihr die Tüte mit den Backwaren sowie den Kaffeebecher hin.

„Danke", haucht sie.

Sie nimmt mir die Sachen ab und geht zu dem kleinen Tisch mit den beiden Stühlen hinüber. Sie setzt sich, öffnet die Tüte und atmet den Duft des Inhalts stöhnend ein.

Nachdem sie Platz genommen hat und damit beginnt, die Tüte auszupacken, lasse ich mich auf dem Stuhl ihr gegenüber nieder, führe meinen Kaffeebecher an meine Lippen und nehme einen Schluck. Währenddessen beobachte ich sie. Selbst unter Drogeneinfluss oder nachdem sie gekotzt hat, ist sie immer noch verdammt schön.

„Möchte ich wissen, was passiert ist?"

Ich neige den Kopf zur Seite und schaue sie einen Moment lang an. „Wer waren die Typen von gestern Abend?"

Keine Ahnung, wie gut sie sie kennt – ob sie mit einem von ihnen ein Date hatte oder was zum Teufel das sonst war. Also warte ich ihre Antwort ab. Mir jucken die Finger, weil ich sie so dringend berühren will. Doch anstatt das zu tun, klopfe ich sanft mit den Fingerspitzen auf die Tischplatte.

Sie blickt auf ihren Muffin und hebt anschließend den Blick, um meinem zu begegnen. Sie sieht ein wenig verunsichert aus. Ich kann mir beim besten Willen keinen Reim darauf machen, was sie mir wohl erzählen wird.

„Ich kannte sie nicht. Noch nie zuvor bin ich auf sie getroffen. Ich war nur dort, weil meine Arbeitskollegin, Grace, und ihr Freund sich getrennt hatten. Ich lud sie zu einem Abend voller Männerverachtung ein. Bevor ich mich mit ihr traf, waren sie allerdings schon wieder zusammen, und er und seine Freunde kreuzten in der Bar auf. Diese Typen gehörten zu ihrem Freund. Ich habe sie wirklich noch nie zuvor gesehen", erklärt sie mir.

Fuck.

Was für Arschlöcher.

Sie sind genau das, für was ich sie gehalten habe. Also sollte ich keine verdammten Skrupel haben, sie alle zu verprügeln. Und auch keine gottverdammte Zurückhaltung wegen des Bastards verspüren, der sich wie eine verfluchte blöde Pussy eingepisst hat. Wenn ich die Zeit zurückdrehen könnte, hätte ich ihnen schon vor Ort die Ärsche aufgerissen.

Innerlich nickend beschließe ich, dass ich sie finden und mich um sie kümmern werde. Sie werden diesen Scheiß nie wieder mit einer Frau abziehen.

„Ich bin mir ziemlich sicher, dass sie dir irgendetwas ins Wasser gekippt haben. Sie hatten dich schon fast aus der Bar geschleift, als ich sie aufhielt."

Sie kommentiert das nicht. Stattdessen stochert sie in ihrem Muffin herum, bis sie mich mit tränenverschleierten Augen ansieht. „Du hast mich gerettet?"

Ihre Worte sind zwar nicht lauter als ein Flüstern, aber ich kann ihnen dennoch deutlich die Emotionen entnehmen. Sie ist verdammt wütend. Das wäre ich auch, wenn jemand mich mit bösen Absichten vollständig außer Gefecht gesetzt hätte.

Anstatt sie in meine Arme zu schließen und sie auf meinen Schoss zu ziehen, wie ich es gern tun würde, bleibe ich, wo ich bin, und belasse es dabei, sie anzusehen. Ich will sie nicht noch weiter verängstigen. Stattdessen möchte ich sicherstellen, dass es ihr gut geht.

Sie scheint kurz vor einem Zusammenbruch zu

stehen.

Plötzlich holt sie tief Luft, schaut mich an und verzieht die Lippen zu einem kleinen, zittrigen Lächeln. Sie scheint sich zu sammeln, ehe sie das Wort ergreift. „Ich weiß nicht einmal, wie du heißt“, haucht sie mit weicher, süßer Stimme.

„Legacy“, erwidere ich.

Sie neigt den Kopf zur Seite. „Legacy? Das Vermächtnis? Ist das wirklich der Name, der auf deiner Geburtsurkunde steht?“

Nun bin ich derjenige, der grinst.

Kopfschüttelnd nehme ich einen weiteren Schluck von meinem Kaffee.

Ich muss mich entscheiden, was sie für mich ist. Eine stinknormale, Citizen Wife, ein Niemand oder mehr als das? Ist sie es wert, mein Ein und Alles zu sein? Eine schwierige Entscheidung, da ich nicht einmal ihren verdammten Vornamen kenne, geschweige denn weiß, wie gut wir im Bett miteinander harmonieren.

„Nein, er steht nicht auf meiner Geburtsurkunde, Babe“, lautet meine einzige Erklärung.

Sie schaut auf ihren Muffin herab, reißt sich ein Stück ab und steckt es sich in den Mund. „Ich heiße übrigens Henli.“

Ein süßer Name.

„Schön, dich kennenzulernen.“

Ihre Wangen färben sich rot, was zum Kontrast ihrer blassen Haut und den dunklen Haaren verflucht gut aussieht. Sie führt den Muffin an ihre Lippen und nimmt einen großen Bissen.

Das ist höllisch niedlich.

Wirklich gottverdammt hinreißend.

Ich weiß nicht, ob ich je zuvor eine Frau niedlich

oder süß gefunden habe. Genauso wenig wie ich noch nie eine Frau hinreißend und sexy zu gleich wahrgenommen habe, aber so geht es mir nun mal mit ihr – mit Henli.

Ich sehe ihr dabei zu, wie sie ihr Frühstück isst und den Kaffee trinkt. Ich nehme an, dass sie über gestern Abend nachdenkt, und sie scheint damit klarzukommen. Doch plötzlich weiten sich ihre Augen und sie zuckt zusammen.

Henli beugt sich vor. „Hast du mich gestern Nacht ausgezogen?“

Lachend zucke ich mit den Schultern. „Ich wusste nicht, ob du deine Klamotten vollkotzen wirst oder nicht. Ich wollte sie bloß vor Schaden bewahren, damit du nicht in vollgereierten Sachen nach Hause fahren musst“, erkläre ich ihr.

Ihr Blick wird wieder etwas entspannter, ebenso wie der Rest ihres Gesichts. „Das war wirklich sehr nett von dir. Es ist aber nichts zwischen uns gelaufen, oder?“

„Ich habe nichts mit Frauen, die unter dem Einfluss einer Vergewaltigungsdroge stehen. Also nein, es ist nichts zwischen uns passiert.“

Ich weiß nicht wieso, aber ich fühle mich durch ihre Frage ein wenig beleidigt. Obwohl es eine berechtigte Frage ist. Immerhin habe ich ihr die verdammten Klamotten ausgezogen und ich bin ein Fremder. Sie hat absolut keine Ahnung davon, was für eine Sorte Mann ich bin. Sie weiß gar nichts über mich.

Sie nickt. „Ich habe mich noch nie in einer solchen Situation befunden. Es tut mir leid.“

Ihre Worte klingen weich und traurig. Ich möchte, dass sie weiß, dass ich nicht im Geringsten sauer bin. Sie wirkt auf mich, als wäre sie den Tränen nah und das ist der Moment, in dem ich meine Entscheidung treffe. Wenn, dann kann ich sie nur zur Frau nehmen. Das ist mir jetzt klar. Sie ist nicht taff genug, um meine Old Lady zu sein.

Dafür ist sie zu weich. Zu zart. Zu süß.

Henli ist nicht aus dem Holz geschnitzt, aus dem die Clubmädchen und Old Ladies gemacht sind. Dieser Augenblick hat mich einsehen lassen, dass sie nicht stark genug ist. Ich muss sie von diesem Teil meines Lebens fernhalten, sie davor beschützen.

„Alles in Ordnung, Babe."

Sie nickt und blickt wieder auf ihr Essen, um den letzten Rest ihres Muffins zu verputzen.

„Wie geht es jetzt weiter?", will sie wissen. Sie macht auf mich den Eindruck, als wäre sie unterwürfig, als würde sie sich kleiner machen, als sie eigentlich ist.

Ich lächle ihr zu. „Du trinkst in Ruhe den Kaffee aus, dann ziehst du dich an und ich bringe dich nach Hause."

„Ich kann mir auch ein Uber rufen."

„Du *wirst* dir sogar ein Uber rufen, weil ich dich nicht auf meinem Bike mitnehmen kann. Schließlich muss ich noch den ganzen Kram von hier mitnehmen. Aber ich werde dich trotzdem begleiten."

Ihre Lippen formen ein stummes Oh.

Verdammt noch mal.

Ich weiß nicht, ob ich sie hinter mir lassen kann. Sie hat etwas an sich, das mir gestern auch schon aufgefallen und bis heute nicht verschwunden ist.

Einen Moment lang starre ich sie an und frage mich, auf was zum Teufel ich mich gerade eingelassen habe. Denn ich habe das Gefühl, dass das, was auch immer es ist, einen verdammt heftigen Sturm mit sich bringt. Und ich habe keine Ahnung, ob ich deswegen aufgeregt oder zu Tode erschrocken sein sollte. Aktuell bin ich jedenfalls verflucht euphorisch.

Ich kann kaum erwarten, dass unsere Reise endlich los geht.

Kapitel 6

Legacy

Ich schicke Warden eine Nachricht, um ihm mitzuteilen, dass ich Henli nach Hause bringen und mein Bike von der Bar abholen werde. Er antwortet mir nicht. Wahrscheinlich, weil er noch nicht wach ist. Normalerweise beginnt unser Tag erst spät. Letzte Nacht habe ich beschissen geschlafen, weil ich mir Sorgen um dieses Mädchen gemacht habe und wegen dem, was diese Arschlöcher ihr gegeben haben. Deshalb war ich verflucht früh wach. Nun, geschlafen habe ich nicht wirklich. Außerdem kann von aufstehen nicht so richtig die Rede sein, denn strenggenommen bin nicht wirklich ins Bett gegangen.

Als das Uber eintrifft, rufe ich Henli zu, dass wir gehen müssen. Ich blinzle ein paar Mal, als sie die Badezimmertür öffnet.

Sie ist wunderschön.

Mit den Fingern fährt sie sich durch ihr dunkles Haar. Das Make-up, das ihr Gesicht verunstaltet hat, ist sie mittlerweile losgeworden. Sie trägt wieder die Klamotten von letzter Nacht: Jeans, flache Schuhe und mein Shirt, das sie an der Taille zusammengeknotet hat.

Fuck.

Mein Oberteil steht ihr phänomenal. Wenn ich sie doch nur hochheben und zu meinem Bett tragen könnte, um ihr zu zeigen, wie verdammt scharf sie darin aussieht.

Ich würde es auf der Stelle tun.

Aber das geht nicht, weil sie dafür noch nicht bereit ist … noch nicht. Sie hatte eine harte Nacht.

Aber sie wird irgendwann dazu bereit sein.

Sie wird mich verdammt noch mal anflehen, es zu tun.

„Startklar?", frage ich sie.

Ihre Handtasche fest umklammernd nickt sie mir zu. Ich öffne die Hotelzimmertür für sie und lasse ihr den Vortritt. Wir nehmen die Treppe ins Erdgeschoss. Ich bin direkt hinter ihr, behalte ihre Bewegungen im Blick und suche nach Anzeichen, ob die Drogen von letzter Nacht irgendwelche Auswirkungen haben.

Ich öffne ihr die hintere Fahrzeugtür und lasse sie zuerst einsteigen. Dabei erhasche ich einen Blick auf ihren runden Hintern. Ich mache mir zu ihrem Arsch die mentale Notiz, sie lieber früher als später von hinten zu ficken, damit ich die Aussicht auf ihren herzförmigen Po genießen kann.

Ich lasse mich neben sie auf die Rückbank sinken. Sie bestätigt dem Überfahrer die Zieladresse. Ich präge mir Hausnummer und Straßennamen ein, denn ich habe das Gefühl, dass ich in Zukunft ein regelmäßiger Gast in ihrem Haus sein werde.

Während der Fahrt schweigen wir.

Diese Fahrt kommt einem Walk of Shame gleich. Ich lache fast, wegen dieses Gedankens. Doch es stimmt, denn ich trage meine Kutte und sie mein Shirt. Natürlich lache ich nicht laut auf, denn sie hätte gestern ernsthaft verletzt werden können. Ich bin immer noch mächtig angepisst wegen dem, was beinahe passiert wäre.

Ich frage mich, ob ich je herausfinden werde, wer diese Bastarde sind. Ich bin nämlich fest entschlossen, sie zu finden und ihnen die Scheiße aus dem Leib zu prügeln. Wild entschlossen sogar.

Noch ehe wir das Ziel erreichen, buche ich das Uber für eine weitere Fahrt. Als der Fahrer an der Bordsteinkante anhält, bitte ich ihn, einen Moment zu warten. Mit einem Nicken bestätigt er mir, dass er mich verstanden hat.

Ich öffne die Wagentür, jogge zu Henlis Seite und helfe ihr beim Aussteigen. Als sie das Auto verlassen hat, sieht sie zu mir auf. Sie ist verdammt hübsch. Ihre grünen Augen sind auf mich gerichtet.

„Danke, Legacy", murmelt sie. Beim Aussprechen meines Namens, rümpft sie die Nase. Es kommt mir so vor, als könne sie meinen Straßennamen nicht ausstehen.

Meine Antwort ist ein simples Brummen. Ich nehme sie bei der Hand und führe sie zur Haustür. Sie hat Mühe, mit mir Schritt zu halten, und bleibt stehen, als wir den Eingangsbereich erreicht haben. Sie legt den Kopf in den Nacken, ihr Blick sucht abermals den meinen und sie lächelt mir zu.

„Soll ich das Haus überprüfen, um sicherzustellen, dass alles in Ordnung ist?", frage ich sie.

Sie schaut zur Haustür, dann wieder zu mir. „Die wissen doch gar nicht, wo ich wohne."

„Und das Mädchen, mit dem du eigentlich den gestrigen Abend verbringen wolltest?"

Sie schüttelt den Kopf. „Sie weiß es auch nicht. Zumindest glaube ich das."

Ich senke den Kopf, hebe eine Hand und streichle ihr über die Wange. Etwas, von dem ich genau weiß, dass ich es besser lassen sollte. Ich trete einen Schritt näher an sie heran und berühre ihren Mund mit meinen Lippen für einen flüchtigen Kuss. Dann trete ich wieder zurück.

Verdammte Scheiße. Fuck. Ich habe definitiv noch

nicht genug von ihrem Geschmack. Ich will mehr. Genau hier und jetzt.

Sie schmeckt süß, nach Karamellkaffee, aber gleichzeitig auch einen Hauch salzig. Ich will alles von ihr, das Süße und das Salzige.

Ich neige den Kopf zur Seite und gebe ihr so zu verstehen, dass sie die Haustür aufschließen soll. Sie starrt mich an, ihre Augen sind groß und ihre Lippen einen spaltbreit geöffnet, um atmen zu können. Sie steckt den Schlüssel ins Schloss, sperrt auf und öffnet die Tür.

„Danke, Legacy. Danke, dass du mich letzte Nacht gerettet hast."

„Ich würde es jederzeit wieder tun. Verdammt noch mal, sogar eine Million Mal."

Ich wende mich von ihr ab, gehe zum Uber und steige ein. Dann schaue ich noch einmal zu ihr. Als mein Blick auf die Frontseite ihres Hauses trifft, ist sie bereits im Bungalow verschwunden. Auch wenn ich gern noch eine Kostprobe von ihr genommen hätte, bin ich froh, dass sie nun sicher in ihrem Haus ist.

Als wir vor der Bar vorfahren, hat der Fahrer immer noch kein Wort mit mir gewechselt. Es freut mich, dass mein Bike noch genau dort steht, wo ich es gestern abgestellt hatte. Zum Glück scheint es unversehrt zu sein. Ich hoffe, dass diese Arschlöcher nicht dahinter gestiegen sind, dass die Maschine mir gehört, und versucht haben, irgendeinen Scheiß mit ihr anzustellen. Sie entsprechen nämlich genau der Sorte Typen, die solche Dinge tun würden.

Ich bedanke mich beim Fahrer und lasse ihm etwas Trinkgeld zukommen. Dann steige ich aus dem Wagen und gehe zu meinem Bike. Ich steige auf die

Maschine und schaue mich auf dem Parkplatz um. Keine weiteren Autos. Es gibt keinen Beweis dafür, was sich hier letzte Nacht zugetragen hat. Es ist beinahe schwer zu glauben, dass das, was passiert ist, tatsächlich stattgefunden hat.

Aber es ist passiert, und nun bin ich völlig am Arsch. Ich will diese Frau. Ich will sie für immer.

Mein Handy brummt, weshalb ich es aus der Hosentasche nehme. Ich schaue aufs Display, grinse und streiche mit dem Daumen darüber.

Warden: *Hast du sie für dich beansprucht?*

Schnaubend schüttle ich den Kopf, bevor ich ihm antworte.

Ich: *Ich habe sie soeben zu Hause abgesetzt. Hab mein Bike geholt. Bin nun auf dem Rückweg. Wir haben einen Club zu übernehmen.*

Warden: *Klingt, als hättest du einen Plan.*

Ich verstaue das Handy wieder in der Tasche, starte mein Motorrad und fahre los. Zurück zum Hotel, zurück in mein Leben. Weg von Henli. Ich weiß nicht, ob ich es schaffe, mich von ihr fernzuhalten, aber ich sollte es ihr zuliebe probieren.

Henli

Ich presse meinen Rücken gegen die Haustür, spüre das Holz an meiner Wirbelsäule und lasse mich langsam nach unten sinken. Mein Hintern landet mit einem dumpfen Aufprall auf dem Boden. Ich atme tief durch, denn ich weiß nicht, was ich tun, was ich sagen soll. Ich bin vollkommen erstarrt vor Ehrfurcht und denke gleichzeitig, dass ich das nicht sein sollte. Ich kenne nicht einmal seinen richtigen Namen.

Aber auch ohne seinen Namen zu wissen, hat er mich gerettet. Er ist *umwerfend*.

Völlig und absolut atemberaubend.

Ich habe noch nie einen Mann getroffen, der so aussah, so roch, so rau und roh war, wie er. Der mich so angesehen hat wie er. Geschweige denn einen, der mich gerettet und anschließend geküsst hat.

Dieser kurze Kuss war nicht annähernd genug. Ich wollte so viel mehr. Ich kann mich nicht mehr daran erinnern, wann ich mich zuletzt danach gesehnt habe, dass ein Mann mich berührt. Bei ihm wollte ich, dass er es tut.

Überall.

Jede Faser meines Körpers verzehrte sich schmerzlich danach.

Ich lecke mir mit der Zunge über die Unterlippe und stehe auf. Ich muss meine Chefin anrufen und sie wissen lassen, wieso ich nicht zur Arbeit erschienen bin. Danach werde ich ein langes, heißes Bad nehmen. Das habe ich mir verdient.

Ich bin echt dankbar dafür, dass heute Freitag ist und am Wochenende keine Hochzeit oder anderes Dringliches ansteht. Ich werde mir einen Tag frei nehmen, obwohl ich mit meinem Arbeitspensum etwas hinterherhinke.

Ich bin nur leicht im Verzug.

Um ehrlich zu sein, ich bin immer etwas hinterher. Das ist völlig normal in meiner Branche. Dinge verschieben oder ändern sich ständig. Selbst wenn man gut vorbereitet ist, kommt immer etwas dazwischen, wodurch man in Verzug gerät.

Nachdem ich mein Handy aus der Handtasche gekramt habe, bin ich wenig überrascht, keine Nachricht von Grace bekommen zu haben.

Diese blöde Kuh hat sich einen Dreck um mich geschert, nachdem ihr Arschlochfreund aufgekreuzt ist. Sie war bloß darauf konzentriert, ihren Hintern an seinem Schwanz zu reiben. Ihr war es völlig schnuppe, dass ich auch noch da war oder dass seine Freunde mich unter Drogen gesetzt haben.

Sie hat zugelassen, dass man mich entführen wollte. Ich bin ihr egal, denn sie hat mich bis jetzt weder angerufen noch eine Nachricht geschickt, um sich zu vergewissern, ob ich gut zu Hause angekommen bin. Gott, ich wusste bereits, dass sie eine egoistische Zicke ist, aber ich hätte nie gedacht, dass sie so mies sein kann.

Als ich die Nummer meiner Chefin in meiner Kontaktliste finde, rufe ich sie auf dem Handy an. Die letzte Person, mit der ich momentan sprechen möchte, ist Grace. Und sie wäre diejenige, die ans Telefon geht, wenn ich die Festnetzleitung im Büro anrufen würde. Nein, danke.

Es klingelt ein paar Mal, dann geht Cornelia ran. „Geht es dir gut?", begrüßt sie mich.

Ich antworte ihr und beschließe, sie danach zu fragen, warum sie besorgt, sogar regelrecht aufgewühlt vor Sorge klingt.

„Mir geht es gut, wieso?"

Sie erwidert nicht sofort etwas auf meine Frage. Dann höre ich, wie jemand im Hintergrund herumläuft. „Nun, Grace hat mir erzählt, dass diese Biker gestern Abend in der Bar waren, wo ihr mit ihrem Freund und seinen Kumpels etwas trinken wart. Und die Freunde ihres Freundes wurden wohl von ihnen angegriffen. Als du nicht zur Arbeit erschienen bist, habe ich mir Sorgen um dich gemacht."

Schweigen.

Dieses Miststück.

Ich hole tief Luft und erzähle Cornelia detailliert, was sich gestern Abend in Wahrheit zugetragen hat. Nachdem ich meine Version der Geschichte erzählt habe, atmet sie langsam aus. Als bräuchte sie dringend eine Verschnaufpause.

„Ich kann es nicht fassen", murmelt sie. „Dieser große, angsteinflößende Biker hat dir das Leben gerettet."

„Das hat er."

Zum Glück gibt sie mir den Tag frei, verlangt aber, mich am Montagmorgen im Büro zu sehen. Sie bittet mich, mir den Mittag für ein gemeinsames Essen freizuhalten – sie sagt, sie wolle sich persönlich davon überzeugen, dass es mir gut geht.

Das ist allerdings nicht der wahre Grund, wieso sie mit mir ausgehen will. Sie will lästern.

Ich liebe meine Chefin, obwohl ich weiß, dass sie ein Waschweib ist. Sie saugt jeden Tratsch in sich auf, um die pikanten Neuigkeiten jedem zu servieren, der ihr zuhört. Wahrscheinlich kämpft sie gerade gegen den Drang an, hierherzufahren und mich zu löchern, anstatt bis zum Mittagessen am Montag zu warten.

Cornelia wird ohne jeden Zweifel so lange nachbohren, bis ich ihr alles haargenau geschildert habe. Aber zum Glück muss ich ihr Verhör noch nicht heute über mich ergehen lassen, denn ich bin sowohl geistig als auch emotional total erschöpft von der ganzen

Sache.

Ich schleppe mich ins Bad, stelle das Wasser an und gebe etwas von dem Bitterbadesalz in die Wanne. Mir tun noch immer sämtliche Gliedmaßen weh, jedoch ist es nicht mehr ganz so schlimm wie heute Vormittag nach dem Aufwachen. Primär fühle ich mich beschissen und bin erschöpft.

Ich bin so unglaublich müde.

Ich schnappe mir mein Handy, streife durchs Haus und stelle sicher, dass alle Türen verschlossen sind, bevor ich mich ausziehe und ins warme Nass steige. Als das Wasser mich umhüllt, stoße ich einen langen Seufzer aus.

Ich öffne meine Kindle-App, um in dem Buch weiterzulesen, das ich neulich angefangen habe. Da ich erst ein paar Kapitel geschafft hatte, entscheide ich mich dazu, noch einmal von vorne zu beginnen. Ich lehne mich in der Wanne zurück, halte mein Handy in die Höhe und seufze.

Die Protagonistin wird vorgestellt. Sie ist ein armes Mädchen, das über seine Verhältnisse lebt und einem bescheidenen Job nachgeht. Plötzlich trifft sie auf den männlichen Helden, der sie vollkommen umhaut. Natürlich ist er Milliardär. Er ist sexy und perfekt.

Ich bleibe so lange in der Wanne, bis das Wasser kalt ist. Erst dann steige ich aus ihr heraus und schlüpfe in meinen geblümten Satinbademantel, den mir meine Mutter letztes Jahr zu Weihnachten geschenkt hat. Ich liebe ihn, auch wenn ich die einzige Person bin, die ihn je zu Gesicht bekommt, und er völlig unpraktisch ist.

Mir knurrt der Magen, denn ich bin schon lange nicht mehr satt vom Muffin. Ich hole tief Luft und

suche den Kühlschrank nach etwas Essbarem ab.
Leider hat er nicht viel zu bieten. Nicht, dass das jemals der Fall wäre. Ich scheine weder Zeit noch
Muße zu haben, um einkaufen zu gehen.

Ich nehme eine Packung mit Eiern, Tomaten, etwas
Käse und eine Avocado heraus und mache mir ein
Omelett.

Nachdem ich gegessen habe, gehe ich ins Bett. Ich
bin völlig platt. Ich glaube nicht, dass ich schon jemals zuvor so müde war. Ich bin so ausgelaugt, dass
ich mich fühle, als wäre ich betrunken.

Ich lege mich unter die Bettdecke, ohne mir vorher
einen Pyjama anzuziehen. Ich bleibe in meinem Bademantel, schalte den Fernseher ein und suche mir
einen Film aus. Doch sobald mein Kopf das Kissen
berührt, schlafe ich auch schon ein.

Als ich meine Augen irgendwann wieder öffne,
atme ich tief ein. Mein Herz schlägt mir bis zum Hals.
Irgendetwas hat mich aus dem Schlaf gerissen, aber
ich weiß nicht, was es war. Zumindest nicht sofort.
Ich bin mir unsicher, ob es ein Geräusch oder etwas
anderes war.

Als ich mich im Schlafzimmer umsehe, stelle ich
fest, dass es bereits dunkel ist.

Ich habe den ganzen Tag verschlafen.

Ich werfe einen Blick auf den Wecker, der auf meinem Nachttisch steht. Meine Augen gewöhnen sich
allmählich an die Dunkelheit. Es ist dreiundzwanzig
Uhr.

Vielleicht bin ich ja wachgeworden, weil ich ausgeschlafen bin? Keine Ahnung, was mich geweckt hat.
Doch plötzlich höre ich ein Geräusch. Es klingt wie
das Klicken einer sich schließenden Tür.

Ich greife nach meiner Bettdecke, ziehe sie bis zur

Brust hoch und halte den Atem an. Keine Ahnung, wieso ich das tue. Die Decke würde mich vor rein gar nichts beschützen. Auch sonst habe ich nichts im Haus, mit dem ich mich verteidigen könnte.

Ein dunkler Schatten erscheint in meinem Türrahmen. Ich öffne den Mund, um loszuschreien, doch dann erfüllt eine Stimme den Raum.

„Babe, ich bin's, Legacy."

Sofort entspanne ich mich wieder, bin aber trotzdem noch in Alarmbereitschaft. Er kommt auf mich zu und lässt sich neben mir auf das Bett fallen. Er legt sich auf die Seite, woraufhin ich aufgrund seines Gewichts in seine Richtung rolle. Als er den Arm ausstreckt und mit seiner Hand meine Wange berührt, stockt mir der Atem. Er spricht nicht.

Ich kann seine Augen nicht sehen, wünschte mir aber, ich könnte es, weil sie nicht nur wunderschön sind, sondern auch weil ich wissen möchte, wieso er hier ist. Und wenn ich es in Erfahrung bringe, will ihm dabei in die Augen blicken können.

Kapitel 7

Wahrscheinlich hätte ich nicht in ihr Haus einbrechen sollen, aber ich habe es trotzdem gemacht. Vermutlich hätte ich mich nicht in ihr Zimmer schleichen sollen, aber auch das habe ich getan. Wahrscheinlich hätte ich sie nicht berühren sollen, aber es ist passiert. Ich sollte sie auch ganz gewiss nicht ficken, aber ich werde es tun.

„Was zum Teufel?", keucht sie.

Schmunzelnd beuge ich mich vor und küsse sie. Es ist dunkel hier drin, aber meine Augen haben sich schon längst an die Lichtverhältnisse gewöhnt. Ich lasse meine Zunge in ihren Mund gleiten und schmecke sie. Ohne Zeitdruck. Es ist unglaublich.

Verdammt, sie schmeckt so gottverdammt gut. Noch viel besser als heute Vormittag.

Sie stöhnt gegen meine Lippen, ich schlucke das Geräusch. Mit den Händen gleite ich über ihren Rücken, streichele über den weichen Bademantel, den sie trägt. Ich beende den Kuss, lege meine Stirn gegen ihre und atme aus.

„Henli", stöhne ich.

„Was geschieht, wenn wir es miteinander machen, und am nächsten Tag die Sonne aufgeht?", will sie wissen.

„Ich habe keine Ahnung, Babe."

Schnaubend lehnt sie sich zurück.

Henli knipst die Lampe an, die auf ihrem Nachttisch steht. Ich will mich umsehen und ihr Zimmer in Augenschein nehmen, doch das kann ich nicht. Ich bin viel zu sehr von ihrem Anblick hypnotisiert. Es sind erst ein paar Stunden verstrichen, seit wir uns zuletzt gesehen haben, und ich hätte fast vergessen, wie verdammt hübsch sie ist.

„Wie, du weißt es nicht?" Sie blickt mich an.

Ich muss lachen. „Ich habe von vielem eine Ahnung, Babe. Aber nicht davon, wie man jemanden näher kennenlernt."

„Du meinst, wie man eine Beziehung führt?"

Ich grunze, weil ich nicht fassen kann, dass wir diese verdammte Unterhaltung miteinander führen.

Ich lege meine Handfläche auf ihre Brust. Ihre Titten sind zwar noch von einer Robe bedeckt, aber nur sporadisch. Ich kann es kaum erwarten, ihr den Bademantel vom Körper zu schälen. Ihre Haut fühlt sich seidig, glatt und warm an.

„Ich meine, dass ich keine Ahnung davon habe, was auch immer das hier zwischen uns ist oder werden könnte. Ich habe so etwas noch nie gemacht."

Sie saugt den Atem ein und hält ihn einen Moment lang an. Dann schlingt sie ihre Finger um mein Handgelenk. Sie hält mich sanft, aber bestimmt, fest, während sie mich mustert.

Keiner von uns beiden sagt etwas.

Irgendwann findet sie die Sprache wieder. Als sie zu reden beginnt, muss ich mir eingestehen, dass ich wie ein verdammtes Arschloch geklungen habe. Zugegeben, ich bin ja auch eins. Ich würde es ihr nicht übelnehmen, wenn sie mich als solches beschimpft.

„Du hattest also bisher nur One-Night-Stands?", hakt sie unschuldig nach.

Ich könnte ihr einfach die ganze Wahrheit stecken, aber das geht noch nicht ... falls ich es überhaupt je tun werde, was ich im Moment stark bezweifle. Ich bin mir nicht sicher, ob sie je mehr als meine Citizen

Wife sein wird.

Ich bin mir unschlüssig, ob sie mit der Wahrheit umgehen kann, und gleichzeitig weiß ich nicht, ob ich überhaupt will, dass sie sich über irgendetwas Gedanken machen muss.

Naivität kann durchaus etwas sehr Süßes haben und ich glaube, dass das genau das ist, was ich für uns will: Etwas Süßes.

So etwas hatte ich noch nie. Ich will es und ich will, dass alles so bleibt, wie es momentan ist.

Henli ist wie ein Karamellbonbon. Sie ist weich und hinreißend im Inneren. So etwas hatte ich noch nie. Ich will sie für immer behalten. Was ich allerdings nicht will, ist, sie abstumpfen zu lassen. Das würde zwangsläufig passieren, wenn ich sie an meinem Leben teilhaben lasse.

Ohne auf ihre Frage näher einzugehen, beuge ich mich vor und küsse sie. „Im Grunde genommen schon", hauche ich gegen ihre Lippen.

Ich greife nach dem Gürtel ihres Bademantels und ziehe ihn auf. Dieses Gespräch ist beendet. Ich werde sie nun ficken. Anschließend werde ich vielleicht wieder einen klaren Gedanken fassen können, was ich für die Zukunft möchte.

Gerade kann ich nur daran denken, in sie einzudringen und zu spüren, wie ihre Pussy sich um meinen Schwanz herum zusammenzieht, wenn sie kommt.

Nachdem ich den Gürtel losgeworden bin, streife ich ihr den Bademantel von den Schultern. Sie sitzt vor mir, sodass ich ihre Titten in voller Pracht bewundern kann. Ihre Lippen sind ganz geschwollen von meinen Küssen. Während ich sie anstarre und mich frage, wie zum Henker ich mit ihr in diesem gottverdammten Bett gelandet bin, herrscht Stille zwischen uns.

Ich verdiene sie überhaupt nicht, aber ich werde sie trotzdem ficken.

Henli wartet nicht darauf, dass ich den ersten Schritt mache. Sie lehnt sich zurück und spreizt die Beine für mich. Sie will das hier genauso sehr wie ich. Ich lege meine Hand auf ihre Brust und lasse sie so weit nach unten gleiten, bis sie auf ihrem Bauch direkt über ihrem Schambein liegt.

Ich schiebe meine Hände in ihre Kniekehlen und öffne ihre Schenkel noch weiter. Gleichzeitig rutsche ich weiter nach unten. Ich vergrabe mein Gesicht an ihrer Pussy und schmecke sie endlich. Es fühlt sich an, als hätte ich mich ein Leben lang nach ihrer Pussy gesehnt und nicht erst ein paar Stunden.

Sie schmeckt wie eine verdammt süße Belohnung.

Ich kenne sie erst seit Kurzem, aber fuck, es kommt mir wie eine Ewigkeit vor. Ich will das hier. Alles davon. Ich will ihren Körper, von innen und außen. Ich will sie verdammt noch mal besitzen.

Henli

Seinen Mund zwischen meinen Beinen zu spüren – Jesus – das ist zu viel und gleichzeitig nicht genug. Ich hebe die Hüften an und spreize meine Schenkel noch etwas weiter, um Platz für seine Schultern und sein Gesicht zu schaffen. Ich wünschte, er wäre mir noch näher.

Ich schließe die Augen, atme tief ein und halte den Atem einen Moment lang an, ehe ich ihn wieder herauslasse. Ich beiße mir auf die Unterlippe. Ich konzentriere mich darauf zu Fühlen und dann – bevor ich überhaupt realisieren kann, was hier gerade geschieht – komme ich.

Die Empfindungen sind überwältigender als je zuvor. Ich glaube, ich bin nur ein paar Mal bei meinem Ex, Eddie, gekommen, wenn er mich geleckt hat. Nun kann ich zweifelsfrei bestätigen, dass es sich noch nie so gut angefühlt hat wie heute.

So unglaublich gut.

Eigentlich passt die Beschreibung überhaupt nicht. Erstaunlich. Phänomenal. Nicht von dieser Welt. Diese Worte sind geeigneter. Mir drängt sich die Frage auf, ob es überhaupt ein Synonym gibt, um das Hochgefühl dieses Moments genauer auszuführen.

Legacy saugt ein letztes Mal an meiner Klitoris, dann lässt er von ihr ab.

Meine Augen sind halbgeöffnet und meine ganze Kraft ist aus meinem Körper gewichen. Ich bin nichts weiter als eine Masse aus Knochen und Muskeln. Meine Pussy zieht sich zusammen und pulsiert. Ich will ihn in mir spüren.

Während ich ihn beobachte, entkleidet er sich und präsentiert sich mir in völliger Nacktheit.

Heilige. Scheiße.

Ich hatte ja keine Ahnung. Dieser Mann sieht nicht nur in verwaschenen Bluejeans und engen Shirts atemberaubend aus. Er ist eine Schönheit. Legacy ist nicht nur sexy oder heiß, sondern seine Muskeln, sein ganzer Körper sind einfach nur anbetungswürdig. Vom Kopf bis … nun ja … bis zum Schwanz.

Beim Anblick seiner steifen Länge werden meine Augen ganz groß. Er streichelt sich selbst, woraufhin mir der Atem stockt. Ich habe mich nie näher mit dem Anhängsel eines Mannes befasst. Sicher, sie sind interessant und so, doch ich habe mich nie zu einem

Schwanz hingezogen gefühlt… vor Legacy. Ich will mich aufsetzen, doch er kommt kopfschüttelnd auf mich zu.

Ehe ich blinzeln kann, kniet er sich auf die Matratze und schiebt seine Hüften zwischen meine gespreizten Beine. Dann liegen seine Lippen auch schon wieder auf meinen. Der Kuss ist hart und feucht. Seine Zunge erforscht meinen Mund, während er in mich eindringt.

Er stößt nicht hart zu. Keine Ahnung, wieso ich damit gerechnet habe. Anstatt mich roh in Besitz zu nehmen, gleitet er in mich hinein. Das hat etwas sehr Intimes und ist so sexy, dass ich nicht mehr atmen kann.

Ich beende den Kuss und lasse meinen Kopf nach hinten fallen. Ich nehme ein paar tiefe Atemzüge durch die Nase und lasse den Atem durch den Mund wieder entweichen. Mein Blick findet seinen und ich schlinge meine Finger um seinen Nacken. Dann hebe ich die Hüften an, um seinen Stößen zu begegnen.

„Fuck.“ Legacy stöhnt auf. „Verdammte Scheiße.“

Ich weiß nicht, ob das gut oder schlecht ist, aber im Moment ist mir das auch völlig egal. Er fühlt sich einfach zu grandios an, um mir Gedanken darüber zu machen, ob ich etwas falsch mache oder nicht.

Seine Hüften schnellen vor, sein Becken berührt bei jedem Vorstoß meine Klitoris.

Ich bin nicht dazu in der Lage, meine Hand von seinem Nacken zu nehmen. Ich halte ihn fest, mit der anderen Hand umklammere ich seine Schulter. Er greift zwischen unsere Körper, legt seine Finger in meine Kniekehle und zieht meine Beine noch weiter auseinander.

Als er dadurch noch tiefer in mich hineingleitet,

keuche ich auf. „Legacy."

Er knurrt, seine Hüften bewegen sich immer schneller und härter. Meine Oberschenkel brennen, da er mich für sich weit geöffnet hält. Aber das ist mir egal, denn ich nähere mich unaufhaltsam einem weiteren Höhepunkt. Meine Atmung gerät ins Stocken, weil ich mich frage, ob es überhaupt möglich ist, in so kurzen Abständen zweimal zu kommen.

Das geht doch nicht … oder? So schnell?

Ehe ich dazu komme, die Antwort auf diese Fragen zu eruieren, geschieht es. Er lässt seine Hüften kreisen und reibt sich an mir. Das ist zu viel. Ich stürze über den Rand der Klippe und werde in Sphären der absoluten Glückseligkeit katapultiert.

Er hört nicht auf, sich zu bewegen. Sein Gesicht vergräbt er an meinem Hals und presst seine Lippen gegen meine Haut. Und er stöhnt.

Ich fühle, wie er in mir pulsiert, in mir zu zucken beginnt. Einmal, zweimal, dreimal. Träge gleitet er in mich hinein und wieder heraus. Sein Gesicht ruht noch immer an meinem Hals.

Mit der Zunge liebkost er noch eine Weile meine Haut, dann hebt er den Kopf und sucht meinen Blick. Ich beobachte, wie sich seine Lider senken. Seine Augen sind sexy und wirken verschleiert, seine Lippen verziehen sich zu einem ausgedehnten Lächeln.

„Fuck, Henli", keucht er und hält in seinen Bewegungen inne.

Er stützt sich auf die Ellenbogen, schaut mir ins Gesicht und dringt erneut in mich ein. Sein Gesicht ist wunderschön. Von der Stirn bis zu den Lippen. Seine Augen wirken golden. Ich dachte, sie seien braun, aber nun, da ich ihm so nah bin, bin ich mir sicher, dass sie golden sind.

Sie sind irgendwie katzenartig. Doch genauso schön wie er.

„Das war zu gut", murmelt er.

Ich öffne den Mund, um ihn zu fragen, was seine Worte zu bedeuten haben, aber er gibt mir nicht die Gelegenheit zu sprechen. Denn er presst seine Lippen auf meine und lässt seine Zunge in meinen Mund gleiten, um mir einen harten, feuchten Kuss zu geben. Als er ihn beendet, sind alle Gedanken aus meinem Kopf verschwunden.

Er rückt von mir ab und löst seine Lippen von meinen. Dann zieht er sich aus mir zurück, steigt aus dem Bett und macht sich den auf den Weg ins Bad.

Mir ist ganz schwindelig von der Intensität des Abends. Als ich einen Blick auf die Uhr werfe, kann ich nicht fassen, wie spät es bereits ist. Gott sei Dank muss ich morgen nicht arbeiten … oder besser gesagt heute.

Legacy kommt mit einem warmen, feuchten Waschlappen zu mir zurück, um mich sauber zu machen. Ich starre ihn an, weil mir in diesem Moment bewusstwird, dass wir nicht verhütet haben. Ich öffne den Mund, mein Herz rast vor Panik, bis er sich vorbeugt und seine Lippen auf meine legt.

„Ich ficke nie ohne Gummi. Mit dir war das erste Mal und ich bin verdammt froh, dass ich damit bis jetzt gewartet habe", sagt er und lässt anschließend seine Zunge zwischen meine Lippen abtauchen.

Irgendwann schlafen wir ein. Gemeinsam. Er hält mich fest in seinen Armen und das fühlt sich verdammt perfekt an.

Kapitel 8

Eine Woche ist vergangen.

Eine ganze Woche.

Seit Freitagabend habe ich nichts mehr von Legacy gesehen oder gehört. Er ist direkt am nächsten Morgen gegangen, nachdem er mit mir im Café um die Ecke gefrühstückt hatte. Es war perfekt. Viel besser, als ich es mir hätte erträumen können. Vielleicht war es sogar noch besser als das.

Es übertraf alles, was ich je zuvor erlebt hatte.

Er verließ mich mit einem Kuss und ohne ein Versprechen. Alles was er sagte, war, dass er bald wiederkommen und mit mir reden würde. Keine feste Verabredung, keine Zusage, rein gar nichts. Und nun ist eine Woche vergangen und es ist nichts passiert. Ich bin mir nicht sicher, wie ich mich deswegen fühle. Aber einer Emotion bin ich mir sehr bewusst – der Enttäuschung.

Ich war nichts weiter als ein One-Night-Stand und er hat klar gemacht, dass alle Frauen ihm nicht mehr bedeuten als das. Selbst wenn er versucht haben sollte, mir mitzuteilen, dass das mit mir etwas anderes sei, ist es das eben nicht. Taten sagen wohl mehr als tausend Worte und sein Handeln ist der Beweis.

Ich stürze mich in die Arbeit. Ich kann Legacy nämlich nicht aus dem Kopf bekommen. Allerdings versuche ich, so gut es eben geht, meine ganze Energie – jedes Quäntchen davon – in meinen Job zu stecken.

Zum Glück schaffe ich es, mich zu fokussieren, weshalb ich bei allen Kunden Fortschritte mache. Bei jedem einzelnen. Ich habe sogar schon Aperitif- und

Tortenverköstigungen für meine Neukunden organisiert. Das ist eine Seltenheit, aber ich bin mir sicher, dass ich bereits nächste Woche wieder in Verzug geraten werde.

Der Bräutigam ist total aufgeregt. Ich meine, dass er sogar am Telefon gequietscht hat. Alle Männer lieben den Teil mit den Verköstigungen. Für seine Braut habe ich bereits Termine mit den Hochzeitslocations, dem Floristen und dem Brautmodengeschäft vereinbart. Da sie noch kein Kleid hat, wollte sie, dass ich mich darum kümmere.

Die meisten Bräute wollen einen Teil der Planungen selbst übernehmen, wohingegen andere ein vollumfängliches Organisationspaket benötigen, wie in diesem Fall. Und ich gebe zu, dass mich das aufgrund von Legacy nicht im Geringsten stört.

Der Auftrag wird mich beschäftigt halten und ich glaube, dass ich das momentan sehr gut gebrauchen kann. Je mehr ich um die Ohren habe, desto besser, weil ich noch nie um ein *Was-hätte-sein-können* so sehr getrauert habe, wie jetzt. Ich rede mir immer wieder selbst ein, dass es an dem liegt, was in der Bar passiert ist, und dass er bloß mein weißer Ritter war, der mich gerettet hat. Wahrscheinlich trauere ich mehr um diese Vorstellung als um ihn als Person. Ich weiß außer dem Namen, den er mir genannt hat, nicht viel über ihn.

Auf dem Weg durch die Lobby, wende ich mich Grace zu, um mich fürs Wochenende zu verabschieden. Die letzten Tage sind wir uns aus dem Weg gegangen und ich werde nicht diejenige sein, die einen Schritt auf sie zu macht. Immerhin ist sie es gewesen, die zu unserer Chefin gegangen ist und ihr weißmachen wollte, Legacy hätte ihre Freunde grundlos angegriffen.

Sie hat sich eine total verrückte Geschichte ausgedacht. Angeblich soll Legacy ihren Kumpels letztes Wochenende aufgelauert und sie verprügelt haben. Zugegeben, zuzutrauen wäre es ihm, aber wie hätte er sie finden sollen? Ich kenne ja noch nicht einmal ihre Namen.

Außerdem hängt Grace mit Leuten ab, die keinen Deut besser sind. Ich will damit nicht sagen, dass jemand aufgrund einer Assoziation automatisch als schuldig gilt, denn das ist nicht immer der Fall, aber nichts an meiner Situation war in Ordnung. Nicht im Geringsten.

Und ihr war es scheißegal, was sie mit mir angestellt hätten. Sie hat mir nicht einmal geglaubt, sondern der Geschichte der Kumpels ihres Arschlochfreundes Glauben geschenkt und scherte sich einen Dreck darum, was passiert war oder noch hätte passieren können.

Es überrascht mich, dass Grace nicht an ihrem Schreibtisch sitzt, als ich Feierabend machen möchte. Ich stoße einen Seufzer aus und bin dankbar dafür, ihr noch einen weiteren Tag aus dem Weg gehen zu können. Ich höre Cornelia meinen Namen durch den Flur rufen, woraufhin ich mich umdrehe und sie vor ihrem Büro stehen sehe.

Sie hat einen ernsten Gesichtsausdruck aufgelegt. „Komm mal bitte mit rein. Ich muss mit dir reden.“

Ich werfe ihr einen verwirrten Blick zu und mache mich umgehend auf den Weg in ihr Büro. Als ich eintrete, sitzt sie bereits wieder hinter ihrem Schreibtisch. Ich lasse mich auf dem Stuhl ihr gegenüber nieder. Das hier fühlt sich irgendwie eigenartig formell an. Und zwar nicht auf eine gute Weise.

Am Montag waren wir zusammen zu Mittag essen und alles schien in bester Ordnung zwischen uns zu sein. Allerdings hat sie mich die ganze Zeit über gefragt, ob es mir gut gehe. Sie wollte jedes Detail von Legacys und meiner Nacht hören und schien sich für mich zu freuen. Weniger glücklich war sie wegen Grace' Freunden und riet mir, Anzeige gegen sie zu erstatten.

Ich habe es nicht getan, weil ich einfach nur froh darüber bin, noch am Leben zu sein. Außerdem weiß ich nicht, wie sie heißen. Und natürlich habe ich nicht vor, Grace nach ihren Namen zu fragen.

Es erleichtert mich, dass ich sie nicht ausreichend zu interessieren scheine, als dass sie mich zu Hause oder bei der Arbeit belästigen würden. Ich hoffe, dass Grace ihnen nichts über mich erzählt hat, aber da sie mir in Hinblick auf die Taten ihrer Freunde keinen Glauben schenken wollte, habe ich keine Ahnung, ob sie ihnen vielleicht doch etwas verraten hat.

„Ist alles in Ordnung?", frage ich, da Cornelia ins Schweigen verfallen ist.

„Ich liebe dich, Henli. Ich habe dir diesen Job gegeben, weil ich gesehen habe, dass du großes Potenzial hast", sagt sie, hält dann inne und atmet tief durch.

„Warum hört es sich für mich so an, als würdest du mir kündigen?"

Sie guckt auf ihre Hände, dann hebt sie den Blick, um mich anzuschauen. „Weil ich dich tatsächlich feuere, Henli."

Einen Moment lang starre ich sie an, denn ich bin zu verdattert, um etwas darauf zu entgegnen. Ich spreche nur ein einziges Wort aus, stelle nur eine Frage. Ich bin zu verwirrt und zu schockiert, um zu denken.

„Wieso?“

Sie holt tief Luft und atmet langsam aus. Vermutlich, weil sie nach den richtigen Worten sucht. Eine Entschuldigung oder was auch immer. Es ist mir vollkommen egal. Sie wird mir bloß irgendetwas auftischen.

Da sie nicht nur meine Chefin, sondern auch meine Vermieterin ist, werde ich noch etwas nervöser, weil ich nicht weiß, wo ich wohnen soll.

„Grace ist die Nichte meines Mannes“, erklärt sie mir.

Diese Information ist mir neu. Allerdings habe ich keine Ahnung, was das mit meiner Kündigung zu tun haben soll. Feuert sie mich, weil Grace mich nicht mehr hier haben will? Ich bin total verwirrt. Ich hake nicht nach. Stattdessen warte ich, ob sie es noch ein wenig genauer erläutern wird.

„Sie hat Kapazitäten für mehr Arbeit und ich habe nichts anderes für sie.“

„Cornelia“, wispere ich. „Du bist doch eine faire Frau. Es kann doch nicht angehen, dass du mich mit einer solch fadenscheinigen Erklärung abspeisen willst. Wir arbeiten doch schon so lange zusammen. Ich dachte, wir wären Freundinnen.“

Ihre Augen füllen sich mit Tränen und sie nickt. „Das sind wir auch. Sie macht es mir extrem schwer und mein Mann setzt mich unter Druck. Ich werde dir ein erstklassiges Arbeitszeugnis schreiben.“

„Und wie lautet der wahre Grund für meine Kündigung?“, hake ich nach.

„Der spielt keine Rolle.“

„Für mich schon. Setzt du mich auch vor die Tür?“, will ich wissen.

So, wie sie mich ansieht, weiß ich, dass sie mich aus

dem Haus schmeißen wird. Ohne Job, ohne eine Perspektive. Ich schüttle ein paar Mal den Kopf, dann atme ich tief ein und stehe auf. Ich straffe die Schultern und schaue ihr direkt in die Augen.

„In neunzig Tagen musst du ausgezogen sein“, flüstert sie.

Ich nicke ihr zu und wende mich anschließend von ihr ab. Ich steuere direkt auf die Tür zu, halte aber auf dem Weg dorthin inne, weil sie mich beim Namen ruft. Ich drehe mich jedoch nicht zu ihr um, weil ich weiß, dass ich sonst in Tränen ausbrechen würde. Ich lasse sie dennoch sagen, was sie loswerden will.

„Ein exzellentes Arbeitszeugnis, Henli. Was immer du brauchst, du bekommst es von mir. Und bitte …“, sie bringt den Satz nicht zu Ende, weshalb ich sie nun doch über meine Schulter hinweg ansehe. „Sei vorsichtig.“

Legacy

Das Clubhaus in Tucson ist das reinste Chaos. Nicht nur, weil der Fußboden noch immer blutverschmiert ist, sondern auch was die Bücher angeht. Wir haben aber mittlerweile die Kontrolle übernommen. Das Blutbad war genau das: ein verdammtes Massaker. Das Einzige, was diese beschissene Situation erträglicher gemacht hat, war die verflucht süße Henli.

Ich kann nicht leugnen, dass es mir gefällt, dass sie keine verdammt Ahnung hat, wer ich bin, wer die Devil's Hellions sind. Es hat sie nicht gejuckt, was meine Aufnäher zu bedeuten haben oder was sie aussagen. Sie hat mir nicht eine verdammte Frage wegen des Clubs gestellt.

Das war erfrischend. Mittlerweile kann ich den Reiz einer ganz normalen Citizen Wife voll und ganz verstehen. Ich bin mir ziemlich sicher, dass ich sie zur Frau will.

Da ich ihre Süße auf gar keinen Fall mit etwas Saurem vergiften will, scheint diese Option die Einzige zu sein, die ich habe. Allerdings drängt sich mir die Frage auf, wie sich die Distanz wohl auf uns auswirken wird. Dennoch wäre diese Lösung die Einfachste.

Aber so sehr ich glaube, dass ich sie zur Frau nehmen will, bin ich mir nicht sicher, ob ich zwei Leben unter einen Hut bekommen werde, denn das bedeutet verdammt viel Arbeit.

Eine Woche ist es her, seit ich sie zuletzt gesehen habe. Ich habe versucht, einen Weg zu finden, um zu ihr zurückzukehren.

„Legacy", ruft Warden aus seinem Büro.

Ich lehne an der Theke und halte in einer Hand ein Bier, in der anderen mein Handy. Ich habe Henlis Nummer zwar abgespeichert, sie jedoch noch nicht gewählt.

Ich weiß nicht, ob ich die Dinge übers Telefon mit ihr regeln kann. Ich muss sie sehen, muss persönlich mit ihr sprechen. Ich glaube nicht, dass dieser Scheiß telefonisch zu regeln ist.

Außerdem kann ich sie nicht übers Telefon vögeln.

Ich stoße mich vom Tresen ab, stelle das Bier weg und verstaue mein Handy in der Hosentasche. Dann mache ich mich auf den Weg ins Büro. Als ich den Raum betrete, sehe ich Warden hinter seinem Schreibtisch sitzen. Ich schließe die Tür und nehme auf dem freien Stuhl ihm gegenüber Platz.

„Was gibt's?", will ich wissen.

Er rutscht auf seinem Stuhl umher und sieht mich dabei an. Er räuspert sich, greift nach seiner Bierflasche und führt sie an seine Lippen. Er nimmt einen Schluck und seufzt anschließend.

„Was geht bei dir ab?", brummt er.

Lachend lehne ich mich zurück. „Ich träume von einer unschuldigen Pussy."

Ich hätte ihm die Wahrheit verschweigen können, aber ich bin kein Heimlichtuer. Schon gar nicht gegenüber Warden. Er ist die einzige Vaterfigur, die ich habe. Dementsprechend verberge ich nichts vor ihm, auch nicht, wenn es um meine dunkelsten Gefühle geht.

„Wie soll es mit ihr weitergehen?", erkundigt er sich.

Ich zucke mit den Schultern. „Ich bin mir noch nicht sicher. Aber ich werde es herausfinden."

Er zieht die Augenbraue in die Höhe. „Na dann", erwidert er. „Hat sie das Potential zur Old Lady?"

„Nope. Ich denke, sie ist eher Heiratsmaterial."

Vorerst lässt er meine Antwort unkommentiert und genehmigt sich einen weiteren Schluck Bier. „Willst du dorthin ziehen? Der Präsident in Tucson werden?"

„Willst du ihren aktuellen Präsidenten durch einen von uns ersetzen?", lautet meine Gegenfrage.

Ich bin hier der Vizepräsident und bekleide vor Ort ein Amt. Ich bin der Vizepräsident des Mutterchapters und stehe in der Hierarchie weiter oben als der Präsident des Tucson Chapters.

„Ich brauche dort jemanden von uns, ja", entgegnet er. „Du wärst die beste Wahl. Wenn es das ist, was du auch willst, dann wäre ich mehr als glücklich, dir das zu ermöglichen, Legacy. Ich betrachte dich als meinen Sohn, als einen Freund und Bruder. Was immer du brauchst, um glücklich zu sein, es gehört dir.“

So, wie er das sagt, wirkt es auf mich ein wenig gezwungen. Ich weiß nicht, ob es vielleicht daran liegt, dass ich mir nie vorstellen konnte, Casa Grande zu verlassen oder generell Präsident zu werden, aber sein Angebot gefällt mir ganz und gar nicht.

„Nein“, erwidere ich. „Das ist nicht das, was ich will.“

Er zieht eine Augenbraue in die Höhe und wartet darauf, dass ich mich deutlicher ausdrücke, denn er hat mir etwas verdammt Großes angeboten. Aber es entspricht nicht dem, was ich möchte. Ich fühle mich hier wohl. Ich mag es hier. Ich liebe meine Brüder, liebe diesen Club. Ich will nicht neu anfangen. Nicht wegen einer Frau, die ich gerade erst kennengelernt habe und von der ich nicht weiß, was die Zukunft mit ihr bringen wird.

Ich werde mein Leben nicht für sie auf den Kopf stellen … zumindest nicht im Moment. Vielleicht, wenn ich irgendwann ihren verdammten Nachnamen kenne.

„Was willst du dann?“

Ich stehe auf und lasse meine Zunge über die Unterlippe gleiten. Dann grinse ich. „Alles.“

„Natürlich willst du das. Du wärst nicht der Sohn deines Vaters, wenn dem nicht so wäre.“

„Ich muss jetzt zurück an die Arbeit“, teile ich ihm mit.

„Fahr morgen zu ihr. Nimm dir das Wochenende frei. Finde eine Lösung für deinen Scheiß.“

„Ich will trotzdem nicht der Präsident in Tucson werden“, rufe ich ihm zu.

Er winkt mir nach. Ich hebe ebenfalls eine Hand

und zeige ihm den Zwei-Finger-Gruß, sozusagen ein Peace-Zeichen, bevor ich das Büro verlasse.

Ich trete aus dem Clubhaus und begebe mich zu meinem Bike. Uns gehört ein Lagerhaus inmitten eines Gewerbegebietes, in dem wir unsere Geschäfte abwickeln.

Und mit *Geschäften* meine ich, dass wir Luxuskarossen auseinanderschrauben und mit Drogen ausstatten, um sie zur nächsten Station zu transportieren. Dort wird der Stoff entnommen und die Autos werden zum Verkauf angeboten.

Ich fahre zum Lagerhaus. Wir haben vor Ort strenge Sicherheitsvorkehrungen getroffen. Ich lege meine Finger auf den Handabdruckscanner, woraufhin sich die Tür öffnet.

Ich gehe ins Gebäude und vergewissere mich, dass sich die Tür direkt hinter mir wieder schließt und einrastet, damit niemand unaufgefordert hier hereinspazieren kann. Ich höre die Geräusche der Schweißgeräte bereits im Flur, ebenso das Sägen und Hämmern, und lächle, während ich mich umsehe.

Aktuell haben wir vier Autos, an denen gearbeitet wird.

Ich bin mir sicher, dass es bald noch mehr werden, doch für den Moment sind vier Fahrzeuge schon mal nicht schlecht. Wir können in ihnen alles verstauen, was es zu transportieren gibt. Ich gehe zur Garderobe, ziehe meine Kutte aus, hänge sie auf und schnappe mir einen Blaumann. Ich ziehe ihn an, bevor ich die Arbeitswerkstatt betrete.

„Was geht ab, Bruder?“, ruft Itch mir zu.

Seit fünf Jahren ist er ein vollwertiges Mitglied der Devil's Hellions und einer unserer besten und angesehensten Brüder.

„Ich habe noch etwas zu erledigen", lasse ich ihn wissen.

Lachend winkt er mich zu sich heran. Ich nehme mir ein paar Werkzeuge und mache mich gemeinsam mit ihm an die Arbeit. Ich stürze mich voll in sie hinein, anstatt mich Bier, Gras und Pussys zu widmen, wie die gesamte Woche über.

Ich habe Pläne für morgen und muss mich ablenken, bevor ich auf mein Bike steige und zu ihr fahre. Eine Woche ist eine lange Zeit und ich habe keine Ahnung, was die Zukunft bringt, aber ich weiß, dass Henli eine Rolle spielen wird. Ich weiß nur noch nicht welche.

Ich muss mit ihr sprechen und das geht nicht, wenn ich ihr fernbleibe, wie bisher. Ich muss mich, was sie angeht, wirklich mehr anstrengen.

Kapitel 9

Henli

Ich weiß nicht, wie es weitergehen soll.

Ich sitze auf der Couch, starre auf den Fernseher und frage mich, wie zum Henker meine nächsten Schritte aussehen werden. Und ich habe absolut keine Ahnung. Seit ich achtzehn Jahre alt bin, lebe ich schon allein. Ich habe mich gegen das College entschieden, weil ich bereits damals wusste, was ich beruflich machen möchte und sofort anfangen konnte zu arbeiten.

Aber jetzt …

Ich habe keinen blassen Schimmer.

Mein Haustelefon klingelt. Ich schließe die Augen und wünsche mir, es würde nicht bimmeln. Vor allem, weil ich weiß, wer mich anruft.

Nur eine einzige Person ruft mich auf dem Festnetz an und das ist meine Mom. Ich greife nach dem schnurlosen Telefon, das auf dem Beistelltisch steht, und gehe ran.

Ich weiß nicht einmal, wieso ich überhaupt noch einen Festnetzanschluss habe, wahrscheinlich, weil meine Mutter mir gesagt hat, dass ich einen brauche – für den Fall der Fälle. Ständig pflanzt sie mir solche Dinge in den Kopf.

„Hey, Mom." Ich seufze.

„Was machst du denn mitten an einem Arbeitstag zu Hause?", fragt sie.

Ich runzle die Stirn. „Warum rufst du mich mitten an einem Arbeitstag zu Hause an?"

Erst herrscht Schweigen, dann stößt sie einen Seufzer aus. „Ich wollte eine Nachricht auf deinem

Anrufbeantworter hinterlassen und dich für Sonntagabend zum Essen einladen. Warum bist du zu Hause?“

„Wieso?“, stelle ich ihr eine Gegenfrage und ignoriere die ihrige.

Ich spüre, dass sie zögert, mir zu sagen, wer ebenfalls zum Dinner kommen wird. Das sagt mir alles, was ich wissen muss. Meine Schwester ist in der Stadt. Meine *Freigeist-Schwester*, die herumstreunet und tut, was ihr gefällt. Und meine Eltern zahlen, warum auch immer, für ihren ganzen Scheiß.

Diese Schwester.

Jene Schwester, die immer gemein zu mir war. In jeder Hinsicht. Die Schwester, die jeden Kerl angebaggert hat, der mir gefiel, und ihn mir weggeschnappt hat. Direkt vor meinen Augen. Jedes verdammte Mal.

Die Schwester, die der Fluch meiner Existenz ist.

„Penelope ist in der Stadt“, schlussfolgere ich.

„Könnt ihr nicht einfach eure Differenzen vergessen, damit wir einen schönen Abend miteinander verbringen können? Sie wohnt doch so weit weg. Du wirst sie wahrscheinlich erst an Weihnachten wieder sehen.“

Meine Mom ist genervt. Ich kann es ihr nicht übelnehmen. Ich wäre es auch, wenn ich nicht so wütend wäre. Ich bin sauer, weil es für sie keine Rolle spielt, was Penelope tut. Sie wird nie für irgendetwas zur Rechenschaft gezogen. Für absolut nichts. Und das macht mich jedes Mal, wenn ich nur an sie denke, echt rasend.

„Ich werde da sein.“ Ich seufze. „Du weißt doch, dass ich immer komme.“

„Was ist los?“, verlangt Mom zu wissen.

Erneut herrscht ein Moment der Stille. Ich denke daran, sie einfach zu belügen, entscheide mich aber dagegen. Sie hat die Wahrheit verdient. Ich werde es meiner Schwester nicht gleichtun und ihr Lügen auftischen. Die Wahrheit ist beschissen. Doch noch viel bescheidener ist, dass ich nicht weiß, wieso ich eigentlich gefeuert wurde.

„Ich wurde entlassen", gestehe ich ihr.

„Du wurdest was?"

„Entlassen", wiederhole ich.

„Warum? Du arbeitest doch schon bei Cornelia, seit du achtzehn bist."

Das weiß ich selbst. Wieder und wieder habe ich mir die gleiche Frage gestellt.

„Keine Ahnung", flüstere ich. „Ich glaube, es hat etwas mit Grace zu tun. Es hat sich nämlich herausgestellt, dass sie die Nichte von Cornelias Ehemann ist, und als wir letzte Woche zusammen um die Häuser gezogen sind, wurde es etwas brenzlich."

„Ist alles in Ordnung mit dir, nach dem, was zwischen dir und diesem Mädchen passiert ist?"

„Ja", antworte ich und gehe nicht weiter auf die Details ein.

Sie bohrt auch nicht weiter nach, weil sie weiß, dass ich ihr alles zu gegebener Zeit erzählen werde. Ich bin schon immer jemand gewesen, der die Dinge so lange für sich behält, bis ich dazu bereit bin, sie zu teilen. Im Moment will ich ihr nicht sagen, was sich zugetragen hat. Es würde sie bloß beunruhigen.

„Und wie geht es jetzt weiter?", will sie wissen.

Ich wünschte, ich wüsste es.

„Cornelia hat gemeint, sie würde mir ein gutes Arbeitszeugnis ausstellen. Außerdem gibt sie mir drei Monate, um mir eine neue Bleibe zu suchen."

Meine Mutter holt tief Luft. „Sie setzt dich vor die Tür?"

Ich muss lachen, unterdrücke es aber, weil das Ganze einfach zu traurig ist. Ich fühle mich erbärmlich. Es ist deprimierend, entmutigend und einfach nur traurig.

Meine Mom räuspert sich. „Das ist total unfair. Bestimmt will sie, dass ihre Nichte ins Haus zieht – eine Frechheit. Du warst schon immer viel zu gut dafür. Zu gut für diese Frau."

„Ich war mitten in den Planungsarbeiten für eine wunderschöne Hochzeit", wispere ich.

„Weißt du was?"

„Was?"

Sie lacht. „Dieses Paar? Sie werden doch bestimmt wollen, dass du den Auftrag beendest, oder? Und selbst wenn nicht, hast du doch einen exzellenten Ruf. Warum machst du dich nicht selbstständig? Pfeif auf Cornelia."

Meine eigene Firma gründen?

Darüber habe ich noch nie nachgedacht. Nicht in einer Million Jahren. Aber ich könnte es tun … oder etwa nicht?

„Wir quatschen am Sonntag weiter", sagt sie. „Sei pünktlich."

Nachdem sie das Telefonat beendet hat, starre ich wieder auf den Fernseher. Ich schenke der Sendung nicht wirklich Beachtung, weil ich mich frage, ob ich es schaffen könnte, mich selbstständig zu machen. Ob ich genug Geld verdienen würde, um meine Rechnungen zu bezahlen. Die Vorstellung, ein eigenes Unternehmen zu führen, ist beängstigend und verlockend zugleich.

Allerdings ist die größte Hürde das Startkapital.

Obwohl ich mit meinem Job bei Cornelia gut verdient habe, habe ich keine großen Ersparnisse. Ich habe nicht genug Gehalt bekommen, um die Miete, die Raten für das Auto und die Nebenkosten zu begleichen und mir gleichzeitig einen größeren Betrag zurückzulegen.

Während ich ein eigenes Unternehmen auf die Beine stelle, müsste ich mir einen Nebenjob suchen. Am besten nicht in der Veranstaltungsbranche. Das wäre ein zu großer Interessenskonflikt, den ich meinem neuen Arbeitgeber nicht zumuten möchte. Das wäre nicht fair.

Also, was kann ich tun, um meine Rechnungen zu bezahlen?

Legacy

Ihre Straße kommt in Sichtweite. Henli wohnt in einem älteren Teil von Tucson, einem halbwegs annehmbaren Stadtteil. Ich erinnere mich nicht mehr genau an die Nacht, in der ich hierherkam. Ich war so sehr darauf konzentriert, sie zu ficken, dass ich einen Tunnelblick hatte.

Man merkt, dass sich die Menschen, die hier leben, einen Dreck um ihre Nachbarschaft scheren. Vermutlich, weil es ein älterer Stadtteil ist und an ein unsicheres Viertel angrenzt.

Es ist offensichtlich, dass mit dem Immobilienboom einige Auswärtige Häuser in dieser Gegend gekauft haben und diese nun instandsetzen. Ich mag es hier. Die Straßen, die Stadt. Ich kann verstehen, wieso Menschen hierherziehen, und einige Zeit hier zu leben, käme sogar für mich in Frage.

Tucson ist kein schlechter Ort, um mit einer Frau sesshaft zu werden, ihr vielleicht ein Baby zu machen und eine Familie zu gründen.

Es ist bereits dunkel, als ich auf ihre Auffahrt aufbiege. Ich fahre hinter ihre Garage, um zu sehen, ob ich dort einen Platz für mein Bike finde. Vor allem, wenn ich mich ab sofort regelmäßiger hier aufhalten werde.

Ich schalte den Motor ab, steige von der Maschine und gehe auf die Haustür zu. Als ich auf meine Armbanduhr schaue, bin ich erschrocken wegen der Uhrzeit. Es ist Freitagabend – dreiundzwanzig Uhr. Ursprünglich hatte ich geplant, im Clubhaus zu pennen und gleich morgen früh herzufahren, aber ich will sie unbedingt sehen.

Will sie berühren.

Sie schmecken.

Eine Woche ohne Henli ist einfach zu lang. Nachdem ich mit der Arbeit fertig war, packte ich mein Zeug in eine kleine Tasche und fuhr direkt los. Jetzt frage ich mich, ob es nicht schon zu spät für meinen Besuch ist.

Ich glaube, diesmal sollte ich nicht bei ihr einbrechen, wie vergangene Woche. Ohne Vorwarnung. Deshalb klopfe ich an ihre Haustür. Ich höre den Fernseher laufen, denn so riesig ist ihr Haus schließlich nicht. Es ist schätzungsweise einhundertfünfzig Quadratmeter groß, verfügt über ein Schlafzimmer, ein Badezimmer und ein Gäste-WC. Es ist ein nettes, kleines Häuschen, das zu ihr passt.

Da ich nicht höre, dass sich jemand auf den Weg zur Tür macht, klopfe ich erneut an. „Babe, ich bin's, Legacy", rufe ich.

Langsam öffnet sich die Tür, kurz darauf sehe ich

sie vor mir stehen. Sie trägt eine Jogginghose und ein Crop-Top. Ihre dunklen Haare sind zu einem unordentlichen Dutt hochgebunden und sie ist ungeschminkt. Heilige Scheiße, sie sieht zum Niederknien aus.

„Was machst du hier?", fragt sie mich. Ihre Stimme klingt belegt und ihre Augen sind gerötet.

„Hast du geweint?", knurre ich.

Ihre Augen werden ganz groß, dann tritt sie einen Schritt zurück und senkt den Kopf, um ihr Gesicht vor mir zu verbergen. Ich trete ein und lasse meine Reisetasche neben der Eingangstür zu Boden fallen. Sie schließt die Tür hinter mir und sperrt sie ab.

Ich drehe mich zu ihr um, damit sie nicht an mir vorbeihuschen kann. Ich werde dem, was auch immer hier los ist, auf den Grund gehen. Ich greife nach ihr, lege meine Finger um ihren Nacken und ziehe sie an mich. Sie hebt die Hände und legt diese auf meiner Brust ab.

Ich schaue ihr in die Augen, suche ihren Blick und warte darauf, dass sie endlich mit der Sprache herausrückt. Ich könnte sie zum Sprechen zwingen, doch das werde ich nicht tun. Ich gebe ihr Zeit. Sie hat geweint und ich will sie nicht noch mehr aufregen.

„Ja", wispert sie. „Ja, ich habe heute geweint … sehr viel sogar."

„Wieso?"

Sie schaut mich mit ihren hübschen Augen an. Allerdings antwortet sie nicht postwendend, aber das muss sich nicht. Ich habe auch so bereits kapiert, dass hier etwas im Busch ist.

„Henli", mahne ich sie, da sie sich immer noch ausschweigt.

„Ich wurde heute Nachmittag gefeuert."

Damit habe ich nicht gerechnet.

Nun bin ich derjenige, dessen Augen ganz groß werden. Ich blinzle und kann mir keinen Reim auf diesen Scheiß machen. Endlich spricht sie weiter und klärt mich über den Stand der Dinge auf. Ich kapiere nicht, was sie mir zu sagen versucht, weil sie irgendwie um den heißen Brei herumredet.

Allerdings schnappe ich genügend auf, um zu wissen, dass die Schlampe, die sie mit diesen Wichsern zusammengebracht hat, die Nichte vom Ehemann ihrer Chefin ist. Und diese kleine Bitch wollte Henli loswerden. Ihre Chefin war darüber nicht glücklich, aber ihr waren die Hände gebunden. Loyalität der Familie gegenüber und all dieser Scheiß.

Als sie mit ihren Schilderungen durch ist, rollen ihr Tränen über die Wangen. Ich lege meine freie Hand unter ihr Kinn und drücke ihren Kopf leicht nach hinten, damit ich ihr in die Augen sehen kann.

„Es wird alles wieder gut", verspreche ich ihr.

Sie presst die Lippen zu einer schmalen Linie zusammen und wirkt nicht gerade, als würde sie meinen Worten Glauben schenken. Während ich sie eindringlich anschaue, atme ich tief ein und wieder aus. Als sie versucht, den Kopf zu schütteln, wird mein Griff fester. Ich vergrabe meine Finger in ihrem verdammt sexy Haar.

„Wird es nicht", widerspricht sie. „Ich habe drei Monate Zeit, um mir eine neue Wohnung und einen neuen Job zu suchen. Und dann hat auch noch meine Mom angerufen. Ich muss morgen zum Abendessen nach Hause, was in Ordnung gehen würde, wäre da nicht meine Schwester. Ich komme mit der Kündigung und insbesondere mit meiner Schwester nicht klar."

„Deine Schwester?“

Sie stößt einen schweren Seufzer aus, der in ein leichtes Knurren übergeht. „Meine Schwester. Wir verstehen uns nicht sonderlich gut. Sie ist furchtbar. Sie muss mich immer übertrumpfen und will haben, was mir gehört. Sie macht keinen Halt vor Freunden oder Männern.“

„Männern?“

„Nun, Jungs eben. Seit der Highschool konnte ich keinen mehr mit nach Hause bringen, weil sie mit jedem schlief, mit dem ich zusammen war. So ist sie nun mal. Sie war schon immer so und deshalb versuche ich, ihr weitestgehend aus dem Weg zu gehen. Aber am Sonntag werde ich wohl mit ihr zu Abend essen müssen.“

„Ich werde dich begleiten und vor deiner Schwester beschützen“, murmle ich.

Erst stockt ihr der Atem, dann blinzelt sie. Es kommt mir vor, als müsse sie ihre Gedanken sortieren. „Warte, du machst was? Wir haben uns eine Woche lang nicht gesehen.“

Ich senke den Kopf und küsse sie. „Das liegt daran, dass ich in Casa Grande lebe. Weil ich dich so sehr vermisst habe, bin ich hergefahren, um das Wochenende mit dir zu verbringen.“

„Aber dann wirst du wieder gehen, oder? Und ich werde wieder eine Woche lang nichts von dir hören?“, fragt sie. Ihre Lippen liegen dabei die ganze Zeit über auf meinen.

Ich bekomme die ganze Weichheit ihres Mundes zu spüren, den ich auch unbedingt um meinen Schwanz herum fühlen will. Aber vorher müssen wir erst dieses Gespräch beenden. Aktuell ist sie sehr aufgewühlt wegen der beschissenen Jobsache. Ich will es nicht verkacken. Allerdings habe ich keine Ahnung, wie ich damit umgehen soll. Emotional gesehen oder sonst wie.

„Du willst also auch unter der Woche von mir hören?", hake ich nach. „Okay, dann wirst du das. Ich kann dir keine Kontinuität versprechen, aber ich werde es versuchen."

Da sie nicht sofort etwas erwidert, presse ich meinen Mund für einen stürmischen Kuss auf ihren. Ich lasse meine Hände von ihrem Nacken ganz langsam ihren Rücken hinabgleiten, um sie auf ihren Arsch zu legen. Bevor ich sie hochhebe, drücke ich ihre Pobacken.

„Was ist das mit uns?", keucht sie.

„Der Beginn eines perfekten Sturms", erwidere ich.

„Ich habe noch nie – wirklich noch nie – so etwas wie das hier getan. Letztes Wochenende und nun das? Nie."

„Gut."

Ich presse abermals meinen Mund auf ihren und küsse sie.

Dann trage ich sie zum Bett und lasse sie ganz langsam meinen Körper entlang hinabgleiten. Verdammt, das hier ist ganz gewiss der Beginn eines *heftigen, perfekten Sturms* und ich kann einfach nicht anders. Ich kann mich ihm nicht entziehen, auch wenn es wahrscheinlich besser wäre, weit und schnell davonzulaufen, um sie vor mir zu beschützen.

Kapitel 10

Legacy

Wir brauchen nicht lange, bis wir ausgezogen sind.

Ich lasse meine Zunge in Henlis Mund gleiten und nehme eine letzte Kostprobe von ihrem Geschmack. Dann drehe ich sie um, woraufhin sie mit dem Rücken zu mir steht. Ich drücke meine Brust gegen ihre Kehrseite und beuge mich leicht über sie. Meine Lippen streifen erst über ihren Hals, dann lasse ich sie zu ihrem Ohr wandern.

„Ich werde dich in dieser Stellung ficken. Bist du bereit?"

Sie antwortet mir nicht sofort. Eine Gänsehaut breitet sich aufgrund meiner Worte auf ihrem Körper aus. „Ja, bitte", wispert sie.

Brummend knabbere ich an ihrem Ohrläppchen, ehe ich mich wieder aufrichte, meine Hand mittig auf ihren Rücken lege und sie langsam nach vorne beuge.

Sie stützt sich auf dem Bett ab und spreizt ihre Beine für mich.

Fuck.

Ich gleite mit meinen Fingern um ihr Becken herum, zwischen ihre Schenkel. Ich lasse den Daumen durch ihre Spalte streichen und spüre ihre feuchte Pussy auf meiner Haut. Verdammt noch mal, sie ist bereits feucht für mich, aber ich will, dass sie noch nasser wird, bevor ich sie ficke.

Henli stöhnt, ihre Hüften bewegen sich im Einklang mit meinen Fingern. Ich habe zwei von ihnen in sie hineingeschoben, mein Handballen liegt auf ihrer Klitoris. Ihre Hüften zucken einmal, zweimal, dreimal, bevor sie beginnt, ihre Lustperle an meiner Hand zu reiben.

Fuck.

Mein Schwanz ist steinhart und total versessen darauf, in ihr zu sein.

Als ich meine Finger in ihr krümme, spüre ich, wie nass und warm sie ist. Sie legt den Kopf zurück, schmiegt ihr Gesicht an meinen Hals. Sie kostet mich mit ihrer Zunge, während sie wimmert und keucht.

„Ich komme gleich", verkündet sie.

Das musste sie mir gar nicht mitteilen. Ich fühle ihre Pussy um meine Finger herum pulsieren. Ich wünschte, mein Schwanz würde dies zu spüren bekommen, aber ich weiß, dass das bald der Fall sein wird. Sie wird heute Nacht zweimal kommen … mindestens.

Ihre Hüften zucken, dann explodiert sie. Ihr ganzer Körper erstarrt. Sie schreit laut auf und bebt, als sie sich unter meinen Berührungen ihrem Höhepunkt hingibt.

Fuck.

Die reinste Perfektion, wie die Male zuvor.

Ich ziehe meine Finger aus ihr zurück, lege meine Hände auf ihre Hüften und beuge sie leicht vor. Anschließend bringe ich meinen Schwanz vor ihrem Eingang in Stellung. Ihre Beine zittern. Mir ist bewusst, dass sie immer noch von den Nachbeben ihres Orgasmus zehrt, aber ich muss nun verdammt noch mal in ihr sein.

Ich ziehe das Becken zurück, stoße nach vorne und vergrabe mich keuchend in ihr. Erst verlässt ein Schrei ihre Lippen, dann bewegt sie sich gemeinsam mit mir, was alles ist, was ich brauche.

Ich drücke den Rücken durch und lege eine Hand

auf ihre Schulter, die andere auf ihre Hüfte. Ich halte ihren Körper in Position und blicke auf sie hinunter. Ich beobachte unsere Vereinigung, wie mein Schwanz in sie hinein- und wieder herausgleitet und aufgrund ihrer Nässe glitzert.

Heilige Scheiße.

Wunderschön.

„Berühr dich selbst", verlange ich von ihr. Meine Atmung geht schwer, da ich versuche, meinen Höhepunkt hinauszuzögern.

Ich könnte jede verdammte Sekunde in ihr kommen.

Die Kontrolle entgleitet mir mit jedem Stoß mehr und mehr.

Sie schiebt eine Hand zwischen ihre Beine und massiert meine Eier. Das macht es mir noch schwerer, mich zu zügeln. Dann widmet sie sich ihrer Klitoris und stöhnt auf.

Genau das hier– diese Süße – will ich ganz für mich allein. Ich will sie nicht mit meiner Welt teilen. Dies hier soll etwas sein, dass nur mir gehört.

Als sie ein weiteres Mal kommt, drückt ihre Pussy meinen Schwanz so fest zusammen, dass ich fast Sterne sehe. Sofort darauf pulsiert der Orgasmus durch meinen Körper hindurch. Das hier ist so gottverdammt erstaunlich.

Dieses Erlebnis ist einfach nur geschichtswürdig.

Ich lehne mich auf ihren Rücken, presse meine Brust fest gegen sie und versuche, wieder zu Atem zu kommen. Dabei schlinge ich meine Arme um ihre Mitte und berühre mit meinen Lippen ihren Nacken. In dieser Position verharren wir ein paar Augenblicke, um uns beide zu beruhigen.

Heilige Scheiße.

An all das hier könnte ich mich gewöhnen.

Legacy hat seine Arme um mich geschlungen, meine Vorderseite ist gegen seinen nackten Körper gepresst, mein Arm ruht auf seiner Taille. Ich lege den Kopf in den Nacken und sehe ihn an. Er senkt daraufhin das Kinn, sein Blick trifft den meinen und ich bin völlig hin und weg von seinem umwerfenden Gesicht.

Als er mir zulächelt, könnte ich schwören, dass mein Herz für einen Schlag aussetzt. Er lacht leise vor sich hin, ist aber ansonsten still.

Ich lasse eine Hand über seine Brust tänzeln und ziehe mit dem Zeigefinger die Konturen seiner Tätowierungen nach. Er hat überall welche. Ich frage mich, was sie wohl zu bedeuten haben. Ganz besonders das Tattoo auf seinem Rücken, das zu der Lederweste passt, die er immer trägt.

„Bedeuten sie etwas?", erkundige ich mich.

Er antwortet mir nicht sofort. Zuerst legt er seine Finger um mein Handgelenk, um meine Berührungen zu unterbinden. Ich lehne erneut den Kopf zurück und blicke ihm in die Augen. Noch immer ist er stumm, bis er grinst.

„Ja, aber ich verrate dir nicht, was."

„Warum nicht?", frage ich.

Brummend zieht er mich noch enger an sich heran, um mir einen Kuss auf die Stirn zu geben. „Weil sie zu dem Teil meines Lebens gehören, den du nie kennenlernen wirst. Diese Scheiße darf nie mit dir in Berührung kommen, Henli."

Ich kapiere nicht, was er damit zu sagen versucht. Ich möchte es aber verstehen, will wissen, wovon er spricht. Ich öffne den Mund, um nachzuhaken, doch er ist schneller und ergreift vor mir das Wort.

„Ich werde nicht zulassen, dass du in irgendetwas mit hineingezogen wirst, Babe. Nicht alles in dieser Welt ist gut, aber du bist es, und das soll so bleiben." Kurz verstummt er, dann räuspert er sich. „Ich kann dir etwas über dieses hier erzählen", sagt er und deutet auf seine Brust. „Ich habe es mir stechen lassen, als mein Vater starb. Meine Mutter war erst ein paar Monate zuvor verstorben.

„Kreise?", frage ich. Die Muster auf seiner Brust erinnern mich an ein Tribal.

„Mein Dad bildet das Zentrum. Meine Mutter symbolisiert den Kreis um ihn herum. Das ist alles, was du von mir erfahren wirst. Den Rest behalte ich besser für mich. Ich will dich nicht versauen, Babe."

Anstatt seine Aussage zu hinterfragen, ihn zu löchern, was er mit *versauen* meint, beschließe ich, es vorerst gut sein zu lassen. Ich könnte ihn drängen, aber das würde vermutlich wenig Sinn ergeben. Zumal ich ohnehin nicht diese Art von Mensch bin. Er wird mir schon erzählen, was wichtig ist, wenn er dazu bereit ist. Zumindest rede ich mir das ein.

Ehrlich gesagt bin ich fast ein wenig überrascht, dass er mir so viel von sich erzählt hat. Ich kenne ihn zwar noch nicht sonderlich gut, aber was ich bisher über ihn erfahren habe, gefällt mir. Ich mag es, hier mit ihm zu liegen. Es ist schön, wie er mich anschaut und in seinen Armen hält.

Anstatt ihm eine Million Fragen zu stellen und von ihm zu verlangen, sich mir zu öffnen, beschließe ich, seine Geheimniskrämerei zu akzeptieren. Ich denke, je näher wir einander kennenlernen, desto mehr werde ich wohl noch über sein Leben und seine Welt in Erfahrung bringen.

„Wie alt bist du eigentlich?"

Er lässt eine Hand über meinen Rücken gleiten, vergräbt seine Finger in meinen Haaren und zieht meinen Kopf leicht nach hinten, damit er mir in die Augen schauen kann. Seine goldenen Augen sind süchtig machend.

„Ist das wichtig?", fragt er.

„Nein, aber ich bin neugierig."

Seine Lippen verziehen sich zu einem Lächeln. „Achtunddreißig", gesteht er mir. „Aber das Alter ist bloß eine Zahl, auf die ich nichts gebe. Ich weiß, dass du jünger, aber reifer als ich bist."

Ich reiße die Augen auf und hole tief Luft. „Ich bin fünfundzwanzig."

„So jung", murmelt er. „Das dachte ich mir schon."

„Stört dich der Altersunterschied?"

Schnaufend nimmt er seine Hand aus meinem Haar und lässt sie langsam meinen Rücken hinuntergleiten, um meine Pobacke zu umfassen. „Es ist definitiv kein Abtörner, dass du dreizehn Jahre jünger bist."

„Das klingt irgendwie pervers", erwidere ich.

Legacy dreht mich um, woraufhin ich nun auf meinem Rücken liege. Wie selbstverständlich, spreize ich meine Beine für ihn und er schiebt seine Hüften dazwischen. Ich spüre seinen Schwanz an meiner empfindlichen Mitte und will ihn direkt schon wieder. Eine Welle des Verlangens flutet mein ganzes Sein.

„Ich bin sehr pervers", sagt er und legt anschließend seinen Mund auf meinen.

Seine Lippen, ganz gleich wo auf meinem Körper, sind göttlich. Allerdings liebe ich es am meisten, wenn sie sich auf meinem Mund befinden.

Sein Kuss ist hart, besitzergreifend und unglaublich.

Er hebt den Kopf, sieht mich an und grinst, weil er offensichtlich erkennt, was er in mir auslöst. Ich bin Wachs in seinen Händen.

„Und es gefällt dir."

„Dem kann ich nicht widersprechen", gebe ich aus tiefstem Herzen zu.

Er wirft den Kopf in den Nacken und bekommt einen Lachanfall. Währenddessen bewundere ich seinen breiten Hals. Sein Körper, der über mir aufragt, zuckt. Dann senkt er erneut den Kopf, küsst mich und rollt sich von mir herunter.

„Gut", murmelt er. „Bist du hungrig?"

Mir fällt ein, dass ich nichts Essbares im Haus habe, und ich werfe einen Blick auf die Uhr. Es ist bereits nach Mitternacht, aber ich bin dennoch hungrig. Ich war so verzweifelt wegen meiner Kündigung, dass ich nichts zu Abend gegessen habe. Ich öffne den Mund, um ihm mitzuteilen, dass ich keine Lebensmittel im Haus habe, als mein Magen knurrt.

„Steh auf. Wir essen auswärts."

„Um diese Uhrzeit?"

Er steigt aus dem Bett. Ich sehe ihm dabei zu, wie er seine Jeans anzieht, ohne vorher in seine Boxershorts zu steigen. Das ist verdammt heiß. Ich hätte nie gedacht, dass ich so etwas mal sexy finden würde, aber dem ist nun mal so. Ich bin total darin vertieft, ihm dabei zuzuschauen, wie er seine Hose zuknöpft, sodass er laut auflacht. Sein Lachen lenkt meine Aufmerksamkeit von seinem Schritt auf sein Gesicht.

„Wir gehen ins Waffelhaus, Babe."

Ich rümpfe die Nase. Ich kann mich nicht daran erinnern, wann ich das letzte Mal in einem Waffelhaus war. Da mein Magen sich erneut lautstark meldet, beschließe ich, dass das auch überhaupt keine Relevanz hat.

Dann also das Waffelhaus.

Ich rolle mich aus dem Bett und begebe mich ins Bad, um mich zu waschen. Als ich dabei bin, mich ein wenig zu schminken, durchflutet mich eine Welle der Traurigkeit. Dieser Raum war sechs Jahre lang mein Badezimmer.

Dieses Haus war meine allererste Chance auf Freiheit und nun wird es mir genommen. Und das bloß, weil Grace ein blödes Miststück ist und ich nichts weiter getan habe, als zu versuchen, ein netter Mensch zu sein. Kopfschüttelnd trage ich etwas Make-up auf, käme mir mit einer Bürste die Haare durch und stecke sie anschließend zu einem Dutt zusammen.

Zurück im Schlafzimmer ziehe ich mir eine Jeans und ein Top an. Es ist mir ziemlich egal, ob die Klamotten zusammenpassen oder nicht. Wir gehen nur ins Waffelhaus. Wahrscheinlich werden wir die einzigen Nüchternen dort sein. Niemand wird mich kennen, weil ich nicht viele Bekannte habe.

„Fahren wir mit dem Motorrad?“, frage ich ihn, während ich mir das Top über den Kopf ziehe.

Legacy kommt hinter mich und presst seine Brust gegen meinen Rücken. Ich hebe den Kopf, um uns beide im Spiegel vor mir zu betrachten. Während er das Gleiche tut, verziehen sich seine Lippen zu einem Grinsen.

„Du würdest heute Nacht bloß auf dem Rücksitz des Bikes erfrieren. Wir können morgen eine Runde drehen.“

Ich drehe mich zu ihm um, hebe die Arme, lege sie

um seinen Nacken und ziehe seinen Kopf zu mir herunter. Sein Mund streift den meinen. Er schmeckt köstlich.

„Ich würde sehr gern bei dir mitfahren“, lasse ich ihn wissen.

Lachend streicht er mir eine lose Haarsträhne hinter das Ohr. „Lass uns dir etwas zu essen besorgen, Babe.“

„Einverstanden.“

Wir verlassen das Schlafzimmer und gehen in das Wohnzimmer, um meine Handtasche zu holen. Zum Glück habe ich sie heute im Laufe des Tages, nachdem ich sie auf den Boden gepfeffert hatte, wieder aufgehoben und auf den Tresen gelegt. Ich öffne sie und hole meinen Schlüsselbund heraus. Bevor ich mich auf die Haustür zubewegen kann, nimmt Legacy mir die Schlüssel ab.

„Legacy?“ Blinzelnd starre ich auf meinen Autoschlüssel.

„Ich habe Eier in der Hose, Babe. Solange ich nicht verblute, fahre ich.“

Also gut.

Kapitel 11

Henli

Ich strecke und dehne mich, dabei berührt meine Hand einen muskulösen Körper. Sofort fliegen meine Augen auf und ich lächle, da ich an letzte Nacht denken muss.

Sie war so unglaublich gut.

Ich betrachte Legacy, der neben mir schläft, eine Weile. Er sieht so friedlich und wunderschön aus.

Ich höre ihn grunzen, dann streckt er eine Hand aus und legt einen Arm um mich, um mich an seine Seite zu ziehen. Sein Körper ist warm und hart zugleich. Ich möchte mich an seine Brust kuscheln und für immer so liegen bleiben. Mit geschlossenen Lidern bewegt sich sein Kopf vor und sein Mund berührt den meinen.

„Guten Morgen, Henli.“

„Morgen“, hauche ich zurück.

Seine Hand gleitet zwischen meine Beine und ich spüre, wie seine Finger durch meine Spalte streichen und meine Klitoris massieren. Ich bin wund, aber auf eine gute Weise.

Mein Körper verzehrt sich schon wieder nach ihm, obwohl es erst ein paar Stunden her ist, seit er das letzte Mal in mir war.

„Legacy“, keuche ich.

„Brick“, erwidert er.

Ich bin so sehr in die Empfindungen, die seine Hand zwischen meinen Beinen auslöst, gefangen, dass ich das Wort nur am Rand wahrnehme. Als er es noch einmal wiederholt, hebe ich den Kopf. Meine Hüften stoppen in ihrer Bewegung, seine Hand bewegt sich weiter.

„Was?“, hauche ich.

„Mein Name“, antwortet er. „Ich heiße Brick.“

Sein Mund liegt auf meinem, mit seinen Fingern verwöhnt er mich. Ich bin nicht dazu fähig, zu denken. Mein Gehirn ist völlig benebelt und ich glaube nicht, dass ich ihn richtig verstanden habe. Doch dann wiederholt er das Wort erneut und fordert mich auf, den Namen laut auszusprechen.

„Brick“, stöhne ich.

„Fuck.“

Plötzlich ist seine Hand verschwunden. Ich betrauere den Verlust, doch nur ein paar Sekunden später werden seine Finger durch seinen Schwanz ersetzt. Ein Stoß, eine Bewegung, und schon ist er tief in mir.

Ich liebe es.

Mir war nicht klar, dass ich so sehr auf diese Art von Sex abfahre. Das heißt: ein weniger härter. Ich dachte immer, es müsste sanft zugehen, irgendwie einfach und süß, aber mit Legacy ist alles anders und genau das gefällt mir.

Ich spreize die Beine für ihn, ziehe sie an und presse meine Schienbeine gegen seinen Brustkorb. Dadurch dringt er noch tiefer in mich ein. Mir stockt der Atem. Legacy … äh Brick … bringt mein Gesicht seinem näher, um mich zu küssen.

Der Kuss fällt kurz aus, da er sofort fortfährt, mich zu ficken. Er tut es hart und unerbittlich. Der Rhythmus seiner Stöße ist atemberaubend und ich wünschte, wir könnten für immer in diesem Moment bleiben – für den Rest meines Lebens.

Sein Becken streift meine Klitoris bei jedem Stoß. Ich kann nicht anders als bei diesen Berührungen aufzukeuchen. Immer wieder zieht er seinen

Schwanz so weit aus mir zurück, dass nur noch seine Penisspitze in mir steckt. Dann stößt er zu. Mit jedem Eindringen dehnt er mich.

Es ist das pure Vergnügen.

Ich verliere mich in dem Moment, in ihm, in uns. Dann überrollt mich, ohne Vorwarnung, mein Höhepunkt. Er zieht sich hin und ist köstlich. Er ist befriedigend und süß. Allerdings verspüre ich auch etwas, das ich nicht genauer beschreiben kann.

In diesem Augenblick geht es in meinem Kopf drunter und drüber. Ich kann nicht mehr klar denken, selbst wenn ich es wollte. Deshalb schließe ich die Augen und lasse die Emotionen einfach auf mich einwirken.

Meine Beine zittern. Er presst seinen Mund auf meinen, dann rollt er sich von mir, um mich in seine Arme zu schließen. Ich stelle mir die Frage, wie unsere Beziehung wohl aussehen wird. Ich weiß, dass er fast vierzig ist, und nun weiß ich auch, dass er Brick heißt. Aber das war es auch schon … na ja, und dass er toll im Bett ist.

Aber das mit uns fühlt sich viel zu oberflächlich an.

„Brick", flüstere ich. Er gibt einen Brummlaut von sich, während seine Fingerspitzen mit den Enden meiner Haare spielen. „Woher stammt der Name?"

Er lacht. „Henli?"

„Wie kommst du zu diesem Namen?" Ich hebe den Kopf, weil ich Angst habe, ihn vielleicht beleidigt zu haben, doch meine Sorge ist unbegründet, da er mich anlächelt. „Es tut mir leid. Das sollte nicht unhöflich klingen. Es ist nur so, dass ich diesen Namen noch nie zuvor gehört habe."

Er zupft etwas fester an meinen Haarspitzen und schüttelt den Kopf. „Ich bin nicht sauer, Babe. Mein

Vater dachte, weil ich bei der Geburt so viel wog wie ein Ziegelstein, dass Brick ein passender Name für mich sei. Meine Mom war zu erschöpft, um zu protestieren. Also nannten sie mich Brick.“

Diese Geschichte ist auf eine seltsame Weise irgendwie niedlich. Ich frage mich, wie seine Eltern wohl waren. Wie kann ein Mann einem Baby einfach so einen Namen geben, ohne das Einverständnis der Mutter? Ich plane immer so weit im Voraus, dass ich bereits den Vornamen und personalisierte Babysachen zur Hand hätte, bevor das Kind geboren wäre. Aber ich weiß, dass nicht jeder so ist wie ich.

„Ich sollte eigentlich ein Junge werden. Meine Eltern hatten sich deshalb für Henley entschieden. Als ich dann aber wider Erwarten ein Mädchen wurde, ersetzten sie kurzerhand das „ey“ am Ende von Henley durch ein „i“ und Tada, hier bin ich … Henli. Du wirst sie ja bald kennenlernen. Sie werden dir liebend gern die Geschichte rund um meinen Vornamen erzählen. Sie lieben diese Story.“

„Und wie heißt deine Schwester?“

Es überrascht mich, dass er sich nach ihrem Namen erkundigt. Da er sie aber auch bald treffen wird, ist es durchaus eine berechtigte Frage. Ich schenke ihm ein wackliges Lächeln und räuspere mich, bevor ich ihren Vornamen ausspreche. Aus welchem Grund auch immer, empfange ich schlechte Schwingungen, wenn ich nur an sie denke.

„Penelope.“

Er nickt mir zu, gibt meine Haare frei und streichelt mir beruhigend über den Rücken. „Zieh dich an. Wir wollten doch eine Runde auf dem Bike drehen.“

Er muss mich nicht zweimal bitten. Ich steige aus dem Bett und eile ins Bad, um mich zu duschen. Ich höre ihn lachen, da ich meine Aufregung wegen des Motorradfahrens nur schlecht verbergen kann.

Legacy

Nachdem ich ihr Haus verlassen habe, betrachte ich den kleinen Bungalow und frage mich, wo zum Teufel sie wohl zukünftig arbeiten wird. Sie muss umziehen. Sie muss ihre Rechnungen bezahlen und es ist völlig verrückt, dass ihre Chefin sie so mies behandelt.

Ich weiß, es geht mich nichts an.

Ich habe sie noch nicht für mich beansprucht, allerdings habe ich auch immer im Hinterkopf, wie verdammt jung sie noch ist. Sie scheint in einer Branche zu arbeiten, in der es überall in der Stadt offene Stellen zu besetzen gibt.

Als sie die Haustür schließt, hebe ich den Kopf und beobachte, wie sie auf mich zukommt. Sie trägt eine Jeans, schwarze Boots und etwas, das wie eine Kunstlederjacke aussieht. Ihre Haare hat sie zu einem Pferdeschwanz zusammengebunden und sie wirkt nervös.

„Babe", sage ich. Sie kommt vor mir zum Stehen. „Ist das Kunstleder?" Ich betaste die Jacke und reibe den Stoff zwischen meinen Fingern.

„Ja", gibt sie flüsternd zu.

„Hast du keine Jeansjacke?"

Sie schüttelt den Kopf. „Einen Texas Tuxedo? Diese Jeans-Jacken-Kombination, die man für gewöhnlich mit Cowboystiefeln trägt? Nein, danke."

„Lass die Scheißjacke hier. Steig auf. Wir legen einen kurzen Zwischenstopp ein."

Wenn sie öfter mit mir mitfahren will, braucht sie eine verdammte Jacke und einen Helm. Ich trage zwar keinen, aber sie sollte es tun. Nur für den Fall der Fälle. Ich hatte noch nie eine Frau hinter mir auf dem Bike sitzen. Aber wenn das hier zu einer regelmäßigen Sache werden soll, muss sie geschützt sein. So gut wie eben möglich.

Henli steigt hinter mir aufs Bike, ihre Schenkel presst sie gegen meine Hüften. Ihre Arme legt sie um meine Taille. Als sie ihre Titten gegen meine Lederkutte drückt, entweicht mir ein Knurren.

Heilige Scheiße.

Ich starte den Motor, trete den Ständer hoch und verlasse ihre Einfahrt. Ich steuere direkt den Biker-Shop an, um ihr etwas Passendes zu kaufen. Es dauert nicht lange, bis wir den Laden erreichen, der nur ein paar Blocks von ihrem Haus entfernt ist.

Ich höre ihr Einatmen an meinem Ohr, als ich auf den Parkplatz biege. Nachdem ich den Motor abgestellt habe, steigt sie vom Bike. Ich tue es ihr gleich, nehme ihre Hand in meine und führe sie ins Geschäft.

Im Inneren des Gebäudes läuft Rockmusik und der beruhigende Geruch von Leder und Motorenöl betört meine Sinne. Dieser Ort gleicht einem Zuhause. Hier fühle ich mich wohl. So bin ich aufgewachsen, mit Motorrädern, mit Leder und all dem Zeug.

Der Mann hinter dem Verkaufstresen nickt uns zu, während wir uns unseren Weg durch den Laden bahnen. Mir entgeht nicht, wie er meine Kutte mustert. Seine Augen werden ganz groß. Ich muss wegen seiner Reaktion grinsen und führe Henli in die Damenabteilung.

Es dauert nur ein paar Sekunden, bis der Mann

hinter dem Verkaufstresen hervorkommt und auf uns zu eilt.

„Was kann ich für Sie tun?", erkundigt er sich zuvorkommend. Allerdings kann ich das Zittern in seiner Stimme deutlich hören.

Ein gepatchter Mann, der eine Kutte trägt, ist nichts Besonderes. Vor allem nicht in Arizona. Aber aus irgendeinem Grund tut der Kerl so, als wäre ich ein Promi oder so ähnlich. Ich gebe mir Mühe, mir seine Reaktion nicht zu Kopf steigen zu lassen, werde aber vermutlich scheitern.

„Ich suche eine Jacke und einen Helm für meine Frau."

Abermals werden seine Augen ganz groß. Er schaut zu Henli, die gerade die T-Shirts betrachtet. Dann wendet er sich wieder mir zu. „Haben Sie an etwas Bestimmtes gedacht?"

„Aus Leder", erwidere ich.

Er eilt zu der Wand, an der die Lederjacken ausgestellt sind, und fängt an, mir alles über die verschiedenen Modelle zu erzählen. Der Scheiß interessiert mich aber nicht. Ich blicke über meine Schulter und rufe Henli beim Namen zu mir. Sie hebt den Kopf, ihr Gesichtsausdruck wirkt irgendwie seltsam.

„Babe, was für eine Jacke willst du? Hier gibt es eine riesige Auswahl."

Sie presst die Lippen aufeinander und legt das, was sie in der Hand hält, zurück ins Regal. Sie kommt auf mich zu. Allerdings bleibt sie, zumindest für meinen Geschmack, etwas zu weit von mir entfernt stehen. Deshalb greife ich nach ihr, lege ihr einen Arm um die Taille und ziehe sie dichter an mich heran.

„Wie ich Ihnen bereits sagte, führen wir verschiedenste Modelle für Frauen. Es gibt Jacken im

Bomber-Stil, im Moto-Stil und natürlich welche mit geradem Reißverschluss und zweifarbigem Leder.“

Ich habe keine Ahnung, wovon zum Teufel der Wichser da redet, aber mir gefällt die Jacke aus braunem Leder, die er gerade hochhält.

„Probiere die doch mal an“, sage ich zu ihr.

„Das ist die H-D-Triple Vent System Gallun Lederjacke für Frauen“, verkündet der Verkäufer voller Stolz.

Ich habe keinen blassen Schimmer, was der Scheiß, den er soeben von sich gegeben hat, bedeuten soll. Genau das will ich ihm auch sagen, komme aber nicht dazu, weil er erklärt, dass die Jacke über irgendeine obercoole Technologie verfügt, die für einen Luftstrom sorgt und kühl hält. Ich bin mir sicher, dass das im Klartext bedeutet, dass sie schweineteuer ist.

„Ich glaube, Sie brauchen Größe L“, sagt der Typ.

Ich schaue Henli an und bin mir ziemlich sicher, dass diese Frau garantiert keine Größe L braucht. Obwohl sie einen wohlgeformten Arsch und große Titten hat, würde ich nicht behaupten, dass irgendetwas an ihr *large* ist.

„Ganz genau“, entgegnet sie seufzend. Ihre Wangen röten sich, als würde sie sich für ihre Konfektionsgröße schämen.

Die ist mir sowas von scheißegal. Hautsache es passt und sitzt gut. Und als sie die Jacke anprobiert, ahne ich bereits, dass sie ihr verdammt gut stehen wird. Meine Vermutung bewahrheitet sich, als sie den Reißverschluss zuzieht.

„Sie wird die Jacke nehmen“, entscheide ich.

„B… Legacy, ich weiß doch noch nicht einmal, wie viel sie kostet. Warte doch mal“, flüstert sie.

Ich beuge mich zu ihr herunter und blicke ihr direkt

in die Augen. „Das spielt keine Rolle. Sie gehört dir.“

Mein Tonfall duldet keinen Widerspruch. Sie presst die Lippen aufeinander und nickt einmal. Allerdings sehe ich ihr an, dass sie noch etwas zu sagen hat. Für den Moment scheint mir entfallen zu sein, dass sie nichts über den Club und das Clubleben weiß. Ich stoße einen Seufzer aus und versuche, mich in Geduld zu üben, die ich normalerweise eigentlich nicht habe.

„Henli, Babe, ich kaufe dir die Jacke und einen Helm. Sie steht dir phänomenal. Du musst sie einfach nehmen. Sie gehört dir.“

Ich wende mich an den Verkäufer und frage ihn, wo wir die Helme finden können. Dann helfe ich Henli dabei, einen auszusuchen. Ich beobachte, wie sie wegen eines rosafarbenen Helms die Nase rümpft, den der Angestellte ihr vorschlägt. Ich kann mir das Lachen nicht verkneifen. Mir gefällt es, dass sie sehr weiblich ist, aber nicht die Art Frau, die das mit rosa Kleidungsstücken unterstreichen muss. Ich hasse diese Farbe abgrundtief, ausgenommen wenn es um ihre Pussy geht.

Nachdem wir Jacke und Helm gekauft haben, verlassen wir den Shop, steigen wieder auf mein Bike und machen endlich unsere Spritztour.

Kapitel 12

Henli

Es dauert eine Weile, aber irgendwann, noch während der Fahrt, fühle ich mich auf Legacys Motorrad wohl.

Während ich die Aussicht um mich herum genieße, erscheint die Welt zum ersten Mal in einem ganz anderen Licht. Arizona ist wunderschön. Ich habe mich immer nur darüber beschwert, dass es hier viel zu heiß ist und es nichts weiter als Wüste gibt, aber damit lag ich völlig falsch.

Die Fahrt dauert etwa drei Stunden, und obwohl mir bereits alles wehtut, liebe ich es. Noch bevor wir am Ziel sind, möchte ich schon die nächste Tour mit ihm planen. Er hält auf dem Parkplatz eines Restaurants an und stellt den Motor ab. Ich steige vom Motorrad und zische, da mein wunder Hintern auf sich aufmerksam macht.

Lachend steigt Legacy ebenfalls vom Bike. Er nimmt mir den Helm ab und legt ihn auf die Sitzbank.

„Wird ihn nicht jemand klauen?", frage ich ihn und schaue mich um.

Grinsend schüttelt er den Kopf. „Wenn derjenige, der ihn beabsichtig zu klauen, später noch atmen will, wird er es brav sein lassen."

Mit weit aufgerissenen Augen starre ich auf den nagelneuen, glänzenden Helm, der auf der Sitzbank liegt, und sehe dann wieder ihn an. Ich denke kurz daran, ihn zu fragen, ob wir den Helm nicht einfach mit reinnehmen wollen. Da er sich aber ziemlich sicher zu sein scheint, dass niemand den Kopfschutz anrühren wird, beschließe ich, kein Fass aufzumachen. Nicht, dass er mir überhaupt die Gelegenheit dazu geben würde.

Legacy legt nämlich seinen Arm um meine Hüfte. Er hält mich ganz fest an seiner Seite, während er mich zum Eingang des Lokals führt. Ich habe keinen Augenblick Zeit, um nachzudenken. Wir betreten das Restaurant und Legacy steuert einen der Tische an. Ich setze mich und rutsche in die Mitte der Bank. Er nimmt mir gegenüber Platz. Sofort kommt die Kellnerin zu uns, erkundigt sich nach unseren Getränkewünschen und reicht uns klebrige, einlaminierte Speisekarten. Ich war noch nie hier, weiß aber schon jetzt, dass ich den Laden lieben werde. Vor allem, weil ich mit diesem Mann hier bin.

Ich senke den Kopf und studiere die Menükarte. Als Legacy grunzt, hebe ich den Blick und sehe ihn über den Tisch hinweg an. Ich schenke ihm ein Lächeln und warte darauf, dass er das Wort ergreift. Er legt die Speisekarte beiseite und räuspert sich.

„Was hast du eigentlich wegen der Arbeit vor?"

Plötzlich ist er so ernst, dass mir der Atem stockt. Diese Frage spukt ihm wahrscheinlich schon seit Stunden durch den Kopf. Ich befeuchte mit der Zunge meine Lippen und hole tief Luft. Ich denke kurz daran, ihm alles über meine Hoffnungen und Träume zu erzählen, aber da ich ihn noch nicht gut kenne, glaube ich, dass es dafür noch ein bisschen zu früh ist.

„Ich weiß es noch nicht", gestehe ich ihm. „Ich war bislang erst in einer Branche tätig. Und obwohl es in der Gegend ein paar Firmen gibt, bei denen ich mich bewerben könnte, bin ich mir nicht sicher, ob sie aktuell Personalbedarf haben. Oder ob sie mich überhaupt einstellen würden.“

„Und wo willst du wohnen?“

Kopfschüttelnd blicke ich auf die klebrige Speisekarte, da die Kellnerin mit meinem Wasser und seiner Coke zu uns an den Tisch tritt.

„Was darf ich euch zu essen bringen?“, erkundigt sie sich.

Ich denke kurz daran, gar nichts zu bestellen, allerdings verhungere ich fast. Deshalb ordere ich einen Chefsalat mit Balsamico-Vinaigrette. Legacy entscheidet sich für einen Burger mit Pommes.

Nachdem die Kellnerin uns wieder alleingelassen hat, räuspert er sich.

„Wo wirst du wohnen, Babe?“

„Ich habe keinen blassen Schimmer.“

Die Wahrheit ist nun mal die Wahrheit. Ich habe keine Ahnung, wie es weitergehen wird. Ich bin total am Arsch und weiß nicht, was ich tun soll. Ich liebe die Idee meiner Mutter, mein eigenes Unternehmen zu gründen. Gleichzeitig bin ich jedoch Realistin genug, um zu wissen, dass ich das nicht einfach so übers Knie brechen kann.

„Soll ich dir unter die Arme greifen?“, will er wissen.

„Wieso fragst du mich das?“

Er lehnt sich zurück. „Brauchst du Geld? Soll ich dir eine neue Wohnung besorgen? Was immer dir hilft, Babe.“

„Brick“, wispere ich. „Du bist nicht für mich verantwortlich. Es ist mein Leben, mein eigener Scheiß.“

Brick reagiert nicht sofort auf meine Worte. Bevor er zu sprechen beginnt, beobachtet er mich einen Moment. „Bin ich dein Mann?“

Ich blinzle. Ich starre ihn an. Dann zwinge ich mich dazu, ein weiteres Mal zu blinzeln. Ich weiß nicht, was ich auf seine Frage erwidern soll. „Bist du das? Ich habe keine Ahnung, was wir sind.“

Ich weiß nicht, was ich von ihm erwarten soll. Vielleicht, dass er mich anschreit oder mosert, aber nichts davon trifft ein. Er greift über den Tisch hinweg nach meiner Hand, was eine seltsam süße Geste ist. Er blickt mich direkt an und seine Lippen verziehen sich zu einem Lächeln.

„Ja, Babe. Du bist die Einzige, die mich fickt. Ich bin also dein Mann.“

Scheiße.

Ich habe einen Mann.

Und ich bin total aus dem Häuschen deswegen.

Legacy

Mit tellergroßen Augen starrt Henli mich an, während das, was ich soeben zu ihr gesagt habe, wohl noch nachwirkt. Ich weiß nicht, wann genau ich mich zu ihrem Mann erklärt habe – vermutlich in diesem Moment. Aber genau das bin ich: ihr Mann. Und sie ist meine Frau.

Allerdings bin ich mir noch nicht ganz schlüssig darüber, welche Art von Frau sie für mich ist. Meine Old Lady, meine Citizen Wife? Was auch immer sie für mich sein wird, sie gehört auf jeden Fall zu mir. Ich schwanke noch zwischen den beiden Optionen. Immer dann, wenn ich denke, dass sie nur Heiratsmaterial ist, tut oder sagt sie etwas, das in mir das Verlangen schürt, sie rund um die Uhr an meiner Seite haben zu wollen.

„Ich habe einen Mann“, wispert sie schließlich.

Ich drücke ihre Hand. „Ganz genau, Babe. Also,

was brauchst du?"

Lachend schüttelt sie den Kopf. „Im Moment gar nichts, Brick."

Als ihr mein Vorname über die Lippen kommt, zuckt mein Schwanz. Ich kann es kaum erwarten, ihn wieder aus ihrem Mund zu hören, wenn ich tief in ihr vergraben bin. „Ich bin hier, falls du etwas benötigst. Du musst dich nicht abmühen oder dich sorgen. Ich bin für dich da, Babe."

„Du ahnst nicht, wie viel mir das bedeutet", flüstert sie mir zu. „Es waren ein paar wirklich harte Tage."

„Ich weiß."

Die Kellnerin kommt zu uns an den Tisch und serviert schweigend das Essen. Sie zieht sich unauffällig wieder zurück, denn sie scheint bemerkt zu haben, dass wir eine ernste Unterhaltung miteinander führen. Ich nehme meinen Burger in die Hand, beiße hinein und beobachte sie dabei.

„Ich komme schon zurecht", sagt sie. Es klingt, als würde sie versuchen, sich selbst davon zu überzeugen.

„Ich weiß", erwidere ich mit einem Zwinkern.

Es dauert nicht lange, bis wir aufgegessen haben. Während des Essens wechseln wir nicht mehr viele Worte, denn das vorausgegangene Gespräch hängt irgendwie noch in der Luft. Bis zu einem gewissen Grad habe ich sie für mich beansprucht und sie macht sich Sorgen um die Arbeit. Ich hatte gehofft, dass unser kleiner Ausflug sie auf andere Gedanken bringt, aber dieses Gespräch hat die ganze Scheiße rund um ihre Arbeit und Wohnsituation nur wieder aufgewirbelt.

„Ernsthaft, Babe. Du brauchst doch irgendetwas. Lass es mich wissen."

„Du hast recht", wispert sie und stochert mit ihrer Gabel in ihrem Salat herum. „Ich komme mir nur so dumm vor. Ich weiß nicht, was ich denken soll."

„Weswegen?"

Sie schüttelt den Kopf. „Meinem Job. Ich hätte mir ein paar Hintertüren offenhalten sollen, aber das habe ich nicht. Ich habe mich ausschließlich auf meine Kunden konzentriert und natürlich darauf, mein Bestes für Cornelia zu geben. Ich habe nicht genügend Kontakte geknüpft. Ich bin selbst schuld."

Ich kann ihr leider keinen verdammten Rat geben. Ich habe nämlich nie für jemand anderen als den Club gearbeitet. Mein Vater war der Präsident und als dieser starb, begann ich sofort für die Devil´s Hellions zu arbeiten. Ich war in der Werkstatt tätig, habe Botenfahrten gemacht und Leute verprügelt, die es verdammt noch mal verdient hatten. Wie diese drei Arschlöcher vom letzten Wochenende. Das Wissen, ihnen eine Lektion erteilt zu haben, lässt mich immer noch grinsen.

„Können wir los?", frage ich sie.

Sie blickt zu mir auf, nickt und verlässt die Sitzbank. Während sie noch eben die Toilette aufsucht, krame ich mein Geld aus der Tasche und bezahle. Ein paar Minuten später stapft sie an mir vorbei und marschiert direkt auf die Eingangstür zu.

Einen Moment lang sehe ich ihr ungläubig hinterher. Ich zucke zusammen, dann folge ich ihr.

Sie steht mit dem Rücken zu mir, hat die Hände in die Hüften gestemmt und den Kopf in den Nacken gelegt, sodass ihr Gesicht gen Himmel gerichtet ist.

„Was zum Teufel?", bricht es aus mir heraus.

Sie dreht sich zu mir um. „Wer bist du?"

„Hä?"

„Ich wurde gerade vor dir gewarnt. Man sagte mir, du seist gefährlich. Dass du Menschen tötest, dass du mich irgendwann umbringen wirst. Dass du ein Verbrecher bist. Dass du eines Tages im Knast landen wirst. Dass ich lieber um mein Leben rennen sollte.“

Sie redet wirr, aber mir ist klar, dass jemand sie auf der Toilette abgepasst haben muss, um sie über meine Lebensumstände aufzuklären.

Über den Club.

Über mich.

Als ich zurück zum Restaurant blicke, sehe ich die Kellnerin am Fenster stehen, die uns durch die Scheibe hindurch anstarrt. Sie scheint zu wissen, was meine Kutte zu bedeuten hat. Sie weiß, wer die Devil's sind. Sie weiß scheinbar verdammt viel.

Ich lenke meine Aufmerksamkeit wieder auf Henli, verschränke die Arme vor der Brust und neige den Kopf etwas, um ihr in die Augen blicken zu können. „Du hältst mich also für einen Verbrecher? Du denkst, dass ich dich töten werde? Und warum? Weil eine Kellnerin dich vor mir gewarnt hat?“

„Sie schien von ihren Aussagen sehr überzeugt zu sein“, haucht Henli. „Und sie war sehr eindringlich.“

„Da bin ich mir verdammt sicher.“

Die Frau liegt nicht gänzlich falsch, aber das kann ich Henli keinesfalls wissen lassen. Noch habe ich mich nämlich nicht entschieden, wie viel sie jemals über mein Leben erfahren wird. Was sie heute bereits gesteckt bekommen hat, ist weitaus mehr, als ich ihr hätte sagen wollen.

„Es tut mir leid, Brick“, murmelt sie.

Ich strecke die Arme aus, lege meine Hände um ihre Taille und ziehe sie ganz dicht an mich heran Ihre Brüste sind gegen meinen Oberkörper gedrückt und mit den Händen umfasst sie meine Schultern. Sie legt den Kopf in den Nacken, um mir in die Augen schauen zu können. Ich will sie berühren, sie schmecken, ihr zeigen, wie gut ich zu ihr sein kann, und sie alles vergessen lassen, was dieses Miststück soeben zu ihr gesagt.

„Dir muss gar nichts leidtun, Babe. Kann ich dich um etwas bitten?"

Sie nickt. „Um alles."

„Wenn du noch mehr Scheiß über mich zu hören bekommst, dann komm damit zu mir, ja?"

„Sollte ich mir Sorgen machen? Sie meinte, der eingestickte Name auf der Rückseite deiner Weste, der Teufel, die Hörner … all das würde darauf hindeuten, dass du einer ziemlich üblen Gang angehörst. Das hat mir Angst gemacht."

„Du wirst nie mit diesen Angelegenheiten in Berührung kommen, Babe."

Sie nickt. „Okay." Ihre Antwort ist nicht mehr als ein Flüstern. Sie nickt erneut und räuspert sich, ehe sie es noch einmal wiederholt. „Okay."

Ich mache einen Schritt auf sie zu, hebe die Hand und lege meine Finger an ihren Hinterkopf. Ich drücke sie noch näher an mich heran. Dann senke ich den Kopf und küsse sie hart, fordernd, intensiv und besitzergreifend.

Denn das ist exakt das, was ich heute getan habe: Ich habe diese Frau für mich beansprucht. Und obwohl Angst und Panik mir die Wirbelsäule hinaufkriechen sollten, geschieht nichts dergleichen. Ich mache mir keine Sorgen. Das mit uns fühlt sich so verdammt gut an, dass mir nicht einmal der Atem stockt. Meine Antwort ist glasklar: Sie gehört zu mir. Ganz gleich, wie das aussehen mag.

Kapitel 13

Legacy

Ich wache früh am Sonntagmorgen auf und schleiche mich aus dem Haus. Henli ist schachmatt, wie sich das gehört. Ich habe sie letzte Nacht bis zur Erschöpfung gefickt. So verdammt hart war ich noch nie wegen einer Frau gewesen. Henli ist offensichtlich etwas ganz Besonderes. Wenn mein Verstand das noch nicht mitbekommen haben sollte, so weiß es mein Körper mit Gewissheit.

Ich fühle mich wieder wie der fünfzehnjährige Junge, der seine erste Clubhure vögelt. Nur, dass ich fast vierzig bin und dachte, dass die Zeit, in der ich drei bis vier Ständer pro Tag habe, vorbei sei. Ich schätze, es braucht bloß die richtige Frau, um einen wieder in diesen Zustand zurückzuversetzen.

Ich steige auf mein Bike und fahre los. Letzte Nacht bin ich lange wachgeblieben, um ein paar Leuten zu schreiben, die ich in dieser Gegend kenne. Insbesondere den Jungs des örtlich ansässigen Devil's Hellions Club. Den, den wir kürzlich übernommen haben … mit großem Gewaltaufwand.

Zum Glück kommt der Großteil der Männer recht gut damit klar. Allerdings hat Warden recht: Es muss jemand herkommen und die Zügel in die Hand nehmen. Wir können nicht voraussetzen, dass der Club so geführt wird, wie wir es erwarten, nachdem er jahrelang schlecht geführt wurde.

Das Clubhaus kommt in Sicht und ich fahre vor dem Tor vor. Ein Prospect tritt aus dem Wärterhaus heraus und schaut mich an. Seine Augen werden ganz groß, dann geht er wieder ins Haus zurück und öffnet das Tor für mich. Er hätte mich stoppen und mich befragen sollen, auch wenn er weiß, wer ich bin. Vor allem aber, weil ich – rein technisch gesprochen – nicht zum Tucson-Chapter gehöre.

Chains steht draußen vor dem Clubhaus mit einer Zigarette zwischen den Lippen. Ich schwinge mein Bein über die Sitzbank meines Bikes und gehe auf ihn zu. Er ist einer derjenigen, denen ich eine Nachricht geschickt habe. Ich denke, er ist mit allem einverstanden, aber ich will keine Scheißüberraschungen. Vor allem nicht, wenn ich allein hier bin.

„Du hast eine Frau in der Stadt? Du bist erst zwei Tage lang hier und schon hast du dir eine Schlampe angelacht?“, fragt er, gefolgt von einem herzhaften Lachen.

„Der Scheiß war nicht geplant“, erwidere ich.

„Suchst du etwas, wo du sie unterbringen kannst? Denkst du darüber nach, hierhin zu wechseln?“

Ich schüttele den Kopf und räuspere mich. „Nope. Mein Dad war der Präsident des Mutterchapters. Ich kann nirgendwo anders hin. Das würde sich nicht richtig anfühlen.“

„Warden hat dich also schon gebeten, hier zu übernehmen“, meint er. Er formuliert das nicht als Frage, sondern als Feststellung. Und damit hat er recht.

Abermals räuspere ich mich und nicke zustimmend. „Ja, das hat er. Aber ich bin hier nicht zu Hause.“

„Doch du planst, regelmäßig hierherzukommen, um mit deiner Frau Zeit verbringen zu können, oder? Du wirst sie irgendwo unterbringen müssen. Zumindest, wenn du es mit ihr ernst meinst“, sagt er. „Allerdings planst du nicht, sie zu deiner Old Lady zu machen, oder?“

Ich hasse es, wie konkret er wird und zucke mit den

Schultern. Weder bestätige ich noch verneine ich seine Aussage, aber er weiß genau, was das zu bedeuten hat. Er hat mich direkt durchschaut. Das bedeutet, dass jeder in kürzester Zeit über meine Angelegenheiten Bescheid wissen wird. Ich will nicht, dass irgendwer etwas Privates über mich weiß.

„Ich weiß es noch nicht", entgegne ich.

Er bricht in schallendes Gelächter aus, wird aber plötzlich wieder verdammt ernst und verzieht das Gesicht. Die Bombe, die er platzen lässt, ist eine, die mich unvorbereitet trifft. Allerdings bin ich froh, dass er so offen zu mir ist und kein Blatt vor den Mund nimmt.

„Wenn ihr etwas zustoßen sollte, wird der Schutz, den sie vom Club erwarten kann, nur minimalistisch ausfallen."

„Was?"

Ich gehöre zwar schon mein Leben lang diesem Club an, musste mir aber noch nie Gedanken um den Schutz einer Frau machen. Meine Mutter war die Old Lady und gleichzeitig die Ehefrau meines Vaters. Warden hatte nur eine rechtlich angetraute Frau, die ich aber nie kennengelernt habe. Daher weiß ich nicht, welche Vorteile ihr der Club eingebracht hat.

„Eine stinknormale Citizen Wife hat ihre Rechte und Pflichten in der Welt da draußen", sagt er und deutet mit der Hand auf das Tor. „Aber hier drinnen bedeutet das einen Scheiß. Sollte ihr jemand dumm kommen, kann sie vom Club keinen Schutz erwarten. Wenn eine Bedrohung naht, wird sie nicht in den Lockdown beordert. Sie ist nichts weiter als eine gewöhnliche Tussi, die durch die Straßen läuft. Sie ist nicht deine Old Lady und dementsprechend hat sie auch nicht die Rechte einer Old Lady."

Fuck.

„Willst du mir etwa durch die Blume sagen, dass ich hierherziehen, dein Präsident werden und diese Tussi, von der ich nicht einmal weiß, ob sie mit all dem hier umgehen kann, zu meiner Old Lady machen soll? Dass ich eine glückliche MC-Familie mit ihr gründen soll?“

„Bruder“, murmelt Chains. „Ich schreibe dir bestimmt nicht vor, was du tun sollst. Ich sage dir bloß die Wahrheit, weil mich damals niemand gewarnt hat, wie schutzlos meine Frau sein würde, nachdem ich sie geheiratet hatte. Meine Schuld, denn ich wollte die strikte Trennung zwischen Club und Eheleben. Wenn ich hierherkam, wollte ich frei sein und mir keine Gedanken machen müssen, dass sie vielleicht unangekündigt hier aufschlägt. Ich wollte nicht, dass sie in die Clubangelegenheiten involviert ist, doch das ist uns beiden ganz schön auf die Füße gefallen.“

„Chains“, sage ich.

Er schüttelt den Kopf, schnippt seine Kippe weg und tritt sie mit dem Schuh aus. Bevor er seinen Gedanken zu Ende führt, räuspert er sich. „Ich schreibe dir nicht vor, was du tun oder lassen sollst. Ich weiß bloß, dass meine Frau draufgegangen ist. Ihr Tod hätte verhindert werden können, wenn sie mit den anderen Old Ladys in Sicherheit gebracht worden wäre. Da ich sie nicht für mich beansprucht habe, war sie nicht hier. Dass sie tot ist, ist allein meine Schuld. Ich warne dich nur vor, weil das damals bei mir niemand getan hat. So, und nun zeige ich dir die Häuser, die zu vermieten sind.“ Er macht auf dem Absatz kehrt und marschiert davon.

Ich kann verflucht noch mal nicht fassen, was er soeben gesagt hat. Aber dass das, was er erzählt hat, sich wirklich so zugetragen hat, glaube ich sofort. Dieser Club, unsere Welt, hält sich nun mal nicht an konventionelle Gesetze. Wir halten uns lediglich an unsere eigenen Regeln und Gesetze.

Seine Worte bewirken, dass ich meine Pläne erneut hinterfrage. Ich bin mir nicht sicher, was ich jetzt tun soll, und bin noch viel zwiegespaltener als ich es noch vor ein paar Stunden gewesen bin.

Henli

Ich drehe mich um, strecke eine Hand aus und lasse sie zur anderen Seite des Bettes gleiten. Das Laken ist kalt und leer. Seufzend richte ich mich auf und ziehe die Bettdecke hoch, um meine nackte Brust zu bedecken.

Außer mir ist niemand im Schlafzimmer und als ich nach Geräuschen im Haus lausche, muss ich feststellen, dass niemand da zu sein scheint. Ich habe keine Ahnung, wo Brick steckt, aber er ist ganz gewiss nicht mehr hier. Ich betrachte den Wecker, der auf dem Nachttisch steht und beiße mir wegen der Uhrzeit auf die Unterlippe.

Es ist fast Mittag.

Ich bin alles andere als ein Morgenmensch, aber ich bin auch niemand, der bis mittags schläft. Ich kann nicht glauben, dass es schon so spät ist und ich immer noch in den Federn liege. Soweit ich mich erinnere, habe ich während meines Erwachsenendaseins bisher maximal bis zehn Uhr geschlummert. Und das auch nur, weil ich sehr lange wach geblieben war, ein gutes Buch gelesen und einen Wein getrunken hatte.

Ich steige aus dem Bett, um mich zu duschen. Mein

Körper fühlt sich wund an. Nicht auf eine schlechte Weise, sondern auf eine gute. Ich wünschte, ich könnte ich mich jeden Tag meines Lebens so fühlen. Brick ist unglaublich. Er ist aufmerksam und ein wenig grob, aber er würde mir nie wehtun. Er ist auf die sexieste Art rau, die ich je erlebt habe.

Ich will ihn besser kennenlernen.

Ich möchte ihn verstehen.

Aus purem Egoismus will ich alles von ihm. Ich möchte mehr. So viel mehr. Noch nie habe ich eine ernsthafte Beziehung geführt. Ich habe mir das zwar immer gewünscht, war aber viel zu beschäftigt damit, meine Karriere voranzutreiben und mir ein komfortables Leben aufzubauen. Alles andere brannte nur auf Sparflamme.

Jetzt, da meine Karriere auf Eis liegt, denke ich, dass der Moment günstig ist, mich voll und ganz auf diese Beziehung zu konzentrieren. Zumindest wird mir das mehr geben, als wenn ich mich pausenlos im Selbstmitleid suhle.

Nachdem ich geduscht bin, ziehe ich mir etwas Bequemes an, denn in wenigen Stunden muss ich mich für das Dinner bei meinen Eltern zurechtmachen. Mit nichts weiter als einem Tanktop und kurzen Shorts bekleidet, mache ich mich auf den Weg ins Wohnzimmer. Von Brick fehlt jede Spur. Ich schaue aus dem Fenster auf die Auffahrt und genau wie ich es bereits vermutet hatte, ist sein Motorrad fort.

Eine Welle der Traurigkeit bricht über mich herein, da er nicht mehr hier ist. Ich habe keine Ahnung, wohin er gefahren sein könnte – ob er vielleicht Besorgungen macht oder gar nach Hause aufgebrochen ist. Letzteres wäre der Tropfen, der das Fass dieser Woche zum Überlaufen bringt.

Meine Woche endete beschissen – ich wurde entlassen. Darauf folgte ein Hoch, weil er netter zu mir war, als ich das je für möglich gehalten hätte. Doch nun ist er fort. Wird das Aufeinandertreffen mit meiner Schwester am heutigen Abend der Tiefpunkt? Ich will mich nicht mit ihr auseinandersetzen – schon gar nicht allein.

Seufzend kehre ich dem Fenster den Rücken zu und gehe in die Küche, um mir einen Kaffee zu kochen. Vielleicht fühle ich mich bloß so mies, weil ich noch nicht richtig wach bin? Obwohl, wie man zur Mittagszeit noch nicht richtig wach sein kann, ist mir ein Rätsel. Zumal wir nicht die ganze Nacht über aufgeblieben sind. Nun ja, Brick hat mich ganz schön ausgelaugt – wieder und wieder.

Ich sehe dem Vollautomaten dabei zu, wie er den Kaffee in meine Tasse fließen lässt. Währenddessen versuche ich alles, um nicht an den bevorstehenden Abend zu denken – das Dinner und wie unerträglich es für mich werden wird. Als der Kaffee fertig ist, schnappe ich mir die Tasse und gehe zur Couch. Ich lasse mich auf das Sofa sinken, nehme die Fernbedienung an mich und schalte die Glotze ein. Ich streame die Serie, mit der ich letzte Woche angefangen habe, und mache es mir mit meinem Heißgetränk gemütlich. Vielleicht träume ich auch bloß ein wenig vor mich hin.

Ich habe den Kaffee etwa zur Hälfte ausgetrunken, als meine Haustür geöffnet wird. Ich atme tief ein und stoße einen stummen Schrei aus, da ich Brick im Türrahmen stehen sehe. Seine Haare sind ein wenig zerzaust. Er ist definitiv soeben von einer Fahrt mit seinem Motorrad zurückgekehrt und sieht regelrecht wild und umwerfend aus.

„Morgen, Babe", sagt er lachend, schlendert ins Haus und schließt die Tür hinter sich. „Hast du Hunger?"

Er hält eine Tüte in der Hand und schwenkt sie hin und her. Er bewegt sie zwar schnell, aber ich weiß genau, was er besorgt hat. In-N-Out-Burger würde ich selbst auf einen Kilometer Entfernung erkennen. Diese weiße Tüte mit den gelben und roten Streifen ist einfach unverwechselbar.

„Hast du etwas von In-N-Out geholt?"

Er weiß es nicht. Er kann es nicht wissen. Das ist mein absolutes Lieblingsrestaurant. Als ich noch klein war, fuhren wir den ganzen Weg nach Kalifornien für einen Burger.

Jedes Jahr ging es mit meinen Eltern zusammen in den Urlaub. Sie haben die Route immer so geplant, dass wir irgendwo auf unserem Weg einen Zwischenstopp bei einem In-N-Out einlegen konnten. Dort gibt es nämlich mein Lieblingsessen. Dieses Restaurant weckt glückliche Erinnerungen in mir und sorgt dafür, dass mir ganz warm ums Herz wird.

Nickend stehe ich vom Sofa auf, worauf wir gemeinsam zu dem kleinen Esstisch gehen, der in dem mikroskopisch winzigen Esszimmer steht.

Ich nehme ihm gegenüber Platz und sehe ihm dabei zu, wie er das Essen aus der Tüte nimmt. „Ich wusste nicht, was du willst. Deshalb habe ich dir einfach einen doppelten Hamburger mitgebracht", meint er.

„Das ist perfekt", erwidere ich. Das ist es wirklich, besonders da er auch die in Pappschiffchen eingepackten Pommes vor mir abstellt. „So was von perfekt." Bis zu diesem Moment war mir überhaupt nicht bewusst, wie hungrig ich bin.

Einen doppelten Hamburger und Pommes, heilige

Scheiße.

Das Einzige, das diesem Essen noch die Krone aufsetzen könnte, wäre ein Erdbeermilchshake. Da er mit dem Motorrad unterwegs war, bezweifle ich, dass er noch irgendwo einen Getränkehalter herzaubert. Als ich meine Zähne in dem warmen Burger versenke und aufstöhne, lacht er.

„Ich schätze, die Wahl fürs Mittagessen war ein Volltreffer", murmelt er.

Ich öffne die Augen, nicke einmal und schlucke den Bissen so schnell wie möglich herunter. „Ich liebe diese Fastfood-Kette", lautet meine Antwort, ohne ins Detail zu gehen.

„Gut", sagt er schlicht, obwohl ich spüre, dass etwas in ihm vorgeht.

Er wirkt nicht mehr ganz so entspannt wie am Vortag. Ich denke darüber nach, ihn zu fragen, was los ist oder wo er gewesen ist, entscheide mich aber dagegen. Er wird es mir schon erzählen … oder nicht?

Als er mich mit Fragen über meine Familie und das heutige gemeinsame Abendessen zu löchern beginnt, vergesse ich seine Abwesenheit im Bett schnell wieder und beantworte ihm alles, während wir unser Essen verdrücken.

Kapitel 14

Ich möchte ihn vor Penelope warnen, denn ich bin mir absolut sicher, dass sie ihn lieben wird. Sie wird versuchen, ihn ins Bett zu bekommen. Da Brick eher Penelopes Typ als meiner ist, weiß ich, dass sie alles tun wird, um ihn rumzukriegen.

Ich würde lügen, wenn ich behaupten würde, dass ein Teil von mir keine Angst davor hat. Beinahe hätte ich ihm gesagt, dass ich nicht will, dass er mitkommt, weil ich zu besorgt bin.

Brick greift nach mir, nimmt meine Hand in seine und drückt sie leicht, während ich einen Arm ausstrecke und meinen Zeigefinger auf den Klingelknopf lege.

Im Inneren des Hauses läuft Musik – ich kann sie deutlich hören. Das ist typisch für meine Eltern, wenn sie das Dinner zubereiten. Sie hören dabei gern Musik, unterhalten sich miteinander und trinken ein Glas Wein.

Als sich die Haustür öffnet, blinzle ich zweimal und spitze die Lippen bei Penelopes Anblick, die vor mir steht. Brick stößt neben mir einen Pfiff aus und da bin ich mir sicher, dass sie ihn, wenn sie wollte, haben könnte.

Ich habe meine Schwester schon lange nicht mehr gesehen. Letztes Jahr ist sie nicht an Weihnachten vorbeigekommen. Es ist also schon achtzehn Monate her und sie hat sich seitdem völlig verändert.

Sie war schon immer hübsch, viel hübscher als ich, aber heute scheint sie ein völlig anderer Mensch zu sein. Sie sieht nicht mehr wie sie selbst aus. Es ist, als wäre sie abgetaucht, um sich ein komplett anderes Gesicht verpassen zu lassen. Ich kann den Blick einfach nicht von ihr abwenden und werde sie wahrscheinlich den ganzen Abend über anstarren.

Offensichtlich hatte sie eine Menge durchzustehen, was mich irgendwie traurig stimmt. Auch wenn sie immer noch eine Augenweide ist, sieht sie nicht mehr wie meine Schwester aus. Eher wie eine Fremde, die mich durch die Augen meiner Schwester ansieht.

„Überraschung", ruft sie und stürzt sich auf mich, um ihre Arme um meine Schultern zu schlingen.

Ich spüre, wie sie ihre Brüste gegen meine drückt und sie fühlen sich verdammt fest an. Jeder Teil von ihr scheint rundumerneuert zu sein.

„Wow", hauche ich und erwidere ihre Umarmung.

Penelope gibt mich wieder frei, tritt einen Schritt zurück und sieht zu Brick herüber. Sie schenkt ihm ein verlegenes Lächeln und streckt eine Hand aus. „Ich bin Penelope, Henlis Schwester."

Brick räuspert sich, nimmt ihre Hand in seine und stellt sich vor. Er verschweigt ihr aber dabei, dass er mein Mann ist. Vor ein paar Stunden hat er noch behauptet, mein Mann zu sein. Genauer gesagt, als er in mir war, bevor wir hierherkamen.

Unsicherheit kriecht durch meinen Körper hindurch. Ich weiß, dass dieser Abend nur noch schlimmer werden wird. Ich habe noch nicht einmal einen Fuß über die Schwelle meines Elternhauses gesetzt und schon scheint dieser Mann ihr verfallen zu sein. Ich hasse das und will nur noch nach Hause.

„Ist das Henli?", höre ich die Stimme meiner Mom flöten.

Penelope beendet den kleinen Blickfick mit Brick und tritt zur Seite, um uns hereinzulassen. Brick hat den Griff um meine Hand gelöst, um Penelopes dargereichte Finger zu schütteln. Er nimmt meine Hand auch nicht wieder in seine. Es sollte mich nicht überraschen, dass er meine Existenz bereits vergessen hat.

„Ja, ich bin da“, rufe ich und trete ein.

Es gibt nur eine einzige Tatsache, die meine Angst am heutigen Abend ein wenig mildert – das hier ist mein Zuhause, oder zumindest war es das mal. Dieses Haus vermittelt mir ein Gefühl der Geborgenheit. Genauso wie es der Burger von In-N-Out vor ein paar Stunden getan hat.

Meine Mutter kommt auf mich zugeeilt. Sie trägt, wie üblich, eine schwarze Bleistifthose und eine Wickelbluse, die seitlich an ihrer Taille zusammengeknotet ist. Ihre Füße stecken in Schuhen mit kleinen Absätzen und ihr Make-up ist perfekt. Sie zieht mich in eine tröstende, mütterliche Umarmung. Dann legt sie ihre Hände auf meine Schultern, tritt einen Schritt zurück und sieht mir in die Augen.

„Es wird alles wieder gut“, sagt sie nickend.

Ich bezweifle, dass das stimmt, schenke ihr aber dennoch ein Lächeln. Ihr Blick wandert über meine Schulter zu Brick, bei dessen Anblick sich ihre Augen weiten.

„Mom, das ist Brick.“

„Meine Güte“, keucht sie. Sie schiebt sich an mir vorbei. Ich sehe, wie sie seine ausgestreckte Hand ausschlägt und ihn stattdessen umarmt. „Du darfst mich Sheila nennen“, sagt sie ihm. Die dröhnende Stimme meines Dads schallt durch den Raum, woraufhin meine Mom mit der Hand auf ihn deutet. „Und das ist Wayne. Wayne, das ist Brick.“

Ich presse die Lippen aufeinander und blicke zu meinem Vater, um zu eruieren, wie er wohl auf Brick reagieren wird. Er ist ein Profi, was das Durchschauen von Männern wie Brick angeht. Vermutlich, weil Penelope immer nur Kerle wie ihn mit nach Hause gebracht hat. Er kann sie wie ein offenes Buch lesen – er sieht auf den ersten Blick, ob sie gute oder schlechte Jungs sind.

Früher am Tag hätte ich noch behauptet, dass Brick einer von den Guten ist, aber nun bin ich mir da nicht mehr so sicher. Mein Herz schmerzt, wenn ich nur daran denke, dass dies der Anfang vom Ende sein könnte.

Nachdem die Vorstellungsrunde beendet ist, holt mein Dad für Brick ein Bier und für mich ein Glas Wein. Penelope trinkt, wie es für sie üblich ist, Rum mit Cola Light, denn das ist ihr Lieblingsgetränk. War es schon immer. Ihr Drink erinnert mich plötzlich, aus welchem Grund auch immer, an Grace. Eigentlich sollte ich mich nicht daran stören, doch das tue ich.

Meine Mutter teilt sich die Weinflasche mit mir. Wir setzen uns in die Küche, während mein Vater kocht und meine Mom die Vorspeise anrichtet.

„Und, Brick, was machst du so beruflich?", will mein Dad wissen.

Ich halte den Atem an, weil ich ihn bisher nicht dazu bringen konnte, mir diese Frage zu beantworten, obwohl ich sie ihm mehr als nur einmal gestellt habe. Als Brick sich räuspert, beschließt Penelope, dass dies eine günstige Gelegenheit ist, um die Aufmerksamkeit auf sich zu lenken.

„Ach, Dad, keine Verhöre. Lass uns einfach einen netten Abend verbringen."

Ich würde Penelope für ihre Unterstützung ja danken, aber da ich weiß, dass sie das nur gesagt hat, um selbst wieder im Mittelpunkt zu stehen, was funktioniert hat, lasse ich das schön bleiben.

Als nächstes erzählt sie uns etwas über die großartige Möglichkeit, die sich für sie bei einer Autozeitschrift aufgetan hat. Sie ist jetzt Model. Ganz zufällig, aus dem Nichts heraus. Sie hat nun also ein neues Gesicht, einen neuen Körper, neue Haare und ist nun Model. Das scheint genau das Richtige für meine Schwester zu sein.

„Wow, das ist wirklich toll", sage ich und versuche, meine wahren Gefühle zu verbergen. Ich will nicht eifersüchtig auf sie sein, aber ich befürchte, doch ich befürchte, dass es genau dieses Gefühl ist, das mich in diesem Moment erfasst.

Penelope schenkt mir ein strahlendes Lächeln und klimpert mit ihren künstlichen Wimpern. „Du weißt, dass du auch modeln könntest, Henny. Dein Gesicht hat das Potential dafür. Da müsstest bloß weniger Kohlenhydrate essen, ins Fitnessstudio gehen und dich ein paar Verbesserungen unterziehen."

Oh ja, natürlich könntest du modeln, Henny. Du müsstest dich nur grundlegend verändern.

Scheiß auf sie und scheiß auf alles.

Ich hasse es, wenn sie mich Henny nennt.

Das habe ich schon immer.

Ich lächle sie nichtssagend an und beschließe, dass Schweigen momentan die beste Option ist. Ich habe vor langer Zeit gelernt, dass Penelope grausamer wird, je mehr Öl man ins Feuer gießt.

Brick lässt ihre Worte unkommentiert, was mich nicht überrascht. Nachdem er sie gesehen hat, denkt er wahrscheinlich das Gleiche wie meine Schwester. Nämlich, dass mir eine Diät guttun würde. Und das stimmt vermutlich, aber wer spricht sowas schon offen aus?

Gott.

Meine Schwester ist ja so ein Miststück. Manchmal glaube ich, wir stammen nicht von den gleichen Eltern ab. Ich bin nicht wie sie, nicht im Geringsten. Mom und Dad ebenso wenig. Ab und an denke ich, sie ist aus einem Alien-Ei geschlüpft.

Im Laufe des Abends wird mir immer klarer, dass meine Anwesenheit völlig überflüssig ist. Mom und Dad versuchen zwar, mich in das Gespräch zu involvieren, aber es ist sinnlos. Es ist Penelopes Show. Irgendwann sitzen wir draußen im Garten und genießen ein kleines Lagerfeuer, das mein Vater entzündet hat. Wir haben den Nachtisch und unsere Getränke mit nach draußen genommen, während die Unterhaltung fortgesetzt wird.

„Also, Henli, hast du dir schon mal Gedanken darüber gemacht, worüber wir neulich gesprochen haben? Wegen des Jobs?“, fragt mich meine Mom. Allerdings sieht sie mich dabei nicht an. Ihr Blick huscht zwischen Brick und mir hin und her. Ich wünschte, sie hätte den Mund gehalten.

„Noch nicht. Ich muss erst wieder eine Arbeit finden“, murmle ich.

„Was ist denn mit deinem Job?“, will Penelope wissen.

Es herrscht ein Moment lang Stille. Ich atme tief ein und überlege, wie ich Penelope mitteilen kann, dass ich entlassen wurde, ohne dass es so klingt, als sei ich arbeitslos. Aber das ist nicht möglich, denn genauso ist es nun mal.

„Henli wurde gefeuert“, verkündet meine Mom. Für sie scheint es eine Familienangelegenheit und somit völlig okay zu sein, ganz offen darüber zu sprechen. Ehrlich gesagt macht mir das nichts aus, solange Penelope nicht dabei ist. „Ich habe ihr geraten, sich als Eventmanagerin selbstständig zu machen. Sie arbeitet doch schon so lange in dieser Branche und ist die Beste in der Stadt."

Ich lächle, doch meine Augen füllen sich mit Tränen aufgrund des Kompliments meiner Mom. Das tut gut. Vor allem, weil ich mich schon den ganzen Abend über so niedergeschlagen fühle.

Da Brick sich räuspert, wende ich mich ihm zu. Sein Blick sucht den meinen. Zum ersten Mal an diesem Abend schenkt er mir seine volle Aufmerksamkeit. „Du willst dich selbstständig machen?", hakt er nach. Er klingt fast ein wenig sauer.

Ich weiß nicht so recht, was ich ihm antworten soll. Aber anstatt ihn anzulügen oder um den heißen Brei herumzureden, sollte ich bei den Tatsachen bleiben. „Ja, das möchte ich. Mom hat mich auf diese Idee gebracht und ich will es versuchen. Natürlich muss ich mir erst eine Zeit lang woanders einen Job suchen, um etwas Geld anzusparen. Ich kann mich auf keinen Fall blindlings in die Sache hineinstürzen."

Er kommentiert meine Aussage nicht. Tatsächlich wird das Thema sofort wieder im Keim erstickt, da Penelope beschlossen hat, dass dies der perfekte Augenblick ist, um uns mitzuteilen, dass sie nun bei einer Modelagentur unter Vertrag steht. Als hätte sie sich gerade erst wieder daran erinnert. Alle sehen zu ihr herüber, außer mir. Ich starre auf meinen Schoß und wünschte, ich könnte mich einfach in Luft auflösen.

Die kommenden zwei Stunden verbringe ich damit, mir im Stillen zu wünschen, ich könnte einfach davonfliegen. Als wir endlich gehen, will ich mich nur noch in meinem Bett verkriechen, um die nächste Woche, oder vielleicht das ganz Jahr, zu verschlafen. Ich möchte, dass dieser Abend nur ein schlechter Traum war.

Legacy

Irgendetwas stimmt nicht mit Henli.

Ihre Schwester hat ein paar grenzwertige, unhöfliche Dinge zu ihr gesagt, aber ich glaube nicht, dass sie deswegen so … melancholisch ist. Außerdem hatte sie mich vor ihrer Schwester gewarnt. Ich war darauf eingestellt, dass sie sich zickig und egoistisch aufführt.

Das Einzige, das mir nicht mehr aus dem Kopf geht, ist die Sache mit der Selbstständigkeit, die ihre Mutter hat fallen lassen. Mir gegenüber hat Henli diesbezüglich kein Wort verloren, und obwohl ich weiß, dass das mit uns noch ganz frisch ist, habe ich vorausgesetzt, sie würde es zumindest thematisieren. Zumal wir vor kurzem erst über ihren Job und die Zukunft miteinander gesprochen haben.

Ich fahre ihre Auffahrt hinauf, drücke auf den Funkgaragentoröffner und stoße einen Seufzer aus. Henli hat bis lang noch kein Wort mit mir gesprochen. Und sobald ich den Motor abgestellt habe, greift sie schnell nach dem Türgriff und reißt die Autotür auf. Ich lasse sie aussteigen, denn wir werden das klärende Gespräch ohnehin im Haus führen.

Wir gehen beide hinein, ich schließe die Tür hinter mir ab. Den Schlüssel werfe ich auf die kleine Theke und räuspere mich, während ich sie anstarre. Henli steht mit dem Rücken zu mir, ihre Körpersprache wirkt völlig versteift.

„Irgendwann musst du dich zu mir umdrehen und mir ins Gesicht sehen, Babe."

Ein Moment über herrscht Stille zwischen uns. So, als würde alles in der Schwebe hängen und die Zeit stillstehen. Dann, endlich, dreht sie sich zu mir um. Sie hebt den Kopf und begegnet meinem Blick.

„Was?", fragt sie mit leiser, beinahe gebrochener Stimme.

Ich wippe auf den Fersen auf und ab, räuspere mich erneut und blicke in ihre phänomenalen grünen Augen. Sie wirken irgendwie emotionslos. Das reizt mich. Ich bin wirklich verdammt gereizt. Ich weiß nicht, warum sie plötzlich so mies drauf ist und sich immer weiter von mir distanziert.

Sie wirkt total in sich gekehrt und ich habe keine Ahnung, was ich dagegen tun kann. Dieser Scheiß ist doch nur noch lächerlich. Ich glaube, ich ärgere mich so darüber, weil mir mittlerweile klargeworden ist, dass ich sie nicht zu meiner Old Lady machen werde.

Verdammte Kacke.

Das macht alles kaputt.

„Erst machst du vollkommen dicht und dann habe ich auch noch erfahren, dass du dich selbstständig machen willst. Aber mir Vollidioten hast du nichts davon erzählt, als wir neulich im Restaurant saßen."

„Ich werde nicht mein eigenes Unternehmen gründen", erwidert sie leise. „Ich werde mir einen Job suchen und arbeiten, um meine Rechnungen bezahlen zu können. Und dann, vielleicht eines Tages, kann ich mich selbstständig machen. Meine Mutter hat diesen großen Traum für mich. Allerdings wird er vorerst nicht wahrwerden. Also ist die Tatsache, dass du dastehst und dich darüber aufregst, einfach nur bescheuert."

„Und was ist damit, dass du dich vollkommen zurückgezogen hast?"

Sie erzählt Unsinn. Sie hätte mir verdammt noch mal sagen können, was los ist, damit ich ihr bei ihrem Neustart hätte unter die Arme greifen können. Wir hätten gemeinsam brainstormen können oder so einen Scheiß. Aber sie ist nicht zu mir gekommen und das ist verdammt bezeichnend.

„Ich habe dir gesagt, wie ich mich in Gegenwart meiner Schwester fühle."

„Ach ja?"

Henli schüttelt den Kopf und kehrt mir den Rücken zu, was mich ein weiteres Mal auf die Palme bringt.

„Henli", blaffe ich sie an.

Sie dreht sich wieder zu mir um, Tränen laufen ihr über die Wangen. „Du wusstest genau, wie meine Schwester drauf ist. Und dann steht sie vor dir und sieht aus, wie sie nun mal aussieht, und ich existiere nicht mehr. Zumindest nicht mehr für dich. Eigentlich für niemanden. Warum fährst du nicht einfach zu ihr und schnappst sie dir?", schnauzt sie zurück.

Ich kann mir nicht einmal ansatzweise denken, was in drei Teufels Namen sie von mir will. Was erzählt sie da für eine irrationale Scheiße?

Was zum Teufel?

Ich dachte, ich hätte diese Worte bloß in meinem Kopf von mir gegeben, doch scheinbar habe ich sie versehentlich laut ausgesprochen. Sie blinzelt, ihre Lippen teilen sich, doch sie entgegnet nichts darauf.

Stattdessen starrt sie mich an. Sie scheint darüber verwirrt zu sein, warum ich ihr gegenüber so dermaßen die Beherrschung verliere.

Ich scheine am seidenen Faden zu hängen.

Kapitel 15

Ich heule wie ein riesiges, gigantisches Baby. Ich weiß nicht, wieso ich weine, aber ich tue es. Obwohl wir nie richtig offiziell zusammen waren, spüre ich dennoch seinen Verlust tief in mir.

Ich atme durch und schaue kurz zur Seite, ehe ich ihn wieder ansehe. Tränen rinnen mir über die Wangen. Ich kann nicht anders, ich kann sie nicht zurückhalten. So bin ich eben, wenn es um meine Schwester geht.

Es bricht einfach aus mir hervor.

Es *strömt* aus mir heraus.

„Glaubst du im Ernst, dass ich irgendeinen Scheiß auf deine zickige Schwester gebe?", fragt er knurrend.

Gott, er klingt so sexy.

Ich hasse und liebe es zur selben Zeit. Er macht einen Schritt auf mich zu. Er wirkt aggressiv und bedrohlich auf mich. Ich atme tief ein und halte den Atem an, vom Fleck wegbewegen kann ich mich jedoch nicht. Ich harre wie erstarrt auf meinem Platz aus und bin unfähig, auch nur einen weiteren Atemzug zu nehmen.

Dann, als er direkt vor mir steht, hebt er eine Hand und legt seine Finger um meinen Hals. Er hält mich fest, sein rauer Griff lässt mich gefrieren. Er senkt den Kopf zu mir herab, sein Blick ist auf mich gerichtet. Nur auf mich und sonst niemanden.

Ich kann immer noch nicht wieder atmen und mir wird allmählich schwindelig.

„Ich gebe einen Scheißdreck auf deine verdammte Schwester, Babe."

„Brick“, wispere ich.

Er schüttelt den Kopf und geht leicht in die Knie, um mir in die Augen blicken zu können. Knurrend sucht er den Blickkontakt. „Es ist mir verdammt ernst, Henli. Ich hatte ungefähr ein Dutzend Schlampen, die genauso aussahen und sich genauso verhalten haben wie deine Schwester. Ich müsste bloß einmal mit den Fingern schnippen, um sie zu ficken. Dieser Scheiß interessiert mich aber nicht mehr. Du bist diejenige, die ich will.“

„Ein Dutzend?“

Seine Lippen verziehen sich zu einem Grinsen. „Das ist alles, was du von dem, was ich zu dir gesagt habe, behalten hast?“ Er klingt, als wäre er bemüht, sein Lachen zu unterdrücken.

Ich rümpfe die Nase und versuche, nicht an das Dutzend Penelopes zu denken, das da draußen umherläuft und probiert, mit Brick zu flirten und in die Kiste zu steigen.

Die Vorstellung gefällt mir nicht. Ganz und gar nicht.

Sie bereitet mir Bauchschmerzen, wenn ich nur daran denke. Dann kommt mir der Gedanke, dass das wahrscheinlich etwas mit seinem Job zu tun haben muss. Das macht mich nur noch neugieriger auf seine Arbeit und ärgert mich zugleich, weil ich immer noch nicht weiß, was er beruflich macht.

„Henli“, sagt er sanft.

Meine Gedanken schweifen ab. Ich male mir unterschiedliche Szenarien aus, was er wohl beruflich machen könnte. Mit all diesen Frauen. Und mit jeder Sekunde, die verstreicht, verkrampft sich mein Magen nur noch mehr.

„Baby“, murmelt er und aus welchem Grund auch

immer, zucke ich zusammen und kehre in die Realität zurück.

„Was arbeitest du?“, verlange ich in einem schärferen Ton als zuvor zu wissen.

Er zieht die Augenbrauen zusammen und sucht meinen Blick. Er reagiert nicht sofort auf die Worte, weil in ihm etwas vorzugehen scheint. Seine Finger legen sich noch enger um meine Kehle.

Brick schüttelt den Kopf und schließt die Augen, ehe er sich zu mir herabbeugt, um mit seinem Mund den meinen zu berühren.

„Wenn ich scharf auf andere Weiber wäre, könnte ich sie haben. Aber ich will nur dich“, raunt er mir zu und lässt anschließend seine Zunge in meinen Mund gleiten, um mich zu kosten.

Sein Kuss ist hart, feucht und lang und benebelt mich nicht nur völlig, sondern raubt mir zudem den Atem. Bevor ich auch nur einen klaren Gedanken fassen kann – mein Gehirn ist nämlich nicht zum Denken fähig und irgendwo in Fantasien mit diesem Mann und in diesen Kuss versunken -, hat er mich auch schon hochgehoben und trägt mich in Richtung Bett.

Legacy

„Halte dich am Kopfteil fest“, befehle ich ihr.

Ihr Kopf fällt zurück, ihr Haar streift meine Eier, während sie sich krümmt und sich an meinem Schwanz reibt. Verdammte Scheiße. Ich umfasse ihre Titten und streiche mit den Daumen über ihre Nippel. Eine Gänsehaut überzieht prompt ihren Körper.

Ein weiteres Mal lasse ich meine Finger um ihre

Brustwarzen kreisen, dann gleite ich langsam tiefer. Eine Hand lege ich auf ihr Becken, die andere bringe ich zwischen unsere Körper, um meinen Daumen auf ihre Klitoris zu pressen. Sie keucht auf und ihre Hüften beginnen zu zucken.

Henli reitet, sie fickt mich, was ein verdammt geiler Anblick ist.

Sie hebt das Becken an. Bei jeder Abwärtsbewegung ihrer unteren Körperhälfte reibt sie sich an meiner Mitte und meinem Daumen. Sie steht ganz knapp davor zu kommen. Ich kann spüren, wie sich ihre Pussy um meinen Schwanz herum zusammenzuziehen beginnt.

Ich komme ihren Bewegungen entgegen und erwidere sie. Ein Wimmern verlässt ihre Lippen. Sie senkt den Kopf, um mich anzuschauen. Ihr Blick ist auf mich gerichtet. Ein Schweißfilm liegt auf ihrer Haut. Sie sieht verdammt gut aus.

„Komm für mich", befehle ich ihr.

Sie bewegt ihre Hüften. Sie senkt sich härter und schneller auf mich herab, ehe sie in ihren Bewegungen innehält. Abwechselnd zwicke und reibe ich kreisend ihre Klitoris und bin dabei bemüht, nicht selbst zu früh abzuspritzen.

In ihrer Nähe komme ich mir wieder wie ein verdammter Teenager vor. Nicht nur wegen des Ständers, den ich andauernd habe, sondern auch wegen meiner mangelnden Selbstkontrolle in Bezug auf meinen Höhepunkt.

Sie wirft den Kopf in den Nacken und drückt ihren Rücken durch. Sie ist ein gottverdammter wahrgewordener feuchter Traum. Ihre Pussy pulsiert um meinen Schwanz herum. Dann beginnt sie zu zittern.

Ich schlinge meine Finger um ihre Handgelenke

und ziehe sanft an ihnen, woraufhin sie das Kopfteil loslässt. Endlich kann ich meine Arme um sie legen und ihren Körper zu mir heranziehen. Ihre Titten drücken gegen meine Brust und sie vergräbt ihr Gesicht an meinem Nacken. Ich höre, wie sie um Atem ringt.

Ich halte sie fest, mein halbharter Schwanz steckt noch immer in ihr. Genauso bleiben wir liegen, bis wir beide einschlafen.

Ich liebe das.

So habe ich mich noch nie wegen oder mit einer Frau gefühlt. Ich habe mich noch nie jemandem so verbunden gefühlt, wie ihr. Ich bin achtunddreißig Jahre alt und dachte, mein Leben bestünde bloß aus dem Ficken von Clubhuren, dem Saufen, Rauchen und Schrauben an Autos, um unsere Waren zu verstecken und zu verfrachten. Ich dachte, mein Leben wäre erfüllend, glücklich und besser, als ich das je für möglich gehalten hätte.

Bis ich auf sie traf.

Ich wusste nicht, dass das Leben noch so viel mehr für mich bereithält.

Aber mit dem *mehr* – mit ihr – liegen auch leider Entscheidungen vor mir, die ich treffen muss. Und zwar bald. Ich bin kein gewöhnlicher Mann, ich bin nicht wie die Meisten da draußen. Ich kann mir keine Zeit lassen, jahrelang mit ihr auf Dates zu gehen und erst dann eine Entscheidung fällen.

Ich muss das sofort tun. Ich muss für mich klarstellen, ob ich sie zu meiner Old Lady machen werde oder nur zur Frau nehme. Vor allem, weil sie ständig nachfragt, was ich beruflich mache. Ich glaube nicht, dass ich ihren Fragen noch lange ausweichen kann.

Ich habe keine Ahnung, wie lange sie schon auf mir

liegend schläft. Mein Sperma läuft aus ihrer Pussy heraus. Irgendwann werde ich davon wach und schiebe sie ganz vorsichtig von mir herunter, damit ich aus dem Bett steigen kann.

Ich schnappe mir mein Handy und begebe mich nach draußen auf die Veranda. Ich schalte kein Außenlicht ein, weil ich splitterfasernackt bin. Und obwohl es mir scheißegal wäre, wenn ihre Nachbarn mich so sähen, bin ich mir sicher, dass sie alles andere als glücklich darüber wäre.

Ich lasse mich mit Blick auf den Garten auf einen der beiden Stühle sinken und starre auf mein Handydisplay. Ich habe eine Entscheidung zu fällen. Chains hat Recht. Ich sollte hierbleiben und das Chapter übernehmen, aber ich kann es nicht. Oder besser gesagt, ich will es nicht.

Ich bin kein Anführer.

Ich bin nicht wie mein Vater.

„Rufst du mich aus irgendeinem verdammt guten Grund um drei Uhr nachts an?", höre ich Wardens Stimme durchs Telefon knurren.

Ich lache, weil ich weiß, dass er um diese Zeit für gewöhnlich noch wach ist. Er schläft nicht sonderlich viel. „Du hast doch mit Sicherheit noch nicht geschlafen."

Er grunzt, ohne etwas darauf zu entgegnen. Ich gebe ihm aber auch gar nicht erst die Chance dazu, indem ich direkt mit der Tür ins Haus falle.

„Chains hat mir etwas erzählt. Er meinte, dass Henli, wenn ich sie nur zur Citizen Wife nehme, keinen Schutz vom Club erwarten kann. Mir war diese Regel nicht bekannt. Oder vielleicht hat sie mich auch nur nie interessiert. Also, klär mich auf."

Es herrscht ein Moment lang Stille, dann räuspert

Warden sich. „Chains hat recht.“

„Was, wenn ich sie zur Frau nehmen will und trotzdem ihren Schutz möchte? Kann ich den Club für ihre Sicherheit bezahlen?“, will ich wissen.

Warden holt tief Luft, bevor er etwas auf meine Frage entgegnet. Als er mir antwortet, bin ich nicht überrascht. Auch wenn es mir nicht sonderlich gefällt, was er zu sagen hat. Aber ich verstehe es.

„Du kannst einen privaten Wachschutz engagieren. Aber nein, der Club wird sie nicht beschützen – auch nicht gegen Bezahlung oder weil du bist, wer du bist. Das geht nicht. So sind nun mal die Regeln.“

Ich verstehe das. Wirklich. Auch wenn es mir nicht passt.

„Heißt das, dass du in Tucson übernehmen wirst?“, hakt er nach, da ich nicht direkt etwas auf seine Worte erwidere.

Ich will einwilligen. Ich will ihm sagen, dass ich nicht nur die Verantwortung für den Club, sondern auch für meine Frau übernehmen werde, aber das tue ich nicht. Stattdessen teile ich ihm mit, was ich für das Richtige halte, auch wenn es das wahrscheinlich nicht ist.

„Ich komme nach Hause. Mit Henli läuft es gut, aber ich kann sie nicht zu meiner Old Lady machen.“

„Und was ist mit dem Club?“

„Ich kann nicht ihr Präsident werden. Es gibt qualifizierte Leute für diesen Posten. Ich bin einfach nicht dafür gemacht, der Präsident von irgendetwas zu sein.“

Warden grunzt und sagt einen Moment lang nichts. „Du wurdest genau dafür geboren, Brick“, meint er schließlich und verwendet dabei sogar meinen echten Vornamen. Er benutzt ihn nicht oft ... eigentlich nie.

„Dein Vater war ein fantastischer Anführer. Du hast ebenfalls das Zeug dazu, aber wenn du das Chapter nicht anführen willst, dann musst du das verdammt noch mal auch nicht. Es ist deine Entscheidung. Ganz allein deine.“

„Ich mache mir primär Sorgen um Henlis Sicherheit. Das liegt mir am schwersten im Magen.“

„Und du schaffst sie nicht hierher, weil …?“

Diese Frage ist durchaus berechtigt. Eigentlich ist das sogar eine gute Idee. Aber das würde bedeuten, dass ich ihr erzählen müsste, womit ich mein Geld verdiene. Es wäre ein Ding der Unmöglichkeit, dass wir gemeinsam in Casa Grande leben und sie nicht weiß, wer ich bin oder was die Aufnäher auf meiner Weste zu bedeuten haben. Tucson ist gerade groß genug, dass es eine Weile andauern könnte, bis sie alles herausfindet.

„Sie wird nicht meine Old Lady sein, Warden, sondern bloß meine Citizen Wife. Ich will nicht, dass sie weiß, wer die Devil’s Hellions sind. Zumindest noch nicht.“

„Aber vielleicht eines Tages?“, hakt er nach. „Ich habe dir doch erst neulich erzählt, dass ich mein Leben im Nachhinein definitiv anders gestaltet hätte. Und da du dich mit Chains unterhalten hast, gehe ich davon aus, dass er dir dasselbe gesagt hat.“

Ich lache leise. Jedoch nicht über ihn, sondern wegen der Tatsache, dass er verdammt allwissend zu sein scheint. „Chains hat mit mir gesprochen. Henli ist einfach nicht stark genug für unser Leben. Sie ist jung, naiv und emotional zu instabil dafür.“

„Du wirst schon wissen, was du tust, Bruder. Wir stehen, wie immer, hinter dir. Wenn du deine Meinung eines Tages ändern solltest, brauchst du nur ein

Wort zu sagen. Tucson gehört dir und deine Frau wird zu deiner Old Lady, die unseren Schutz genießen wird."

„Danke, Bruder."

„Sehen wir uns morgen?"

„Ja, ich fahre in ein paar Stunden zurück."

Nachdem ich das Gespräch beendet habe, werfe ich einen Blick über meine Schulter und sehe sie hinter mir stehen. Sie beobachtet mich von der Glasschiebetür aus. Nur mit meinem Shirt bekleidet.

Ich nicke und gebe ihr so zu verstehen, dass sie zu mir herauskommen soll. Ihr Blick gleitet über meinen Körper zu meinem Gesicht. Ihre Augen sind dabei ganz groß. Schließlich öffnet sie die Tür und tritt zu mir heraus.

„Du hast ja gar keine Klamotten an", zischt sie.

Brummend strecke ich die Arme aus und halte ihr meine Hände entgegen.

Sie legt ihre Finger in meine, woraufhin ich sie zu mir heranziehe. Ich lasse ihre Hände wieder los, um meine Finger auf ihre Hüfte legen zu können und sie auf meinen Schoss zu ziehen. Sie, diese verdammt phänomenale Frau, die sie einfach ist, spreizt ihre Schenkel, sodass ihre warme Pussy gegen meinen Schwanz drückt.

Fuck.

Ich lasse eine Hand ihre Wirbelsäule hinaufgleiten und vergrabe meine Finger in ihren Haaren. Die andere Hand lasse ich zwischen unsere Körper wandern, um ihre Pussy zu berühren. Sie wimmert und schiebt ihre Hüften vor, denn sie will, dass ich sie streichele. Ihr Körper hat sich bereits an mich gewöhnt. Sie weiß, was ich sie fühlen lassen kann und verzehrt sich danach.

Das ist genau das, was ich mir immer gewünscht habe, auch wenn ich zugeben muss, dass das in ihrem Fall recht schnell ging. Gleichzeitig hätte ich aber nie gedacht, dass ich jemals mit jemandem so weit kommen würde.

Mit zwei Fingern dringe ich in sie ein. Meine Handfläche presse ich gegen ihre Klitoris, während sie meine Finger reitet. Mein Griff in ihr Haar wird fester, indem ich an ihren Strähnen ziehe.

Heilige Scheiße.

„Bist du meine Frau?", verlange ich zu wissen.

Stöhnend schließt sie die Augen und lässt die Zungenspitzen über ihre Unterlippe gleiten. „Ja", keucht sie. „Ich gehöre dir. Gehörst du denn auch mir?"

Ich weiß genau, dass sie mir diese Frage wegen des Kommentars stellt, den ich in Hinblick auf die ganzen Frauen und die Flirterei mit ihrer Schwester habe fallen lassen.

Sie ist verunsichert und das verstehe ich. Wirklich. Aber im Moment, so wie sie sich gibt, so wie wir beide miteinander harmonieren, gibt es absolut nichts, worüber sie sich Sorgen machen müsste. Und wenn die Dinge genauso weiterlaufen, wird sie sich nie wieder wegen irgendetwas sorgen müssen.

„Ja, Baby. Ich gehöre ganz und gar dir."

Kapitel 16

Henli

Brick verlässt mich mit dem Versprechen, am nächsten Wochenende wiederzukommen. Und mit einem Kuss, bei dem sich meine Zehen krümmen. Mein ganzer Körper brennt und ich kann nur darauf hoffen, dass es sich von nun an jeden Montagmittag so toll anfühlen wird. Dieser Mann ist pure Perfektion.

Obwohl ich mich insgeheim immer wieder frage, wie lange das mit uns gutgehen kann. Zugegeben, es ist nicht so, dass er am anderen Ende des Landes wohnt. Er lebt nur ein paar Stunden von mir entfernt.

Als sein Motorrad nicht mehr zu sehen ist, gehe ich ins Haus, schließe die Tür hinter mir zu und lehne mich seufzend dagegen. Ich weiß nicht, was die Zukunft für uns bereithält, aber ich mag das mit uns. Ich mag es, wo wir gerade stehen. Es kommt mir so vor, als hätten wir unsere erste Hürde gemeistert.

Ich fühle mich wohl und sicher mit ihm, so seltsam das auch klingen mag, wenn man bedenkt, dass ich noch immer keinen blassen Schimmer habe, womit er sein Geld verdient. Beruflich muss er mit ein Dutzend Frauen wie Penelope verkehren.

Scheiße.

Das nagt an mir. Egal, wie sehr ich auch versuche, diesen Gedanken zu verdrängen, er kommt immer wieder hoch. Ich mache mich auf den Weg in die Küche, öffne den Kühlschrank und nehme eine Flasche Wasser heraus. Anschließend werfe ich einen Blick auf die Uhr.

Abermals Scheiße.

Brick hat Besichtigungstermine für ein paar Häuser für mich vereinbart. Ich weiß nicht, wieso ich überhaupt zugestimmt habe, sie wahrzunehmen. Er meinte, er habe einen Freund, der Häuser vermietet, und dass er mir dabei helfen würde, einen neuen Mietvertrag zu bekommen, obwohl ich arbeitslos bin.

Gott, wie sehr kann man so etwas hassen? Das alles?

Ich war in den letzten sechs Jahren völlig auf mich allein gestellt und bekam wenig bis gar keine Unterstützung von irgendwem. Nun tritt dieser Mann in mein Leben und ich nehme bereitwillig alles an, was er mir an Hilfe anbietet. Ich bin mir nicht schlüssig, wie ich mich deswegen fühle.

Allerdings hat er sehr deutlich klargestellt, dass ich seine Frau bin – ein Titel, den ich bereitwillig und mehr als glücklich angenommen habe. Deshalb sollte ich mir von ihm helfen lassen. Hier stehe ich also, nehme seine Hilfe an und treffe mich in … vierzig Minuten mit seinem Freund und einem Immobilienmakler.

„Huch", schreie ich, ehe ich mich umdrehe und zur Dusche sprinte. Zum Glück bin ich nicht sehr eitel. Weshalb ich nicht lange brauche, um mich fertig zu machen. Außerdem gehe ich ja nirgends hin, wofür ich mich besonders hübsch machen müsste.

Ich ziehe mir eine Jeans und ein Oversize-Shirt mit V-Ausschnitt an. Die Vorderseite des Oberteils stecke ich in meine Hose und schlüpfe anschließend in weiße Sneakers. Zum Schluss binde ich meine Haare zu einem unordentlichen Dutt zusammen.

Ich setze meine Lieblingssonnenbrille auf und schnappe mir meine Handtasche, die ich schultere. Vorher habe ich meinen Schlüsselbund herausgenommen. Dann verlasse ich das Haus und schließe die Tür hinter mir ab. Ich lasse mich auf dem Fahrersitz meines Wagens nieder und lächle, während ich den Sitz wieder auf meine Größe einstelle.

Normalerweise würde es mich aufregen, wenn mir jemand den Sitz verstellt, aber da Brick derjenige war, der es getan hat, ist das nicht der Fall. Ich weiß nicht wieso dem so ist, aber es stört mich nicht im Geringsten. Eher durchzuckt mich ein ganz warmes und benommenes Gefühl, weil ich einen Mann habe, der mein Auto gefahren und meinen Sitz verstellt hat.

Nennt mich verrückt, aber ich bin ganz vernarrt in ihn.

Ich gebe die Adresse ins Navigationssystem ein, starte den Motor und fahre los. Als ich nur noch ein paar Blocks vom Ziel entfernt bin, klingelt mein Telefon. Ich gehe ran, ohne vorher aufs Display geschaut zu haben. Ich bin am Fahren und ohnehin ein besonders vorsichtiger Mensch. Ich würde nie während der Fahrt eine Nachricht verschicken und benutze immer die Freisprecheinrichtung.

„Hallo?", melde ich mich zaghaft.

„Bist du gleich da, Babe?" Bricks raue, kratzige Stimme ertönt aus den Lautsprecherboxen meines Autos, woraufhin ich einen Seufzer ausstoße.

Ich habe mich ernsthaft in diesen Mann verliebt. Wir sind zwar erst ein paar Tage zusammen, aber ich stelle mir trotzdem schon weiße Lattenzäune und ein Baby im Kinderwagen mit ihm zusammen vor.

„Ja, ich biege gerade in die Zielstraße ein."

„Gut. Lass mich wissen, was du denkst, wenn du mit den Besichtigungen durch bist. Noch bin ich zu Hause, aber später muss ich zur Arbeit. Die Arbeitsgeräte könnten etwas laut sein. Falls ich deinen Anruf verpasse, rufe ich dich zurück, okay?"

Laute Arbeitsgeräte? Was zum Teufel arbeitet er? Genau das will ich ihn fragen, entscheide mich aber dagegen. Ich habe das Gefühl, dass er mir sowieso bloß wieder ausweichen wird und ich mich deshalb noch ein wenig in Geduld üben sollte.

Legacy

Nachdem ich mich vergewissert habe, dass Henli sicher am Treffpunkt angekommen ist, beende ich das Telefonat und schaue zu Roadkill hinüber, der Itch dabei über die Schulter sieht, wie dieser die Türverkleidung eines geilen Lambos entfernt.

„Es ist eine verfluchte Schande, dass wir die Autos auseinandernehmen müssen", sage ich.

Itch schüttelt lachend den Kopf. „Ja, aber sie sind eben das Mittel zum Zweck und bringen uns einen satten Gewinn ein."

„Wiederhol den Scheiß nochmal", bellt Roadkill, während er die rote Farbe entfernt.

Keine Karre verlässt in einer auffälligen Farbe unsere Werkstatt. Keine Rottöne, keine Limettentöne oder ähnliches. Sie werden entweder grau, weiß oder schwarz umlackiert. Wenn es allein meine Entscheidung wäre, würde ich alle Wagen weiß lackieren lassen.

Weiß ist eine verdammt unauffällige Farbe. Man sieht Fußballmuttis, Geschäftsleute und kleine alte Opis mit weißen Karren herumfahren. Das ist es, was ich tun würde, wenn ich die alleinige Verantwortung hätte.

Doch die liegt nicht bei mir.

„Werden wir sie jemals kennenlernen?", will

Roadkill wissen, während er seine Arbeit fortsetzt.

Ich ziehe mir einen Overall an und mache mich ebenfalls ans Werk. Das ist es, was ich wirklich liebe: mich körperlich verausgaben, Dinge auseinandernehmen und auf eine andere, kreativere Weise wieder zusammensetzen. Auch wenn es irgendwie traurig ist, diese verdammten Karren in ihre Einzelteile zu zerlegen.

Trotzdem liebe ich es.

„Sie wird nur meine Citizen Wife", teile ich ihm mit.

Er pfeift, erteilt mir aber keine Ratschläge, was ich sehr zu schätzen weiß, weil ich nicht darum gebeten habe. Unaufgeforderte Ratschläge sind nicht mein Ding. Da wir aber allesamt Kerle sind, die ohnehin tun und lassen, was wir wollen, sind Ratschläge in der Regel sowieso eine Rarität.

„Du handhabst es eben, wie du es für richtig hältst, Bruder", murmelt Roadkill.

Ich weiß, dass er in Wahrheit meint, dass er die Sache anders angehen würde. Ich glaube sogar, dass niemand im Club meinem Beispiel folgen würde. Wenn man jedoch berücksichtigt, dass alle irgendwie Single sind, werde ich nicht viel auf seine Worte oder die von irgendwem sonst geben.

Die kommenden Stunden arbeiten wir vor uns hin.

Ich bin total aufs Schweißen fokussiert. Ich bin wie im Tunnel, als ich Itch meinen Namen rufen höre. Ich hebe den Kopf, schaue zu ihm herüber und nehme den Schweißerhelm ab.

„Dein Telefon bimmelt in einer Tour", informiert er mich, hält mein Handy in die Höhe und wedelt damit herum.

Ich lege meine Ausrüstung beiseite, gehe zu ihm herüber und nehme ihm das Telefon ab. Ich streiche mit dem Daumen über das Display und gehe ran. „Hey, Babe, was gibt's?“

„Du bist völlig verrückt“, schreit sie.

Keine Ahnung, ob sie angepisst oder aufgeregt klingt. „Ja? Bist du okay?“, will ich wissen und lehne mich gegen das Heck des Wagens.

Itch macht mit einem Pfiff auf sich aufmerksam und winkt mir zum Abschied zu.

Nun bin ich ganz allein in der Werkstatt und ebenfalls bereit für den Feierabend. Ich bin echt im Eimer vom Wochenende, an dem ich verdammt viel Sex hatte. Es war gottverdammt magisch, ja das war es.

„Die zwei Häuser sind der Wahnsinn“, sagt sie. „Sie sind viel zu schön für mich allein. Außerdem übersteigen sie mein Budget um ein Vielfaches.“

„Baby“, brumme ich. „Das Haus ist nicht nur für dich. Es ist für uns, ja?“

„Für uns?“, hakt sie nach. Ihre Stimme ist kaum lauter als ein Flüstern.

Ich lache leise, dann räuspere ich mich. „Ja, für uns. Ich werde in Zukunft viel Zeit mit dir verbringen. Ich brauche eine Unterstellmöglichkeit für mein Bike. Wir brauchen etwas, das groß genug für uns beide ist.“

„Aber sie sind viel zu teuer. Die Miete ist zu hoch.“

„Lass mich das regeln, okay?“

Es entsteht ein Moment der Stille. Sie sagt nichts dazu, woraufhin ich befürchte, dass sie mir mitteilen wird, in keinem der beiden Häuser wohnen zu wollen, die ihr heute gezeigt wurden.

Die Wahrheit ist, dass das die einzigen beiden Buden sind, die in Frage kommen. Die Häuser gehören dem Club. Deshalb muss ich mir keine Sorgen machen, jemandem meine oder ihre Daten übermitteln zu müssen. Falls keins der beiden in Häuser in Frage kommt oder sie auf stur schaltet, bin ich sowas von am Arsch.

„Okay, ja.“

„Ja?“

Sie lacht auf. „Ja.“

„Nächstes Wochenende also. Ein paar meiner Kumpels werden dir beim Umzug helfen. Du entscheidest, welches Haus es wird, denn ich habe beide bereits vorab besichtigt.“

Erst höre ich sie ausatmen, dann lachen. „Das ist der Wahnsinn. Sie sind beide unheimlich schön. Aber mir hat der Garten des zweiten Hauses besser gefallen.“

„Dann also das Zweite. Kannst du bis Freitag umzugsbereit sein?“

Sie antwortet mir nicht sofort. Stattdessen höre ich sie atmen, während sie nachdenkt. „Da ich derzeit nicht arbeite, sollte das klappen. Ich bin zwar aktuell auf Jobsuche, aber die Chancen stehen recht gut, dass keine Vorstellungsgespräche meine Pläne durchkreuzen. Es ist der perfekte Zeitpunkt.“

„Außerdem bist du dann endlich raus aus der Bude und fertig mit der blöden Schlampe.“

„Ganz genau.“

„Hey, es tut mir leid, Baby. Dieser ganze Scheiß ist ziemlich abgefahren.“

„Das stimmt“, pflichtet sie mir gähnend bei.

Bevor wir das Gespräch beenden, verspreche ich ihr, ihr später noch eine Textnachricht zu schicken. Ich grinse vor mich hin, weil sie so verdammt müde ist und ich der Grund dafür bin, dass sie so ausgelaugt ist. Vielleicht sollte ich mich deswegen schlecht fühlen, tue ich aber nicht im Geringsten.

Ich verlasse die Werkstatt, schließe sie hinter mir ab und schwinge mich auf mein Bike. Ich starte den Motor und fahre nach Hause. Den kompletten Heimweg über grinse ich vor mich hin – es ist ein verdammt breites Grinsen. Verflucht, aber ich bin glücklich. Ich habe mich in diese Frau verliebt. Ich bin so verdammt verknallt in sie, dass ich keinen klaren Gedanken mehr fassen kann.

Und *das* ist es, was mich echt dermaßen umhaut.

Kapitel 17

Es ist drei Tage her, seit ich Brick zuletzt gesehen habe. Obwohl er jeden Tag auf irgendeine Weise Kontakt zu mir aufnimmt, ist er trotzdem nicht bei mir.

Ich weiß nicht, was ich davon halten soll.

Er verbirgt immer noch Dinge vor mir. Mehr als nur ein paar, glaube ich. Allerdings bin ich mir nicht sicher, ob es sich lohnt, ihn darauf anzusprechen oder eine große Sache daraus zu machen.

Wie dem auch sei, ich möchte wirklich wissen, womit er sein Geld verdient, doch er will es mir einfach nicht verraten. Das ist vermutlich der größte Streitpunkt: Seine Heimlichtuerei in Hinblick auf seinen Job. Bei anderen Dingen kann er mich meinetwegen im Ungewissen lassen.

Mit dem Packpapier, das ich im Baumarkt gekauft habe, umwickle ich mein Geschirr. Einen Teller nach dem anderen und verstaue sie in einem Umzugskarton.

Im Hintergrund läuft Musik. Rock aus den Neunzigern, um die Stille um mich herum zu durchbrechen. Den Fernseher habe ich bewusst nicht eingeschaltet, weil ich weiß, dass ich mich vom TV-Programm bloß ablenken lassen würde. Das würde den Umzug am kommenden Wochenende gefährden, weil ich bis dahin absolut nichts eingepackt bekäme.

Als ich dabei bin, den Metallica Song mit zu grölen, klopft plötzlich jemand an meiner Haustür. Stirnrunzelnd stehe ich vom Fußboden auf und mache mich auf den Weg zur Tür. Allerdings öffne ich sie nicht, ohne vorher einen Blick durch den Spion zu werfen. Seitdem ich achtzehn bin, lebe ich allein und bin ein sehr großer Angsthase. Ich öffne nie einfach blindlings. Obwohl ich mir mittlerweile nicht mehr ganz sicher bin, wozu das gut sein soll. Schließlich ist Brick mitten in der Nacht einfach in mein Haus spaziert.

„Ich kann dich atmen hören", zischt die Stimme auf der anderen Seite der Tür.

Mit einem schweren Seufzer öffne ich und trete einen Schritt zur Seite, um meine Schwester hereinzulassen. Obwohl das genau das Gegenteil von dem ist, was ich eigentlich möchte. Am liebsten würde ich ihr die Tür direkt wieder vor der Nase zuschlagen und ihr sagen, dass sie sich verziehen soll. Aber das mache ich natürlich nicht.

„Du bist ja immer noch in der Stadt", spreche ich das Offensichtliche aus.

Lächelnd schaut sie zu mir herüber. Ich muss daran denken, wie viel sie an sich hat machen lassen, und frage mich, ob sie nun glücklicher als früher ist. Penelope war schon immer wunderschön. Meiner Meinung nach hätte sie sich nicht unters Messer legen müssen.

„Das bin ich", entgegnet sie. Ihre Stimme gleicht einem Schnurren.

„Und du bist vorbeigekommen, weil …?"

Sie gibt mir nicht direkt eine Antwort auf meine Frage. Stattdessen kehrt sie mir den Rücken zu und marschiert durch mein Haus. Sie setzt so lange einen Fuß vor den anderen, bis sie in meiner Küche steht. Mitten in meinem Chaos. Erst dann dreht sie sich wieder zu mir um und schaut mich an.

„Du ziehst um", sagt sie und trifft damit den Nagel auf den Kopf.

„Stimmt“, entgegne ich, ohne näher auf die Details einzugehen. Vor allem, weil noch nicht einmal Mom weiß, dass ich mit Brick zusammenziehen werde. Ich finde es nicht richtig, ihr jetzt schon davon zu erzählen. Nicht bevor er nicht mehr Zeit als die Wochenenden mit mir verbringt.

Ihre Lippen bilden ein Lächeln, doch schon mit dem nächsten Atemzug zieht sie die Augenbrauen zusammen.

„Du ziehst doch wohl nicht mit diesem Typen zusammen, oder?“

Ich hasse es, dass ich so leicht zu durchschauen bin. Allerdings überrascht mich ihre Frage nicht. Ich hätte wissen müssen, dass sie nur deswegen hergekommen ist.

In den sechs Jahren, die ich hier schon wohne, hat meine Schwester mich nur fünfmal besucht. Und auch nur, weil sie mir irgendetwas unter die Nase reiben wollte. Meistens wollte sie mich eifersüchtig machen.

„Was, wenn dem so wäre?“, frage ich.

Sie reißt die Augen auf und dreht den Kopf kurz zur Seite. Dann sieht sie mich wieder an. „Nun“, beginnt sie seufzend. „Dann wäre das ein Problem, weil er Mitglied eines Outlaw-MCs ist. Und dein Blick, mit dem du mich gerade ansiehst, beweist eindeutig, dass du keine Ahnung hast, was das bedeutet.“

Anstatt mich hinzusetzen und meine Schwester mit Fragen zu löchern, entscheide ich mich dazu, eine Zicke zu sein. Und das beschließe ich nur, weil ich weiß, dass meine Schwester nicht aus reiner Herzensgüte oder schwesterlicher Fürsorge und Liebe hier ist.

„Ach nein?“, zische ich. „Er hat mir bereits gesagt, dass du genau die Art von Frau bist, die bei ihm zu

Hause rumhängt. Daher nehme ich an, dass du bereits bestens im Bilde bist, was Männer wie ihn angeht.“

Abermals werden ihre Augen ganz groß. Mit so einer Antwort hatte sie von ihrer kleinen, sanftmütigen Schwester wohl nicht gerechnet. Wobei *kleinen Schwester* ein dehnbarer Begriff ist. Sie ist zwar sechzehn Monate älter als ich, aber ich war schon immer die Reifere von uns.

Im Moment bin ich Penelope einfach nur leid.

„Oh ja, das bin ich“, bestätigt sie. „Daher weiß ich auch, dass er dir entweder nicht gesagt hat, was er so tut, oder du denkst, dass du damit umgehen kannst. Aber das kannst du nicht. Dieser Mann wird dich brechen, Henli. Er wird dich in Stücke reißen und vollständig zerstören.“

Wenn ich der Ansicht wäre, dass sie ein freundlicher und fürsorglicher Mensch sei, würde ich, ohne mit der Wimper zu zucken, ihren Worten Glauben schenken. Aber ich bin keine Närrin. Ich habe schon oft erlebt, wie sie die Saat des Zweifels ausgesät hat. Ich habe ihre Ratschläge befolgt, nur um dann mitanzusehen, wie sie mir zuwinkt und genau das tut, was ich mir eigentlich vorgenommen hatte.

„Du willst also mit ihm in die Kiste steigen?“, frage ich sie. „Und du glaubst, wenn du mich aus dem Weg schaffst, wirst du dein Ziel leichter erreichen?“

Ich fühle mich unglaublich mutig, da ich meiner Schwester die Stirn biete. Das heißt, bis sie ihre Lippen zu einem Grinsen verzieht. Es ist ein breites, zickiges Grinsen.

Sie wird sicherlich irgendetwas erwidern, das mir mal wieder das Gefühl vermittelt, dass sie etwa zehn Zentimeter größer ist als ich. So ist sie eben. Ich hätte wissen müssen, dass sie hier aufkreuzt und versucht, mein Leben zu ruinieren. Dass sie noch ein Ass im Ärmel hat – so wie immer. Sie gönnt mir nie, niemals etwas, das ich habe … keine Chance.

„Oh, Henli", schnurrt sie. „Ich muss dich gar nicht erst aus dem Weg schaffen. Die Tatsache, dass du nicht weißt, wer oder was er ist, bedeutet, dass du nicht seine Old Lady bist. Es bedeutet, dass du stinknormal bist und ihn nie vollständig besitzen wirst. Das heißt, dass er tun und lassen wird, was er will und wie er es will. Er trennt seine beiden Leben strikt voneinander. Ich könnte ihn dementsprechend also ficken und du könntest nichts dagegen unternehmen, weil du es nie erfahren würdest. Vielleicht war ich ja sogar schon mit ihm im Bett."

Ich hole tief Luft und bin nicht dazu fähig, mich zu rühren. Ich kann nicht einmal denken. Sie hat mich vollkommen schockiert und mundtot gemacht. Und genau aus diesem Grund hasse ich sie noch ein bisschen mehr.

Ich schwöre bei Gott, für meine Schwester sind Loyalität und Familie Fremdwörter. Es muss sich immer alles nur um sie drehen und um sonst niemanden. Anstatt vor ihr loszuweinen, was ich seit meinem fünfzehnten Lebensjahr bewusst vermeide, schaue ich ihr in die Augen und setze einen emotionslosen Gesichtsausdruck auf.

Das ärgert sie so dermaßen, dass sie wieder geht. Natürlich nicht, ohne mich noch einmal daran zu erinnern, dass sie meinen Mann ficken könnte und ich nie etwas davon erfahren würde. Sobald sie mein Haus verlassen hat, nehme ich mein Handy an mich und halte es fest umklammert. Ich öffne Bricks und meinen Chat.

Bevor ich drauf los tippe, starre ich eine Weile aufs Display. Ich setze viermal an, eine Nachricht zu schreiben, lösche sie aber wieder. Tief durchatmend befördere ich mein Handy auf den Küchentisch und widme mich wieder dem Packen. Ich versuche nicht daran zu denken, was Penelope gesagt hat, aber es klappt nicht. Ich denke an nichts anderes mehr.

Ich bin so aufgewühlt, wegen der Sache mit Penelope, dass ich, als Brick mich anruft, nicht dazu in der Lage bin, ranzugehen. Er versucht noch zwei weitere Male mich zu erreichen, doch ich ignoriere ihn.

Ich fühle mich schrecklich.

Ich sollte seinen Anruf entgegennehmen. Ich sollte ihm erzählen, was Penelope zu mir gesagt hat. Ich sollte eine Menge Dinge tun, aber ich kann mich zu nichts durchringen. Ich fühle mich emotional zu instabil.

Schließlich verziehe ich mich ins Bett, liege einfach so da und starre die Decke an. Ich wünschte, ich könnte einfach so in den Schlaf driften … und weil ich es so unbedingt möchte, gelingt mir das auch schließlich. Kaum dass der Schlaf mich übermannt hat, beginne ich zu träumen. Allerdings ist es kein lauschiger, kuscheliger, süßer Traum.

Es ist ein Traum voller Schmerz und Herzzerreißen.

Er tut mir überhaupt nicht gut und dementsprechend wache ich mit einem mulmigen Gefühl wieder auf.

Legacy

„Bruder, entspann dich", mahnt Roadkill.

Wir sind gerade dabei, den Lambo mit unserer Ware

zu beladen und die letzten Vorkehrungen zu treffen, bevor wir ihn wieder zusammensetzen … oder besser gesagt, ihn wieder so zusammenzubauen, wie wir das abgesprochen hatten. Das ist verdammt übel, denn er wird hinterher nicht mehr wie das Original aussehen.

„Sie nimmt meine Anrufe nicht entgegen. Es muss etwas passiert sein", murmle ich.

„Fahr zu ihr", erwidert er.

Roadkill lässt es so einfach klingen, als hätte ich hier keinerlei Verpflichtungen. Die habe ich aber. Ich trage sogar sehr viel Verantwortung. Eher als geplant nach Tucson zu fahren, steht diese Woche nicht zur Debatte. Ich atme ein, halte die Luft an und lasse sie langsam wieder entweichen, dannmache ich mich wieder an die Arbeit.

Während wir schweigend vor uns hin schrauben, gelangen wir irgendwann an den Punkt, an dem es Zeit für das Umlackieren ist. Ich würde es gern entspannt angehen, etwas Cooles zaubern, aber leider weiß ich, dass das Auto dadurch nur noch mehr auffallen würde, als das ohnehin schon der Fall ist. Ich muss die Farben schlicht und langweilig halten. Ich muss den Wagen weiß lackieren.

Ich bin startklar für den nächsten Schritt und halte bereits meine Lackierpistole in der Hand, um die Farbe aufzusprühen, als Roadkill eine Hand hebt und pfeift.

Ich weiß, was er von mir will. Nämlich, dass ich eine Pause einlege. Also tue ich ihm den Gefallen. Ich stelle die Arbeit ein und nicke ihm nur zu, da er sein Telefon ans Ohr hält.

Ich kann nicht hören, was er sagt oder mit wem er spricht, aber sein Blick ist auf mich gerichtet. Er murmelt schnell etwas ins Handy, ehe er es wieder in seiner Hosentasche verschwinden lässt.

Roadkill hebt abermals die Hand und bedeutet mir, zu ihm herüberzukommen. „Wir haben ein Problem."

Ich ziehe die Augenbrauen in die Höhe und warte ab, was er zu sagen hat. Er wird schon mit der Sprache herausrücken.

„Was?"

Er grunzt. „Habe mit Warden gesprochen."

„Was zur Hölle ist jetzt schon wieder los?"

Ich kann mir nur vorstellen, dass Wardens Anruf etwas mit dem Chapter in Tucson zu tun haben kann. Der Club ist das Einzige, das uns momentan Kopfschmerzen bereitet. Die anderen Chapter und unsere Geschäfte laufen wirklich verdammt gut. Deshalb kann ich mir nichts in diese Richtung vorstellen.

„Es geht um den ACJ."

Seine Worte jagen mir einen kalten Schauer über den Rücken. Normalerweise lache ich nur laut auf, wenn jemand etwas über die ACJs sagt, denn der Name dieses Clubs ist einfach nur lächerlich. Ich weiß nicht, wieso sie sich ihn ausgesucht haben.

Asphalt Circle Jerk MC – *der Kreis der Asphalt Idioten.*

Der Name ist total irre und erinnert mich an ein Kind in der Schule, das einen so lächerlichen Vornamen hatte, das es von allen gehänselt wurde. Aber als besagtes Kind erwachsen war, wurde es zum Tyrannen.

Genauso wie die ACJs.

Sie sind pissig auf die ganze verdammte Welt und zetteln ständig Stress mit anderen Clubs an, um diese zu übernehmen. Sie wollen das ganze verfluchte Land regieren, eine Art Imperium aufbauen, aber darum geht es in unserem Leben einfach nicht.

Es ist ihnen gelungen, ein paar kleinere Clubs zu übernehmen, aber eigentlich wissen sie, dass sie sich besser nicht mit uns anlegen sollten. Zumindest dachte ich, dass ihnen das klar ist.

„Was ist mit denen?", will ich wissen.

„Sie stehen gerade in unserem verdammten Clubhaus."

Fuck.

Verdammte Scheiße.

Kapitel 18

Ich schließe das Lagerhaus zu, steige auf mein Bike und folge Roadkill zum Clubhaus. Ich bin bereit zu kämpfen und gegen diese dummen Wichsern in den Krieg zu ziehen. Ich habe ihren gottverdammten Scheiß sowas von satt.

Keine Ahnung wieso, aber als das Clubhaus in Sichtweite kommt, rechne ich damit, Qualm von Schüssen zu sehen. Vielleicht wegen meiner lebhaften Fantasie und wegen dem, auf das ich eingestellt bin. Ich muss dringend etwas von meiner aufgestauten Energie loswerden.

Meine Befürchtungen bewahrheiten sich nicht. Stattdessen sehe ich einen Haufen Kerle, die lässig herumstehen.

Nachdem ich auf die Gruppe zugefahren bin, trete ich meinen Motorradständer herunter und schwinge mein Bein schnell über das Bike. Ich strecke den Rücken durch und gehe auf die Truppe zu. Ich muss endlich wissen, was zum Teufel hier vor sich geht.

„Jetzt, da mein Vizepräsident hier ist, solltest du uns vielleicht erklären, wieso du mit deinen Männern bei uns vorbeigekommen bist", sagt Warden, nachdem ich mich zu ihm gesellt habe.

Die Stimmung kippt. Was sich bis vor wenigen Augenblicken noch leicht und lässig angefühlt hat, gleicht nun einem arktischen Wind. Jepp, dies ist garantiert kein freundschaftlicher Besuch. Irgendetwas scheint im Busch zu sein und ich will wissen, was.

Der Präsident der ACJs kommt einen Schritt auf uns zu, sechs seiner Männer folgen seinem Beispiel.

Ich glaube nicht, dass sie gekommen sind, um einen Krieg anzuzetteln. Sie sind nur zu siebt und befinden sich auf unserem Terrain. Sie sind nicht wie wir. Sie sind nicht annähernd so gut.

„Ich will euch einen Vorschlag unterbreiten. Sozusagen um unsere Beziehung zu stärken", erwidert er mit dröhnender Stimme, als würde er zu einer Gruppe von ein paar hundert Leuten sprechen.

Gott, was für ein verdammter Vollpfosten. Ich kann ihn absolut nicht ausstehen. Weder ihn noch einen seiner Männer. Sie sind allesamt nutzlos. Sogar sein Straßenname ist für den Arsch. Ich glaube, er hat ihn selbst gewählt. Er heißt Power. Gott, was für ein Volltrottel.

„Du willst mir einen Vorschlag unterbreiten? Meinen Männern? Was zum Teufel willst du?", knurrt Warden und verschränkt dabei die Arme vor der Brust. Sein Stand ist fest, sein Blick ist auf Power gerichtet.

Wir sind alle in höchster Alarmbereitschaft. Dies ist ein verdammt bizarrer Moment.

Power räuspert sich, blickt erst auf seine Füße, dann wieder zu Warden auf. Lange hält er jedoch keinen Blickkontakt mit ihm, denn er schaut nun zu mir.

Ich ziehe die Augenbrauen zusammen, räuspere mich ebenfalls, starre ihn an und warte darauf, dass er endlich mit der verfluchten Sprache herausrückt. Ich habe mit diesem Kerl absolut nichts zu schaffen. Dementsprechend habe ich keine Ahnung, was er mir sagen will.

Er macht einen Schritt auf mich zu. Allerdings nur einen einzigen, weil ich, was ihn angeht, auf der Hut bin. Er scheint das zu wissen und achtet entsprechend darauf, mir nicht zu nah zu kommen. Er neigt den Kopf zur Seite und starrt mich weiterhin an. Dann räuspert er sich ein zweites Mal.

„Ich will unsere Clubs vereinen.“

„Nein“, bricht es sofort aus mir heraus.

Grinsend schüttelt er den Kopf. „Nicht auf die Art, die dir gerade vorschwebt. Ich möchte unsere Clubs sozusagen miteinander verheiraten. Ich will nicht fusionieren und sie zu einem Club zusammenführen oder irgendwelche Übernahmen initiieren. Ich will lediglich, dass wir Verbündete werden.“

Warden kommentiert Powers Worte nicht sofort, wohingegen Power mich weiterhin anstarrt als hätte er bereits irgendwen für mich im Sinn. Ich weiß nicht, wieso er sich so auf mich eingeschossen hat, aber es nervt mich gewaltig. Wir sind alle gottverdammte Singles.

Wir haben zwar ein paar Clubmädchen am Start, aber keiner von uns hat momentan eine Old Lady. Natürlich nicht absichtlich. So ist eben einfach unsere aktuelle Situation. Einige von den Frauen der Jungs sind schon verstorben. Wir leben unser Leben nach unseren Vorstellungen und dazu gehören nun mal keine Frauen. Das Leben ist so viel einfacher. Wir ficken durch die Gegend, kiffen hin und wieder und gehen unserer Arbeit nach.

Nun, zumindest war das so, bis ich auf Henli traf.

„Was hat dieser Scheiß mit mir zu tun?“, will ich wissen, da er weiterhin stumm bleibt.

Als er endlich die Sprache wiederfindet, muss ich fast laut auflachen. Nie im Leben. Nicht in einer Million Jahre. Was er da vorschlägt, ist verdammt lächerlich. Auf gar keinen Fall werden ich oder der Club darauf eingehen.

„Wir haben eine Frau für dich. Die Tochter von

Slain.“

Slain.

Dieser Wichser.

Er ist tot.

Er starb durch die Hand meines Vaters, so wie dieser schlussendlich von ihm umgebracht wurde. Sie haben einen Kampf um Leben und Tod ausgefochten. Sie haben sich gegenseitig umgebracht und haben damit alle schockiert. Ich hätte mich rächen und sie alle töten können, aber da der Kampf fair vonstattenging, musste der Scheiß zwischen den Clubs enden.

Bis jetzt.

„Warum zur Hölle sollte ich das wollen? Uns geht es hervorragend. Wir brauchen keine Allianz“, sage ich.

„Die wirst du aber brauchen. Wir alle“, erwidert er.

Ich ziehe eine Augenbraue in die Höhe und schaue Warden an, der mit den Schultern zuckt. Keiner von uns kapiert, wovon zum Teufel er spricht.

Er macht einen weiteren Schritt auf uns zu, atmet tief ein und langsam wieder aus. „Eine Gruppierung aus Kalifornien ist im Anmarsch. Die *Hell's Souls*. Sie kommen, um eine ganze Menge Land zu kaufen, das zwischen unserem Mutterchapter in Phoenix und eurem Club in Casa Grande liegt. Bevor du überhaupt von ihrer Anwesenheit Notiz genommen hast, werden sie sich schon breitgemacht haben. Wenn du unsere Hilfe in Sachen Verteidigung willst, wäre es das Cleverste, wenn wir uns in irgendeiner Form verbrüdern. Eine Heirat, dir eine Old Lady zu nehmen, ist der einzige Weg, den ich gerade sehe.“

„Eine Art Vertrag?“, hake ich nach.

Er schnaubt. „Ganz genau. Wir werden uns alle an

die festgelegten Regeln und Abmachungen halten“, erwidert Power sarkastisch.

„Und dir schwebt als Fundament unseres Abkommens eine Eheschließung mit eurer Old Lady vor?“, will Warden wissen.

Es entsteht ein Moment der Stille, dann tritt Power einen weiteren Schritt auf mich zu. „Sie ist unsere Prinzessin. Wir sind für sie verantwortlich. Jeder meiner Männer würde ihr Leben für sie geben. Wenn du sie heiratest, ist das eine bessere Versicherung als jeder verdammte Vertrag, der je auf dieser gottverdammten Erde abgeschlossen wurde.“

Seine Worte leuchten mir ein, aber ich werde die Tussi nicht heiraten. „Ich habe bereits eine Frau, Bruder. Du wirst dir einen anderen Heiratskandidaten für sie aussuchen müssen.“

„Ist sie denn auch deine Old Lady?“, fragt Power.

Die Wahrheit tut verdammt weh. Ich möchte sie nicht als meine Old Lady beanspruchen, zumindest nicht in dieser Situation. Ich will, dass sie zu mir gehört. Und selbst wenn ich sie nur zu meiner rechtlich angetrauten Citizen Wife nehme, könnte ich sie irgendwann immer noch zu meiner Old Lady machen.

Ich schaue Warden an, räuspere mich und warte darauf, dass er einen Kommentar abgibt oder eben nicht. Was immer er auch sagen wird, er ist der Präsident unseres Clubs. Er hat bei allem das letzte Wort.

„Bis wann brauchst du eine Antwort?“, will Warden wissen.

Ich schließe die Augen, denn nun weiß ich mit verdammter Sicherheit, dass er diese beschissene Option in Betracht zieht.

„Ende der Woche.“

„Gut, bis dahin wirst du von uns hören.“

Powers Lippen verziehen sich zu einem Lächeln. Er macht einen Schritt auf mich zu, schließt somit den Abstand zwischen uns und klatscht mir seine Hand gegen die Brust. Als er sie wieder zurückzieht, fällt etwas zu Boden.

Es ist ein Foto.

Das Mädchen ist echt der Oberhammer.

Allerdings kann sie meiner Frau nicht das Wasser reichen.

Henli

Er ruft einfach nicht an.

Ich blicke auf mein Handy und will das Anrufsymbol drücken, doch nichts passiert, weil ich es noch nicht berühre. Ich muss nur noch einen Umzugskarton packen, habe aber keine Ahnung, wie es weitergehen wird. Ich habe nicht das Geld, um ein Umzugsunternehmen zu beauftragen. Brick meinte, er würde sich um alles kümmern.

Allerdings scheint er noch nichts organisiert zu haben, denn ich habe seit Tagen nichts mehr von ihm gehört.

Ich beiße mir auf die Unterlippe, atme tief ein, schüttle den Kopf und werfe mein Telefon aufs Bett.

Scheiß drauf.

Vermutlich hatte meine Schwester Recht. Das hier ist wahrscheinlich ein großer Fehler, aber ich weiß einfach nicht, was ich tun soll. Die Jobsuche in dieser Woche war ein absoluter Reinfall. Ich habe versucht, irgendeine Arbeit zu finden, mit der ich meine Rechnungen bezahlen kann und die nichts mit

Eventplanung zu tun hat.

Ich habe mein Glück bei Banken, Büros, bei allem probiert, das mir einfiel. Und diejenigen, die mich tatsächlich zurückgerufen haben, sagten, ich sei nicht qualifiziert genug. Es spielt wohl keine Rolle, dass ich herausragende, millionenschwere Events auf die Beine gestellt habe, die es sogar bis in die Zeitungen und ins Fernsehen geschafft haben.

Das scheint vollkommen irrelevant zu sein, denn auf dem Papier ist es nun mal so, dass ich keinen Berufsabschluss vorzuweisen habe. Ich habe keinerlei Erfahrungen außerhalb der Veranstaltungsbranche gesammelt.

Ich könnte heulen.

Ich möchte aufgeben.

Ich liebe die Idee, mein eigenes Unternehmen zu gründen, aber im Moment bin ich davon überzeugt, dass ich das Projekt vorerst auf Eis legen und mir stattdessen einen Job bei einer renommierten Eventplanungsfirma in der Stadt suchen sollte.

Ich muss dazu in der Lage sein, mir Lebensmittel kaufen zu können. Und nun frage ich mich, ob ich die Miete für die neue Wohnung aufbringen kann, denn was auch immer Brick mir versprochen hat … war, so glaube ich zumindest, nur ein Haufen Bullshit.

Das Klopfen an der Haustür bringt meine trüben Gedanken zum Erliegen. Ich stehe auf, eile zur Tür und stoße einen Seufzer wegen der Person auf der anderen Seite aus.

Ich räuspere mich und öffne. „Ich bin bis zum Wochenende hier raus", teile ich Cornelia mit.

Sie hat so viel Einfühlungsvermögen, dass sie aufgrund meines barschen Tonfalls zusammenzuckt.

Ich trete nicht zur Seite, um sie hereinzulassen. Glücklicherweise macht sie auch keinerlei Anstalten, hereinkommen zu wollen. Sie bleibt, wo sie ist, und ich tue es ihr gleich.

Wir halten Blickkontakt miteinander und stehen uns schweigend gegenüber. Sie schaut kurz auf ihre Füße, bevor sie wieder zu mir aufsieht.

„Es tut mir so leid, Henli", flüstert sie. „Ich hätte dich nicht gehen lassen dürfen. Aber Grace hat mir von dem Mann erzählt, mit dem du jetzt zusammen bist. Ich bin hier, um dich zu warnen. Ich kann dich nicht mit ihm zusammen sein lassen, ohne dir gesagt zu haben, was für ein Mensch er ist."

„Kennst du ihn?"

Sie schüttelt den Kopf. „Nicht persönlich, nein. Aber weiß ich über ihren Club Bescheid? Oh ja, das tue ich. Das sind ganz üble Kerle, Henli. Du bist so ein herzensguter Mensch. Ich kann nicht dabei zusehen, wie du dein Leben für solche Leute wegwirfst – für diese ganze Truppe."

„Hast du mich deshalb entlassen? Wegen ihm?", verlange ich zu wissen.

Cornelia antwortet nicht direkt. Zunächst stößt sie einen Seufzer aus. „Teilweise", gibt sie zu. „Der Hauptgrund ist der, den ich dir bereits genannt habe. Aber diese Gang … Ich kann nicht mit ihnen in Verbindung gebracht werden. Ich will sie weder in meinem näheren Umfeld noch in meinem Geschäft."

„Wegen der Club-Aufnäher auf seiner Lederweste?", frage ich. „Er wohnt doch noch nicht einmal hier. Er lebt in Casa Grande." Ich bin total verwirrt wegen ihrer Worte.

Sie räuspert sich. „Ich habe als Teenager in einem ähnlichen Club verkehrt. Mein Mann ist Polizist, er hat mich da rausgeholt. Ich kann sie nicht um mich haben. Ich kann nicht dabei zusehen, wie du den gleichen Weg wie ich einschlägst."

„Aber er gehört nicht deinem Club an, oder?"

„Nein, das nicht, aber sie sind alle gleich. Alle Männer sind gleich. Benutzen dich für deinen Körper und werfen dich anschließend weg. Wenn du älter bist und dein Körper für sie nicht mehr von Nutzen ist, bist du wertlos. Wenn du kein heißes Spielzeug mehr bist."

„Es tut mir leid, dass dir das passiert ist", sage ich.

„Dir wird dasselbe widerfahren." Sie atmet aus. „Pass auf dich auf, Henli. Lauf so schnell du kannst davon, wenn du nur das geringste Gefühl verspürst, dass etwas nicht stimmt. Bevor es für dich zu spät ist."

Ohne dem noch etwas hinzuzufügen, kehrt sie mir den Rücken zu und geht. Ihre Worte klangen aufrichtig, doch sie ändern nichts an der Tatsache, dass sie mich vor die Tür gesetzt hat. Und dass bloß, weil die Nichte ihres Mannes ein Miststück ist.

Sollte ich ihr noch Glauben schenken? All diese Jahre und sie hat mich deswegen gefeuert?

Das ist Bullshit.

Allerdings hat Penelope nahezu das Gleiche zu mir gesagt, was mir nun natürlich zu denken gibt. Außerdem habe ich seit fast einer Woche nichts mehr von Brick gehört. Das lässt mich ebenso zweifeln.

Und das tut mir mehr als alles andere weh. Weil ich ihm naiverweise alles geglaubt habe, was er mir erzählt hat. Ich habe mich sozusagen sofort in ihn verliebt.

Er ist dreizehn Jahre älter als ich.

Ich wollte glauben, dass er nicht nur mit mir

zusammen ist, weil er sich einen jungen Hüpfer an seiner Seite wünscht. Vielleicht habe ich mich geirrt. Ich möchte nicht falschliegen und abgesehen davon, will ich nicht, dass Penelope Recht hat – *niemals*.

Kapitel 19

Legacy

Es überrascht mich nicht, dass Henli nicht rangeht, als ich sie anrufe. *Schon wieder.*

Fluchend öffne ich Chains Kontakt. Ich kneife die Augen zusammen und lausche ungeduldig dem Klingelton, während ich darauf warte, dass er den Anruf entgegennimmt. Zum Glück hebt er ab, bevor ich auf die Mailbox umgeleitet werde.

„Ich habe ihr gestern die Schlüssel gegeben. Also, was gibt es noch?", fragt er.

„Kennst du irgendwelche Prospects, die ich als Sicherheitskräfte engagieren könnte?"

Es herrscht einen Moment lang Schweigen, dann stößt er einen Pfiff aus. „Das ist euer erster großer Schritt und du bist nicht hier. Was soll der Scheiß, Bruder?"

Was ich aktuell gar nicht gebrauchen kann, sind irgendwelche Beziehungstipps von ihm oder sonst wem. Auch ohne die Scheiße, die er mir zu sagen hat, habe ich schon genug um die Ohren. Ich will mir seine Belehrungen nicht anhören. Oder den anderen Mist, der ihm in Hinblick auf Henli auf der Zunge liegt.

„Mir ist etwas dazwischen gekommen. Ein Drama, wie du es dir nicht vorstellen kannst."

Er brummt. „Es ist mir scheißegal, wie du mit deiner Frau umspringst. Aber lass dir von einem Mann, der seine Frau verloren hat, sagen, dass du verdammt vorsichtig sein solltest."

Ich beschließe, ihm reinen Wein einzuschenken. Vielleicht weiß er etwas, das sich meiner Kenntnis entzieht. Ich habe mich bislang mit keinem anderen Club als dem ACJ beschäftigt. Leider weiß ich mehr über ihn, als mir lieb ist. Was die ACJs über die Hell's Souls gesagt haben, geht mir einfach nicht mehr aus dem Kopf.

„Hast du schon mal was vom Hell's Souls MC gehört?"

Er antwortet mir nicht umgehend. Allerdings ist sein Schweigen für mich aussagekräftig genug, um zu wissen, dass das nichts Gutes zu bedeuten hat.

„Sie sind unnötig rücksichtslos."

Die Art und Weise, wie er diese vier Worte ausgesprochen hat, nämlich mit äußerster Sorgfalt, verdeutlicht mir, wie ernst er sie gemeint hat. Wahrscheinlich hat er sogar noch einige Geschichten auf Lager, die diese Aussage untermauern könnten. Ich will sie aber nicht hören, denn ich muss bloß wissen, was ich wegen dieser Frau, dem ACJ-Club und Henli unternehmen soll.

„Ich brauche keine Details, aber hast du etwas für mich? Die Hell's Souls machen sich zwischen Phoenix und Casa Grande breit", erkläre ich ihm.

Ich erzähle es ihm, weil es auch ihn betreffen könnte. Es könnte Krieg bedeuten, und wenn dieser Fall eintritt, sind er und sein Club unsere Verbündeten. Sie sind schließlich ein Teil von uns und ein Krieg gegen eins unserer Chapter, ist ein Krieg gegen alle Devil's Hellions.

Er gibt ein Knurren von sich, dann höre ich ein statisches Geräusch, das von Rascheln abgelöst wird.

„Als ich noch jünger war, verbrachte ich meine Urlaube oft in Kalifornien. Nur ich und meine Citizen Wife. Disneyland und so einen Scheiß. Es gab nur sie und mich. Ich trug nicht einmal meine Kutte, aber sie sahen die Tätowierungen auf meinen Armen und wussten sofort, dass ich zu den Devil's Hellions gehöre. Diese Hurensöhne bedrohten meine Frau, um an mich heranzukommen. Zwei von ihnen hielten mich fest, während die anderen ihr etwas zuflüsterten. Sie taten ihr zwar nicht weh, aber sie haben ihr eine Scheißangst eingejagt. Sie hatte keine Ahnung von meinem Leben. Sie war nur eine verdammte Bankangestellte. Was zum Teufel verstand sie schon von meiner Welt? Rein gar nichts."

Ich weiß nicht, was ich dazu sagen soll. Eine Million Dinge geistern mir durch den Kopf und alle drehen sich allein um Henli.

„Fuck", zische ich.

Er ist einen Moment lang still, dann gibt er ebenfalls ein zischendes Geräusch von sich. „Sie hätten meiner Frau etwas antun können, haben sie aber nicht. Dennoch hat mir die Sache ganz und gar nicht gefallen. Es war eine unnötige Grausamkeit."

Dem kann ich nur zustimmen.

Er räuspert sich und fährt dann fort. „Ich habe vier Prospects, die ich dir zur Verfügung stellen könnte. Ich schicke sie zu ihr und begleite sie, damit sie keine Angst vor ihnen haben muss."

„Danke. Ich habe hier nämlich noch einiges zu regeln. Ich bin so schnell wie möglich bei euch."

Ich beende das Telefonat und versuchte erneut, Henli zu erreichen. Diesmal geht sie glücklicherweise ran. Ich erzähle ihr, dass Chains mit einer paar Jungs vorbeikommen wird, um ihr beim Umzug zu helfen. Und, dass ich es leider nicht schaffen werde.

Ihre Reaktion fällt überschaubar aus, woraufhin ich weiß, dass sie angepisst ist.

Nun fühle ich mich noch mieser als vor dem Anruf.

Ich kehre ins Clubhaus zurück und begebe mich in die Bar. Ich ziehe an ein paar Clubmädchen und Männern vorbei, die sich besaufen und den Scheiß ausdiskutieren, der hier momentan vor sich geht. Ich mache mich auf den Weg zu Wardens Büro, trete ein und schlage die Tür hinter mir zu.

„Was habe ich für eine Wahl, verdammt?", frage ich ihn.

Ich presse meine Kiefer fest aufeinander und bin unfähig, mich auf irgendetwas zu konzentrieren. Mein Gesicht schmerzt wegen des verfluchten Stresses. Ich muss zu meiner Frau. Ich habe nämlich die Vorahnung, ein dringendes Gefühl, dass, wenn ich nicht hinfahre, etwas Schlimmes passieren wird. Ich muss die Angelegenheit glattbügeln, denn ich habe es mir bereits mächtig mit ihr verscherzt.

Ich habe mich nicht gemeldet. Ich war nicht vor Ort. Dabei hat sie mich explizit um diese simplen Dinge gebeten. Jedoch war nicht dazu in der Lage, sie ihr zu geben.

Sie sollte in ein Haus ziehen, das ich ihr besorgt habe, und ich bin nicht einmal bei ihr, um sie dabei zu unterstützen. Wenn es darum geht, ihr Mann zu sein, mache ich echt einen beschissenen Job. Fairerweise muss man sagen, dass ich noch nie zuvor etwas ähnliches erlebt habe. Zumindest bete ich mir das selbst wieder und wieder vor.

Alles ist so verdammt neu für mich. Die Büchse der Pandora wurde geöffnet. Jetzt habe ich sogar gleich zwei Frauen in meinem Leben, wohingegen ich noch vor ein paar Wochen gar keine hatte.

Scheiße.

Was zum Teufel soll ich nur tun?

Chains Motorrad biegt auf meine Auffahrt ein, gefolgt von fünf Pickups. Die Fahrer der Geländewagen tragen allesamt Lederwesten, die aber nicht denen von Chains oder Brick gleichen.

Auf ihnen befindet sich ein Aufnäher mit der Aufschrift PROSPECT.

Ich weiß nicht, was das Wort zu bedeuten hat. Wie dem auch sei, sie gehen einfach an mir vorbei ins Haus, ohne ein Wort mit mir zu wechseln.

„Was in aller Welt?“, frage ich in gedämpftem Ton.

Lachend deutet Chains mit dem Kinn auf meinen Bungalow. Er schaut mich an.

Ich kenne ihn nicht sonderlich gut. Ich habe mich vielleicht dreißig Minuten lang mit ihm unterhalten, als ich mir die zwei Immobilien angesehen habe. Das ist alles. Und nun steht er hier auf meiner Auffahrt, starrt mich an und grinst breit.

„Legacy hat mich angerufen. Er sagte, er würde es nicht schaffen und bat mich, dir ein wenig unter die Arme zu greifen.“

„Und daraufhin habt ihr alles stehen- und liegengelassen und seid sofort hierhergekommen?“, hake ich nach.

Er legt einen merkwürdigen Gesichtsausdruck auf, den ich nicht zu deuten weiß. Dann räuspert er sich und schüttelt dabei den Kopf. „Er ist Familie, Babe.“ Die Worte kommen ihm mit so einer Überzeugungskraft über die Lippen, dass man sie ihm unmöglich nicht glauben kann.

Familie.

Ich meine, meine Mutter und mein Vater würden mir helfen, wenn ich sie darum bitten würde. Sie sind gute Menschen, die mich lieben. Penelope würde einen Scheiß tun, aber um fair zu bleiben, so ist sie nun mal. Ich bin mir nicht sicher, ob meine Cousins oder Cousinen kommen würden, wenn ich sie um Hilfe bitten würde. Es müsste wohl erst etwas Ernstes passieren – es müsste um Leben und Tod gehen. Glaube ich zumindest.

„Wow", wispere ich.

Ich weiß nicht, was ich sonst sagen soll. Mir schwirren eine Million Dinge durch den Kopf, die ich noch hinzufügen könnte, aber so wie er mich anstarrt, lasse ich das besser sein. Es ist nicht so, dass ich mich in seiner Nähe unwohl fühle, ganz und gar nicht, aber er scheint mich lesen zu können und durchschaut für meinen Geschmack viel zu einfach meine Gedanken.

Abermals lacht er auf, legt mir dann einen Arm um die Schulter und führt mich ins Haus. Den Rest des Nachmittags verbringe ich damit, den Jungs zu sagen, was sie einpacken sollen und was sie für den gemeinnützigen Verein, der die Spenden hier abholen wird, aussortieren sollen.

Anschließend fahren wir gemeinsam zu meiner neuen Bleibe, um meine Habseligkeiten wieder auszuladen. Ich lege einen kurzen Boxenstopp im Supermarkt ein, um Bier zu kaufen, und gebe bei der örtlichen Pizzeria eine Bestellung zum Liefern auf. Ich habe keine Ahnung, auf was für einen Belag die Jungs stehen, aber da es Kerle sind, entscheide ich mich für die fleischige Variante.

Nachdem ich auf meine neue Auffahrt aufgebogen bin, parke ich meinen Wagen und nehme mir einen Moment, um mich in Ruhe umzusehen. Ich brauche diesen Augenblick, um die Eindrücke aufzusaugen und sacken zu lassen. Ich kann nämlich noch immer nicht glauben, dass dies hier mein neues Zuhause ist.

Wer weiß, für wie lange. Sollte ich keine neue Anstellung finden, wird das wenige Geld, das mir zur Verfügung steht, bereits nach dem ersten Monat aufgebraucht sein. Vielleicht komme ich sechs Wochen über die Runden, aber das wird eine riesige Herausforderung für mich darstellen.

Gott, allein die Vorstellung, arbeitslos zu bleiben und wieder bei meinen Eltern einziehen zu müssen, beschert mir ein ganz mulmiges Gefühl.

Zugegeben, meine Eltern hätten sicherlich nichts dagegen. Sie wären wahrscheinlich froh, mich für eine Weile um sich zu haben. Aber ich war schon immer ein sehr unabhängiger Mensch. Ich genieße meine Freiheit, für die ich hart gearbeitet habe. Ich will nicht wieder zu ihnen zurück.

Ich schnappe mir das Bier und trage es seufzend ins Haus. Ich stelle es auf dem Küchentisch ab und sehe mich um. Die Männer sind eifrig dabei, meine Kisten in die entsprechenden Räume zu schleppen.

Dieses Haus ist riesig. Ich habe mich noch nicht selbstständig gemacht und verfüge nicht über ausreichend Möbel, um ein Haus mit drei Schlafzimmern, einem Esszimmer und einem Frühstücksbereich auszustatten. Dieses Haus ist für eine Familie gedacht. Nicht für mich allein.

„Du siehst aus, als müsstest du dich jeden Moment übergeben", witzelt Chains.

Ich schaue zu ihm herüber. Dass ich durch den Wind zerzaust und bescheiden aussehe, glaube ich ihm sofort, denn genauso fühle ich mich tief im Inneren. Am liebsten würde ich zurück in mein Auto steigen und von hier abhauen. Da ich jedoch keine Ahnung habe, wohin ich fahren sollte, verdränge ich diesen Gedanken ganz schnell wieder.

Ich presse kurz die Lippen aufeinander, dann räuspere ich mich. „Das alles ist so neu. Dieses Haus ist viel zu groß für mich. Eine Familie hätte hier einziehen sollen. Vielleicht sollte ich wieder zu meinen Eltern zurückkehren, bevor ich den Punkt erreiche, an dem es nicht mehr schlimmer werden kann."

Aufgrund meiner Worte zieht er seine Augenbrauen zusammen. „Babe", murmelt er. Er betont es genauso wie Brick, weshalb mein Herz für ein paar Schläge gegen meine Brust hämmert. „Das solltest du nicht. Legacy würde es ohnehin nicht zulassen."

Ich sage ihm nicht, dass ich die Befürchtung habe, dass Brick das Interesse an mir verloren haben könnte. Er hat ein unglaubliches Wochenende voller heißem Sex gebraucht, um mit mir abzuschließen. Zumindest fühlt sich das für mich so an. Schließlich habe ich weder etwas von ihm gehört noch ist er hier bei mir.

Den Anruf von heute Vormittag werte ich nicht als wirkliches Lebenszeichen. Seit Tagen herrscht Funkstille zwischen uns. Er hat mich nicht angerufen, hat mir keine Nachrichten geschickt – absolut nichts. Es kommt mir vor, als würde ich für ihn nicht mehr existieren – bis zum heutigen Umzugstag. Und er hat es nicht einmal für nötig empfunden, herzukommen. Ich weiß nicht, was ich von ihm halten soll, von allem, von uns.

„Ach ja?", frage ich.

Chains grunzt. „Definitiv. Er ist für dich da, Babe. Du wirst schon sehen."

Er zwinkert mir zu und nimmt sich dann ein Dosenbier aus der Einkaufskiste.

Ich fand Dosen praktischer als Flaschen, weil ich

keine Ahnung habe, wo sich in all den Umzugskartons der Öffner befindet. Als ich gepackt habe, war ich völlig benommen. Ich habe versucht, den Prozess allein zu bewerkstelligen, ohne eine wirkliche Ahnung zu haben, was zum Teufel als nächstes passieren wird. Und ich habe noch immer keine Antwort darauf. Noch nie habe mich so verloren gefühlt.

Als ich mich wieder an die Arbeit mache, konzentriere ich mich auf das Finden und Auspacken meines Bettzeugs. Ich sollte wenigstens mein Bett machen, damit ich heute Nacht einen Platz zum Schlafen habe. Der Rest des Hauses kann noch warten, aber ein Schlafplatz ist wichtig.

Die Männer brauchen nur ein paar Stunden zum Ausladen. Ein paar Minuten vor Arbeitsende taucht dann auch endlich der Pizzabote auf.

Dem entsetzten Gesichtsausdruck des Lieferanten nach zu urteilen, drängt sich mir die Frage auf, ob Penelope, die Kellnerin aus dem Diner und Cornelia nicht vielleicht doch recht hatten. Womöglich bedeuten diese Kerle ja *tatsächlich* Ärger. Der Fahrer weicht ein paar Schritte zurück, bevor er sich umdreht und regelrecht zu seinem Auto sprintet.

„Das war irgendwie merkwürdig", murmle ich.

Chains, der neben mir steht, lacht auf. Er hält sechs Pizzakartons in den Händen. „Nichts weiter als eine typische Reaktion, Babe."

Ich würde ihm gern eine Million Fragen stellen, entscheide mich aber dazu, es sein zu lassen und sie stattdessen auf Brick abzufeuern. Ich werde dem Ganzen schon noch auf den Grund gehen. Ich will wissen, was zum Henker hier im Busch ist, denn ich fühle mich in diesem Moment wie eine verdammte Närrin.

Ständig betet er mir vor, dass er sein Leben strikt von meinem trennen will, dass er mich beschützen will. Allerdings mache ich mir immer häufiger Sorgen darüber, was er mir in Wahrheit wohl verheimlicht.

Die Prospects haben die ganze Zeit über – abgesehen von ein paar gegenseitigen Anweisungen – schweigend vor sich hin gearbeitet. Sie schnappen sich nun Pizza und Bier und gehen anschließend, um mich mit Chains allein zu lassen.

Ich weiß nicht, wieso er noch bleibt. Vielleicht sollte ich ihn genau das fragen. Allerdings ist es schön, nicht allein zu sein. Deshalb spare ich mir die Frage. Ich werde nehmen, was ich kriegen kann. Er ist bei mir und ich muss dementsprechend nicht ohne Gesellschaft in meiner neuen Bleibe ausharren.

„Hast du Überwachungskameras?", will er wissen, als ich gerade dabei bin, einen Küchenkarton zu öffnen.

Ich hebe den Kopf und blicke zu ihm auf. „Nein, sollte ich denn welche haben?"

Seine Augen werden ganz groß. „Du hast in diesem Viertel gewohnt, ohne Sicherheitskameras?"

Ich öffne den Mund, um ihm zu sagen, dass ich nicht wusste, dass ich welche brauche, als die Eingangstür geöffnet wird.

Brick ist hier. Er steht im Türrahmen und sein Blick sucht den meinen. Sofort sind all die Unsicherheiten, die ich bis gerade noch verspürt habe, wie weggeblasen. Der Blick meines Mannes ist nur auf mich gerichtet.

So, wie er mich anstarrt, kommt es mir so vor, als würde nur ich für ihn auf dieser Welt existieren. Jeder Gedankengang, den ich heute hatte, rückt vollkommen in den Hintergrund, denn es gibt nur noch ihn für mich. Ich fühle mich wie dummes Mädchen, aber es ist nun mal, wie es ist. Ich kann nicht ändern, wer ich bin oder wie ich mich in seiner Gegenwart fühle.

Kapitel 20

Chains weiß, was sich gehört, denn er macht sich direkt nach meiner Ankunft auf dem Weg zur Haustür. Er bleibt kurz vor mir stehen und klopft mir mit der Hand auf die Schulter. Seine Lippen verziehen sich dabei zu einem Grinsen.

„Sehen wir uns morgen?", will er wissen.

„Jepp", erwidere ich.

Lachend stiehlt er sich aus dem Haus und schließt die Tür hinter sich. Wahrscheinlich hält er mich für einen liebeskranken Volltrottel, über den man sich nur totlachen kann. Ich habe keinen Zweifel daran, dass er zum Clubhaus fahren und den Jungs stecken wird, was für ein Weichei ich wegen dieser Frau bin. Allerdings juckt mich das nicht die Bohne.

Henli steht auf der gegenüberliegenden Seite des Tresens in der Küche. Vor ihr befinden sich eine Pizzaschachtel und zwei Dosen Bier. Keiner von uns bewegt sich auf den anderen zu.

Wie angewurzelt harren wir auf unseren Plätzen aus.

Ich will auf sie zugehen, sie in meine Arme schließen und sie bis zur Besinnungslosigkeit küssen. Gleichzeitig will ich aber nicht den ersten Schritt machen. Hier geht es um die pure Kontrolle. Also bleibe ich, wo ich bin. Nach einem Moment der drückenden Stille kommt sie schließlich auf mich zu.

Henli bleibt ein paar Schritte von mir entfernt stehen. Sie legt den Kopf in den Nacken, schaut mich mit ihren grünen Augen an und hält meinem Blick stand. Sie holt Luft, hält kurz den Atem an und lässt ihn dann wieder entweichen.

Ich verliere derweil kein einziges Wort. Nochmal, es geht um Kontrolle.

„Ich fühle mich gerade echt anhänglich und bedürftig", gesteht sie mir. Ihre Stimme ist kaum lauter als ein Flüstern. Sie spricht so leise, dass ich es fast nicht verstehe.

Da ich glaube, dass sie mir die Worte nicht näher erklären wird, neige ich den Kopf zur Seite und beobachte sie einen Augenblick lang. Vielleicht wartet sie darauf, dass ich etwas erwidere, doch plötzlich fährt sie fort. Sie hat etwas auf dem Herzen und ich will, dass sie es loswird.

„Normalerweise bin ich nicht so, aber wenn es um dich geht, bin ich anhänglich und bedürftig. Aber bloß, weil ich nicht weiß, wo wir stehen. Du sagst, dass du in Casa Grande lebst und dass du mein Mann bist. Aber plötzlich höre ich nichts mehr von dir und nun stehst du vor mir. Außerdem müssen wir über die Aufnäher auf deiner Weste und die der anderen Jungs sprechen."

Vor Überraschung werden meine Augen ganz groß. „Was willst du wissen?"

Eigentlich hat sie mir überhaupt keine Frage gestellt, aber dieser weitschweifenden Ansprache nach zu urteilen, liegen ihr bestimmt eine Million Fragen auf der Zunge. Während sie ihren Stand festigt, befeuchtet sie ihre Lippen.

„Zuerst hat mich die Kellnerin gewarnt, dass du gefährlich bist. Dann meine Schwester. Sie hat gemeint, dass die Aufnäher auf der Rückseite deiner Weste das bestätigen würden. Sie sagte, dass sie wahrscheinlich schon mit dir geschlafen hätte. Das ist widerwärtig, würde mich aber nicht überraschen, denn ich spreche hier von Penelope. Dann kam Cornelia vorbei, die ebenfalls behauptete, du seist gefährlich. Dass das, was du machst, mich in Gefahr bringen wird. Sie erzählte mir, dass sie früher selbst in etwas Ähnliches verwickelt war und heute mit einem Polizisten verheiratet ist. Sie hat gemeint, du würdest mich bloß benutzen und irgendwann ausrangieren. Deshalb frage ich mich, was zum Teufel hier in Wahrheit los ist, Brick. Das waren drei Warnschüsse innerhalb kürzester Zeit."

Sie feuert verdammt viele Informationen auf einmal auf mich ab. Allerdings will ich ihre Worte nicht kommentieren, zumindest nicht in diesem Moment.

Was zum Henker?

Ich starre sie an und ich frage mich, wie zur Hölle ich dieses Thema umschiffen kann. Dann wird mir klar, dass ich es *wirklich* mit ihr verkackt habe.

Wenn ich sie zur Citizen Wife will, darf sie nichts über den Club wissen. Ich habe in ihrem Beisein meine Kutte getragen und habe sie sogar Chains vorgestellt. Er wird ihr nichts stecken, aber ich habe ihr mehr als nur einen Anhaltspunkt geliefert.

Jetzt stehe ich hier vor ihr und frage mich, wie ich sie vom Club fernhalten kann, denn das ist momentan mein dringendstes Bedürfnis.

Alles, was ich ihr auftischen werde, um meine Mitgliedschaft im Club zu leugnen, wird eine Lüge sein. Aktuell bin ich regelrecht sprachlos.

Ich überlege mir, was ich sagen kann, um ihre Fragen ein für alle Mal im Keim zu ersticken. Denn das Letzte, das ich gebrauchen kann, ist, dass sie Nachforschungen anstellt. Vor allem nach dem, was der ACJ gerade erst ins Spiel gebracht hat.

Gleichzeitig will ich sie aber nicht belügen. So viel ich auch vor Henli geheim halte, will ich nicht, dass unsere Beziehung auf einer Lüge basiert. Ihr Dinge vorzuenthalten – meine berufliche Laufbahn, meine Welt – ist einfach sicherer für sie.

Allerdings wird sie nicht mit meiner Welt umgehen können. Nicht mit der Gewalt, der Gefahr. Mit nichts davon.

Und ich will sie nicht belasten, indem ich sie dazu zwinge, sich mit meinem Scheiß auseinanderzusetzen.

Ich mache einen Schritt auf sie zu, lege meine Finger um ihren Nacken und blicke ihr geradewegs in die Augen. Sie schimmern grünlich im Licht und sind so schön, dass ich mich in ihnen verlieren könnte. Verlieren in ihr und in dem, was sie für mich sein könnte – ganz eigennützig.

„Henli“, beginne ich. „Die Welt ist hässlich und meine ist noch viel hässlicher. Ich werde alles tun, damit du nicht mit ihr in Berührung kommst. Nicht mal ein verdammtes Bisschen. Ich werde dich vor diesem Scheiß beschützen.“

Henli

Während ich ihn einfach bloß anstarre, bin ich nicht dazu fähig, auch nur ein Wort zu erwidern. Ich bin völlig durcheinander. Ich habe keine Ahnung, was los ist oder was er damit meint. Ich weiß nicht, wovon zum Teufel er da faselt.

Seine Welt ist *hässlich*?

Welche Welt denn?

Wir leben doch alle in der *selben* Welt, oder etwa nicht?

Lebt er in einem Paralleluniversum, von dem ich

nichts weiß?

„Ich verstehe nicht, was du mir sagen willst", wispere ich.

„Das ist gut", entgegnet er. „Das will ich auch nicht."

Er kommt noch näher auf mich zu, sodass seine Brust meine berührt. Dann neigt er den Kopf zu mir herab und drückt seinen Mund auf meinen. Seine warmen Lippen fühlen sich weich und einladend an. Ich will sie überall auf meinem Körper spüren, weil ich genau weiß, wie fantastisch sie sich anfühlen werden.

Brick knurrt gegen meinen Mund und lässt kurz darauf seine Zunge in ihn hineingleiten. Ich vergesse fast auf der Stelle, worüber wir soeben noch gesprochen haben. Das heißt solange, bis er den Kuss wieder beendet und seine Stirn gegen meine legt.

„Baby, ich will nicht, dass du Teil von meinem Scheiß wirst. Mir gefällt, was wir miteinander haben. Du und ich. Mein Kram sollte nicht unser gemeinsames Leben beeinflussen. Arbeit soll Arbeit bleiben und dabei möchte ich es auch belassen. Wenn ich hierherkomme, fühlt sich das wie ein verdammter Urlaub von dem Chaos an."

Seine Worte sollten mich trösten oder mir schmeicheln, aber dem ist nicht so. Vielmehr dreht sich mir der Magen um. Es fühlt sich an, als würde es in meinem Inneren brodeln. Das gefällt mir nicht. Ich befürchte, mich übergeben zu müssen.

„Brick, das ist doch keine Beziehung. Ich weiß nicht, was wir miteinander haben, aber garantiert keine Beziehung", flüstere ich.

Lachend schüttelt er den Kopf. Er verfestigt seinen Griff um meinen Nacken. Er gibt mich nicht frei.

Nicht einmal, als ich meine Hand gegen seine Brust stemme, um ihn so von mir zu schieben. Ich muss Abstand zwischen uns beide bringen.

Er lässt mich nicht los.

Im Gegenteil. Er legt sogar noch eine Hand auf meine Hüfte, um mich bei sich zu halten.

„Es ist unsere Beziehung“, verkündet er. „Mir gefällt sie. Ich will es genauso, wie es gerade ist.“

„Und wenn ich Teil deiner Welt sein will?“, frage ich ihn.

Darauf hat er nichts zu erwidern. Anstatt mir eine Antwort zu geben, beugt er sich zu mir herab. Sein Mund liegt wieder auf meinem. Ich fühle seine Lippen, seine Zunge, alles von ihm. Und ich will mehr davon. Vergessen ist die Unruhe und Angst in mir, denn ich verschmelze regelrecht mit ihm.

Dieses Mal unterbricht er den Kuss nicht.

Die Hand, die soeben noch auf meinem Nacken lag, wandert zu meinem Po, damit er mich anheben kann. Seine Zunge umspielt weiterhin die meine. Ich schmiege mich gegen ihn und schlinge meine Arme um seine Schultern, während er mich in den hinteren Teil des Hauses trägt.

Er braucht nicht lange, um das Schlafzimmer zu finden. Zum Glück hatte ich das Bett bereits hergerichtet. Er setzt mich ab, woraufhin ich an ihm hinabgleite, bis meine Füße wieder festen Boden berühren. Ich rechne damit, dass er mir sofort die Klamotten vom Leib reißen wird, doch er tut es nicht.

Brick umschließt mit seinen Händen meine Wangen, sein Blick ruht auf mir. „Baby, ich will kein Arschloch sein.“ Er schaut kurz zur Seite, dann wieder zu mir. „Ich will, dass du sicher bist. Wir werden ein gutes Leben führen. Wenn sich das mit uns so weiterentwickelt, zweifle ich nicht eine Minute daran.“

„Aber du willst nicht, dass ich Teil deines ganzen Lebens bin“, sage ich im Flüsterton.

Er brummt, schiebt das Gesicht vor und streift mit seinen Lippen meinen Mund. „Du bist mein ganzes, verdammtes Leben, Babe.“

Ich glaube ihm nicht, weil seine Worte nicht der Wahrheit entsprechen. Ich werde nie Teil seines gesamten Lebens sein. Ich werde nicht einmal zur Hälfte dazugehören, wenn ich nicht dieser Gruppe beitrete, der er sich zugehörig fühlt.

Den Reaktionen von Cornelia und Penelope nach zu urteilen, kann ich das Gefühl nicht abschütteln, dass er in irgendetwas verwickelt ist und dass er keinem stinknormalen acht Stunden Job nachgeht.

„Das bin ich nicht. Du wirst ein Doppelleben führen, Brick, und mich damit als Idiotin dastehen lassen. Ich werde nämlich bloß die Frau sein, die hier auf dich wartet. Die zwei Stunden von dir entfernt wohnt, die nur eine verdammte Marionette ist.“

Er schüttelt den Kopf. Seine Hände verlassen mein Gesicht und gleiten seitlich meinen Körper hinab, um wieder meinen Hintern zu umfassen. Er packt hart zu und wird zweifellos Spuren hinterlassen, obwohl ich noch immer vollständig bekleidet bin.

Seine Finger kommen über meine Hüften gewandert, um meine Jeans zu öffnen. Er öffnet den Knopf und schiebt mir die Hose die Beine hinab. Sofort darauf befindet sich seine Hand zwischen meinen Schenkeln. Ich nehme meinen Mund von seinem und lasse den Kopf in den Nacken fallen, da seine Finger durch meine Spalte gleiten.

Er brummt, spricht aber kein Wort.

Es fällt mir schwer, mich auf die Situation zu konzentrieren, da er mit zwei Fingern in mich eingedrungen ist und diese in meinem Inneren krümmt. Eine Gänsehaut legt sich über meinen gesamten Körper.

Jesus.

Fast hätte ich ihm gesagt, dass seine Vorstellungen im Hinblick auf uns für mich in Ordnung gehen. Dass er machen kann, was er will, solange er in regelmäßigen Abständen zu mir kommt, um genau das hier mit mir anzustellen. Solange er mich will, solange er sich mir hingibt, denn das hier ist einfach zu gut.

Er ist einfach zu gut.

„Bitte", wimmere ich.

Stillschweigend spielt er weiter mit mir, berührt mich und treibt mich immer mehr in den Wahnsinn. Es braucht nicht viel. Es ist schon eine Woche her. Obwohl ich nie jemand war, der die Tage zwischen den Liebesakten gezählt hat, tue ich dies nun bei Brick, weil ich ihn die ganze Zeit über begehre.

Meine Hüften bewegen sich. Meine Oberschenkel beginnen zu zittern. Ich mache mir Sorgen darüber, mich nicht mehr lange aufrecht halten zu können. Deshalb grabe ich meine Fingernägel in seine Schultern, um so an Halt zu gewinnen. Es klappt nicht. Kaum bin ich am Rand der Klippe angekommen, kaum bin ich dabei in schwindelerregende Höhen aufzusteigen, geben meine Knie nach.

Brick schlingt seinen Arm um meine Taille, um mich zu stützen. Seine Finger hören unterdessen nicht auf, meine Pussy zu massieren.

Und dann geschieht es.

Ich hebe ab.

Ich komme.

Der Höhepunkt ist verzehrend. Er ist heftig und

mein Körper steht innerlich in Flammen. Ich erstarre, reiße die Augen auf und keuche. Ich sauge den Atem ein und halte ihn an, während mich die Erlösung durchflutet.

Brick bewegt sich, sein Mund berührt abermals den meinen. Dann tritt er einen Schritt zurück und zieht seine Finger aus mir heraus. Er hebt seine Hand an meinen Mund und schiebt seine Finger zwischen meine Lippen, damit ich eine Kostprobe meines eigenen Geschmacks nehmen kann.

„Brick", keuche ich.

Seine Lippen verziehen sich zu einem Grinsen. „Baby. Du gehörst mir. Das hier gehört mir", sagt er und zeigt mir seine Finger. „Alles davon."

„Was ist, wenn ich kein Geheimnis sein möchte, das du zwei Stunden von dir entfernt versteckt hältst?", erkundige ich mich im Flüsterton und bekomme erneut eine Gänsehaut am ganzen Körper. Ich bin mir nicht sicher, ob ich vor Angst zu zittern beginne oder aus einem anderen Grund.

„Glaubst du im Ernst, dass du das für mich bist?"

Nun verziehen sich meine Lippen zu einem kleinen Lächeln. „Ich weiß, dass ich genau das für dich bin."

Er schüttelt den Kopf. „Nein, Henli. Das bist du nicht. Ich werde es dir beweisen. Warte verdammt noch mal einfach ab."

Warte verdammt noch mal einfach ab.

Seine Worte quälen mich.

Sie erfüllen mich mit Hoffnung und Vorfreude, aber gleichzeitig auch mit großer Enttäuschung.

Kapitel 21

Legacy

Ich halte Henli den ganzen Abend über in den Armen. Ich kann einfach nicht schlafen. Ich liege wach neben ihr und frage mich, ob ich sie jetzt ficken oder lieber warten sollte, bis sie wach ist. Ich entscheide mich für die letztere Option. Ich schleppe meinen Arsch aus dem Bett, um uns Kaffee zu machen.

Ich gehe ins Wohnzimmer und sehe mich im Raum um. Beim Anblick des Fernsehers, der auf einem kleinen Holztisch steht, halte ich kurz inne. Ich kehre ins Schlafzimmer zurück, räuspere mich und verschränke die Arme vor der Brust.

„Babe", rufe ich. „Wir gehen sofort in den Elektronikladen."

Sie sieht zu mir auf. Henli ist ungeschminkt, ihre Haare hat sie zu einem unordentlichen Dutt zusammengebunden und sie trägt eine kurze, abgeschnittene Shorts sowie ein Tanktop. Sie sieht verdammt gut aus. So gut, dass ich mich frage, ob ich wirklich nach Casa Grande zurückkehren kann.

Ich dachte, ich würde unsere Leben strikt voneinander trennen wollen. Aber sobald ich mit ihr zusammen bin, drängt sich mir die Frage auf, ob sie das Leben als Old Lady nicht vielleicht doch meistern könnte. Ich dachte, ich hätte das bereits kategorisch ausgeschlossen. Sobald mir dieser Gedanke immer mal wieder in den Sinn kommt, schüttle ich ihn ab. Schließlich werde ich in Kürze bereits eine Old Lady an meiner Seite haben. Und das wird nicht Henli sein.

„Jetzt sofort?", will sie wissen. Als ich nicke, werden

ihre Augen ganz groß. „Ich muss mich noch schminken."

Ich gehe auf sie zu und umschiffe dabei ein paar Umzugskartons. Ich lege die Arme um ihre Taille und ziehe sie gegen meine Brust. Ich senke den Kopf und blicke ihr in die Augen.

Scheiße, dieses Mädchen hat mich verdammt noch mal in der Hand.

„Du kannst auf Make-up verzichten, Babe. Das hast du überhaupt nicht nötig."

Erst presst sie die Lippen aufeinander, dann seufzt sie auf. „Okay."

Sie bringt mich mit ihrer Reaktion beinahe zum Lachen, aber mal ehrlich, sie hat echt keinen Kleister im Gesicht nötig. Sie ist umwerfend. Genauso wie sie ist.

Sie tritt einen Schritt zurück, dreht sich um und geht zu ihrer Handtasche. Sie wirft sie sich über ihre Schulter und marschiert in Richtung Haustür davon. Sie kramt in ihrer Tasche herum und sucht nach dem Schlüsselbund. Als sie ihn gefunden hat, reicht sie ihn mir.

Lachend gehe ich auf sie zu, nehme ihn ihr ab und schiebe ihr den Taschenriemen von der Schulter. „Die brauchst du nicht, Baby."

„Und wenn ich etwas kaufen will?", hält sie dagegen. „Ich weiß nicht einmal, was wir überhaupt in dem Elektronikladen wollen."

Grinsend schüttle ich den Kopf. „Du wirst keinen Cent ausgeben", informiere ich sie, woraufhin sie den Mund öffnet, um etwas zu erwidern, doch das lasse ich nicht zu. Ich marschiere nämlich einfach zur Tür hinaus. „Außerdem wird es schwierig, eine Handtasche mitzunehmen, denn wir fahren mit dem Bike", rufe ich ihr über meine Schulter hinweg zu.

Während ich auf sie warte, schwinge ich mich schon mal aufs Motorrad und starte den Motor. Ich sehe mich in der Nachbarschaft um und stelle fest, dass die Gegend weitaus schöner ist als zunächst gedacht.

Ich habe dem Wohnviertel überhaupt keine Beachtung geschenkt, als ich der Anmietung dieses Hauses zugestimmt habe. Ich wusste nur, dass ich mir keine Gedanken über einen Hintergrundcheck oder so einen Scheiß machen muss, weil der Club in Immobilien für seine Mitglieder investiert hat. Eine Sache hat der Club richtig gemacht und wir sollten uns alle eine Scheibe davon abschneiden: nämlich, wie man Investitionen tätigt und Wohnraum für seine Leute schafft. Das ist wirklich verdammt hervorragend.

Eine Frau steht in ihrem Vorgarten. Sie hält einen Schlauch in der Hand und wässert ihre Blumen. Sie schaut mich an und fixiert mich. Ich trage meine verspiegelte Pilotenbrille auf der Nase, weshalb sie meine Augen nicht sehen kann.

Anstatt die Nachbarin zu verärgern, hebe ich brav die Hand und winke ihr zu. Ich gebe mir Mühe, ihr ein Lächeln zu schenken, das nicht zu grimmig wirkt. Ihre Augen werden groß. Als Henli zu mir aufs Bike steigt und ihre Arme um meine Mitte schlingt, widmet sie sich schnell wieder ihren Blumen.

Ich fahre aus der Einfahrt, biege auf die Straße und mache mich auf den Weg zum Laden. Ich entscheide mich für ein Elektrofachgeschäft, weil ich weiß, dass sie im Gegensatz zu den meisten großen Verkaufs-Ketten einen Lieferservice anbieten. Ich habe nicht vor, einen verdammten Fernseher zu kaufen und auf meinem Motorrad quer durch die Stadt zu transportieren.

Es dauert nicht lange, bis wir das Ziel erreicht

haben. Ich parke das Bike, wir steigen ab und begeben uns in den Laden.

Heute trage ich die Clubfarben nicht. Während wir Besorgungen für das Haus erledigen, hielt ich es für besser, meine Kutte zu Hause zu lassen. Es gibt keinen Anlass, sie zu tragen. Außerdem versuche ich, nicht aufzufallen.

Ich ergreife Henlis Hand und ziehe sie hinter mir her, während ich mich in den hintersten Teil des Ladens begebe, wo die TV-Geräte ausgestellt sind. Nach etwa fünf Minuten lässt Henli meine Hand los, da sie sich nach anderen Dingen umsehen will.

Ich halte nach einem Verkäufer Ausschau, weil ich mich bereits für einen Fernseher entschieden habe. Plötzlich höre ich, wie sich jemand neben mir räuspert. Wer auch immer neben mir steht, ist mir verdammt noch mal viel zu nah. Langsam drehe ich den Kopf, um nachzusehen, um wen es sich handelt. Im selben Moment weicht mir sämtliche Farbe aus dem Gesicht.

Ich muss mir seine Kutte gar nicht erst ansehen, um zu wissen, dass der Kerl zu den Hell's Souls gehört. Man hatte mich schließlich vorgewarnt, dass sie sich in der Nähe aufhalten. Allerdings war Tucson in die Warnung nicht miteingeschlossen, weshalb ich nun schon ein wenig überrascht bin. Und ich hasse es überrumpelt zu werden – immer.

Er grinst mich wissend an. „Bist du inkognito unterwegs?"

„Ich weiß nicht, wovon du redest", flunkere ich.

Seine Lippen verziehen sich zu einem noch breiteren Grinsen. Allerdings kommentiert er meine Lüge nicht. Stattdessen neigt er den Kopf zur Seite und tritt brummend einen Schritt auf mich zu. „Wir sehen uns, Brick Goodwin, oder sollte ich lieber Legacy sagen? Übrigens, deine Frau ist echt heiß."

Nun stehen mir sämtliche Nackenhaare zu Berge. Dieser Wichser kennt meinen richtigen Namen. Nicht bloß meinen Straßennamen, sondern meinen echten Namen. Ich ziehe sofort mein Handy aus der Hosentasche und rufe Warden an, nachdem der Kerl gegangen ist.

„Ich habe ein verdammtes Problem", knurre ich. „Und zwar ein riesiges."

Henli

Irgendetwas stimmt hier nicht.

Ich bin zwar niemand, der sich mit Auren, Schwingungen oder ähnlichem beschäftigt, aber Brick steht völlig neben sich. Er ist nicht länger in der gleichen Stimmung, wie als wir den Elektroladen betreten haben und er wirkt mit seinen Gedanken ganz woanders.

Ich versuche, ihn in ein Gespräch zu verwickeln, ihm Fragen zu stellen, aber er winkt bloß ab, als wolle er, dass ich den Schnabel halte. Also lasse ich es gut sein. Ich weiß nicht viel über Männer und Beziehungen, aber ich spüre es, wenn meine Anwesenheit nicht länger erwünscht ist. Diese Fähigkeit habe ich mir durch die jahrelange Arbeit als Hochzeitsplanerin angeeignet, während ich Menschen dabei geholfen habe, ihren großen Tag zu genießen.

Glücklicherweise verlassen wir den Laden sofort wieder, nachdem er einen riesigen, teuren Fernseher gekauft hat. Ich nehme an, dass er ihn im Wohnzimmer aufstellen will – nicht, dass er mich nach meiner

Meinung dazu gefragt hätte. Natürlich erwartet er von mir, dass ich ihm zustimme.

Wäre ich mit meinem Auto hergefahren, würde ich jetzt in meinen Wagen steigen und eine Spritztour machen. Ganz allein. Ich weiß nicht, was in den fünf Minuten, in denen ich mir die Fritteusen angesehen habe, passiert ist, aber sein Verhalten gefällt mir nicht. Ganz und gar nicht.

Ich steige hinten auf sein Motorrad auf und muss mich gut festhalten, denn er rast im Affenzahn los, was ich sehr beängstigend finde.

Als er vor unserem neuen Haus anhält, steige ich von der Maschine. Dabei verliere ich das Gleichwicht und lande auf meinem Hintern. Ich schlage hart auf dem Betonboden auf.

Brick kommentiert meine Tollpatschigkeit nicht. Er kommt schweigend auf mich zu, geht in die Hocke und hebt mich auf seine Arme, um mich ins Haus zu tragen.

„Was zur Hölle ist los?", blaffe ich ihn an, sobald er mich wieder abgesetzt hat.

„Stell mir keine verdammten Fragen. Geh lieber ins Schlafzimmer und pack deine verfluchte Tasche."

„Wie bitte?"

Er schüttelt den Kopf. „Falsch. Hab ich dir nicht gesagt, du sollst keine Fragen stellen?"

Ich reiße die Augen auf und trete einen Schritt zurück. „Okay, jetzt machst du mir wirklich Angst, Brick. Außerdem gefällt es mir nicht, wie du mit mir sprichst."

Er macht einen Schritt auf mich zu, dann noch einen. Als er seine Hand hebt, zucke ich zusammen. Ich habe keine Ahnung, wieso er so wütend ist und seinen Frust an mir auslässt.

Seine Lippen verziehen sich zu einem Grinsen, was ich fast genauso beängstigend finde wie den Rest dieser Situation.

Brick kommt mir näher und senkt den Kopf. Er legt seinen Mund auf meinen, aber er bleibt stumm. Sein warmer Atem streift meine Lippen. In Gedanken flehe ich ihn an, mich richtig zu küssen. Auch wenn er mir Angst einjagt, weiß mein Körper, was er braucht … und zwar ihn.

Er verzehrt sich regelrecht nach ihm.

Nach jedem Teil von ihm.

Das in Kombination mit der Art und Weise, wie ich für ihn empfinde, sollte eigentlich ein monströses Warnsignal sein. Allerdings ignoriere ich es, obwohl ich es wohlmöglich besser nicht tun sollte. Stattdessen sollte ich von ihm verlangen, dass er mir schildert, was hier vor sich geht.

Weil ich seinen Mund überall auf meinem Körper spüren möchte, tue ich das nicht.

„Brick", keuche ich. „Was ist los?"

Er knurrt, weshalb ich fest damit rechne, dass er den Kuss beendet, mich vielleicht sogar von sich stößt, aber das macht er nicht. Im Gegenteil, er zieht mich sogar noch ein wenig dichter an sich heran und senkt den Kopf, um mir direkt in die Augen blicken zu können.

Ich starre in seine göttlichen bernsteinfarbenen Augen und frage mich, wieso er so wütend dreinblickt. Irgendetwas ist vorgefallen, und zwar innerhalb weniger Minuten.

„Ich kann darüber nicht sprechen. Trotzdem will ich, dass du tust, was ich dir sage."

Ich intensivere den Blickkontakt und was mir sein Blick sagt, ist noch erschreckender als der vorausgegangene Stimmungsumschwung. *Angst*. Ich sehe die Angst dieses Mannes. Ich kenne ihn noch nicht sonderlich gut, aber meinem Bauchgefühl nach zu urteilen, ist er ein Mann, der sich vor gar nichts fürchtet. Doch in diesem Moment sieht er genauso aus – *er scheint besorgt zu sein*.

„Du machst mir Angst", wispere ich. „Was geht hier vor sich? Wohin wirst du mich bringen? Das hier ist doch jetzt mein Zuhause."

Erst presst er die Lippen ganz fest aufeinander, dann atmet er laut aus. „Für heute kommst du im Clubhaus unter, während ich ein paar Nachforschungen anstelle. Morgen sehen wir weiter."

Ich denke daran, ihm zu sagen, dass ich auch zu meinen Eltern gehen könnte, entscheide mich aber dagegen. Ich will meine Familie da nicht mit reinziehen. Ich könnte Penelope anrufen, aber ich würde mir eher selbst einen Arm abhacken, als zuzugeben, dass meine Schwester Recht hatte. Insbesondere bei dieser Sache.

Anstatt weitere Fragen zu stellen, nicke ich und trete anschließend einen Schritt zurück.

Er sieht mir dabei zu, wie ich meine Sachen zusammensuche. Es ist nicht sonderlich viel, wenn man bedenkt, dass das Meiste meiner Habseligkeiten noch in Umzugskisten verpackt ist. Vorerst müssen ein paar Klamotten und Hygieneartikel für ein paar Tage ausreichen.

Ich stopfe meine Sachen in einen Rucksack, hole meine Handtasche, die Brick für mich weggelegt hat, und kehre ins Wohnzimmer zurück.

Er steht mit dem Rücken zu mir. Den Kopf hält er gesenkt, eine Hand liegt in seinem Nacken.

„Bist du soweit?", erkundige ich mich mit leiser

Stimme.

Er sieht mich über seine Schulter hinweg an. Allerdings lächelt er mir dabei nicht zu. Er spricht auch nicht, sondern schüttelt bloß den Kopf und marschiert anschließend in Richtung Haustür los.

Ich eile ihm hinterher, bleibe dann aber stehen und rufe ihn beim Namen.

Brick hält in der Bewegung inne, dreht sich jedoch weder zu mir um, noch schaut er mich über seine Schulter hinweg an. Ich nehme an, dass er darauf wartet, dass ich zu sprechen beginne. Also tue ich genau das.

„Wie viel Angst sollte ich haben?"

Er schüttelt den Kopf und antwortet mir nicht, was mich natürlich in keinster Weise beruhigt. Brick stapft zur Haustür hinaus, um sich zur Fahrerseite meines Autos zu begeben und die Tür zu öffnen. Dort bleibt er stehen und wartet auf mich.

Ich folge ihm, lege den Kopf in den Nacken und blicke ihm in die Augen. Er streichelt mir über die Wange. Sein Daumen gleitet über meine Unterlippe.

„Ich passe auf dich auf, Baby. Du brauchst dir keine Sorgen zu machen, denn ich bin verdammt noch mal an deiner Seite."

Ich weiß, dass seine Worte mich eigentlich besänftigen sollten, aber dem ist leider nicht so. Ich bin mittlerweile überzeugt, dass Cornelia und Penelope Recht haben könnten. Vielleicht war es wirklich nicht so clever von mir, mich direkt voll und ganz mit Brick einzulassen.

Aber ich bin bereits total in ihn verliebt, oder?

Ich stecke schon zu *tief* drin.

Zumindest fühlt es sich für mich so an. Ich bin Brick verfallen – mit Haut und Haaren. Ich will, dass das mit uns gutgeht, dass es etwas Echtes ist. Doch leider zweifle ich im Moment an, dass das mit uns für immer hält. Ich habe Angst, dass wir ein Verfallsdatum haben. Bei diesem Gedanken bricht eine Welle der Traurigkeit über mich herein.

Gerade jetzt überkommt mich das Gefühl, dass dies bereits unser Ende sein könnte. Allem voran, weil er mir nicht verraten will, was ihn bedrückt. Ich bin mir nicht sicher, ob ich die strikte Trennung zwischen seinem Job und unserem Leben dauerhaft ertragen kann.

Das ist einfach zu viel für mich.

Ich will alles von ihm. Sogar seine unheimlichen Seiten.

Kapitel 22

Legacy

Henli folgt mir mit dem Auto zum Clubhaus in Tucson. *Fuck*, ich wollte sie nie hierherbringen, aber im Moment sehe ich keinen anderen Weg. Ich kann sie nicht nach Casa Grande bringen, denn dort wartet das Problem mit den ACJs und der Tochter des Mannes, der meinen Vater getötet hat, auf mich.

Meine vermeintliche, neue Old Lady. Obwohl ich dem Vorschlag noch gar nicht richtig zugestimmt habe.

Verdammte Scheiße.

Es kommt mir vor, als würde ich bereits einen gottverdammten Albtraum leben. Hinzukommt, dass ich mich auch noch mit den verdammten Hell's Souls rumplagen muss. Sie lassen mir keine Zeit, meinen Kram zu regeln. Wahrscheinlich, weil das Teil ihres kranken Spiels ist.

Würde ich den Spieß umdrehen, würde ich versuchen, ihren Club einzuschüchtern und sie platt zu machen. Ich würde sie zermürben, sie verunsichern, sie überrumpeln und ihnen anschließend in ihr verdammtes Gesicht lachen.

Ich fahre zum Wachhaus und sehe, wie der Prospect bereits heraustritt. Er kommt auf mich zu, bleibt vor mir stehen und deutet mit dem Kinn auf Henli. Dann zieht er wissend eine Augenbraue in die Höhe und grinst.

Kopfschüttelnd räuspere ich mich. „Ich muss mit Chains sprechen."

Er lacht auf. „Klar, Bruder, ich wette, dass du das

musst. Macht schon, kommt rein." Er hebt eine Hand und winkt uns hindurch. Er lässt mir keine Chance, etwas auf seine Worte zu erwidern, da er sich von mir abwendet und in sein Wachhäuschen zurückkehrt, um das Tor zu öffnen.

Henli folgt mir hindurch. Wir befahren einen Feldweg, der zum Clubhaus führt.

Fuck.

Auf diese Weise wollte ich sie nicht in das Clubleben einführen. Obwohl, um ehrlich zu sein, ich hatte nicht in einer Million Jahren vor, sie überhaupt ins Clubleben einzuführen. Ich hatte gehofft, sie von alledem fernhalten zu können.

Doch nun sind wir verdammt noch mal hier.

Sie parkt ihren Wagen auf dem behelfsmäßigen, unbefestigten Parkplatz. Ich steige vom Bike, gehe auf die Fahrertür zu und öffne sie für sie. Henli schwingt ihre Beine aus dem Auto und steigt aus. Ich mache einen Schritt auf sie zu, um an ihrer Seite zu sein.

Ich lege ihr einen Arm um die Taille und ziehe sie dichter an mich heran. Mit der anderen Hand streiche ich ihr durchs Haar und greife mit den Fingern nach einer Strähne. Dann schaue ich ihr in die Augen. In diese gottverdammten, wunderschönen, grünen Augen, die mich vollkommen um den Verstand bringen.

Ich liebe sie so sehr, dass ich nie wieder Angst in ihnen lesen will. Angst, die ich ausgelöst habe. Es ist meine Schuld, dass sie verängstigt ist, und das hasse ich.

„Du wirst da drinnen eine Menge Scheiße zu sehen bekommen. Leider kann ich dich davon nicht fernhalten, Babe."

Sie befeuchtet ihre Lippen und schaut mich weiter an. Sie zittert. Allerdings ist sie bemüht, es zu unterdrücken. „Du machst dir wirklich Sorgen“, flüstert sie.

Meine Lippen verziehen sich zu einem Lächeln. „Wenn du nur wüsstest, Baby“, murmle ich und neige den Kopf zu ihr herab, um sie zu küssen. „Wenn du verdammt noch mal nur wüsstest.“

Als mein Mund den ihren berührt, keucht sie auf. Ich nutze das aus, um meine Zunge zwischen ihre Lippen zu schieben. Ihr Geschmack bringt mich zum Stöhnen. Ich könnte sie hier und jetzt ficken, auf der Motorhaube ihres Autos, mitten auf dem Parkplatz. Niemanden würde es jucken, wenn ich es täte. Niemand würde auch nur mit der Wimper zucken. Niemand würde einen Kommentar abgeben. Aber diese Frau würde es stören. Genau aus diesem Grund habe ich sie für mich ausgesucht. Deshalb habe ich sie gewählt.

Das ist, was ich immer wollte: eine Frau, die Klasse und Anmut hat. Sie ist genau das, wonach ich mich gesehnt habe. Nie hätte ich es für möglich gehalten, so jemanden zu finden, aber es ist mir gelungen. Und nun habe ich eine Scheißangst, sie wieder zu verlieren.

Ich beende den Kuss, hebe den Kopf und sehe ihr in die Augen. Einen Moment lang suche ich ihren Blick. „Ich muss mit ein paar Leuten quatschen, um herauszufinden, was vor sich geht. Danach sehen wir weiter.“

Als Chains meinen Namen ruft, nickt sie mir zu. Ich drehe mich zum Clubhaus um und recke das Kinn in seine Richtung.

Sein Grinsen ist so verflucht breit, dass es sein ganzes Gesicht einnimmt. Ich schüttle den Kopf und mache ein paar Schritte auf ihn zu. Ich muss mich von ihr fortbewegen, mich von ihr entfernen, damit ich ihr nicht doch noch die Klamotten vom Leib reiße. Ich muss verdammt noch mal weg von ihr, damit ich wieder einen klaren Gedanken fassen kann.

„Soll ich meine Sachen mitnehmen?“, fragt sie mich.

Ich blicke von Chains zu Henli und schenke ihr ein Lächeln. „Lass deinen Kram im Wagen. Ich glaube nicht, dass wir lange hierbleiben. Die Tasche diente als reine Vorsichtsmaßnahme.“

Was ich ihr verschweige, ist, dass es sich um eine Vorsichtsmaßnahme handelt, von der ich mir ziemlich sicher bin, dass wir auf sie zurückgreifen müssen. Auch wenn ich immer noch hoffe, dass ich mich irre. Ich habe das Ganze wohl zu optimistisch gesehen. Doch die Sache mit den Hell's Souls hat mich ganz schön aus der Bahn geworfen.

Ich weiß nicht sicher, was sie wollen, aber ich ahne, dass es ihnen verflucht nochmal um die totale Herrschaft geht.

Ihre Mission ist, jeden, der in irgendeiner Form eine Konkurrenz für sie darstellt, aus dem Weg zu schaffen. Nach dem Motto: Tötet sie alle, nehmt keine Gefangenen.

Henli

Ich sitze an einem Kneipentisch inmitten einer sehr schäbigen Bar in einer überaus abgelegenen Gegend von Tucson. Ich sehe mich näher im Raum um und stelle mir die Frage, wie ich nur hier gelandet bin. Wie konnte das mein Leben werden? Ich war noch nie an so einem Ort wie diesem. Als ich ihn näher auf mich wirken lassen, wird mir klar, dass Penelope bestens hierher passen würde … sogar ziemlich *perfekt.*

Sie wäre der Star.

Das Lachen einer Frau flutet den Raum, woraufhin ich meinen Blick in ihre Richtung wende.

Ich versuche, nicht auf sie zu reagieren.

Sie trägt eine knappe Radlerhose, die so kurz ist, dass sie mich prompt an Unterwäsche für Herren erinnert, dazu ein Triangel-Bikinioberteil. Wobei der Ausdruck *Bikinioberteil* nicht ganz passend ist. In Wahrheit ist es nur ein Stofffetzen, der ihre Nippel bedeckt.

Sie hat sich das Haar hochgesteckt, dass lockig und voluminös ist. Außerdem hat sie es blond gebleicht. Ihr Make-up ist dunkel und auffallend, die Lippen sind knallrot.

Ich fühle mich in eine andere Zeit zurückversetzt, als wäre ich Teil eines Musikvideos aus den Achtzigern.

Das Schlimmste an der Sache ist, dass sie absolut hinreißend ist. Sie hat zwar Besuche beim Schönheitschirurgen hinter sich und einiges an sich machen lassen, aber dennoch sieht sie nicht wie eine Puppe aus. Sie ist so umwerfend, dass ich nicht aufhören kann, sie anzustarren.

Ein Mann, der so aussieht, als wäre er Bricks Zwilling, steht neben ihr. Sein Arm liegt um ihre Schultern und sie machen sich auf den Weg zur Bar.

Ich bekomme nicht mit, was sie sich bestellen, aber das spielt auch keine Rolle. Ich kann nämlich nicht aufhören, an meine Schwester zu denken. Sie würde in einem Laden wie diesem sicherlich toll aussehen, während ich wie Falschgeld hier herumlaufe.

Ein paar Kerle schlängeln sich durch den Raum. Ich

konzentriere meinen Blick wieder auf die alte Tischplatte vor mir. Ich betrachte die Kratzer und Rillen und stoße einen schweren Seufzer aus. Zum Glück spricht mich niemand an. Irgendwann spüre ich, dass mir die Aufmerksamkeit aller gebührt.

Ich halte den Kopf gesenkt und frage mich, wie lange es wohl noch dauern wird, bis Brick zu mir zurückkehrt und mir sagt, dass es Zeit ist, nach Hause zu fahren.

„Du musst Legacys Frau sein", höre ich eine tiefe Stimme donnern. Kurz darauf wird der Stuhl mir gegenüber quietschend über den klebrigen Boden der Bar geschoben.

Der Kerl ist gutaussehend. Wieder jemand, der mit Brick verwandt sein könnte. Er hat dunkles Haar und einen struppigen Bart. Seine Augen sind jedoch nicht bernsteinfarben, sondern blau. Zudem ist er etwas größer als Brick und hat mehr Muskelmasse. Unglaublich, wie gut all die Jungs hier gebaut sind.

„Ich bin Henli", murmle ich, weil ich keine Ahnung habe, was er mir mit seiner Aussage mitteilen wollte.

Bin ich Bricks Frau?

Ich meine, er sagt immer, dass ich das bin, aber gleichzeitig kenne ich ihn noch nicht gut genug, um all seine Worte für bare Münze zu nehmen. Besonders da er immerzu in Rätseln spricht. Er will nicht, dass ich alle Aspekte seines Lebens kennenlerne. Auch wollte er mich nie hierherbringen. Er will nicht, dass ich über seinen Job Bescheid weiß, da das angeblich zu gefährlich für mich ist.

Ich habe keine Ahnung, was ich in Wahrheit für ihn bin.

Und mit jeder Sekunde, die verstreicht, wird mir das mehr und mehr bewusst.

Der Kerl starrt mich an und wartet auf eine Antwort. Er wartet auf die Bestätigung, dass ich Bricks Frau bin, aber ich bleibe dennoch stumm. Weder bejahe noch verneine ich es. Allerdings hat er Ausdauer. Er stiert mich weiterhin an und wartet darauf, dass ich einen Kommentar von mir gebe.

„Ja?“

Er lacht auf. „Du weißt es nicht?“

Ich will ihm die ganze Situation erklären, entscheide mich aber letztlich doch dagegen. Ich kenne diesen Mann überhaupt nicht und er mich genauso wenig. Es gibt keinen Grund, ihm die Umstände näher zu erläutern.

Stattdessen zucke ich mit den Schultern. „Es ist kompliziert.“

Abermals lacht er auf. „Ich wette, dass es das ist.“ Einen Augenblick lang herrscht Schweigen zwischen uns. Er sucht meinen Blick, räuspert sich und schüttelt den Kopf. „Ich bin übrigens Itch und Mitglied im Casa Grande Chapter.“

Oh, dem Club, dem Brick ebenfalls angehört. „Schön, dich kennenzulernen“, entgegne ich und versuche, positiv und fröhlich zu klingen.

Er grinst. „Ja.“

Da auf dem Flur eine Art Tumult zu hören ist, wende ich mein Blick in diese Richtung. Ich kann sehen, wie Brick, ein Mann mit einer Narbe im Gesicht und zwei weitere Kerle in die Bar kommen.

Ich fühle mich augenblicklich unwohl, da die vier Jungs mich alle ansehen. Ihre Blicke sind auf mich gerichtet und zwar ausschließlich auf mich. Brick deutet mit dem Kinn in meine Richtung, ehe er auf mich zukommt.

Ich versuche zu deuten, ob er sauer ist oder nicht,

aber es misslingt mir. Als er vor mir zum Stehen kommt, verlässt kein Wort seine Lippen. Stattdessen streckt er eine Hand aus und schaut auf mich herab.

Ohne selbst zu sprechen, lege ich meine Hand in seine. Sofort legt er seine Finger um meine und zieht mich auf die Füße.

Ich rechne damit, dass er mich nach draußen, zu meinem Auto bringt, doch das tut er nicht. Stattdessen führt er mich in den Flur, aus dem er soeben gekommen ist. Nun bin ich nicht nur besorgt wegen seines Verhaltens, sondern auch darüber, wohin er mich in diesem seltsamen Gebäude wohl bringen mag.

Als wir außer Hörweite der Bar sind, ziehe ich an seiner Hand, damit er stehen bleibt. „Brick, was ist los?"

Er gibt mir keine Antwort. Anstelle dessen setzt er sich wieder in Bewegung bis wir eine Tür erreichen. Ich sehe ihm dabei zu, wie er sie aufstößt. Anschließend geht er hindurch und zieht mich hinter sich her.

„Schließ sie", befiehlt er mir.

Vielleicht sollte ich ihm den Kommandoton übelnehmen, aber da er momentan aufgewühlt und neben der Spur zu sein scheint, lasse ich es gut sein. Wie er es von mir verlangt hat, schließe ich die Tür hinter mir.

Er lässt meine Hand los und stellt sich vors Fenster.

Ich bleibe, wo ich bin, und sehe mich im Büro um. Ich weiß nicht, wieso es mich so sehr überrascht, dass die Männer, die an diesem Ort das Sagen haben, ein Büro besitzen.

Ich stelle mir vor, wie ein stämmiger, bärtiger Kerl hinter dem Schreibtisch sitzt und auf eine Computertastatur eintippt. Ich kann mein Lachen nicht unterdrücken, denn in meiner Fantasie hackt er wie ein Irrer auf der Tastatur herum und benutzt zum Schreiben lediglich einen Finger.

„Ich muss für eine Weile weg", murmelt Brick.

„Wie bitte?"

Seine Worte lösen Panik in mir aus, weil ich mit ihm in ein Haus gezogen bin, dass ich mir allein überhaupt nicht leisten kann. Ich bin arbeitslos, und nun geht er auch noch fort.

Ich wusste, dass alles zu schön war, um wahr zu sein. Ich wusste es und trotzdem habe ich mir erlaubt zu glauben, dass es real sein könnte. Selbst als ich die ersten Warnhinweise bekam, gestattete ich mir weiterhin daran festzuhalten.

Er dreht sich zu mir um, sein Blick trifft den meinen. Seine goldenen Augen sind allein auf mich konzentriert und wirken entschlossen und stinksauer. Brick macht einen Schritt auf mich zu, dann noch einen.

Instinktiv weiche ich vor ihm zurück, bis ich gegen die geschlossene Zimmertür stoße und nicht weiter vor ihm fliehen kann.

Er legt seine Finger um meine Kehle und hält mich fest. Er senkt den Kopf. Sein Blick ruht noch immer auf mir. Er starrt mir direkt in die Augen und sieht nirgendwo anders hin. Obwohl ich Angst habe, möchte ich ihn küssen.

„Das bedeutet nicht, dass du frei bist, Henli. Das heißt nicht, dass ich nicht mehr dein Mann bin. Es bedeutet bloß, dass ich für eine Weile fort muss. „Unsere Beziehung, das hier", sagt er, schiebt eine Hand zwischen meine Beine und umschließt meine Pussy, „gehört immer noch ganz und gar mir."

Ich keuche auf. Bevor ich etwas darauf erwidern

kann, hat er auch schon seinen Mund für einen harten Kuss auf meine Lippen gepresst.

„Mir“, flüstert er gegen meine Lippen. „Ganz allein
mir.“

Kapitel 23

Legacy

Eine Woche später

Vielleicht verkörpert sie eine Art Friedensangebot, womöglich ist sie aber auch bloß eine Möglichkeit für die ACJs, sich mit uns zusammenzutun und uns unter Zugzwang zu setzen. Quinn neigt ihren Kopf zur Seite und betrachtet mich. Ich habe keine Ahnung, was sie denkt. Sie ist auf jeden Fall ein Club-Mädchen, eine Prinzessin. Sie wurde in den MC hineingeboren und ist dort aufgewachsen. Sie weiß, was sie tut. Sie führt jede verdammte Bewegung, die sie macht, ganz bewusst aus.

Ich kann nicht anders, als an meine Frau zu denken. Ich habe mit ihr geschrieben und Chains und seine Jungs dafür bezahlt, während meiner Abwesenheit auf sie aufzupassen. Sie versteht es nicht und es gefällt ihr ebenso wenig.

Ich mache ihr keinen Vorwurf.

Mir gefällt es auch nicht.

Die Hell's Souls haben uns auf dem Kieker und das Letze, das sie spitzkriegen sollen, ist, dass sie über Henli an mich herankommen könnten.

Irgendwann werden sie sicherlich dahinter steigen.

Ich habe keinen Zweifel daran, dass sie bereits wissen, dass sie nicht Teil der Devil's Hellions ist. Sie könnten ihr dementsprechend auf eine Weise wehtun, wie sie es bei einer Old Lady oder dem Nachkommen eines Mitglieds niemals könnten.

Mir bleibt nur zu hoffen, dass ich, weil ich gegangen bin und mich seither nicht mehr bei ihr habe blicken lassen, sie vor dem bewahren konnte, was sich hinter den Kulissen abspielt oder gerade im Gang ist. Ich bete mir immer wieder vor, dass das nicht von langer Dauer ist. Dass ich bald wieder in ihrem Bett, in ihren Armen liegen werde, dass es bloß eine Frage der Zeit ist.

„Du willst das doch überhaupt nicht", sagt Quinn. Ihre Stimme klingt sanfter, als ich sie mir vorgestellt habe.

Ich glaube nicht, dass die wahre Quinn zu mir spricht. Das hier ist bloß ein Spiel. Für Frauen wie Quinn ist alles nur ein Spiel.

„Nein", erwidere ich. „Aber das spielt keine Rolle."

Sie zieht die Augenbrauen in die Höhe, ihre Lippen verziehen sich zu einem Grinsen. „Ach, nein? Du bist der Vizepräsident der Devil's Hellions und es zählt nicht, was du willst?"

Ich schüttle den Kopf und atme aus. „Gerade du solltest doch wissen, dass man Befehle auszuführen hat."

Es entsteht ein Moment der Stille zwischen uns. Wir sehen uns über den Tisch hinweg an, dann steht sie auf, kehrt mir den Rücken zu und bewegt sich auf die Fensterfront in meinem Schlafzimmer zu. Ich beobachte von meinem Platz aus, wie sie sich wieder zu mir umdreht, um meinen Blick zu suchen.

„Was sollen wir tun? Ich weiß, dass du diese Verbindung nicht willst, aber wieso? Wir sind doch beide gutaussehende Menschen, wir sind beide ungebunden. Das wäre doch eine tolle Möglichkeit für unsere beiden Clubs."

Die Tussi ist in die Pläne der ACJs eingeweiht und das gefällt mir überhaupt nicht. Sie spielen mit uns, das war mir von vornherein klar, aber ihre kühne

Bestätigung lässt mich nervös, verdammt unruhig, werden.

Sie schenkt mir ein Lächeln.

Der Ausdruck, der auf ihrem gottverdammten Gesicht liegt, missfällt mir. Ich öffne den Mund, um ihr genau das zu sagen, doch in dem Moment fliegt meine Schlafzimmertür auf.

Männer rufen mir zu, dass ich mich auf den Boden legen soll.

Ich zucke zusammen, als ich Polizisten in voller Montur und Ausrüstung vor mir stehen sehe. Sie befehlen mir erneut, mich auf den Boden zu legen. Fünf Cops befinden sich in meinem Schlafzimmer. Drei von ihnen mit Tasern bewaffnet, zwei haben ihre Pistolen auf mich gerichtet.

Was zur Hölle soll das?

Ich lege mich auf den Boden, nehme meine Hände auf den Rücken und spreize die Beine. Ich bin mit dieser verdammten Prozedur bereits vertraut.

Ich werde nicht zum ersten Mal verhaftet.

Allerdings ist dies die erste Razzia, die bei uns durchgeführt wird, und alles deutet darauf hin, dass sie von einem anderen MC inszeniert wurde. Ich wusste immer, dass die verfluchten ACJs uns verarschen. Ich habe den Wichsern nie, niemals, über den Weg getraut. Und nun frage ich mich, was es in Wahrheit mit den Hell's Souls auf sich hat.

Ein Bulle tastet mich ab. Quinn liegt nicht neben mir auf dem Fußboden. Sie steht mit einem der Polizisten zusammen … und plaudert.

Diese verdammte Fotze.

Sobald der Cop sichergestellt hat, dass ich keine Waffe bei mir trage – ich habe wirklich keine bei mir -, reißt er mich an den Armen hoch und dreht mich um. Er befördert mich gegen die Wand, damit ich meine Hände dagegen drücke und die Beine spreize.

Bevor Quinn das Wort an mich richtet, grinst sie mir zu. „Ich hoffe, deine Freundin kommt damit klar, wohin du nun gehen wirst … wohin auch immer.“

Ihre Worte lassen mich zusammenzucken. Ich weiß, dass ich besser die Klappe halten sollte, aber diese verdammte Schlampe … Ich verenge die Augen zu Schlitzen, beiße mir auf die Innenseiten meiner Wangen und schwöre mir im Stillen, mich um dieses Miststück zu kümmern, wenn das hier vorbei ist – und zwar persönlich.

Henli

Eine Woche verstreicht. Und noch eine weitere.

Zum Glück habe ich mittlerweile einen neuen Job gefunden, aber leider verdiene ich nicht annähernd so viel Geld, wie ich mir das erhofft hatte. Doch ich bekomme ein Gehalt und das ist genau das, was ich im Moment brauche. Zumal ich seit acht Tagen nichts mehr von Brick gehört habe.

In der ersten Woche nach seiner Abreise schrieb er mir noch jeden Tag mindestens eine Textnachricht. Unser letzter Kontakt liegt nun eine Woche in der Vergangenheit. Ich bin fast versucht, zu diesem Clubhaus zu fahren und nachzuhorchen, ob sie etwas von ihm gehört haben.

Aber das tue ich natürlich nicht.

Ich schnappe mir meine Handtasche und meinen Schlüsselbund und gehe zu meinem Wagen. Während ich mich dorthin begebe, überprüfe ich ein weiteres Mal meinen Nachrichteneingang.

Da ich plötzlich einen Mann glucksen höre, hebe ich den Kopf und bleibe stehen.

Der Kerl sitzt auf einem Motorrad, das hinter meinem Auto geparkt ist. Er nickt mir zu und schwingt sein Bein über die Sitzbank. Er kommt auf mich zu, lässt aber glücklicherweise ein paar Meter Abstand zwischen uns.

Mir stockt der Atem. Während ich zu ihm aufblicke, halte ich die Luft an.

Ich kenne ihn nicht. Als ich ihn mustere, sehe ich, dass ein Name auf seine Weste aufgestickt ist, aber auch dieser sagt mir nichts. *Hell's Souls.* Stirnrunzelnd sehe ich ihm geradewegs in die Augen.

„Kann ich Ihnen helfen?", erkundige ich mich.

Er schenkt mir ein Lächeln. Vielleicht versucht er bloß freundlich rüberzukommen, doch ich empfange alles andere als warme, flauschige Vibes von ihm.

Sein Blick sucht den meinen. Er schiebt sich eine Hand in den Nacken. Er massiert ihn, als versuche er, Druck oder Verspannungen zu lösen.

Ich beschließe, ihn nicht länger angriffslustig anzustarren. Vielleicht ist er doch nicht ganz so angsteinflößend, wie ich dachte. Doch als sich seine Lippen abermals zu einem Lächeln verziehen, beschleicht mich das Gefühl, dass meine erste Intuition doch die Richtige war.

„Dein Mann hat es verkackt", teilt er mir mit. „Er hat sich mit den falschen Leuten verbrüdert und wurde derbe gefickt."

Er streckt eine Hand nach mir aus und lässt seinen Zeigefinger über meine Wange und meinen Kiefer gleiten, um ihn mittig auf mein Kinn zu legen.

Ich versuche den Schauer des Ekels, der mir über den Rücken läuft, zu ignorieren.

„Er hat echt Scheiße gebaut und wandert dafür nun in den Knast." Nachdem er mir diesen verbalen Schlag verpasst hat, tritt der Fremde wieder einen Schritt zurück. „Jetzt ist sein Club geschwächt. Seine Frau ist verwundbar. Ihr seid nun alle gefundenes Fressen. Und das war voll und ganz beabsichtigt."

Ich bin nicht dazu fähig, auf seine Worte zu reagieren, weil ich wie Espenlaub zittere und von seiner Aussage völlig schockiert bin. Ich bin sprachlos.

Ins Gefängnis?

Was zur Hölle?

Bevor er wieder auf sein Motorrad steigt, zwinkert er mir noch einmal zu. Kurz bevor er den Motor aufheulen lässt, ruft er mir noch etwas zu. „Hey, Babe." Ich hebe den Kopf und blicke zu ihm herüber. „Man sieht sich."

Dann braust er davon.

Ich kann nicht aufhören zu schlottern. Meine Hände zittern, als ich auf mein Handydisplay hinabschaue. Es dauert eine Weile, bis ich sie wieder so weit unter Kontrolle habe, um Bricks Kontakt zu öffnen, damit ich ihn anrufen kann. Es klingelt und klingelt. Niemand hebt ab und ich lande bloß auf der Mailbox.

Ich verstaue das Telefon in meiner Handtasche und eile zu meinem Auto. Ich habe niemanden, den ich kontaktieren kann. Meine Eltern will ich damit nicht behelligen, denn wenn Penelope von der Sache Wind bekommt, wird sie wieder die übliche *ich-hab's-dir-doch-gesagt-Nummer* abziehen. Damit will ich mich nicht befassen … niemals wieder.

Anstatt zu meinen Eltern oder zur Arbeit zu fahren, wo ich eigentlich schon längst hätte sein sollen, mache ich mich auf den Weg zum Clubhaus. Ich weiß nicht mehr genau, wie man dorthin gelangt, aber zum Glück finde ich es recht schnell.

Von unterwegs aus rufe ich meinen neuen Chef an und teile ihm mit, dass ich mich verspäten werde.

Ich bin in einer Eventplanungsfirma in der Stadt untergekommen. Sie machen zwar mehr Umsatz als Cornelia, dafür legen sie aber keinen Wert auf Erstklassigkeit. Sie konzentrieren sich auf die breite Masse an Kunden und nicht so sehr auf Extravaganz.

Und das ist für mich völlig in Ordnung. Jeder Mensch braucht etwas, das in sein Budget passt. Jeder hat die Hochzeit seiner Träume verdient. Allerdings bedeutet das weniger Provision für mich, wenn ich nicht ausreichend Neukunden gewinnen kann.

Im Endeffekt arbeite ich viel mehr Stunden für weniger Geld. Das ist frustrierend, aber zumindest habe ich wieder einen Job. Ich bekomme einen Gehaltsscheck und mein neuer Chef ist ziemlich nachsichtig. Als ich ihm sagte, dass ich später zur Arbeit erscheinen werde, stellte er meine Kompetenz nicht in Frage oder wirkte gar sauer.

Während ich vor dem Wärterhäuschen vorfahre, bin ich selbst ein wenig überrascht, dass ich auf Anhieb hierhergefunden habe, ohne mich zu verfahren.

Ein Biker in Kluft kommt auf meinen Wagen zu. Ich kurble die Scheibe herunter und schaue ihn an.

„Hast du dich verfahren, Schätzchen?", fragt er.

Ich atme tief ein, halte kurz die Luft an und lasse sie in einem langen Atemzug wieder entweichen. „Ich bin gekommen, um Chains zu sprechen", erwidere ich. Seine Lippen verziehen sich zu einem Grinsen. Er hält Blickkontakt mit mir. „Er kennt mich. Sag ihm, dass Henli hier ist."

Nachdem ich ihm meinen Vornamen genannt habe,

weiten sich seine Augen. Er blickt zum Tor, dann wieder zu mir. „Fahr bis zum Haus, steig aber nicht aus. Chains wird zu dir auf den Parkplatz kommen.“

Ich bekomme nicht die Chance, Rückfragen zu stellen – zum Beispiel, warum ich die Bar nicht betreten darf -, denn er eilt sofort wieder ins Wärterhäuschen zurück. Das Tor öffnet sich, ich fahre hindurch. Während ich die steinige Zufahrt entlangfahre, frage ich mich die ganze Zeit über, was zum Teufel vor sich geht.

Wie der Wärter es mir gesagt hat, wartet Chains bereits auf dem Parkplatz auf mich. Er kommt auf mein Auto zu. Ich rechne damit, dass er durch das Fenster mit mir sprechen wird, aber dem ist nicht so. Chains greift nach dem Türgriff und öffnet die Fahrertür für mich.

Ich steige aus. Anschließend lege ich den Kopf in den Nacken, um ihm in die Augen blicken zu können. Er schenkt mir ein freundliches Lächeln, aber ich weiß nicht, ob mir gerade der Sinn nach Höflichkeiten steht. Was ich will, sind Antworten.

„Mir wurde soeben von jemandem, der eine ähnliche Weste wie du trägt, gesagt, dass Brick im Gefängnis ist. Auf seiner stand Hell’s Souls oder so geschrieben.“

Chains Lächeln verschwindet. Ein sehr ernster Ausdruck legt sich über sein Gesicht. Er verschränkt die Arme vor der Brust und stößt ein Grunzen aus, ehe er das Wort an mich richtet.

„Noch mal ganz langsam von vorne, Babe. Erzähl mir in Ruhe, was zum Henker passiert ist“, fordert er mich auf.

Und genau das tue ich. Ich erzähle ihm, was sich vorhin zugetragen hat … *ganz langsam*. Ich schildere ihm, dass einer seiner Freunde bei mir zu Hause aufgekreuzt ist, sein Motorrad hinter meinem Wagen geparkt hat und mir erzählt hat, dass Brick im Gefängnis ist. Dass der Typ mich angrinste und meinte, dass wir einander irgendwann wiedersehen würden.

„Scheiße", zischt er.

Ohne mir zu erläutern, wieso er plötzlich so wütend ist, greift er in seine Tasche und holt sein Handy heraus. Per Handzeichen gibt er mir zu verstehen, dass ich still sein soll, während er telefoniert.

Ich höre ihm dabei zu, wie er meine Schilderungen wiedergibt. Sein Gesichtsausdruck ist noch immer überaus ernst. Sogar regelrecht düster. Richtiggehend dunkel.

Ich habe das Gefühl, dass es sich um eine sehr schwerwiegende Angelegenheit handelt und zwar auf eine überaus ungute Art und Weise. Ich glaube, dass das, was Brick vor zwei Wochen in Angst und Schrecken versetzt hat, nun ganz offiziell seinen Weg zu mir gefunden hat.

Kapitel 24

Ich bin im Knast.

Der Club hat mir einen Anwalt besorgt – den allerbesten, um genau zu sein. Wir haben für solch einen Scheiß zwar jemanden in der Hinterhand, aber ich habe echt keinen Bock auf einen Prozess. Ich will hier verdammt noch mal raus, will nach Hause. Ende der Durchsage.

Diese Wichser von den Asphalt Circle Jerks und diese Schlampe haben mich verarscht. Sie haben mich reingelegt und zwar nur mich, wegen einer gottverdammten Formsache. Was für ein verfluchter Bullshit. Ich bin mir sicher, dass die Bullen von mir wollen, dass ich meinen Club ans Messer liefere oder so ähnlich. Ich soll mich auf ihre Seite schlagen, so wie es die ACJs getan haben. Aber das können sie knicken.

Mir gehört das Lagerhaus, in dem wir unserer Arbeit nachgehen. Ich bin der Eigentümer, weil mein Dad der Präsident der Devil's Hellions war. Als er starb, hinterließ er mir alles. Deshalb steht mein Name in den Papieren.

Alles in diesem Gebäude gehört mir.

Ich werde keinen meiner Brüder den Löwen zum Fraß vorwerfen. Wenn ich den Scheiß auf meine Kappe nehmen muss, dann ist das eben so. Ich habe den Anwalt kontaktiert und warte nun auf ihn, obwohl ich mein gottverdammtes Schicksal bereits kenne.

Knast.

Das ist mein Schicksal.

Die Bullen haben sich nicht einmal die Mühe gemacht, mich zu verhören. Das ergibt doch überhaupt keinen Sinn. Es scheint zu diesem Zeitpunkt nur schwarz oder weiß zu geben. Jetzt bleibt mir nur die Möglichkeit, zu verhandeln.

Ich kneife die Lider zusammen, woraufhin ich Henli vor meinem geistigen Auge sehe. Ich kann nicht fassen, dass ich es mir fast mit ihr verscherzt hätte. Beinahe hätte ich diese dumme Fotze in mein Bett gelassen und hätte sie zu meiner Old Lady gemacht, um den Club zu beschützen.

Das war es, was diese Wichser uns weißmachen wollten. Nun befinden sich die Hell's Souls in unmittelbarer Nähe meiner Frau und ich werde nicht vor sein Ort können, um sie zu beschützen. Ich habe mich von ihnen manipulieren lassen und auch Warden wurde von ihnen geblendet.

Ich komme mir wie ein verdammter Vollidiot vor.

Der Anzugträger betritt nach gefühlten Stunden des Wartens endlich den Raum. Er stellt seinen Aktenkoffer auf dem Tisch ab und lässt sich anschließend mit einem schweren Seufzer auf den Stuhl mir gegenüber sinken.

„Bin ich am Arsch?", will ich wissen.

Räuspernd rutscht er auf seinem Stuhl umher. „Am Arsch ist ein dehnbarer Begriff."

„Dann grenzen Sie ihn für mich ein", murmle ich.

„Ich könnte möglicherweise einen Deal für sie aushandeln. Das Minimum wäre zwei Jahre."

Fuck.

„Sie haben großes Glück. Die Polizei konnte lediglich ein Auto in Ihrer Werkstatt sicherstellen und keine anderen Dinge", flüstert er mir zu. „Ich denke, wir können uns auf das Mindeststrafmaß berufen."

„Was, wenn sie ein höheres Strafmaß fordern?"

„Haben Sie etwas gegen diese Arschlöcher in der Hand?"

Ich schnaube. „Bruder, ich wünschte, dem wäre so. Wenn diese Bastarde dafür dingfest gemacht werden, würde ich einige Informationen preisgeben", lüge ich. Nicht in einer Million Jahren würde ich zum Maulwurf in meinem eigenen Club werden.

Wir lachen beide auf, dann räuspert er sich und steht auf. „Sind Sie damit einverstanden, für eine Weile ins Gefängnis zu gehen?"

„Nein, aber mit zwei Jahren oder weniger komme ich schon irgendwie klar."

Er nickt mir zu, dann verlässt er den Raum.

Ich starre auf die Tischplatte und frage mich, wie ich die Beziehung zu Henli in den nächsten Jahren am Laufen halten soll.

Erwarte ich, dass sie bei mir bleibt?

Sollte ich sie gehen lassen?

Ich schmunzle, obwohl mir gerade ganz und gar nicht danach zumute ist. Aber diese Frage: *Sollte ich sie gehen lassen?* Auf gar keinen Fall.

Ich kann sie nicht ziehen lassen, selbst wenn ich es versuchen würde. Henli gehört zu mir. Daran führt kein Weg vorbei. Sie ist mein und ich kann sie auf keinen Fall aufgeben und ohne mich glücklich werden lassen. Es gibt kein Glück ohne mich. So ist das nun mal, verdammt.

Ich werde nicht einmal so tun, als wäre ich nicht verdammt eifersüchtig. Ich bin so, wie ich bin – egoistisch.

Als der Rechtsverdreher in den Raum zurückkehrt, liegt kein siegessicherer Ausdruck auf seinem Gesicht. Das bedeutet, dass noch etwas Arbeit vor uns liegt, denn ich weigere mich, mehr als zwei Jahre abzusitzen.

Verdammt, ich will nicht so lange einfahren.

Aber ich werde es tun, wenn das bedeutet, dass meine Brüder frei sind.

Ich nehme, wenn es denn sein muss, die verdammte Schuld auf mich.

Allerdings muss meine Frau in Sicherheit sein, das ist ein Thema, mit dem ich mich nach dem Deal befassen muss. Ich werde sie auf gar keinen Fall zwei Jahre lang hängen lassen. Nun ja, zwanzig Monate, bei guter Führung.

Mein Anwalt nimmt neben mir Platz, während die zwei weiteren Paragraphenreiter uns gegenüber niederlassen. Sie legen ein paar Aktenordner vor sich ab, die wahrscheinlich alle leer sind. Diese Typen scheine große Bluffer zu sein.

„Können wir beginnen?“, fragt mein Rechtsbeistand.

Als die Anwälte uns gegenüber ihre Lippen zu einem Grinsen verziehen, stöhne ich fast auf, weil ich ahne, dass das hier für mich nicht gut ausgehen wird.

Verdammte Scheiße.

Henli

Die Wahrheit bricht wie ein Dominoeffekt über mich herein. Es fühlt sich für mich an, als würde alles in meinem Leben, das bisher nur leicht ins Wanken geraten war, nun nach und nach ins Kippen geraten.

Brick wurde nicht nur zu zwei Jahren Gefängnis verurteilt, sondern zudem habe ich auch keinen Job mehr. Obwohl ich nur noch die letzte Woche der

Probezeit hinter mich bringen musste, hat es einfach nicht sein sollen.

Abermals bin ich arbeitslos.

Dazu kommt, dass mein Auto komische Geräusche von sich gibt und ich überfällig bin. Heute Morgen war ich in der Drogerie, um einen Schwangerschaftstest zu kaufen. Jetzt gerade wünsche ich mir, ich hätte ihn nie besorgt, damit ich einfach im Ungewissen weiterleben kann.

Ich beiße mir auf die Unterlippe, seufze und probiere, mich selbst auf andere Gedanken zu bringen. Plötzlich vernehme ich ein Klopfen an der Haustür. Ich bin mehr als froh, dass ich diesem Test und dessen Ergebnis noch für ein paar Stunden aus dem Weg gehen kann. Ich springe auf und eile zur Tür.

Als ich durch den Spion schaue, überrascht es mich, Chains auf der anderen Seite der Haustür zu erblicken. Er sieht nicht gerade glücklich aus. Ich schließe auf, öffne die Tür und versuche, mich zu einem Lächeln durchzuringen.

Das Herz in meiner Brust beginnt zu rasen, und ich kann nicht anders, als mich zu fragen, wieso er hier ist. Ich habe Angst, dass er schlechte Nachrichten im Gepäck hat … Das wäre die dritte Hiobsbotschaft in Kürze.

Man sagt doch, aller guten Dinge sind drei. Nach meinem Jobverlust, einer möglichen Schwangerschaft und Chains grimmigem Gesichtsausdruck nach zu urteilen, droht mir nun ganz gewiss Nummer drei.

„Hey“, begrüße ich ihn.

Er nickt mir zu und betritt unaufgefordert das Haus. Eigentlich sollte mich das stören, aber es ist nun mal sein Haus. Außerdem habe ich ihn in den letzten

Wochen näher kennengelernt und er ist meine einzige Verbindung zu Brick.

Auch wenn er nicht der Gesprächigste ist, hat er mir dennoch in letzter Zeit ein paar Aufmunterungen zukommen lassen, für die ich ihm sehr dankbar bin.

„Was ist los?“, möchte ich wissen.

Bevor er mir antwortet, räuspert er sich und sucht meinen Blick. „Er will dich sehen. Du kannst ihn in drei Wochen besuchen. Du musst dafür einen Antrag stellen, woraufhin sie eine Hintergrundüberprüfung durchführen. Die Besuchszeit beträgt zwar nur zwanzig Minuten, aber immerhin könnt ihr einander sehen.“

„Okay“, entgegne ich ausatmend und räuspere mich ebenfalls. „Eigentlich wollte ich nichts sagen, aber wenn du schon mal hier bist …“

„Hat der Wichser dir wieder einen Besuch abgestattet?“, fällt er mir ins Wort.

„Nein, er hat sich nicht wieder blicken lassen“, murmle ich. „Ich habe meinen Job verloren.“

„Was zum Teufel?“

Kopfschüttelnd zucke ich mit den Schultern. „Ich weiß nicht, wieso. Sie haben mir keinen Grund genannt.“

Ich kann das Gefühl nicht abschütteln, dass auch diese Kündigung etwas mit dem Motorradclub zu tun hat. Vielleicht hatte Cornelia ja ihre Finger mit im Spiel. Ich war nämlich nur einmal, an diesem besagten Tag vor ein paar Wochen, zu spät auf der Arbeit. Und ich habe reichlich Neukunden an Land gezogen. Ich habe lange und hart gearbeitet und nun … habe ich nichts.

Anstatt ihm meine Vermutung mitzuteilen, wende ich mich von ihm ab und gehe ins Wohnzimmer.

Er nimmt einen tiefen Atemzug und lässt ihn langsam wieder entweichen, ehe er das Wort an mich richtet. „Dann wird es jetzt wohl noch schlimmer für dich werden."

Ich drehe mich zu ihm um und sehe ihn an. Er hat eine Hand in seinen Nacken gelegt und massiert ihn.

„Du schmeißt mich raus?", frage ich vorsichtig.

„Brick kann mir die Miete nicht mehr zahlen, solange er im Bau ist. Ich kann für dich den Kontakt zu seinem Club herstellen. So könntest du in Erfahrung bringen, ob er Geld von ihnen bekommt, um die Miete zu begleichen. Aber ja, sie ist nur bis zum Ende dieses Montas bezahlt."

Scheiße.

Wieso ich?

Vielleicht hatten Penelope und Cornelia recht. Womöglich habe ich mir mit diesem Kerl mein ganzes Leben versaut. Es scheint so, als wäre alles schiefgegangen, was schieflaufen kann, seit Brick in mein Leben getreten ist … alles, außer dem, was ich durch und mit ihm gefühlt habe. Das war echt. Zum allerersten Mal fühlte es sich richtig an.

„Hast du eine Idee, was ich beruflich machen könnte?", frage ich ihn. „Ich habe bisher nur Erfahrungen in der Veranstaltungsplanung gesammelt. Plant irgendwer, den du kennst, eine Hochzeit und braucht eine Organisatorin?"

Chains grinst mich an. „Babe, ich habe absolut keinen Bedarf für so einen Scheiß. Aber wenn du mit mir nach Casa Grande kommst, kannst du mit seinen Brüdern sprechen und sehen, was Legacy mit ihnen ausgehandelt hat. Es gibt bei mir nicht viel, was eine Frau wie du machen könnte."

Ich hake nicht nach, was der damit meint, denn ich

muss an Casa Grande denken und natürlich daran, dass ich dorthin fahren werde.

„Was?" Ich keuche auf.

Er nickt. „Jepp, Warden erwartet dich. Er hat eine Bleibe für dich organisiert, wenn du dort ankommst. Außerdem wird er dich zum Gefängnis fahren und all den Scheiß. Er ist deine Kontaktperson. Ich habe ihm deine Telefonnummer geben und kurz bevor du dort eintriffst, wird er dir seinen Standort schicken. Es ist in Casa Grande."

Mir dreht sich der Magen um und gleichzeitig flattern Schmetterlinge durch meinen Bauch. Ich weiß nicht, ob ich es übers Herz bringe, dorthin zu fahren, weil er mich nie dort haben wollte.

„Er wollte nicht, dass ich diesen Aspekt seines Lebens kennenlerne", wispere ich.

Chains wirft mir einen wissenden Blick zu. Ich bin mir nicht sicher, wie viel er in Wahrheit weiß. Er geht auch nicht näher darauf ein. Stattdessen tritt er einen Schritt zurück in Richtung Haustür. „Er hat es vielleicht nicht gewollt, aber es war ohnehin unumgänglich."

Mit diesen Worten dreht er sich um und verlässt das Haus. Die Tür schließt er hinter sich. Ich gehe ihm nicht hinterher, bleibe an Ort und Stelle stehen und frage mich, was zur Hölle ich tun soll. Leider kann ich niemanden anrufen, der mir weiterhelfen könnte.

Ich lasse mich auf die Couch sinken und starre den Fernseher an. Es flimmert zwar gerade etwas über die Mattscheibe, aber ich kann mich nicht darauf konzentrieren. Das Einzige, woran ich denken kann, ist Brick. Ich vermisse ihn. Aber ich weiß dennoch nicht, ob ich nach Casa Grande fahren kann.

Ins Gefängnis.

Das ist zu viel für mich.

Plötzlich kommt mir der Schwangerschaftstest wieder in den Sinn. Er liegt noch verpackt auf dem Couchtisch, ich muss ihn nur noch durchführen. Ich hole tief Luft und halte für ein paar Sekunden den Atem an, ehe ich ihn wieder entweichen lasse. Dann schnappe ich mir den Test und stehe auf.

Ich zwinge mich dazu, ins Bad zu gehen. Dort angekommen, mache ich den Test und warte ab. In diesem Moment wünsche ich mir, ich hätte ein paar enge Freunde oder vielleicht, dass meine Schwester kein so blödes Miststück wäre.

Leider habe ich niemanden, an den ich mich in dieser Situation wenden kann. Klar, ich könnte mich bei meiner Mutter melden, aber ich will sie gerade nicht um mich haben.

Nicht, bis mir eine Antwort vorliegt. Sie wäre sicherlich erst wütend auf mich und dann übertrieben aufgeregt, weil sie in den letzten fünf Jahren immer wieder davon gesprochen hat, wann sie endlich Großmutter wird. Ich kann mich im Moment nicht damit auseinandersetzen … noch nicht.

Während die Minuten verstreichen, warte ich darauf, dass der Test mir eine Antwort liefert. Eine, die vielleicht den weiteren Verlauf meines Lebens beeinflussen wird. Ich versuche, nicht an Brick zu denken, doch das klappt nicht.

Ich wollte das hier so sehr mit ihm.

Ich wollte das tolle Leben, das er mir versprochen hat. Das Leben, das ich mir schon immer ausgemalt hatte. Ich wollte es wirklich und nun habe ich Angst, dass ich am Ende ganz allein dastehe.

Als mein Telefon bimmelt, um mir zu signalisieren, dass das Testergebnis bereit zum Ablesen ist, kneife

ich fest die Augen zusammen. Dann atme ich langsam aus und sehe mir die Antwort an, die meine
ganze Welt auf den Kopf stellen könnte.

Kapitel 25

Henli

Negativ.

In den kommenden Tagen mache ich zwei weitere Tests, die allesamt das gleiche Ergebnis anzeigen.

Negativ.

Das sollte mich erleichtern. Schließlich bin ich erst fünfundzwanzig, und während meine Welt vor ein paar Monaten noch im Gleichgewicht war, ist sie nun völlig aus den Fugen geraten.

Ich lasse zu, dass die Enttäuschung über mich hereinbricht. Als ich spüre, wie sie mich verzehrt, nehme ich mir einen Moment für mich. Ich will nicht verstecken, wer ich bin, und meine Gefühle zurückhalten, auch wenn ich dies nur vor mir selbst tue. Selbst wenn es nur um Enttäuschung geht.

Das ist es nun mal, was ich gerade empfinde. Ich bin zu einem gewissen Grad erleichtert, aber gleichzeitig auch traurig, weil ich mich, auch wenn es nur für den Bruchteil einer Sekunde war, auf ein mögliches Baby gefreut hatte.

Morgen wird die Welt sicher schon wieder ganz anders aussehen, aber heute erlaube ich mir, traurig zu sein, weil ich nicht schwanger bin. Auch wenn ich weiß, dass es so besser ist.

Es wäre nicht klug, ein Kind mit jemandem zu bekommen, der im Gefängnis sitzt. Schon gar nicht, wenn man selbst arbeitslos ist. Wenn man in ein paar Wochen kein Dach mehr über dem Kopf hat.

Das heißt jedoch nicht, dass ich nicht wegen der Testergebnisse ein bisschen niedergeschlagen sein darf. Das bin ich nämlich. Ich bin sogar sehr traurig.

Ein Klingeln macht mich auf eine Benachrichtigung meines Handys aufmerksam. Dadurch werde ich aus meiner Traurigkeit gerissen und widme mich meinem Texteingang.

Mir wurde ein Dokument von einer Telefonnummer übermittelt, die ich nicht kenne. Normalerweise würde ich eine solche Nachricht einfach ignorieren, denn einmal, als ich fünfzehn Jahre alt war, öffnete ich einen Link, den mir eine unbekannte Nummer geschickt hatte, und landete auf einer Pornowebseite. Das hat mich traumatisiert. Na ja, nicht wirklich, aber ich wollte nichts von dem Schweinekram sehen.

Irgendetwas drängt mich dazu, dieses Dokument im Anhang zu öffnen. Ich bin froh, dass ich es tue, denn es ist das Antragsformular für meinen Besuch bei Brick.

Ich lese mir die Anweisungen durch, drucke und fülle das Formular aus und reiche es anschließend ein. Ich brauche nicht lange, um es auszufüllen und die Unterlagen zusammenzusuchen, die sie von mir verlangen.

Als ich fertig bin, schicke ich dem unbekannten Absender eine Antwort. Ich meine mich zu erinnern, dass Chains gesagt hat, dass die Person, die sich mit mir in Verbindung setzen wird, Warden heißt. Ich verstehe die Sache mit den Straßennamen überhaupt nicht.

Ich: *Hallo. Dankeschön! Ich habe alles ausgefüllt und eingereicht.*

Unbekannter: *Ich bin Warden. Ich melde mich bei dir, wenn dein Antrag genehmigt wurde und dir Datum und Uhrzeit für einen Besuch zugeteilt worden sind.*

Ich speichere seine Kontaktdaten in meinem Handy ab und antworte ihm.

Ich: *Vielen Dank. Ich fühle mich momentan ziemlich verloren.*

Es fällt mir nicht leicht, das einem Fremden gegenüber zuzugeben. Aber es ist so, ich fühle mich aktuell sehr verloren. Ich weiß nicht, wie mir das passieren konnte, aber ich bin von Brick abhängig. Ich habe absolut keine Ahnung, wie ich damit aufhören kann, so zu empfinden. Wie es aufhört, ihn zu brauchen.
Ich weiß nicht, wann das geschehen ist.
Ich denke, dass ich mit dieser viel zu persönlichen Information vielleicht etwas zu weit gegangen bin, denn Warden antwortet einige Minuten lang nicht. Dann plötzlich erklingt das Benachrichtigungssignal, das eine Nachricht in meinem Posteingang ankündigt. Ich streiche mit dem Daumen über das Display, um sie zu lesen.

Warden: *Wir sind für dich da. Das bekommen wir schon wieder hin.*

Ich schreibe nicht mehr zurück. Nachdem ich den Antrag abgesendet und mit Warden – einem Mann, den ich noch nie getroffen habe, der mir aber dennoch versichert hat, dass alles wieder gut wird – Nachrichten ausgetauscht habe, bringe ich es nicht über mich, weiterhin mit ihm zu texten. Stattdessen schnappe ich mir meinen Laptop und beginne, Bewerbungen zu schreiben.

Diesmal beschränke ich mich nicht nur auf Jobs in der Veranstaltungsbranche, sondern bewerbe mich auch auf Stellen, die genug einbringen, um meine Rechnungen zu begleichen. Ich werde mir alle Optionen ansehen. Und wenn ich zwei Jobs annehmen muss, dann ist das eben so.

Ich rede mir ein, dass ich das bloß so lange mache, bis ich mir einen eigenen Kundenstamm aufgebaut und genug Geld angespart habe, um mein eigenes Business auf die Beine zu stellen. Das ist es, was ich tun muss, um nicht hier herumzusitzen, rumzuheulen und völlig durchzudrehen.

Ich atme tief ein und wieder aus, ehe ich mich durch die Jobausschreibungen arbeite. Ich weiß nicht, wie viele Bewerbungen ich letztendlich weggeschickt habe. Vielleicht um die Hundert. Als ich damit fertig bin, steige ich ins Bett, schlüpfe unter die Decke, ziehe sie mir über den Kopf und tue so, als sei mein Leben nichts weiter als nur ein schlimmer Albtraum.

Legacy

Zwanzig Minuten reichen einfach nicht aus, um eine vernünftige Unterhaltung zu führen. Jedoch ist das alles, was ich in den kommenden zwei Jahren erwarten kann. Einen Tag pro Woche. Zwanzig Minuten. Das heißt, solange ich mich den Rest der Woche über gut benehme.

Ich werde gründlich gefilzt, ehe man mich in einen großen Raum bringt. In diesem befinden sich Tische, die ein paar Meter voneinander entfernt stehen. Kleine Tische mit zwei Stühlen, sonst nichts weiter.

Heute ist mein zweiter Besuchstag. Na ja, eigentlich

bin ich schon lange genug hier, um bereits meinen Vierten zu haben. Allerdings bin ich letzte Woche in eine Schlägerei mit einem Scheißkerl geraten. Ich musste mich wehren, weil er mir das Essen wegnehmen wollte. Deshalb wurde mir die Besuchszeit gestrichen.

Ich lasse mich auf meinem Platz nieder, weil ich weiß, dass ich mich nicht vom Fleck rühren darf. Verdammt, ich bin mir nicht einmal sicher, ob mir überhaupt das Atmen gestattet ist, während die Besucher hereingebracht werden. Ich starre auf den abgeranzten Tisch und frage mich, wie zum Teufel ich das die kommenden zwei Jahre durchstehen soll.

Ich bin echt verdammt froh, dass Staatsanwalt und Richter sich auf zwei Jahre eingelassen haben, denn ich will auf keinen Fall auch nur einen Tag länger hier drinbleiben.

Warden kommt auf mich zu und klopft auf die Tischplatte. Ich sehe ihn an, verliere aber kein Wort. Stattdessen warte ich darauf, was er zu sagen hat, denn ich weiß, dass er die neusten Clubangelegenheiten mit mir teilen wird.

„Die Hell's Souls haben hiermit nichts zu tun. Soweit ich weiß, haben sie überhaupt nichts getan. Das war allein eine Finte der ACJs."

„Nun, sie hat bestens funktioniert."

Warden schnaubt. „Ach ja? Hat sie das?"

„Ich bin hier drin und sie nicht."

Er brummt. „Ich bin mir nicht sicher, wie ihre weiteren Pläne aussehen, aber das ist mir auch scheißegal. Sie werden nicht mehr lange genug unter uns weilen, um mitzuerleben, wie ihre Pläne Früchte tragen."

„Ich wünschte, ich wäre da, um es mitanzusehen",

murmle ich.

Warden lacht leise und schüttelt den Kopf. „Du wirst danach wieder zu uns stoßen und das ist verdammt noch mal wichtiger."

Das stimmt. Er hat ja Recht. Das sollte ich mir wieder und wieder vor Augen führen.

Wenn ich meine Zeit abgesessen habe, werde ich hier heraus spazieren und sie werden nicht mehr existieren. Sie werden verdammt weit weg sein. Die Fehde muss ein Ende finden. Seit der Ermordung meines Dads, war sie lediglich einseitiger Natur, doch nun nicht mehr.

„Deine Frau hat ihren Besuchsantrag eingereicht. Ich gehe davon aus, dass sie dich nächste Woche besuchen kommen darf. Außerdem hat Chains mir ein Update gegeben. Sie hat ihren Job verloren."

„Schon wieder?"

Er nickt. „Willst du sie für dich beanspruchen, damit wir uns um sie kümmern können, während du hier bist?"

Sie für mich zu beanspruchen, bringt nichts. Außer, dass sie jeden gottverdammten Aspekt meines Lebens gar nicht oder nur unzureichend erklärt bekommt. Das ist genau das Gegenteil von dem, was ich wollte. Eigentlich wollte ich überhaupt nichts davon.

„Ich weiß es nicht." Warden reißt die Augen auf und öffnet den Mund, um etwas zu erwidern, doch ich schüttle schnell den Kopf und fahre fort. „Sie kommt mit unserem Leben nicht klar, Bruder. Ich weiß, dass sie das nicht packt."

„Legacy, du hast sie bereits zum Mittelpunkt deines Lebens gemacht. Daher finde ich deine Aussage irgendwie sinnbefreit. Nur weil der Club noch nichts wieder von den Hell's Souls gehört hat, heißt das nicht, dass sie dich oder sie nicht auf dem Schirm haben. Sie ist definitiv auf deren Radar." Da ich nicht auf seine Worte reagiere, setzt er seine Moralpredigt fort. „Die ACJs wissen genau, wer sie ist, und sie haben dich bereits gelinkt. Hast du schon mal daran gedacht, dass dieses Miststück es auch auf deine Frau abgesehen haben könnte?", fragt er und meint damit Quinn. „Ich bringe das bloß zur Sprache, weil zwei Jahre eine verdammt lange Zeit sind, um eine Frau schutzlos in unserer Welt herumlaufen zu lassen."

Kopfschüttelnd fahre ich mir mit den Fingern durchs Haar, zupfe an ein paar Strähnen und seufze.

„Ich will sie nicht in unserer Welt haben."

„Dann hättest du nie zu ihr nach Hause gehen sollen."

Er hat ja Recht. Ich weiß, dass es so ist. Aber gleichzeitig ist er ein verdammter Heuchler. Ich erwähne es nicht, aber er hat genau das Gleiche wie ich getan. Ich dachte, ich würde das schon irgendwie geregelt bekommen, doch nun sitze ich hier für die nächsten zwei Jahre fest. Ich konnte doch nicht vorhersehen, dass so ein Scheiß passiert.

„Lass mich erst mit ihr sprechen, dann gebe ich dir eine Antwort, okay?"

Warden verdreht die Augen. Er ist genervt von meinem Drama und ich kann es ihm nicht verdenken.

Ich hätte sie von Beginn an als meine Old Lady beanspruchen sollen, aber das wollte ich nicht. Ich wollte eine stinknormale Citizen Wife. Das will ich sogar noch immer. Allerdings rückt das mit jedem Tag immer weiter in die Ferne. Dabei wollte ich doch nur jemanden an meiner Seite, zu dem ich aus meinem Alltag fliehen kann.

Vorerst ist das vom Tisch und ich muss ein paar wichtige Entscheidungen treffen. Ich dachte, ich hätte alles im Griff, dass alles gut gehen würde, aber Warden hat recht. Zwei verfickte Jahre sind eine sehr lange Zeit. Deshalb muss ich damit aufhören, meine eigenen Wünsche in den Vordergrund zu stellen und damit anfangen, an ihre Bedürfnisse zu denken.

Sie *braucht* Schutz.

Als Warden geht, bin ich dazu geneigt, sie für mich zu beanspruchen, doch vorher muss ich sie erst sehen. Ich muss mit ihr sprechen und mir selbst ein Bild davon machen, wie sie auf die aktuelle Situation reagiert. Ein Old Man im Knast könnte für sie ein Tabu sein.

Obwohl ihr eigentlich klar sein sollte, dass sie mich nicht wieder loswird – zumindest nicht so leicht. Aber zwei Jahre hinter schwedischen Gardinen könnten die Dinge ein wenig verkomplizieren.

Kapitel 26

Henli

Mein Antrag wurde genehmigt. Besuchsdatum und Zeit wurden festgelegt und mir wurden die Koordinaten übermittelt.

Morgen früh werde ich nach Casa Grande, Arizona, fahren und mich mit Bricks Jungs, seinen Freunden, die er als seine Familie bezeichnet, treffen. Danach werde ich ihn zum ersten Mal seit Wochen wiedersehen.

Ich bin nervös.

So richtig aufgeregt.

Vor einer Woche habe ich damit angefangen, mich um Arbeit zu bewerben. Ein Jobangebot habe ich bisher erhalten. Allerdings wollte ich so etwas nie machen. Nun ja, trotzdem werde ich wohl als Zimmermädchen in einem Resort anfangen.

Nicht, dass irgendetwas daran auszusetzen wäre. Ich hätte bloß nie gedacht, dass ich mal einen solchen Job annehmen würde. Nichtsdestotrotz freue ich mich darauf durchzustarten, vor allem, weil die Arbeitszeiten echt gut sind. An den späten Nachmittagen oder Abenden kann ich noch etwas anderem nachgehen.

Vielleicht, nur vielleicht, werde ich so in der Lage sein, meine Rechnungen zu bezahlen.

Vielleicht.

Offizieller Arbeitsbeginn ist in sieben Tagen. Das heißt, mir bleibt Zeit genug, um aus Casa Grande zurückzukehren. Ich weiß nicht, was mich dort erwartet, aber ich gehe davon aus, dass ich mindestens ein oder zwei Tage vor Ort bleiben werde. Zumal ich ohnehin schon einen Tag lang Brick besuchen werde. Außerdem treffe ich mich mit seinem Freund Warden, der etwas mit mir besprechen möchte.

Ich frage mich, ob ich meine Mom anrufen sollte. Meine Eltern sollten schon wissen, dass ich morgen die Stadt verlassen werde. Ich weiß nicht, ob ich ihnen den Grund für meinen Reise verraten kann. Einer Sache bin ich mir dennoch absolut sicher: Ich kann sie nicht anlügen.

Da ich nicht einschlafen kann und weiß, dass meine Mutter eine absolute Nachteule ist, schnappe ich mir mein Handy und scrolle durch meine Kontaktliste. Als ich ihren Namen gefunden habe, tippe ich auf das Anrufsymbol.

Es klingelt nur zweimal durch, bevor ich ihre Stimme durch den Lautsprecher höre. „Geht es dir gut?", will sie wissen.

Sie begrüßt mich nicht mit einem Hallo. Ich muss lächeln, weil meine Mutter eben eine richtige Löwenmama ist. Jeder nächtliche Anruf stellt sofort für sie eine Art Notfall dar. Ich schätze, mir würde es an ihrer Stelle ähnlich ergehen. Zumal Penelope ebenfalls ihre Tochter ist.

„Ich wollte dich nur wissen lassen, dass ich für ein paar Tage die Stadt verlasse."

Sie ist einen Moment lang still, dann räuspert sie sich. „Muss ich mir Sorgen machen?"

Ich kneife die Augen zusammen und atme tief durch die Nase ein und durch den Mund wieder aus. Ich muss ihr die Wahrheit sagen, weil ich sie einfach nicht belügen kann.

„Nein. Ich bin bloß ein paar Tage fort. Danach beginne ich einen neuen Job auf der Sonoran Canyon Ranch."

„Als Eventmanagerin?“, hakt sie schmunzelnd nach.

Ich stöhne auf. „Schön wär's. Als Zimmermädchen.“

Abermals herrscht ein Augenblick lang Stille zwischen uns, ehe sie etwas entgegnet. „Heißt das, dass du dein eigenes Unternehmen gründen wirst?“

„Ich hoffe es.“

Das ist die Wahrheit. Ich habe ein Ziel vor Augen und das ist meine Selbstständigkeit. Nicht nur, um Cornelia zu beweisen, dass ich sie nicht brauche oder dass sie einen riesigen Fehler begangen hat. Sondern allen voran für mich selbst.

Ich möchte mich nie wieder in meinem Leben in einer solchen Lage wiederfinden. Ich will mehr für mich und meine Zukunft erreichen. Ich möchte eine Familie gründen und für sie sorgen können. Ich bin fünfundzwanzig Jahre alt und dieser kurze Schwangerschaftsschreck von neulich lässt mich immer öfter an die Zukunft denken.

„Braves Mädchen“, lobt sie mich.

Wir quatschen noch ein paar Minuten miteinander. Als meine Augenlider immer schwerer werden, beende ich das Telefonat und schlafe tatsächlich ein.

Ich kann mich nicht erinnern geträumt zu haben. Aber sollte es doch der Fall gewesen sein, dann hoffentlich nur von Brick.

Die Koordinaten, die mir übermittelt wurden, sind ähnlich bescheiden, wie damals, als ich das Clubhaus in Tucson wiederzufinden versuchte. Der Treffpunkt befindet sich mitten in der Wüste. Ich fahre eine lange, unbefestigte Straße entlang, bis ich ein Tor mit einem Wärterhäuschen erreiche.

Ein Mann kommt auf meinen Wagen zu und stellt sich auf die Fahrerseite. Ich kurble das Fenster herunter und sehe zu ihm auf. Er sieht gut aus. Auf eine sehr raue und schmutzige Art. Wie all diese Kerle.

Ich hätte nie für möglich gehalten, dass so ein Mann mein Typ ist, aber da lag ich wohl falsch. Oder vielleicht liegt es auch bloß daran, dass Brick total mein Typ ist. Vermutlich wirkt jeder, der mich an ihn erinnert, attraktiv auf mich.

„Ich bin hier, um Warden zu sehen", lasse ich ihn wissen.

Es entsteht ein Moment der Stille. Während ich im Auto sitze, mustert er mich von oben bis unten. Nun ja, so weit wie ihm das möglich ist. Dann verziehen sich seine Lippen zu einem Grinsen. Ich habe keine Ahnung, inwieweit er im Bilde ist, aber er scheint nicht unwissend zu sein. Ich kann nicht anders, als mich deswegen unwohl zu fühlen, obwohl er Bricks Freund, sein Kamerad oder was auch immer ist.

„Jepp", entgegnet er lachend. „Fahr durch. Folg der Straße bis zum Gebäude. Er wird draußen auf dich warten."

Ohne dem noch etwas hinzuzufügen, wendet er sich von mir ab und kehrt in sein Wachhaus zurück. Langsam und knarrend öffnet sich das Tor.

Ich fahre hindurch und schleiche regelrecht die Straße entlang, um so viel wie möglich von der Umgebung in mich aufzusaugen. Genau wie in Tucson gibt es hier nicht viel. Ich glaube sogar, dass es hier noch öder ist als daheim. Dieser Ort ist wahrlich trostlos.

Das Gebäude, das in meinem Sichtfeld erscheint, ist genauso wie in Tucson. Motorräder und ein paar Autos stehen auf einem Schotterparkplatz. Außerdem sehe ich ein paar Picknicktische zu meiner Linken und erspähe einen alten Spielplatz. Dahinter erstreckt sich ein Metallgebäude.

Ich parke am Ende der aufgereihten Motorräder, stelle den Motor ab und schnappe mir meine Handtasche, ehe ich den Wagen verlasse. Ich bin keineswegs überrascht, als ein großer, tätowierter, bärtiger Biker auf mich zu kommt. Er scheint etwas älter als Brick zu sein, aber nicht viel. Allerdings sieht er ebenfalls sehr gut aus.

„Henli?“, fragt er.

„Warden?“

Er nickt. „Jepp, Kleines. Lass uns reingehen, damit wir reden können.“

Er wendet sich von mir ab und marschiert in Richtung Gebäude los. Ich folge ihm.

Er ist schlank und groß und mit Muskeln bepackt. Seine Mitte ist breit, wie die von Brick, seine Beine sind kräftig und lang. Er sieht wirklich gut aus, obwohl er schätzungsweise zehn Jahre älter als Brick ist. Sein Lächeln ist zum Sterben schön. Leider hat er es mir nur einen viel zu kurzen Moment geschenkt.

Beiläufig frage ich mich, ob er wohl eine Frau hat. Es wäre nämlich eine Schande, wenn es niemanden gäbe, der dieses Prachtpaket genießen dürfte.

Ich schüttle den Gedanken ab und schaue mich in der Bar um. Das Gebäude ist fast eine exakte Nachbildung der Bar in Tucson. Es gibt eine alte Theke, hinter der ein Mann steht. An den Wänden hängen Leuchtreklamen und Plakate. Rockmusik dröhnt aus den Boxen. Außerdem gibt es ein paar Billardtische, ein Sofa, sowie Kneipentische und Stühle, die sporadisch im Raum verteilt sind.

Warden führt mich zu einem der Tische. Ich lasse

mich auf einen Stuhl fallen, er nimmt mir gegenüber Platz. Abermals schenkt er mir sein warmes, bildschönes Lächeln.

„Wie geht es dir, Darling?“

Ich zucke mit den Schultern und suche den Blickkontakt mit ihm. Er streckt eine Hand aus und legt seine Finger um mein Handgelenk. Er drückt kurz zu, dann lässt er mich wieder los. Auch er sucht den Blickkontakt mit mir. Er versucht, in mich hineinzuschauen, mich zu lesen.

Das ist irgendwie beunruhigend.

Falls er probiert, mich zu durchschauen, kann ich nur sagen, dass ich nichts zu verbergen habe. Ich bezweifle, dass es viel zu sehen gibt. Ich bin, wer ich bin, und mehr gibt es dazu nicht zu sagen.

„Ich kenne Brick seit seiner Geburt. Sein Vater war hier einst der Präsident. Ich war sein Vize und bester Freund. Als er uns genommen wurde, war Brick noch nicht alt genug, um in seine Fußstapfen zu treten. Deshalb übernahm ich die Führung. Er könnte es nun tun, aber ich glaube, er hat Angst davor.“

„Was wird ihm vorgeworfen?“, frage ich ihn, als er eine Pause nach der Vorstellungsrunde einlegt. Ich schätze, mehr bekomme ich nicht zu hören. Er hat mir alles über Brick erzählt und wie sie zueinander stehen. Um ehrlich zu sein, ich muss wissen, was hier vor sich geht.

Warden lehnt sich in seinem Stuhl zurück und starrt mich an. Er neigt den Kopf zur Seite und seufzt. „Autodiebstahl.“

Ich blinzle.

Ich blinzle ein weiteres Mal. Dabei versuche ich, zu verarbeiten, was er soeben gesagt hat.

„Er hat ein Auto gestohlen?“

Warden zuckt mit einer Schulter. „So etwas in der Art, ja.“

Ich weiß nicht, was ich erwartet hatte, aber das sicherlich nicht. Bei all der Angst, die Cornelia mir einzuflößen versucht hat, scheint das hier eine Bagatelle zu sein. Ich meine, natürlich ist es illegal, aber es ist ja nicht so, als hätte er jemanden umgebracht.

„Also gut, und wie geht es nun weiter?“

Er beugt sich vor, legt seine Unterarme auf dem Tisch ab und verschränkt seine Finger ineinander. „Das liegt allein an ihm und daran, wie er weiter vorgehen will. Gibt er mir grünes Licht, gehörst du zur Familie, Liebes.“

„Ich verstehe nicht, was das zu bedeuten hat“, murmle ich.

Er lacht. „Mir ist klar, dass du es nicht verstehst. Aber das wirst du“, entgegnet er und steht auf. „Bist du startklar?“

Nickend erhebe ich mich ebenfalls und schultere meine Handtasche. Es überrascht mich, dass in diesem Clubhaus nicht annähernd so viele Leute zugegen sind, wie in Tucson. Bis auf den Mann hinter der Theke und uns, herrscht hier tote Hose. Ich frage mich, ob das ein Vorteil für mich ist.

Ich suche in meiner Handtasche nach meinem Schlüsselbund. Als ich ihn gefunden habe, nimmt Warden ihn mir, genau wie Brick vor ein paar Wochen, ab.

„Ich fahre dich“, verkündet er.

„Mit meinem Auto?“

Da er mir bereits ein paar Schritte voraus ist, blickt er mich über seine Schulter hinweg an. „Ich kann dich leider nicht auf meinem Bike mitnehmen, Liebes.“

Die Entscheidung scheint wohl gefallen zu sein. Er verlässt die Bar und marschiert auf meinen Wagen zu. Er öffnet die Fahrertür, lässt sich auf dem Sitz nieder, stellt ihn auf seine Größe ein und startet dann den Motor. Die ganze Sache kommt mir so surreal vor. Ich lasse es einfach geschehen, weil ich nicht weiß, was ich sagen oder tun soll, und weil ich ehrlich gesagt wenig Lust habe, allein zum Gefängnis zu fahren.

Ich bin noch nie von solchen Menschen – wie Warden oder Brick – umgeben gewesen.

Es stört mich nicht. Ich fühle mich trotzdem irgendwie sicher und beschützt. Und das trotz der vielen Warnungen, die Penelope und auch Cornelia ausgesprochen haben und trotz der vielen Dingen, die in meinem Privatleben schiefgelaufen sind. Das hier fühlt sich nicht falsch an.

Legacy

Man hat mich durchsucht. Wie auch immer. Ich sitze an einem der abgerockten Tische und warte. Ich bin verflucht nervös. Ich weiß nicht, ob sie mit mir Arschloch fertig ist oder nicht. Ob sie mir sagen wird, dass ich mich verpissen soll, oder ob sie bei mir bleibt.

Ich habe absolut keine Ahnung. Und so sehr ich auch glauben will, dass ich sie irgendwie dazu bringen kann, das zu tun, was ich möchte, so bin ich dennoch nicht überzeugt. Ich kann sie nicht damit ködern, was wir miteinander hatten. Vor allem nicht, da ich an diesem verdammten Ort festsitze.

Das mit uns ist noch viel zu neu. Wirklich

gottverdammt frisch und es gibt absolut nichts, was sie an mich bindet. Keine schlechten oder guten Zeiten, keine gemeinsamen Erinnerungen, keine Kinder, keine Ringe. Verdammt noch mal gar nichts. Alles, was mir bleibt, ist mein Wort. Meine Versprechungen. Meine Überzeugungskraft.

Das ist alles.

Und ich hoffe, dass das verdammt noch mal genug sein wird.

Kapitel 27

Henli

Das hier ist der surrealste Moment meines Lebens. Ich stehe in der Schlange an, um meinen Freund im Gefängnis zu besuchen. Wie kann das einem normalen Menschen passieren? Ich meine, ich weiß, dass es dutzende Erklärungen und Gründe dafür gibt, aber ich hätte mir nie erträumt, dass es ausgerechnet mich trifft.

Und doch bin ich hier.

Nachdem ich mich angemeldet habe, abgetastet, befragt und gründlich durchsucht worden bin, werde ich in einen kleinen Wartebereich geführt. Irgendwann werden wir Besucher aufgefordert, uns in einer Reihe aufzustellen und uns im Gänsemarsch in den Besuchsraum zu begeben. Wir sollen auf direktem Weg zu dem Gefangenen gehen, den wir besuchen möchten.

Ich bin noch nie zuvor in meinem Leben so nervös gewesen. Na ja, doch, vielleicht ein einziges Mal: In der fünften Klasse, als ich ein kleines Ballettsolo in dem Stück der Nussknacker hatte. Noch nie durfte ich ein Solo tanzen und ich war so nervös, dass mir die ganze Sache voll auf den Magen geschlagen hat.

Als ich durch die Tür hindurchschreite, frage ich mich, ob ich Brick wohl wiedererkennen werde. Doch sobald ich den Raum betrete, erblicke ich ihn. Wie konnte ich nur daran zweifeln, diesen Mann wiederzuerkennen. Das ist mir ein Rätsel.

So schnell mich meine Füße tragen, eile ich zu ihm. Ohne loszurennen. Allerdings ist das genau das, was ich tun möchte: Ihm in die Arme laufen.

Sobald ich mich dem Tisch genähert habe, an dem er sitzt, springt er auf.

„Sie meinten, ich dürfe dich umarmen", wispere ich.

Seine Lippen verziehen sich zu einem Grinsen und er senkt den Kopf. Wir umarmen uns, allerdings fällt die Liebkosung nicht ganz so innig aus, wie ich mir das erhofft hatte. Er nimmt meine Hand in seine und führt mich zu meinem Stuhl. Brick nimmt mir gegenüber wieder Platz. Unsere Finger bleiben ineinander verschränkt.

„Hey, Baby", murmelt er. „Du bist gekommen."

Er trägt ein orangefarbenes Shirt mit einem weißen Unterhemd darunter, das ich wegen des V-Ausschnitts seines Oberteils sehen kann und dazu eine passende, orangene Hose. Sein braunes Haar hat er zurückgekämmt. Nun blickt er mich durch seine braunen Augen an.

Ich gebe es nur äußerst ungern zu, aber er sieht wirklich gut aus. Sogar in Orange.

„Natürlich bin ich gekommen. Ich habe mir Sorgen um dich gemacht und war wirklich sehr aufgebracht."

Er nickt. „Weißt du, wieso ich einsitze?"

„Ja."

„Ich würde es verstehen, wenn du nun mit mir fertig bist. Leider kann ich momentan nicht viel tun, um dich zum Bleiben zu bewegen. Ich muss dich wohl zurückgewinnen, wenn ich hier rauskomme."

Jetzt bin ich diejenige, die grinst. Ich lache fast laut auf, aber nur beinahe, da das nicht angebracht ist. Ihm scheint die Sache ziemlich ernst zu sein. Er befürchtet, dass ich ihn verlasse. Vielleicht ist sein Denkansatz nicht ganz falsch.

Immerhin habe ich mehr als einmal über diese Option nachgedacht. Wenn ich ehrlich bin, glaube ich nicht, dass meine finale Entscheidung bereits feststeht.

„Ich gehe nirgends hin“, sage ich. „Ich bin echt froh, dass du mich sehen willst.“

„Sind bei dir weitere Besucher aufgekreuzt?“, will er wissen.

Während ich den Kopf schüttle, denke ich darüber nach, ob ich ihm erzählen soll, dass ich mal wieder meinen Job verloren habe. Letztlich entscheide ich mich dagegen.

Das heißt, bis er selbst danach fragt. „Was macht die Arbeit?“

Ich presse die Lippen aufeinander und schüttle abermals den Kopf. „Ich wurde gefeuert. In der Probezeit. Man hat mir keinen Grund für die Entlassung genannt.“

„Was zum Teufel“, zischt er.

Mich räuspernd rutsche ich auf meinem Stuhl umher und stoße einen Seufzer aus. „Aber ich habe bereits eine neue Anstellung. In einem Ressort.“

Er zieht die Augenbrauen zusammen und starrt mich an.

Ich weiß nicht, ob er sauer wegen dem ist, was ich gesagt habe, oder ob er bloß konzentriert blickt. Wie dem auch sei, fahre ich einfach fort. „Ich werde dort als Zimmermädchen arbeiten und mir parallel noch einen Zweitjob suchen. Das Gehalt reicht nämlich nicht aus, um die Miete und die monatlichen Rechnungen zu begleichen. Ich brauche also zwingend einen weiteren Job.“

„Moment mal“, bricht es aus ihm heraus.

Er achtet darauf, nicht zu laut zu sprechen. Vermutlich, weil er sonst Ärger bekommt, wenn er mir eine Szene macht. Allerdings glaube ich, dass er jeden

Moment explodieren wird. Seine Wangen sind bereits gerötet und er hält eine Hand in die Höhe, um mich am Weitersprechen zu hindern. Schließlich scheint er sich ein wenig zu beruhigen.

„Versuchst du mir gerade zu sagen, dass du als *Dienstmädchen* in einem Hotel arbeiten wirst?"

„Es ist ein Ressort", korrigiere ich ihn.

„Und du musst dir einen Zweitjob suchen, weil du andernfalls nicht die Kohle für die Miete und deine Rechnungen aufbringen kannst?"

Ich nicke und antworte ihm nicht verbal. Mit der Zunge befeuchte ich meine Unterlippe, atme aus und blicke auf die verschrammte Tischplatte herab. In letzter Zeit habe ich ziemlich häufig auf zerkratzte Tischplatten gestarrt.

„Das fasst es ganz gut zusammen."

Als er meine Hand drückt, sehe ich wieder zu ihm auf. „Du gehörst zu mir, Henli. Ich kümmere mich darum, dass für dich gesorgt wird."

„Ich dachte, du wolltest unsere beiden Welten nicht mischen", flüstere ich.

„Scheiß auf das, was ich gesagt habe", knurrt er. „Scheiß auf alles."

Kaum, dass er die Worte ausgesprochen hat, wird verkündet, dass die Besuchszeit vorüber ist.

„Was willst du mir damit sagen?"

Er steht auf. Ich tue es ihm gleich und erhebe mich ebenfalls. Schon ganz gespannt darauf, was er als nächstes sagen wird, reiße ich die Augen auf und spitze meine Lippen.

Er nimmt meine Hand in seine und drückt leicht zu. „Lass mich in Ruhe über alles nachdenken. In den kommenden zwei Jahren wirst du schon verstehen, was das zu bedeuten hat. Ende der Durchsage."

Bevor ich etwas darauf erwidern kann, werden wir erneut daran erinnert, dass die Besuchszeit zu Ende ist. Ich bin gezwungen, zu gehen. Ich bin zwar glücklich darüber, ihn heute gesehen zu haben, aber ich habe noch viele offene Fragen. Ich hoffe, dass Warden mir zumindest ein paar davon beantworten wird.

Legacy

Ich starre die Decke in meiner Zelle an und treffe meine Entscheidung. Anschließend mache ich mich auf den Weg in den Speisesaal. Das Abendessen geht an mir vorüber und ich frage mich, ob ich wohl einen Anruf tätigen darf. Wenn man im verdammten Knast einsitzt, muss man sogar darum betteln, scheißen zu dürfen.

Nachdem ich grünes Licht bekommen habe, eile ich zu den Telefonen und rufe Warden an. Mir ist klar, dass ich nicht allzu viel zu ihm sagen kann, denn hier wird jeder Schritt überwacht.

Bereits nach dem zweiten Klingeln nimmt er den Anruf entgegen. „Alles klar?“

„Ja, zumindest für heute“, antworte ich.

„Was immer du brauchst, du weißt, du wirst es bekommen.“

Erst räuspere ich mich, dann atme ich tief ein und wieder aus. „Ich erhebe Anspruch auf sie. Während ich hier drin bin, bekommt sie meinen Anteil an der Kohle.“

„Das ist eine Menge Geld für jemanden, den du erst seit ein paar Wochen kennst, Bruder.“

Er hat recht. In den kommenden vierundzwanzig

Monaten könnte ich mir einen Haufen Schotter ansparen, mit dem ich mir ein Haus kaufen könnte, sobald ich wieder auf freiem Fuß bin.

„Stimmt", gebe ich zurück, nachdem ich kurz nachgedacht habe. „Gib ihr fünfzig Prozent. Leg den Rest für mich beiseite. Für die Zukunft."

Warden lacht auf, kommentiert meinen Sinneswandel jedoch nicht. „Bist du sicher, dass du dazu bereit bist?"

„Bereit für sie?", hake ich nach.

„Für all das?"

Ich muss nicht zweimal über seine Fragen nachdenken. Ich bin bereit. Sowas von und völlig bereit. Auch wenn ich eigentlich nie wollte, dass es so kommt. Allerdings macht mich das nicht weniger bereit.

Sie gehört verflucht noch mal zu mir.

„Ich mache mir keine Sorgen um mich, sondern allein um sie. Ist sie dazu bereit?", will ich von ihm wissen.

Warden lacht erneut auf. Ich höre einen Piepton, der mir signalisiert, dass meine Zeit gleich abgelaufen ist.

„Sie ist bereit, Bruder, und wenn sie es nicht sein sollte, bekommen wir das schon hin."

Der Anruf bricht ab. Ich hänge den Hörer ein. Als ich mich vom Telefon abwende, sehe ich einen Gefangengen, der Mitglied einer Gang ist, an einem Tisch gegenüber der Bibliothek sitzen.

Sein Kopf ist kahlrasiert und er hat Tätowierungen im Gesicht, am Hals, auf den Händen und auf den Armen. Eigentlich sieht er gar nicht viel anders aus als ich, wobei mein Gesicht von Tinte verschont geblieben ist. Ansonsten scheinen wir aus ähnlichem Holz geschnitzt zu sein.

Er nickt mir mit dem Kinn zu und deutet auf den freien Stuhl ihm gegenüber. Anstatt seine Geste einfach zu ignorieren, mache ich mich auf den Weg zu ihm. Ich lege meine Finger auf die Lehne des Sitzmöbels, ziehe es aber noch nicht zurück.

„Was gibt's?", will ich wissen.

Er deutet abermals auf den Stuhl, bleibt aber weiterhin stumm.

Gedanklich verdrehe ich die Augen, während ich den Sitz zurückziehe und platznehme. Ich lehne mich zurück und beobachte ihn. Dabei warte ich darauf, dass er endlich zu sprechen beginnt.

„Hab gehört, du hast ein kleines Problem mit den ACJs?"

Es überrascht mich, dass er davon erfahren hat. Normalerweise kreuzen sich unsere Wege hier drinnen nicht. Die Tatsache, dass er weiß, wer die ACJs sind, lässt mich innehalten. Anstatt ihn zu fragen, wie viel ihm bekannt oder was genau ihm zu Ohren gekommen ist, verschränke ich die Arme vor der Brust und starre ihn an.

Er starrt zurück, unsere Blicke treffen sich für einen stillen Moment. Dann beugt er sich vor und legt seine Handflächen auf die Tischplatte.

„Dieser Fotze Quinn sollte dringend jemand eine Lektion erteilen", zischt er.

„Ach ja? Ich persönlich stehe überhaupt nicht auf Rachefeldzüge. Außerdem kenne ich noch nicht einmal deinen verdammten Namen."

Erst werden seine Augen ganz groß, dann lacht er drauf los. „Raul", erwidert er. „Rachefeldzug? Nein, ich will mehr als das. Ich will diese Schlampe brennen sehen. Ich will, dass jeder Mann in diesem verdammten MC mit ihr zusammen untergeht."

„Möchte ich wissen, was zwischen euch vorgefallen ist?“, frage ich rhetorisch.

Er lacht auf. Ich höre aus diesem Lachen heraus, dass er nichts an der Sache lustig findet. Er hebt die Hand, legt sie unter sein Kinn und stützt die Ellenbogen auf dem Tisch ab. Dann nickt er.

„Sie hatte mein Kind in ihrer Gewalt. Diese Schlampe hat ihn umgebracht. Das ist der Grund, wieso ich hier bin.“

Meine Augen weiten sich. Ich kann den Schock, den seine Worte in mir auslösen, nicht verbergen.

Er räuspert sich. „Ich habe den Typen vermöbelt, mit dem sie eine Affäre hatte. Sie ließ mein Baby in einer verdammten Badewanne ertrinken, weil sie nur darauf konzentriert war, mit ihm high zu werden. Ich will, dass sie, dass er und der ganze verdammte Club, der sie beschützt, untergehen.“

„Und ich soll derjenige sein, der dafür sorgen wird?“

Er zuckt mit den Schultern. „Gemeinsame Feinde da draußen sorgen für Schutz hier drinnen, oder etwa nicht?“

Ich denke kurz über seine Worte nach. Er hat nicht ganz unrecht. Es ist nicht so, dass ich völlig schutzlos bin, dennoch bin ich der einzige Devil, der hier einsitzt. Wir sind kein kleiner Club, aber die zwei Typen, die sie aus unserem Chapter eingebuchtet haben, sitzen im Bundesgefängnis für deutlich gravierendere Straftaten ein als meine.

„Was schwebt dir vor?“, will ich von ihm wissen.

„So Einiges. Ich will, dass sie alle untergehen. Wäre dein MC dazu bereit, mit meiner Crew zusammenzuarbeiten?“

Auch darüber muss ich kurz nachdenken. Ich habe keine Ahnung, worauf Warden sich einlassen würde.

Aber wenn es darum geht, den ACJ auszuschalten, glaube ich, dass er mehr als nur bereit dazu ist, einen Partner an seiner Seite zu akzeptieren, der ihm bei dieser Herausforderung unter die Arme greift.

„Ich bespreche das mit meinem Präsidenten“, teile ich ihm mit.

Er lächelt mir zu und mich beschleicht das Gefühl, dass dieses Bündnis eine verdammt schlechte Idee sein könnte. Vielleicht bringt es aber auch Gutes mit sich. Das wird wohl nur die Zeit zeigen. Allerdings hat er in einem Punkt recht: Ich brauche Schutz. Es gibt hier drinnen ein paar Gruppierungen, mit denen ich mich besser nicht einlassen sollte, und seine gehört nicht dazu. Dementsprechend könnte es für beide Seiten von Vorteil sein, wenn wir zusammenarbeiten.

Kapitel 28

Henli

„Die Grundregeln?", erkundige ich mich.

Warden nickt.

Auf seinen Wunsch hin, bleibe ich noch ein paar Tage im Clubhaus, um einen Einblick in Bricks Welt zu bekommen. Was für eine Welt das auch immer sein mag.

Ich dachte, hier würden spärlich bekleidete Damen, wie in Tucson, herumlaufen. Allerdings habe ich mich geirrt. Wie dem auch sei, ich habe das Gefühl, dass jeder mich mit Samthandschuhen anfasst und sich verstellt.

Die Männer verhalten sich mir gegenüber respektvoll, bleiben aber auf Abstand. Ich habe mit keinem von ihnen wirklich interagiert, allerdings beobachten sie mich aufmerksam.

„Er hat mich angerufen", murmelt Warden. „Er hat dich für sich beansprucht."

„Ich habe keinen blassen Schimmer, was das bedeutet", gebe ich zu. Es ist wahr, ich weiß es nicht.

Brick hat mir mehr als einmal gesagt, dass ich seine Frau bin und dass er mein Mann ist. Ich wusste nicht, dass ich eine Nachhilfestunde in Sachen Brick gebrauchen würde, aber so wie Warden mich gerade ansieht und so wie die Leute in den letzten Tagen um mich herumgetänzelt sind, glaube ich, dass ich tatsächlich ein wenig Aufklärung gebrauchen könnte.

„Das bedeutet, dass ihr so gut wie verheiratet seid. Alle Männer in diesem Club, in jedem Chapter der Devil's Hellions wissen und respektieren das."

Meine Augen werden ganz groß. Ich öffne den

Mund, um etwas zu erwidern, doch mir bleiben die Worte im Halse stecken.

Deshalb spricht Warden einfach weiter. „Das heißt, dass er ein Teil der Kohle, die ihm zusteht, dir zukommen lassen wird …“

„Moment mal“, unterbreche ich ihn. „Was meinst du damit, dass er ein Teil des Geldes mir zukommen lassen wird?“

Er reibt seinen Nacken, dann sucht er den Blickkontakt mit mir. Seine Mundwinkel zucken.

„Es bedeutet genau das, was ich gesagt habe. Da du nun seine Frau bist, wird er dir fünfzig Prozent seiner monatlichen Einkünfte zukommen lassen. Damit solltest du in den nächsten zwei Jahren finanziell abgesichert sein.“

„Das ist doch total verrückt“, bricht es aus mir heraus.

Lachend schüttelt er ein paar Mal den Kopf, ehe er mir wieder in die Augen blickt. „Darling, er hat dir doch auch das neue Mietshaus besorgt. Er will nur sicherstellen, dass es dir gut geht. Dafür tut er eine Menge. Den Rest seiner Einnahmen verwahre ich für ihn auf, bis er wieder rauskommt.“

Anstatt mich weiter mit Warden über diese Sache zu streiten, beschließe ich, Brick darauf anzusprechen, wenn ich ihn das nächste Mal für zwanzig Minuten besuchen kann. Zwanzig Minuten sind einfach nicht genug. Ich wünschte, ich hätte mehr Zeit mit ihm, aber im Moment bleibt mir wohl nichts anderes übrig, als mich damit abzufinden.

Warden beobachtet mich. Wahrscheinlich, um einzuschätzen, ob ich das soeben Besprochene akzeptiere.

„Einverstanden“, wispere ich.

Er kräuselt die Stirn. „Das heißt für dich, dass du von nun an unter unserem Schutz stehst. Das Problemchen, das du mit einem von diesen Hell's Soul-Wichsern hattest, ist nun keins mehr, um das du dich sorgen musst. Wir regeln das für dich, Babe."

„Bringt mich das nicht nur noch mehr in Gefahr? Mit dem Club in Verbindung gebracht zu werden?", hake ich nach.

Warden steht auf. Er stützt seine Hände auf die Tischmitte und beugt sich zu mir herunter. „Du gehörst doch schon lange dazu, Liebes. Du bist bereits Teil von uns. Legacy dachte, es sei das Beste, dich von unserer Welt fernzuhalten, aber das ist nun keine Option mehr. Er sitzt im Knast und die Gefahr lauert dir im Nacken."

Seine Worte kommen einem Schlag in die Magengrube gleich. Brick wollte das hier überhaupt nicht, es wurde ihm aufgezwungen. Ich hasse das. Ich möchte, dass er von sich aus will, dass ich Teil seines Lebens bin.

Wegen des Wissens, dass die Art unserer Verbindung nicht seine freie Entscheidung war, verliert alles seinen Glanz.

Ich schenke Warden ein schmallippiges Lächeln, stehe auf und beschließe, dass es an der Zeit ist, nach Hause zu fahren. Ich muss über einige Dinge nachdenken. Ich bin nicht schwanger. Ich liebe ihn nicht. Ich bin nicht an ihn gebunden … na ja, irgendwie schon. Ich bin in ihn verliebt und somit auch an ihn gebunden.

Irgendetwas in meinem Inneren fühlt sich mit ihm verbunden und ich weiß nicht, ob ich das so einfach ignorieren kann. So etwas, wie bei ihm, habe ich noch nie zuvor verspürt, und ich glaube, dass ich noch nicht dazu bereit bin, mich davon loszusagen. Allerdings wecken diese Geld- und Schutzsache große Zweifel.

Ich halte einen langen Moment inne.

Dann verabschiede ich mich von Warden, sammle meine Sachen zusammen und verlasse das Clubhaus. Ich muss mir über eine ganze Menge Dinge Gedanken machen. Verdammt viele Dinge. Die gesamte Heimfahrt über bin ich wie betäubt. Erst als ich in meine Einfahrt einbiege, erwache ich aus der Trance, da ich beim Anblick, der sich mir bietet, erstarre.

Legacy

„Was?“, zische ich.

„Sie ist weg“, erwidert er.

Weg.

Was soll der Scheiß?

Mal im Ernst, was zum Teufel? Leider kann ich hier drinnen nicht einfach drauf los brüllen.

„Die ACJs?“, will ich wissen.

„Keine Ahnung“, entgegnet Warden. „Alles, was ich weiß, ist, dass wir sie nicht erreichen können. Wir haben Chains zu ihr geschickt, weil wir sicherstellen wollten, dass sie gut zu Hause angekommen ist. Ihr Auto steht in der Auffahrt, aber von ihr fehlt jede Spur.“

„Findet sie.“

„Das werden wir, Bruder.“

„Findet sie“, wiederhole ich. „Der ACJ muss sofort vernichtet werden.“

Es herrscht ein Moment lang Stille zwischen uns, dann räuspert Warden sich. „Ich werde dir so bald wie möglich von beiden Fronten ein Update zukommen lassen.“

Nachdem ich aufgelegt habe, nickt mir Raul, der in Höhe der Bibliothek steht, zu. Ich mache mich auf den Weg zu ihm.

„Wir sind dran, Bruder. Ich gebe dir Bescheid, wenn es erledigt ist.“

Er antwortet mir nicht verbal, sondern nickt mir einfach nur zu. Ich wende mich von ihm ab, um meinen Verpflichtungen nachzugehen.

Zwanzig Monate. Das ist alles, was ich rein technisch gesehen absitzen muss. Dann bin ich hier raus. Nun, jetzt sind es sogar nur noch neunzehn Monate.

Mein verdammter Countdown läuft.

Es herrscht Stille. Absolute Ruhe in der Dunkelheit der Nacht. Normalerweise ist es hier drinnen nie still, normalerweise hört man immer von irgendwoher Lärm. Ich versuche, nicht über die fehlende Geräuschkulisse nachzudenken, obwohl mir die Ruhe der heutigen Nacht fast zu viel ist.

Einer der Wärter schleicht sich geräuschlos an meine Zelle heran und überrascht sehe ich, wie er mir etwas zwischen den Gitterstäben zuschiebt. Ich stehe auf, gehe zu den Gittern und nehme ein kleines schwarzes Gerät an mich.

„Mit freundlichen Grüßen von Raul“, zischt er.

Es ist ein Handy.

Ich lasse mich auf den Rand der viel zu harten Matratze meines Bettes sinken und tippe die Telefonnummer meiner Frau ins Display ein. Es klingelt durch, aber sie geht nicht ran.

Anschließend wähle ich Wardens Nummer. Er nimmt schon nach dem zweiten Klingeln ab. Es ist ein paar Tage her, seit wir zuletzt über Henli sprechen konnten.

„Was gibt es Neues?", falle ich direkt mit der Tür ins Haus.

Er fragt mich gar nicht erst, wie ich im Knast an ein verdammtes Handy gekommen bin. Das ist nicht nötig. Stattdessen beantwortet er meine Frage. „Ich weiß mittlerweile, dass die Hell's Souls nichts mit ihrem Verschwinden zu tun haben. Es waren die ACJs. Und ich garantiere dir, dass wir uns um sie gekümmert haben, bis wir uns wiedersehen."

„Gut."

Ich beende das Telefonat, schalte das Handy aus und schiebe es unter die Matratze. Ich lehne mich zurück, schließe die Augen und stoße einen Seufzer aus. Ich fühle mich zwar ein wenig beruhigter, aber noch lange nicht gut genug, um schlafen zu können.

Ich muss meine Frau sicher in dem Haus, das ich ihr besorgt habe, wissen. Diese Bastarde sollen sterben. Ich muss verdammt noch mal hier raus.

Und das ist im Moment nicht bloß ein Wunsch. Es ist, ohne Zweifel, zu einhundert Prozent ein Muss.

Henli

Die Männer, die vor meinem Haus stehen und auf mich warten, als ich von Casa Grande zurückkehre, sind zweifelsfrei nicht der gruseligste Teil der ganzen Tortur. Fünf Motorräder parken auf meiner Auffahrt, sieben Kerle bauen sich vor mir auf. Und als ich zur Seite blicke, entdecke ich einen Lieferwagen.

Dieser Van macht mir weitaus mehr Angst als diese Männer.

Die Kerle haben sich nicht angekündigt. Sie haben gar nicht erst versucht, mir eine Warnung zukommen zu lassen. Sie sind hier, um mich einzuschüchtern. Sie sind gekommen, um mich als Pfand zu nehmen.

Ich kenne keinen der Männer. Derjenige, der mir schon vor ein paar Wochen aufgelauert hat, ist nicht mit dabei.

Der Mann, der scheinbar das Sagen hat, kommt auf mich zu. Ich bin wirklich bemüht, einen tapferen Gesichtsausdruck aufzusetzen und mir selbst gedanklich einzureden, dass dieser Kerl mir nicht wehtun wird, da der Typ, der vor ein paar Wochen hier war, es auch nicht getan hat. Als er mir näherkommt, fällt mir auf, dass der Name auf seiner Kutte mir absolut nichts sagt. Es muss sich um eine mir völlig unbekannte Gruppierung handeln.

„Hey", ruft einer der Männer.

Mein Blick ist auf seine Weste gerichtet. Seitlich ist der Name *Asphalt Circle Jerk* eingestickt. Der Name befindet sich auf derselben Seite, auf der auch Bricks Devil's Hellions Patch angebracht ist.

Was für ein dämlicher Name für einen Club. Mir erschließt sich der Sinn nicht und ehrlich gesagt, will ich seine Bedeutung auch gar nicht erst wissen. Ich benötige keine weiteren Details.

Ich will nur, dass sie von hier verschwinden.

Ich bin vielleicht noch neu in diesem Metier, aber ich habe das Gefühl, dass diese Gruppe – dass diese Männer – genau zur der Art Menschen gehören, vor denen Brick mich seinen Behauptungen nach schützen wollte.

Das hilft mir gerade allerdings wenig weiter.

„Ihr seid hier, weil?", frage ich ihn.

Er legt den Kopf leicht schief, sucht Blickkontakt

mit mir und verzieht seine Lippen zu einem Grinsen. „Ein kleines Vögelchen hat mir gezwitschert, dass du mit den Devil's Hellions verkehrst. Das ist eine ziemlich üble Truppe, Püppchen."

Ich lache beinahe drauf los, schaffe es aber irgendwie mich zusammenzureißen. Von all den Männern, die ich aus Bricks Club kennengelernt habe, hat mir keiner ein derart schlechtes Gefühl gegeben, wie diese Begegnung es nun in mir heraufbeschwört.

Irgendetwas in mir lässt sämtliche Alarmglocken schrillen und zwingt mich dazu, meinen Mund zu halten. Vielleicht sollte ich nicht so distanziert oder unhöflich sein. Vor allem nicht, wenn es um diese Männer geht.

„Ich stehe nun unter ihrem Schutz", wispere ich.

Er beugt sich zu mir vor. Die nächsten Worte, die er an mich richtet, spricht er so leise aus, dass nur ich und sonst niemand sie hören kann. „Ach, ist das so? Wir sind alle hier und ich sehe niemanden, der dich beschützen wird."

Räuspernd straffe ich meine Schultern. „Legacy hat mich für sich beansprucht", verkünde ich und wähle bewusst den Namen, mit dem ihn alle anderen ansprechen.

Lachend zieht der Kerl eine Augenbraue in die Höhe. „Hat er das endlich über sich gebracht? Sehr interessant."

Ich gehe nicht darauf ein. Mein Blick gleitet von dem Mann vor mir zu seinen Jungs, die hinter ihm stehen. „Warum seid ihr hier?"

„Um dich zu beschützen. Und jetzt steig in den Van, damit wir von hier verschwinden können."

Ich ziehe die Augenbrauen zusammen. Wegen dem, was hier passiert, bin ich vollkommen durch den

Wind. In ein paar Tagen werde ich meinen Job antreten. Ich kann nicht mit ihnen gehen. Außerdem gebe ich dem Lieferwagen ein klares Nein. Ich lasse mich nicht von meinem Zuhause wegbringen und ich werde schon gar nicht freiwillig mit ihnen gehen.

„Das glaube ich nicht", halte ich dagegen und bekomme prompt eine Gänsehaut am ganzen Körper.

Ohne den Blick von mir zu nehmen, neigt er den Kopf zur Seite. „Dir bleibt keine andere Wahl, Süße."

Bevor ich dem widersprechen kann, kommen sie auch schon auf mich zugestürmt.

Verzweifelt schaue ich mich um und versuche, um Hilfe zu schreien, aber einer der Männer presst mir seine Hand auf den Mund. Meine Füße schleifen über den Boden, während man mich fortzerrt.

Niemand ist in der Nähe. Die Nachbarschaft scheint völlig verwaist zu sein. Eigentlich liebe ich die Ruhe in dieser Gegend sehr, doch nun wünschte ich mir es wäre anders. Obwohl meine alte Nachbarschaft etwas unübersichtlich war, war immer etwas los. Und auch wenn man sich ausschließlich um seine eigenen Angelegenheiten gekümmert hat, hatte man immer Leute um sich, die etwas gesehen haben.

Immer.

Jetzt, wo man mich in einen Lieferwagen verfrachtet, beschleicht mich das dumpfe Gefühl, dass niemand etwas davon mitbekommen wird.

Kein Mensch wird wissen, wer mich entführt hat.

Ich bin erledigt.

Als ich irgendwann in einen fensterlosen Kellerraum in einem heruntergekommenen Gebäude gebracht werde, bin ich mit den Nerven völlig am Ende.

Kapitel 29

„Habt ihr sie gefunden?", verlange ich zu wissen.

Schweigen.

Es ist Tage her, seit ich das letzte Mal mit Warden gesprochen habe. Alles, was ich will, ist ein Update. Ein positives Update.

Doch bisher herrschte Funkstille.

Während ich hier festsitze, kann ich absolut nichts ausrichten. Ich fühle mich wie ein wildes Tier, das man in einen Käfig gesperrt hat. Ich muss einen Weg hier heraus finden.

Meine Frau ist spurlos verschwunden.

„Wir arbeiten dran", murmelt Warden. „Wir haben einen ganzen Fuhrpark an verdammten Autos da draußen. Wir stecken bis zum Hals in Arbeit und nun haben wir auch noch diesen Scheiß an der Backe. Chains hilft in Tucsons aus, aber verdammt, wir sind total überlastet."

Wut pulsiert durch meine Adern, doch mir gelingt es, sie zu unterdrücken. Ich denke an Raul und das Versprechen, das ich ihm gegeben habe. Ohne ihn und seine Jungs, hätte ich heute nicht den Schutz, den ich an einem Ort wie diesem brauche. Es geht also um weitaus mehr als nur um Henli. Diese Sache ist verdammt wichtig.

„Du hast achtundvierzig Stunden Zeit, Bruder."

„Oder was? Willst du mir drohen?", fragt er.

Ich räuspere mich und grinse das geschmuggelte Telefon an. „Ich habe ein verdammtes Versprechen abgegeben. Kümmere dich darum, oder ich muss mir etwas anderes überlegen.“

Ich beende das Gespräch, denn meine nicht vorhandene Geduld neigt sich dem Ende zu. Ich verstecke das Handy wieder, lege mich ins Bett und starre die Decke an. Achtundvierzig Stunden. Der gottverdammte Countdown läuft.

Keine Ahnung, wieso Warden nicht glaubt, dass Zeit hier ein entscheidender Faktor ist. Sicher, das Zerlegen und Transportieren von Autos ist wichtig, aber meine Frau, mein Eigentum, hat verdammt noch mal Priorität.

Wenn er schon nicht wegen dem ACJ oder meiner Frau seinen Kopf aus seinem Arsch zieht, was muss dann noch erst passieren? Er wird sich selbst zum Ex-Präsidenten der Devil's Hellions machen und sich in einen dauerhaften Urlaub begeben.

Ich wollte nie Präsident des Clubs sein, aber mein Vater war es und er würde sich zweifellos im Grabe umdrehen.

Henli

Jeden Morgen wird die Tür geöffnet, damit ich etwas zu essen bekomme. Zum Glück gibt es in meinem Gefängnis einen kleinen Toilettenraum. Wenigstens kann ich meine Notdurft verrichten, ohne dass ich wie ein Hund in die Ecke des Zimmers machen muss. Kein einziges Mal durfte ich diesen Raum bisher verlassen.

Woran es hier fehlt, ist eine Dusche, und das ist ziemlich eklig. Obwohl ich erst ein paar Tage hier bin, habe ich das Gefühl, dass es nur noch schlimmer wird, wenn ich noch länger so leben muss - verdreckt und in denselben Klamotten.

Und dann wäre da noch die Tatsache, dass mir langweilig ist. Und zwar nicht gerade wenig. Ich bin wirklich gelangweilt. Alles, was ich tue, ist, auf dem unbequemen Fußboden herumzuliegen und mich hin und her zu wälzen, da meine Glieder auf dem harten Boden ganz steif werden. Und natürlich starre ich abwechselnd die Wände und die Decke an.

Ich habe keine Ahnung, wie lange ich mich schon hier unten befinde, als irgendwann die Tür auffliegt. Sie wird deutlich weiter geöffnet als zur Essensausgabe. Zum ersten Mal, seit ich hier bin, steht sie gänzlich offen.

Ich kenne die beiden Personen, die ich vor mir stehen sehe.

Der eine ist der Mann, von vor ein paar Tagen, der offensichtlich das Sagen hatte. Die andere ist meine Schwester.

Penelope.

„Ich habe dir doch gesagt, dass es ihr gut geht", sagt der Kerl zu meiner Schwester.

Ich verliere kein Wort. Ich möchte Penelope fragen, was hier vor sich geht, aber gleichzeitig will ich sie genauso sehr mit Schweigen strafen. Eigentlich sollte es mich nicht überraschen, sie zu sehen, aber das tut es.

„Du gehörst also dieser Gruppe an? Deshalb hast du mich gewarnt?", frage ich sie entgegen meinem Wunsch sie anzuschweigen.

Sie starrt mich einen Moment lang an, dann räuspert sie sich und macht ein paar Schritte in den Raum hinein. Der Mann bleibt, wo er ist. Sein Blick ist jedoch auf mich gerichtet, und zwar nur auf mich.

„Was geht hier vor sich?", verlange ich zu wissen.

Penelope neigt den Kopf zur Seite, rümpft die Nase und grinst mich an. „Die Sache scheint dir über den Kopf gewachsen zu sein. Sieh dich doch nur an, Henli. Du bist sowas von am Arsch."

„Doch nur, weil du deine neuste Eroberung zu mir geschickt hast, um mich fertig zu machen, oder? Bist du eifersüchtig, Penelope? Du bist keine ihrer Frauen, sondern nur ein Mädchen, das in ihren Bars herumläuft und zu niemandem gehört."

Ich weiß nicht, wie man solche Frauen im Fachjargon bezeichnet und ich verstehe nicht viel von dem, wie die Dinge in dieser Welt ablaufen, aber ich erkenne eine Hure, wenn ich sie vor mir sehe. Und da ich mit Penelopes Naturell bestens vertraut bin, fällt es mir schwer zu glauben, dass sie mit nur einem Mann zur gleichen Zeit zusammen ist.

„Wie hat es mein überkorrektes Schwesterlein nur angestellt, zur Old Lady in einem der größten Clubs des Landes zu werden?", verlangt sie zu wissen.

Sie rümpft erneut die Nase, als würde sie etwas sehr Widerwärtiges riechen. Sie steht jedoch nicht nah genug bei mir, um meinen Körpergeruch erschnuppern zu können. Also kann es nicht an mir liegen.

„Also doch, du bist eifersüchtig. Aber das kann ja wohl nicht der wahre Grund sein, warum ich entführt wurde, oder?"

Ich richte meine Aufmerksamkeit auf den Mann, der noch immer hinter ihr steht. Er schüttelt den Kopf, während er ein paar Schritte in meine Richtung macht.

„Baby, du hast verdammt noch mal recht. Ich habe dieselben Gründe wie Penny. Sie hat mir Zugang zu dir verschafft."

Penny, der Spitzname meiner Schwester, diesem

Miststück.

„Wie willst du das alles Mom und Dad erklären, hm? “

Penelope lacht auf. „Henli, du hast dich auf die großen Jungs eingelassen, und wurdest derbe gefickt. Genauso, wie ich dir das vorhergesagt habe. Und wenn alles erledigt ist, werde ich deinen Mann vögeln und du wirst nichts weiter als eine Erinnerung für ihn sein.“

„Durch unsere Adern fließt dasselbe Blut. Wie kannst du nur so etwas sagen?“

Sie zuckt mit einer Schulter und tritt einen Schritt zurück. „Wie ich nur kann? Weil du nie mehr als ein Stück Scheiße für mich warst, Henli. Du hast immer geglaubt, du wärst etwas Besseres, aber das warst du nie.“

Ohne dem noch etwas hinzuzufügen, dreht sie sich um und schreitet aus dem Raum.

Ich hoffe, dass ich sie nie wieder sehen werde.

Der Mann schnaubt. „Fuck, ihr Schlampen seid echt unbarmherzig. Erst Quinn und jetzt Penny.“

„Quinn?“, hake ich nach.

Er schenkt mir ein zögerliches Lächeln, dann beugt er sich etwas vor. „Quinn. Die Frau, die Legacy eigentlich für sich beanspruchen wollte. Er war einverstanden, sie zu seiner Old Lady zu machen, doch dann wurde er hopsgenommen. Das hat die Pläne ein bisschen durcheinandergewürfelt. Da der ACJ für seine Verhaftung verantwortlich war, haben wir nun alle Trümpfe in der Hand.“

„Wie bitte?“ Ich konnte mich bloß auf den ersten Teil seiner Ausführung konzentrieren.

„Er hat dich ganz bewusst vom Club ferngehalten, damit er alle Aspekte seines Lebens in vollen Zügen genießen kann. Du wärst bloß seine Citizen Wife geworden. Eine Frau, die nicht den Schutz des Clubs genießt, weil sie keinen blassen Schimmer davon hat, wie das Clubleben vonstattengeht. Du hättest zwar seinen Nachnamen getragen, vielleicht seine Kinder bekommen, aber du hättest in völliger Ahnungslosigkeit bezüglich unserer Welt gelebt. Zudem hätte er eine Frau im Club gehabt, seine Old Lady."

Deshalb hat er sich so dagegen gesträubt, dass ich Teil seiner Welt werde – nicht, weil er mich nicht in Gefahr bringen wollte oder aus irgendeinem anderen Grund, den er mir aufgetischt hat. Nein, aus purem Egoismus. Was für ein Arschloch.

„Ich will nach Hause und zwar sofort", brülle ich.

Er öffnet den Mund, wahrscheinlich, um mir zu sagen, dass ich mir das abschminken kann, doch plötzlich ertönt ein lauter Knall irgendwo im Gebäude. Er kehrt mir den Rücken zu, zieht eine Waffe aus dem Hosenbund und rennt davon. Ich denke darüber nach, ob ich bleiben soll, wo ich bin, oder nicht.

Lautstarkes Krachen und Knallen erfüllt das Gebäude. Ich muss hier raus. Meine Beine fühlen sich wie Wackelpudding an, als ich aufstehe.

Ich war seit Tagen hier eingesperrt und bin müde und schwach – steif vom Liegen auf dem harten Fußboden. Allerdings zwinge ich mich dazu, mich von hier wegzubewegen. Das ist wahrscheinlich meine einzige Chance, von hier zu fliehen.

Als ich die Treppenstufen erklommen habe, stelle ich fest, dass sich der ganze Tumult im Barbereich abspielt. Es ist extrem laut, es wird geschossen und geschrien und die Knallgeräusche hallen von den Wänden wider. Rauchschwaden hängen schwer in der Luft. Ich nehme an, dass das von den Schüssen kommt.

Ich stehe mitten in der Bar, schaue mich in dem ganzen Chaos um und suche nach dem Ausgang. Er ist am anderen Ende der Bar, allerdings müsste ich, um dorthin zu gelangen, den kompletten Raum durchqueren.

Es gibt einen weiteren Fluchtweg. Dafür müsste ich der Wand folge und dann in einen schmalen Gang einbiegen.

Ich entscheide mich für letztere Variante.

Ich atme tief ein, presse meinen Rücken gegen die Wand und setze mich in Bewegung. Ich bleibe ganz dicht an die Mauer gepresst und behalte immerzu den Kampf im Auge. Schüsse fallen und auch Fäuste fliegen.

Ich höre laute Schreie und sehe Messerklingen blitzen.

Brick, Cornelia und sogar Penelope hatten Recht. Das hier ist nichts für mich, so viel steht fest. Ich mag es gar nicht zugeben, aber Penelope lag goldrichtig mit ihren Behauptungen. Und das obwohl, sie mich umbringen lassen wollte.

Es kommt mir vor, als würde ich Stunden brauchen, um aus dieser Bar zu entkommen. Als ich endlich im Freien bin, schließe ich die Augen und atme den frischen Duft der Freiheit ein. Doch als ich die Lider wieder öffne, holt mich die Realität ein.

Ich weiß überhaupt nicht, wo ich bin oder wie ich nach Hause kommen soll.

Ich beiße mir auf die Unterlippe, schaue mich um und sehe einige Männer, die um ihre Motorräder herumstehen. Ich ziehe den Atem ein und halte ihn an, während ich darauf warte, dass sie sich zu mir umdrehen. Ich muss wissen, ob sie Bricks Club angehören oder dem meiner Entführer.

Als sich endlich jemand zu mir hindreht, stoße ich einen Seufzer der Erleichterung aus. Er trägt die Aufnäher von Bricks Club. Ich muss meinen Stolz herunterschlucken und sie bitten, mich nach Hause zu bringen.

Danach bin ich mit ihnen fertig.

Brick will mit mir Mutter-Vater-Kind spielen und zudem eine weitere Frau in Casa Grande haben – in seinem völlig anderen Leben? Kann er haben, aber ich werde nicht mehr hier sein und auf ihn warten. Ich werde nach Hause fahren, meinen Kram zusammenpacken und verschwinden.

Es ist mir egal, ob ich deshalb unreif wirke. Es ist mir gleichgültig, wie es rüberkommt.

Ich habe nichts mehr, dass mich in Tucson hält.

Meine Eltern werden mich verstehen, wenn ich es ihnen in Ruhe erkläre. Sie werden mich unterstützen. Was sie nicht tun werden, ist, dabei zuzusehen, wie ein achtunddreißigjähriger Mann mich wie ein Stück Dreck behandelt.

Scheiß drauf und scheiß auf Brick.

Kapitel 30

Legacy

Mein Handy klingelt. Es ist Warden. „Bruder", murmle ich.

„Sie ist in Sicherheit", verkündet er. „Wir haben uns um sie gekümmert und auch um Quinn. Henlis Schwester ist noch am Leben, denn sie ist uns entwischt."

„Ihre Schwester?"

„Henli hat uns erzählt, dass sie in die Sache involviert war."

„Fuck. Ich wusste, dass sie da irgendwie mit drinsteckt. Ich habe es einfach gespürt, verdammt. Wie geht es jetzt weiter?"

Es herrscht ein Moment der Stille, dann grunzt Warden.

„Was verschweigst du mir?", verlange ich zu wissen, da es ihm anscheinend die Sprache verschlagen hat.

„Wir haben Henli nach Hause gebracht und ihr ihren Freiraum gelassen, damit sie sich von den Ereignissen erholen kann. Als Chains am nächsten Morgen nach ihr sehen wollte, war sie nicht mehr da. Ich war heute persönlich vor Ort. Ihr ganzer Kram ist verschwunden."

Vielleicht habe ich mich bloß verhört, weshalb ich nicht sofort auf seine Worte reagiere. Warden fährt fort. „All ihre Klamotten sind weg und auch alles, was sich im Badezimmer befand."

„Alles?"

„Alles", bestätigt er mir.

„Was zum Teufel", zische ich. „Hat sie ihren neuen Job angetreten?"

„Nope. Ich habe ein paar Prospects hingeschickt, um vor Ort auf sie zu warten, aber sie ist nicht aufgetaucht.“

Es gibt nichts, das ich tun kann. Ich meine, ich kann die Jungs ja nicht dazu zwingen, sich auf die Suche nach ihr zu begeben.

So sehr ich mir auch wünsche, dass sie sie aufspüren, sie mit sich nehmen und sie für mich in Sicherheit verwahren, bis ich hier wieder raus bin, kann ich doch nichts tun.

Sie hat Angst und das kann ich ihr nicht verdenken. Sie wurde gekidnappt und tagelang festgehalten.

Ich konnte sie nicht beschützen. Ich konnte nicht für ihre Sicherheit sorgen. Wenn sie also solange auf der Flucht sein will, bis ich hier wieder raus bin, ist das für mich in Ordnung. Sobald ich frei bin, werde ich sie finden. Ich werde sie zurückholen und dann wird alles wieder gut.

„Zahl Chains weiterhin die Miete fürs Haus und verwahr den Rest ihrer Sachen für die Dauer meines Gefängnisaufenthalts“, weise ich ihn an.

„Bruder“, murmelt Warden.

„Das steht nicht zur Diskussion. Das ist mein absoluter Wille.“

Zum Glück streitet er sich nicht mit mir darüber. Ich beende das Telefonat, schiebe das Handy unter meine Matratze und warte, bis es Zeit ist, Raul zu treffen. Die Reichweite seiner Leute ist ein wenig anders als meine. Ich will nicht, dass die Devil's Hellions herausfinden, wo sie ist. Wenn sie schon flieht, dann soll sie zumindest das Gefühl haben, in Sicherheit zu sein.

Ich werde dafür sorgen, dass Rauls Männer sich absolut im Hintergrund halten.

Solange ich hier einsitze, kann sich vieles ändern. Dennoch werde ich jeden gottverdammten Schritt überwachen, den sie während dieser Zeit macht.

Henli

Ich bin noch nicht oft verreist, aber als ich meine Mom anrief, um ihr meine aktuelle Situation zu erörtern, riet sie mir unmissverständlich, dass ich meine Sachen packen und aus der Stadt verschwinden solle. Und genau das war auch mein Plan.

Ich habe all meine Klamotten zusammengepackt, habe alles aus dem Badezimmer mitgenommen und bin losgefahren. Ich stieg einfach in mein Auto und machte mich auf den Weg. Ich fuhr quer durch Casa Grande, quer durch Phoenix und nahm den Weg über die Berge, bis ich nicht mehr konnte und an einem Strand anhielt.

An einem Küstenstrand in Zentralkalifornien einer kleinen Stadt namens Pismo. Ich liebe es hier. Keine Ahnung, ob ich einen Job finden werde, allerdings weiß ich auch nicht, ob mich das überhaupt noch interessiert. Nun, es wäre mir herzlich egal, wenn ich nicht eine Unterkunft zu bezahlen hätte. Auch wenn es nur ein winziges Hotelzimmer ist.

Es dauert nicht lange, bis ich ein Zimmer gefunden habe und einchecke. Ich schnappe mir meinen Laptop und schalte ihn ein, um nach Arbeit in der Gegend zu suchen. Ich muss lächeln, weil es hier viele offene Stellen in der Eventplanung zu besetzen gibt. Nicht nur ein paar, sondern wirklich viele.

Es gibt Weingüter, die Personal für die Veranstaltungsorganisation und im Ressort brauchen.

Vielleicht ist das die beste Option.

Als ich mein Spiegelbild betrachte, stelle ich fest, dass ich blass bin. Meine Augen wirken verzweifelt. Allerdings sehe ich nicht mehr halb so verängstigt aus, wie ich mich in Wahrheit fühle. Den Rest des Abends bringe ich damit zu, Bewerbungen zu schreiben und Lebensläufe zu verschicken. Ich hoffe, dass ich etwas finden werde und somit hierbleiben kann.

Heute Abend gehe ich nicht mehr vor die Tür, aber morgen werden ich mich aufraffen, um die neue Gegend zu erkunden. Ich weiß noch nicht, ob ich in dieser Stadt bleibe oder nicht, aber ich hoffe, dass ich in der nahen Umgebung sesshaft werden kann. Denn der salzige Geruch der Seeluft macht irgendwie süchtig.

Als ich am nächsten Morgen aufwache, überprüfe ich zuallererst meine Mails im Bett. Aufgrund einer Nachricht in meinem Posteingang muss ich lächeln.

Das *Madonna Inn* – Hotel, Ressort und Veranstaltungsstätte. Mein Lächeln wird noch breiter, als ich mir die Bilder im Anhang ansehe. Das könnte es sein.

Sie wollen mich schon heute kennenlernen. Sie haben nämlich sofort eine offene Stelle zu besetzen und suchen jemanden mit Berufserfahrung.

Die habe ich vorzuweisen.

Ich springe aus dem Bett, spurte los und ziehe mich an. Während ich an diesem Morgen in den Spiegel blicke, komme ich nicht drum herum mich zu fragen, was Brick wohl gerade macht.

Ich lege eine Hand auf meinen Bauch und atme tief durch. Ich halte den Atem an und betrachte mein Handy. Ich denke über all das nach, was passiert ist: Über die Entführung, über die andere Frau. Einfach über alles.

Ich sollte mich nicht so sehr nach ihm sehnen, doch ich tue es.

Stattdessen sollte ich sauer auf ihn sein, allerdings ist meine Wut mit meinem Fortgang immer mehr verraucht.

Momentan bin ich einfach nur traurig. Ich hatte mir so sehr gewünscht, dass das mit uns funktioniert. Noch nie habe ich mich so gefühlt, wie mit ihm. Es war, als wären wir zwei Magneten, die einander angezogen haben.

Er ist ein wunderschöner, großer Magnet.

Drei Monate später

Ich atme tief ein und schaue mich um. Den Geruch des Meeres werde ich wohl nie, niemals, nie leid werden. Ich lehne mich mit einer Tasse heißem Kaffee in der Hand über das Balkongeländer und lächle. Allerdings schwingt bei diesem Lächeln auch eine Spur Traurigkeit mit. Wie immer.

Ich dachte, dass ich nach drei Monaten allmählich über Brick hinweg sein müsste.

Aber das bin ich nicht.

Nicht wirklich.

Ich will Brick.

Ich will, dass er seine Versprechen wahrmacht. Ich sehne mich nach seinen Berührungen und Küssen. All das will ich zurück. Doch stattdessen bleiben mir bloß Erinnerungen an unsere kurze, gemeinsame Zeit. Es sollte mich nicht so sehr berühren, aber so ist das nun mal.

Auf dem kleinen Tischchen neben mir beginnt mein Handy zu klingeln. Ich nehme es an mich und sehe den Namen meiner Mom im Display aufleuchten. Lächelnd streiche ich mit dem Daumen über den Bildschirm und halte mir das Telefon ans Ohr.

„Ich stehe auf dem Balkon meiner neuen Wohnung und blicke aufs Meer", lasse ich sie wissen.

„Du bist also schon eingezogen? Wie geht es dir damit, nicht mehr im Hotel hausen zu müssen?", erkundigt sie sich.

Grinsend drehe ich mich um und betrachte mein neues Reich. Eine ziemlich leere Wohnung. Irgendwie wünsche ich mir, ich hätte den Fernseher mitgenommen, den Brick gekauft hat. Ich meine, er hätte nie im Leben in mein Auto gepasst, aber es wäre dennoch toll, ihn hier zu haben.

„Es wäre noch um einiges schöner, wenn ich Möbel hätte", erwidere ich lachend.

„Wie würdest du es finden, wenn Dad und ich für ein paar Wochen zu dir kommen, um dir beim Einrichten unter die Arme zu greifen?"

Das wäre klasse, absolut spitze. Und genau das sage ich ihr auch.

Nachdem wir das Gespräch beendet haben, gehe ich wieder hinein, um mich zu duschen und für die Arbeit zurecht zu machen. Vor mir liegt ein langer Tag – eine Hochzeitszeremonie mit anschließendem Empfang.

Ich bin so aufgeregt, weil ich endlich wieder in der Hochzeitsbranche aktiv sein darf. Und das Paar heute, sind meine allerersten Kunden. Daher muss ich sicherstellen, dass alles perfekt und reibungslos über die Bühne geht.

Liebe und Meersalz liegen in der Luft.

Das Einzige, das mein Glück noch krönen würde, wäre Brick. Und ich hasse die Tatsache, dass ich nicht aufhören kann, an ihn zu denken. Wir scheinen auf irgendeine Weise miteinander verbunden zu sein. Und ich glaube, dass das auch *immer* so bleiben wird.

Acht Monate später

Ein Jahr.

Es sind zwölf Monate vergangen, seit Brick ins Gefängnis kam, und es kommt mir vor, als wäre ich immer noch nicht wieder geheilt.

Meine Eltern sind bereits ein paar Mal nach Pismo gekommen. Sie halfen mir dabei, meine Wohnung auf Vordermann zu bringen. Außerdem haben sie Thanksgiving mit mir verbracht.

Da Penelope über Weihnachten nach Hause gekommen ist, blieb ich hier.

Ich hätte nie für möglich gehalten, dass es für mich in Ordnung geht, Weihnachten allein zu verbringen. In Wahrheit war es das auch nicht, aber ich habe dennoch die Feiertage allein zugebracht.

Ich habe mir ein schönes Abendessen zubereitet, öffnete die Geschenke meiner Eltern, genehmigte mir eine Flasche Wein und schaute einen Film.

Am nächsten Tag ging ich einkaufen und erkundete die Umgebung. Ich lebe nun fast ein Jahr hier und entdecke jedes Mal, wenn ich vor die Tür gehe, noch etwas Neues.

Nun, da die Weihnachtsfeiertage ein paar Wochen in der Vergangenheit liegen, hat mich der Alltag wieder. Ich vermisse Brick immer noch sehr und habe sogar schon mal mit dem Gedanken gespielt, ihn zu besuchen.

Ich runzle die Stirn, als es an meiner Wohnungstür

klopft. Ich erwarte keinen Besuch, aber vielleicht ist es nur ein Nachbar, der etwas braucht. Aus diesem Grund öffne ich die Tür, ohne durch den Spion geschaut zu haben.

Das war ein Fehler.

Ein gewaltiger Fehler.

Ich blicke nämlich geradewegs in Penelopes finsteres Gesicht.

Anstatt sie in meine Wohnung hineinzubitten, bleibe ich genau da, wo ich stehe. Perfekt positioniert, um ihr die Tür direkt wieder vor der Nase zuschlagen zu können. Ich ziehe meine Augenbrauen in die Höhe und starre sie an. Es ist fast ein Jahr vergangen und ich habe ihr ihre Tat noch immer nicht verziehen.

„Was willst du?"

Sie besitzt die Dreistigkeit, traurig dreinzublicken. Sie wirkt sogar etwas reumütig, aber das ist mir scheißegal. Als sie an Weihnachten bei Mom und Dad war, muss sie herausgefunden haben, wo sie mich finden kann.

„Woher weißt du, wo ich wohne?", frage ich sie.

Sollten meine Eltern ihr meine Adresse verraten haben, werde ich ihnen gehörig die Meinung geigen.

Penelope hebt den Kopf, um meinem Blick zu begegnen. „Ich habe deine Adresse auf einem Briefumschlag gesehen, der bei Mom auf dem Tisch lag."

„Und du bist hier, weil …?"

Sie stößt einen Seufzer aus. Er klingt nicht ansatzweise reumütig. Vermutlich wird sie es wieder so anstellen, dass ich mich hinterher schuldig fühle. So ist meine Schwester eben.

„Ich habe es vollkommen verbockt. Alle sind tot. Ich konnte mich irgendwie retten. Mit Ach und

Krach. Sonst wäre ich nun auch tot. Sie haben sogar Quinn getötet.“

Da ist er wieder, dieser Name … Quinn. Ich sollte Trauer empfinden, weil sie tot ist, weil all die Männer nicht mehr leben, aber dem ist leider nicht so. Ich würde den Arsch meiner Schwester darauf verwetten, dass ich nicht der einzige Grund war, wieso sie alle ausgeschaltet wurden.

Irgendetwas lässt mich daran zweifeln, dass Bricks Männer allein wegen mir ein ganzes Heer an Kerlen getötet haben. Sie hatten größere Beweggründe und ich gebe einen Scheiß darauf, wie diese wohl aussahen. Zumindest im Moment. Vielleicht nicht dauerhaft.

„Du bist also hergekommen, um dich besser zu fühlen?“, verlange ich von ihr zu wissen.

„Ich bin gekommen, um mich bei dir zu entschuldigen, aber wenn du unbedingt eine eingeschnappte Zicke sein willst …“

„Halt die Klappe“, falle ich ihr ins Wort. „Du wolltest mich tot sehen. Ich werde keine deiner schwachsinnigen Entschuldigungen annehmen, nur damit es dir besser geht. Erstick an deinen verdammten Schuldgefühlen, Penelope.“

Ich trete einen halben Schritt vor und lege meine Hände auf ihre Brust, um sie hart wegzuschubsen. Sie landet auf ihrem Hintern und rutscht quer durch den Flur. Als ihr Rücken gegen die Korridorwand kracht, wende ich mich von ihr ab, kehre in meine Wohnung zurück und schließe leise die Tür hinter mir. Ich sperre sie ab und beobachte durch den Spion hindurch, wie sie sich auf die Beine hievt.

Nachdem sie wieder steht, humpelt sie davon. Dabei liegt eine Hand auf ihrem unteren Rücken. Es ist mir egal, dass sie sich wehgetan hat, scheiß auf sie.

Mom und Dad wollen sie vielleicht weiterhin in ihrem Leben haben und ich werde sie ganz sicher nicht vor die Wahl stellen, aber ich kann für mich selbst entscheiden.

Ich will sie einfach nicht mehr um mich haben.

Kapitel 31

Sie hat ihre Schwester mit voller Wucht durch den Flur geschubst. Die Schlampe ist voll auf ihrem Arsch gelandet und durch den Korridor gerutscht. Danach gab Henli ihr zu verstehen, dass sie sich verpissen soll. Kurz darauf fiel die Haustür ins Schloss. Mein Mann wusste sofort, wer sie ist, und hat sich der Sache angenommen", murmelt Raul. Er spricht laut genug, damit ich ihn verstehe, aber leise genug, damit die Wärter es nicht hören.

Ich denke darüber nach, ob ich nachhaken sollte, wie man sich um Penelope gekümmert hat, entscheide mich aber dagegen. Mich interessiert viel mehr, was sich genau zugetragen hat. So sehr ich diese dämliche Fotze auch hasse, die keinerlei Loyalität ihren Blutsverwandten gegenüber zeigt, will Henli sie wahrscheinlich nicht tot sehen.

„Mein Kontaktmann hat ihr gesagt, dass sie sich verdammt noch mal von ihr fernhalten soll und wenn sie jemals wieder versuchen würde, deine Frau zu hintergehen, wird sie keinen Atemzug mehr nehmen. Die Schlampe hätte sich fast in die Hose gepisst."

„Gut. Das ist perfekt."

Ich bedanke mich bei ihm und will aufstehen, doch da greift er nach meinem Handgelenk. Instinktiv will ich mich von ihm losreißen, doch da drücken seine Finger auch schon fester zu. Langsam hebe ich den Kopf, um seinem Blick zu begegnen. Ich rechne damit, dass er den Griff nun wieder lockert, doch das tut er nicht.

„Was?", frage ich ihn.

Er legt den Kopf leicht schief. „Mein Mann hat gemeint, deine Frau sei wunderschön und niedlich. Wenn du vorhast, sie loszuwerden, will er das wissen."

Sofort ergreift die Wut von mir Besitz. Die einzige Farbe, die ich sehe, ist rot. Ich muss mich echt zusammenreißen, denn Raul und ich haben mittlerweile eine ziemlich gute Partnerschaft in diesem Drecksloch zueinander aufgebaut. Allerdings könnte ich die jeden Moment auseinanderbrechen.

„Meine Frau gehört mir. Ich würde ihr nie den Laufpass geben", erwidere ich und versuche, meinen Tonfall gleichmäßig und ruhig klingen zu lassen. Allerdings würde ich am liebsten ausrasten.

Raul senkt den Kopf, gibt mein Handgelenk frei und lehnt sich zurück. „Ich habe ihm schon gesagt, dass du so reagieren würdest", entgegnet er lachend. „Jetzt, da wir das geklärt haben, müssen wir daran arbeiten, unsere Kräfte außerhalb dieser Mauern zu mobilisieren. Nur so ein Gedanke: Ich habe Jungs da draußen, die Verkaufsprofis sind und zudem einen großen Kundenstamm mitbringen. An wen verkauft ihr?"

Ich lasse mich wieder auf den Stuhl sinken und lehne mich ebenfalls zurück.

Raul ist zum Fachsimpeln aufgelegt. Ich habe bereits festgestellt, dass man ihm, wenn er in Stimmung ist, besser zuhören sollte. Normalerweise ist er nicht gerade in Redelaune. Nicht, dass ich ihm das verdenken könnte. An manchen Tagen kann einem dieser verdammte Ort echt zu schaffen machen.

„Üblicherweise nur an einen ausgewählten Kreis. Clubs, Bars, kleineren Scheiß. Nichts weltbewegendes."

Die Waren, die wir verticken, sind nichts Abgefahrenes, Hauptsächlich Gras und ein bisschen Molly. Nichts Verrücktes. Unser Hauptbusiness sind die Karren. Sobald wir sie auseinandergenommen, mit gefälschten Kennzeichen versehen und etwas aufgemotzt haben, laden wir das Dope ab und sehen zu, dass wir Land gewinnen.

„Klingt gut. Ich will, dass wir gemeinsam etwas ausarbeiten. Sprich doch mal mit deinen Leuten", sagt er und schaut zur Seite. „Mir gefallen die Partner nicht, mit denen wir aktuell zusammenarbeiten. Sie stammen direkt aus Mexiko und jedes Mal, wenn sie versuchen, die Grenze zu überqueren, endet das in einem verdammten Drama. Sie verlangen für jede verfickte Lieferung mehr und mehr an Bestechungsgeldern. Woher bekommst du deinen Stoff?"

Ich frage mich, ob seine Geschäfte nicht eine Nummer zu groß für uns sind. Wenn er so riesige Lieferungen über die Grenze geschmuggelt bekommt, kann ich mir nicht vorstellen, dass unser Business groß genug ist für seinen gesamten Kundenstamm.

„Wir beziehen unsere Ware regional. Drogen sind doch mittlerweile in vielen Städten legalisiert worden, wieso schleust ihr das Zeug immer noch über die Grenze?"

Er räuspert sich, ehe er es mir erklärt. „Wegen der Kohle, Baby. Ich bekomme den Stoff in Mexiko für ein paar Cent, während es mich hier einige Dollar kostet. Und die Qualität ist trotzdem allererste Sahne. Die Leute, die meine Ware kaufen, bewegen ihre Ärsche nicht in Apotheken und legen dafür einen Haufen Cash auf den Tisch. Sie wollen ihren Stoff schnell, billig und in guter Qualität."

„Sind das ihre einzigen Ansprüche? Schnell und

günstig?“, hake ich nach.

„Wollen wir das nicht alle?“

„Ich spreche mit meinem Präsidenten. Lass mir ein paar Zahlen und Fakten zukommen und teil mir mit, wie genau du dir die Zusammenarbeit vorstellst.“

„Wird gemacht.“

Wir ballen beide eine Hand zur Faust und stoßen diese aneinander, um anschließend wieder in das alltägliche Leben in diesem Käfig zurückzukehren.

Ich weiß nicht, ob eine Partnerschaft mit Raul und seinen Jungs ein Fehler ist oder nicht, aber sie basiert auf dem Hass gegen die ACJs und auf dem Bedürfnis nach Schutz. Das kann ich nicht so einfach ignorieren, vor allem, wenn man berücksichtigt, wie er und seine Männer mir bereits geholfen haben.

Wenn er sich also mit uns zusammentun will, um Geld zu scheffeln, und ich ihm dabei behilflich sein kann, dann werden wir genau das tun. Ich bin immer dafür zu haben, extra Kohle zu machen, und den Jungs von den Devil's Hellions geht das genauso.

Für uns gibt es nur wenig Märkte, die nichts mit Prostitution zu schaffen haben. Das ist nämlich definitiv kein Business, in das wir einsteigen wollen.

Die Verantwortung, die Sicherheit der Frauen, die Arbeit hinter den Kulissen, das wäre einfach zu viel für uns.

Wir befassen uns lieber mit Autos und Gras – und ein wenig mit Molly. Das wars auch schon. Das bringt jedem Clubmitglied eine Menge Kohle ein und die Bücher schreiben schwarze Zahlen.

Wenn wir unseren Profit mit Rauls Leuten verdoppeln könnten, wäre das verdammt genial.

Henli

Sechs Monate später

Das Leben ist friedvoll.

Ich gehe meiner Arbeit nach und in meiner Freizeit liege ich unter einem Sonnenschirm am Strand. Ich führe zwar ein einsames Leben, dennoch genieße ich es. Ich habe auf der Arbeit ein paar Freunde gefunden, aber ich verbiege mich für niemanden. Ich habe dies einmal für Grace getan und es hat mein ganzes Leben verändert. Ich will nicht einmal mehr an Cornelia denken. Diese zwei Menschen haben alles auf den Kopf gestellt.

Obwohl, wenn ich die Zeit zurückdrehen und alles noch einmal ändern könnte, würde ich es, glaube ich zumindest, nicht tun.

Ich lernte nämlich ihre wahren Gesichter kennen, als die Dinge ihren Lauf nahmen. Ich denke, ich bin dadurch ein besserer Mensch geworden und befinde mich nun in einer gesünderen Umgebung als früher.

Sicher, meine Lebensumstände sind nicht gerade gefestigt, aber ich habe das wahre Gesicht mancher Leute zu sehen bekommen und dabei einiges über mich selbst erfahren.

Und dann wäre da noch Brick. Warum musste er nur ins Gefängnis gehen und allen damit beweisen, dass sie, was ihn betrifft, richtig lagen?

Ich nehme meinen Notizblock zur Hand und verfasse einen Brief an Brick, den ich ihm aber nie schicken werde. Das mache ich mittlerweile jeden Tag. Ich führe sozusagen ein Tagebuch, das nur für ihn bestimmt ist.

Vielleicht tue ich das, weil ich ihn einfach nicht

loslassen kann. Vielleicht aber auch, weil ich ihn nicht loslassen will. Vielleicht hoffe ich darauf, dass er, wenn er das Gefängnis verlassen kann, zu mir kommt und wir uns wieder ineinander verlieben – und dass er nicht sauer darüber ist, dass ich ihn im Stich gelassen habe. Vielleicht fühle ich mich schuldig, weil ich mich von ihm abgewandt habe und geflohen bin.

Vielleicht ist das meine Art der Therapie.

Ich habe keine Ahnung.

Während die Sonne auf meinen Schirm herabscheint und ich meine Zehenspitzen im Sand vergrabe, verliere ich mich im Tagebuchschreiben.

Pismo ist besonders in der Nebensaison mein absoluter Lieblingsort. Im Sommer sind viel zu viele Touristen zugegen, weshalb ich nie an den Strand komme, aber nun herrscht gähnende Leere. Es ist hier wunderschön.

Als die Sonne allmählich untergeht, bringe ich die letzten Zeilen zu Papier und packe anschließend meine Sachen zusammen. Ich gehe zu meinem Wagen, atme ein letztes Mal die salzige Meeresluft ein und frage mich, ob ich wohl je genug von diesem Geruch bekommen werde. Ich glaube nicht.

Er ist magisch und heilend.

Nachdem ich alles in meinem Auto verstaut habe, fahre ich nach Hause. Meine unverschämt teure Wohnung liegt nur ein paar Blocks vom Strand entfernt. Allerdings ist es mir egal, was sie kostet, denn sie ist jeden Cent wert.

Zugegebenermaßen ist es wirklich hart, Geld anzusparen, damit ich meine eigene Eventplanungsfirma gründen kann, aber aktuell liebe ich meinen Job ohnehin viel zu sehr.

Nachdem ich meinen Wagen geparkt habe, steige

ich aus. Mir fällt dabei ein Mann auf, der zwei Parkbuchten weiter ebenfalls sein Auto verlässt.

Ich habe ihn schon einmal gesehen.

Er sieht gut aus, hat dunkles Haar, gebräunte Haut, dunkle Augen und ist sehr groß. Er ist nicht ganz so sexy wie Brick, aber dennoch ein gutaussehender Mann. Die Frau an seiner Seite ist ebenfalls hinreißend.

Lächelnd winke ich dem Paar zu, nachdem ich meine Tasche geschultert habe und steige die Treppenstufen hinauf. Mein Plan für den Rest des Tages beinhaltet Netflix und eine Flasche Wein.

Ich trete in meine Wohnung ein, schließe die Tür hinter mir ab und tue genau das, was ich mir vorgenommen hatte. Ich verlebe einen schönen, ruhigen Abend. Bevor ich irgendwann zu Bett gehe, rufe ich noch schnell meine Eltern an, um mich zu melden.

Zum Glück lassen sie es mittlerweile bleiben, mich mit Informationen rund um Penelope zu versorgen. Ich will nicht wissen, was sie treibt, und mal ganz ehrlich, interessiert es mich überhaupt noch? Sie hat genug Chaos in meinem Leben angerichtet. Mir gefällt der Umstand nicht, dass sie weiß, wo ich wohne, aber ich kann nicht ständig vor ihr davonlaufen und umziehen.

„Cornelia hat mich heute angerufen. Sie wollte wissen, wie es dir geht", informiert Mom mich.

„Und? Was hast du zu ihr gesagt?"

„Grace heiratet und Cornelia wird ihr zur Hochzeit die Firma schenken", verkündet sie nach einem Moment der Stille.

„Was?", zische ich.

„Ich wollte es dir eigentlich gar nicht erzählen, denn das kommt einem Schlag ins Gesicht gleich. Das wird niemals gut gehen. Das Mädchen ist die reinste Katastrophe und der Junge, den sie heiratet … und die Kerle mit denen er sich umgibt. Nein, danke."

Ich kann ihr nur mehr als beipflichten. Zu Cornelia fällt mir nichts weiter ein. Sie hat ihren Standpunkt nun mehr als deutlich gemacht. „Man kann niemandem helfen, der sich nicht helfen lassen will", erwidere ich leise und muss daran denken, wie hart Cornelia für ihr Unternehmen geschuftet hat und dass es wohl nach diesem Eigentümerwechsel den Bach runtergehen wird.

Meine Mutter räuspert sich, um anschließend eine weitere Bombe platzen zu lassen. „Henli." Sie seufzt. „Du bist bald sechsundzwanzig. Es ist fast zwei Jahre her. Du hast ihn doch gar nicht lange gekannt. Meinst du nicht, dass es für dich an der Zeit ist, darüber hinwegzukommen?"

Darüber hinwegkommen?

Ich hasse diese beiden Worte.

Wie soll ich mich von dem einzigen Mann lossagen, der mich je etwas hat fühlen lassen? Wie soll ich bloß einfach weitermachen, wenn ich doch nichts weiter als seine geheime Liebschaft war? Wie soll ich mit all den gebrochenen Versprechen umgehen? Wie soll ich das Trauma wegen der fast stattgefundenen Vergewaltigung und der anschließenden Entführung nur überwinden?

Das ist einfach zu viel.

Ich glaube nicht, dass ich je darüber hinwegkommen werde.

„Ich kann nicht. Noch nicht", wispere ich.

Sie erwidert zunächst nichts darauf, sondern stößt einen leisen Seufzer aus. „Du tust, was du tun musst, wenn du soweit bist", sagt sie schließlich. Jedoch höre ich deutlich heraus, dass sie mit meiner Antwort unzufrieden ist.

Ich weiß, dass meine Mutter bloß das Beste für mich will, aber es gibt einfach Dinge, zu denen ich nicht fähig bin. Das Darüber-Hinwegkommen ist eins davon. Loszulassen, was hätte sein können, ist nicht so leicht. Dazu bin ich noch nicht bereit. Ich weiß, dass das albern klingt. Brick und ich waren ja nur kurz zusammen, na ja, eigentlich waren wir nie ein richtiges Paar.

Er lebte ein ganz anderes Leben als ich.

Kapitel 32

Legacy

Drei Monate später

Stille.

Davon hatte ich in den letzten zwanzig Monaten nicht viel. Vier Monate eher rauszukommen, würde ich nicht als *vorzeitige Entlassung* bezeichnen. Auch wenn sie es so nennen. Aber wenigstens bin ich daher auch nur vier Monate auf Bewährung. Danach bin ich ein freier Mann. Vollkommen und völlig frei. Eigentlich hatte ich damit gerechnet, die gesamte Strafe verbüßen zu müssen.

Ganze, verdammte vier Monate früher.

Ich bin fast versucht, hier drinnen zu blieben, damit ich mir keine Sorgen wegen des Bewährungshelfer-Scheiß machen muss. Ich habe keinen Bock darauf, mich regelmäßig bei meinem Babysitter zu melden. Ich will mich nicht erklären müssen und fühle mich dadurch eingeschränkt.

Ich habe keine Lust, irgendetwas zu tun. Das einzig Positive an der Sache wäre, Henli endlich wiederzusehen, aber das geht nicht, weil sie in einem anderen Staat lebt.

Warden pfeift – es ist nicht zu überhören -, woraufhin ich mich zu ihm umdrehe. Er nickt mir zu und sucht meinen Blick. Dann hebt er eine Hand und deutet auf etwas. Ich muss nicht zweimal hinsehen, um es zu erkennen.

Mein Bike.

Es steht auf einem Anhänger, der von einem unserer Club-Pickups gezogen wurde. Beim Anblick meines heißgeliebten Motorrads will ich am liebsten sofort lossprinten. Fast zwei Jahre lang habe ich nicht mehr auf einem Bike gesessen und konnte den warmen Wind Arizonas auf meiner Haut spüren.

Das hier ist es definitiv wert.

Wenn Henli doch nur hier wäre. Sie hinter mir auf meinem Bike sitzen zu haben, ihre Arme um meine Hüften geschlungen – das wäre in jeder Hinsicht gottverdammt perfekt.

„Danke", sage ich und gehe auf Warden zu.

Er klopft mir mit der Hand auf den Rücken. „Es ist schön, dich zu sehen, Bruder. Ich bin froh, dass du nun wieder zu Hause bist."

Ich bin ebenfalls froh, heimzukommen, aber Henli fehlt mir. Sie ist nicht hier, weil nicht einmal mein Name sie beschützen konnte. Obwohl er das eigentlich hätte tun sollen.

Das ist meine verfluchte Schuld. Meine. Sie hätte in dem Haus leben soll, das ich für sie gemietet habe, unter meinem Schutzschild. In völliger Sicherheit.

Nur meinetwegen wurde sie entführt. Ihre Schwester ist nicht ganz unschuldig daran, aber der Großteil der Schuld lastet auf meinen Schultern.

„Wenn wir zu Hause sind, halten wir erst ein Meeting ab und dann wird gefeiert", sagt Warden grinsend.

Ich will eigentlich bloß mit meiner Frau feiern, aber das geht nicht. Deshalb werde ich mich wohl oder übel mit ein paar Shots zufriedengeben müssen.

Ich schenke ihm ein Lächeln. „Ich muss sauber bleiben, weil ich mich morgen früh mit meinem Bewährungshelfer treffe", lasse ich ihn wissen.

Er nickt. „Vier Monate gehen schnell vorüber. Du wirst sehen."

Er hat recht. Ich weiß, dass es so ist, aber trotzdem fühlt es sich für mich wie eine Ewigkeit an. Schließlich halten mich die Bewährungsauflagen davon ab, zu Henli zu fahren.

Ein Prospect, den ich nicht kenne, schiebt mein Bike von der Rampe des Anhängers herunter. Sofort schwinge ich mich auf meine Maschine und starte den Motor. Als er aufheult, schließe ich für einen Moment die Augen. Ich atme tief ein, halte die Luft an und lasse sie langsam wieder entweichen, wobei ich meine Augen wieder öffne. *Fuck.*

„Lass uns losfahren", rufe ich Warden zu, woraufhin er sich ebenfalls auf sein Bike schwingt und der Prospect den Truck startet.

Ohne Umwege fahren wir nach Hause. Es dauert eine Weile, bis wir dort ankommen, aber das ist mir recht. Ich genieße die Fahrt, denn hier draußen scheint alles ein wenig heller als im Knast zu sein. Vielleicht bilde ich mir das aber auch nur ein. Ich bin jedenfalls verdammt froh, wieder frei zu sein. Ich war noch nie so lange weggesperrt. Hier und da habe ich mal ein Wochenende hinter Gittern verbracht, aber garantiert noch nie zwei Jahre.

Es fühlt sich verdammt gut an, wieder auf freiem Fuß zu sein, und ehrlich gesagt, will ich nie wieder in den Knast zurück. Die einzige Person, die mir echt fehlen wird, ist Raul. Und das auch nur, weil wir zum Ende meiner Haftzeit einen verdammt guten Deal ausgehandelt haben.

Außerdem hat mir einer seiner Männer mehr als jeder andere mit Henli geholfen. Er hat sie im Auge behalten. Jetzt muss ich mit meinen Brüdern darüber sprechen, wie wir Drogen für ihn schmuggeln und unter die Leute bringen können. Wollen wir überhaupt so viel Verantwortung? Können wir so viel Kohle ausschlagen?

Rauls Mann wird morgen bei uns im Club aufkreuzen, um unsere Antwort einzuholen. Außerdem wird er uns die Bedingungen mitteilen. Eigentlich war ich noch nie jemand, der Deals abschließt oder vermittelt. Ich habe immerzu im Hintergrund agiert, meinen Job gemacht und Warden die Details überlassen.

Aber etwas für uns an Land gezogen?

Das habe ich noch nie, keine Chance.

Der Parkplatz vor dem Clubhaus steht voller Bikes. Das ist ein verdammt schöner Anblick für meine wunden Augen.

Ich fahre zu meinem Stammparkplatz und bin verdammt froh darüber, dass sich ihn niemand unter den Nagel gerissen hat. Lächelnd parke ich meine Maschine, steige ab und strecke mich.

„Erst die Versammlung, dann die Party", erinnert Warden mich.

„Jepp, ich weiß. Ich habe ebenfalls einen Tagesordnungspunkt vorzubringen."

Er brummt, weil er schon weiß, was ich besprechen will. Ich habe ihm so viel gesagt, wie ich konnte. Da der Knast überall Ohren hat, konnte ich nicht näher auf die Sache eingehen.

Im Clubhaus treffe ich auf ein paar Clubmädchen, Stadtmädels, meine Brüder und einige Hangarounds. Die Sauferei hat bereits begonnen, und der ganze Raum bricht in Jubel aus, als man bemerkt, dass ich zur Tür hereingekommen bin.

Roadkill kommt auf mich zugestürmt und zieht mich in eine Umarmung. Während ich im Knast saß, habe ich nur Besuch von Warden bekommen. Nicht, weil ich niemanden sehen wollte, sondern weil wir versucht haben, so wenig Präsenz wie möglich zu zeigen. Es kommt nicht gut an, wenn ein ganzer verdammter MC Knastbesuche macht.

Außerdem wäre da ja noch die Hintergrundüberprüfung gewesen und der ganze andere Scheiß. Nein, danke.

„Versammlung", brüllt Warden.

Sofort machen sich alle auf den Weg in den Raum, in dem wir unsere Meetings abhalten. Ich sinke auf das weiche Leder des Stuhls, lasse die Finger über die Tischplatte tänzeln und grinse.

Fuck.

Es fühlt sich verdammt genial an, wieder zurück zu sein. Warden nimmt am Kopfende des Tisches Platz und schlägt mit dem Hammer zu.

„Wir sind alle verflucht froh, Legacy wieder bei uns zu haben. Einen großen Applaus dafür, dass unser Bruder zurück und der Club somit wieder vollständig ist."

Alle applaudieren.

Als wieder Ruhe im Saal einkehrt ist, deutet Warden mit der Hand auf mich, um mir das Wort zu erteilen. Anschließend setzt er sich auf seinen Stuhl.

Ich räuspere mich. „Ich habe jede einzelne eurer hässlichen Visagen vermisst, während ich weg war. Schön, wieder hier zu sein."

Nach ein paar gemurmelten Zustimmungen, komme ich direkt zum Punkt. „Ich habe im Knast jemanden kennengelernt – Raul. Seine Organisation ähnelt ein wenig der unseren. Er ist kein Mitglied in einem MC, sondern sein Lebensmodell entspricht eher dem Bandenleben. Er sicherte mir Schutz zu, wenn wir uns im Gegenzug um die ACJs kümmern. Ihre Auslöschung hat ihn sehr beeindruckt."

„Als wir mit ihnen fertig waren, konnte man diese Wichser vom verdammten Boden aufwischen", knurrt Agony.

„Ich werde euch immer dafür dankbar sein, besonders nach dem, was meiner Frau widerfahren ist", erwidere ich.

Räuspernd fahre ich mir mit den Fingern durchs Haar und betrachte meine Brüder. Sie rutschen allesamt auf ihren Stühlen umher, weil sie sich scheinbar sehr unwohl mit diesem Thema fühlen. Sie kamen sich ohne Frage genauso nutzlos vor in dieser Situation wie ich.

„Rauls Truppe will mit uns ein Abkommen schließen. Sie verticken vorrangig Gras, wie wir, sind aber der Meinung, dass Ecstasy genauso leicht zu verkaufen sei. Also nichts allzu Abgefahrenes. Sie dealen nicht weit von unserem Gebiet entfernt, vorrangig in Phoenix, Vegas und Los Angeles. Allerdings haben sie ein Problem mit ihrem Lieferanten."

„Das sind große Städte. In manchen ist das Kiffen sogar schon legal. Warum zum Teufel wollen sie ihren Stoff dann von uns kaufen?", will Diablo wissen.

Ich grinse. „Das habe ich mich auch schon gefragt", gestehe ich. „Raul meinte, dass das Zeug in den Apotheken zu teuer sei. Er und seine Jungs könnten es, wenn die anfallenden Unkosten nicht wären, viel günstiger unter die Leute bringen."

„Und was springt für uns dabei raus?", will Dice wissen.

Ich nicke und werde ihnen nun genau erklären, was das zu bedeuten hat. „Vorrangig ein höheres Risiko, weil wir mehr Ware über die Staatsgrenze schaffen müssten. Wir müssten den Stoff nach Phoenix bringen, was relativ leicht ist, aber auch nach Los Angeles und Vegas. Für uns springt ein ordentlicher Profit dabei heraus.“

„Können wir ihnen trauen?“, hakt Roadkill nach.

Vertrauen.

„Können wir überhaupt irgendwem trauen?“ Ich sehe mich im Raum um. „Ich weiß nur, dass Raul und seine Jungs mir geholfen haben. Alles, was sie mir versprochen haben, haben sie eingehalten. Mehr kann ich euch nicht geben.“

„Außerdem werden wir einen Vertrag abschließen“, wirft Warden ein.

„Mehr Kohle zu haben, hat noch niemandem geschadet. Und im Grunde genommen handeln wir ja schon mit Drogen. Nur, dass wir es jetzt im größeren Stil tun würden“, murmelt Volt.

„Wie wäre es, wenn Chains sich um Phoenix kümmert und wir die anderen zwei Gebiete abdecken?“, frage ich in die Runde. „Er hat den Club doch ganz gut im Griff, oder nicht?“

Chains. Dieser Wichser hat Wort gehalten. Offensichtlich hat er nichts mit seinem Vorgänger gemein. Er scheint vertrauenswürdig zu sein. Der Club in Tucson hat seit seinem Amtsantritt keine Probleme mehr bereitet.

„Chains ist dafür der Richtige. Es ist kein riesiges Gebiet, das sollte für ihn machbar sein. Außerdem freut er sich sicherlich über ein kleines Extraeinkommen“, sagt Warden.

Warden bringt die Sache zur Abstimmung und wir stimmen alle dafür. Kein einziger votiert mit Nein. Das erleichtert mich sehr. Es scheint, als stünden alle auf derselben Seite, auch wenn Chains und seine Crew in Tucson Phoenix beliefern werden.

„Nun, bevor wir uns dem Feiern widmen, möchte

ich Legacy wieder ganz offiziell im Club willkommen heißen. Du hast uns gefehlt, Bruder", verkündet Warden. Anschließend räuspert er sich und überrascht mich mit seinen nächsten Worten. „Wir fühlen uns echt mies wegen deiner Frau. Wirklich saumäßig schlecht. Wir haben ihre Schwester im Auge behalten, die es als Einzige an jenem Tag aus dem ACJ-Clubhaus herausgeschafft hat. Und das nur, weil sie gottverdammtes Glück hatte. Die andere Fotze, Quinn, hatte nicht so viel Dusel. Nach dem, was Raul uns über sie erzählt hat und dem hinterlistigen Scheiß, den sie mit dir und Henli abgezogen hat, glaube ich nicht, dass ihr irgendwer auch nur eine Träne nachweint."

„Das bezweifle ich", murmle ich lachend. „Ich kann jedenfalls für mich sagen, dass es mich kalt lässt."

Ich füge nicht hinzu, dass sie wegen Henli kein schlechtes Gewissen haben müssen, denn es ist nicht allein ihre Schuld. Als die Zeit reif gewesen war, habe ich sie nicht für mich beansprucht. Das hätte ich tun sollen. Allerdings wollte ich das Clubleben und das Leben, das ich mit ihr hatte, strikt voneinander trennen.

Ich wollte den ganzen Kuchen und habe es sowas von verkackt.

Aber nun bin ich wieder draußen und werde mir meine Frau zurückholen. Ich werde die Sache mit ihr wieder hinbiegen. Ich werde das Leben führen, das ich mir immer gewünscht habe. Obwohl zwei Jahre vergangen sind, kann ich mir einfach keine andere Frau an meiner Seite vorstellen als sie.

Sie ist die Richtige für mich.

Kapitel 33

Henli

Vier Monate später

Wann wird das endlich langweilig? Ich meine, ich mache jeden Tag das Gleiche. Entweder arbeite ich oder ich liege am Strand. Und trotzdem scheine ich die Routine nie satt zu haben. Andererseits lebe ich ja auch sozusagen in meiner kleinen, selbstgeschaffenen Blase.

Meine Mutter hat vollkommen Recht: Sie fragt mich ständig, wann ich denn mal wieder mit jemandem ausgehe. So sehr ich ihr auch sagen will, dass das niemals der Fall sein wird – dass ich immer noch darauf warte, dass dieser eine Mann auf seinem Motorrad angefahren kommt und mich in den Sonnenuntergang entführt, damit wir ein magisches, wunderschönes Leben miteinander verbringen können -, tue ich es nicht. Sie würde mich bloß wieder auf den Boden der Tatsachen zurückholen.

In die Realität.

Ich hasse dieses Wort. Es ist wirklich ätzend. Ich verbringe viel lieber Zeit in meiner Blase der Fantasie, in der ich Menschen dabei helfe, wundervolle Hochzeiten und Veranstaltungen zu genießen. Ich will nie wieder in die harte Realität zurückkehren.

Im Land der Fantasie ist es einfach viel zu schön.

Als die Sonne langsam untertaucht und die Flut mit einer kühlen Brise an Land gespült wird, packe ich meine Sachen zusammen und gehe zu meinem Wagen. Ich bin mir ziemlich sicher, dass die Fußmatten meines Autos mittlerweile zu neunzig Prozent aus

Sand bestehen.

Aber das ist mir vollkommen einerlei.

Ich befördere Handtuch und Tasche in den Kofferraum, öffne die Fahrzeugtür und lasse mich auf den Fahrersitz sinken. Heute hatte ich keinen Schirm dabei, weil es nicht ganz so sonnig war. Nun ja, ich hätte meine Haut trotzdem vor den Sonnenstrahlen schützen müssen.

Ich wollte einfach nur in der Wärme baden und sie bis in meine Knochen dringen lassen, aber das hat nicht funktioniert. Aus irgendeinem Grund ist mir heute richtig kalt.

Da ich dringend einen wärmenden Kaffee brauche, schlendere ich zu meinem Lieblingscafé und bestelle mir einen heißen Karamell-Macchiato, in der Hoffnung, dass er mir gut tun wird. Ich lege meine Finger um den warmen Becher, bedanke mich winkend, lächle dem Barista zu und mache mich dann auf den Heimweg.

Nachdem ich mein Auto auf dem Parkplatz meines Wohnkomplexes abgestellt habe, halte ich in einer Hand meinen Kaffeebecher und mit der anderen krame ich aus meiner Handtasche den Schlüsselbund hervor. Anschließend steige ich die Treppenstufen zum Gebäude hinauf. Mir ist kalt, ich bin müde und möchte einfach nur noch heiß duschen und mich in eine Decke einwickeln.

Bevor ich jedoch dazu komme, meinen Hausschlüssel ins Schloss zu stecken, bleibt meine Welt stehen.

Nein, eigentlich dreht sie sich mit einem Mal sehr schnell.

Sie kreiselt so rasant, dass ich beinahe davonfliege.

„Hey, Baby."

Diese Stimme ist so sanft, so sexy, so satt und rau.

Brick sieht gut aus.

Zu gut.

Ich frage ihn nicht, wie er mich gefunden hat. Eigentlich frage ich ihn überhaupt nichts. Ich bin einfach nur sprachlos und starre ihn an. Mein Mund steht leicht offen, mein Körper ist vor Schock wie gelähmt. Mir kommen keine Worte über die Lippen, in meinem Kopf herrscht gähnende Leere. Ich stehe völlig unter Schock.

Auch er sagt nichts, sondern lächelt bloß. Wie es für ihn typisch ist, nimmt er mir den Schlüsselbund aus der Hand und sperrt die Haustür auf.

Als die Tür offen steht, tritt er näher an mich heran und neigt den Kopf zu mir herab. Er streichelt mir über die Wange. Dann legt er seine Finger um meinen Nacken, hält mich fest und drückt seinen Mund auf meinen.

Er küsst mich. Küsst mich intensiv, was ganz gewiss beabsichtigt ist. Es ist alles und mehr, was ich mir in den letzten zwei Jahren ausgemalt habe. Es ist besitzergreifend und verzehrend, und das, obwohl keinerlei Zunge mit im Spiel ist.

Er bringt mich zum Zittern und drängt mich dann in meine Wohnung hinein, unsere Lippen liegen noch immer aufeinander. Glücklicherweise spielen meine Beine mit. Das Letzte, das ich gebrauchen kann, ist, im Hausflur zusammenzubrechen, weil dieser Mann mich küsst.

Als wir uns in meinem Apartment befinden, beendet er den Kuss, tritt einen Schritt zurück und schließt die Tür hinter uns, ehe er sie absperrt. Bevor ich überhaupt realisieren kann, was hier vor sich geht, hat er mich auch schon gegen die Tür gedrückt. Ich stoße einen kleinen Schrei aus.

Mein Rücken ist gegen das Holz gepresst, meine Vorderseite gegen eine Wand aus Muskelmasse und Verführung, namens Brick. Ich lege den Kopf in den Nacken, um ihm in die Augen blicken zu können.

„Oh mein Gott", keuche ich. Die Worte kommen mir so leise über die Lippen, dass ich mir nicht schlüssig bin, ob er sie überhaupt hören konnte.

„Ich wäre ja schon viel eher gekommen, aber ich musste erst meine Bewährungszeit abwarten, weil du den Staat verlassen hast", erwidert er.

Ich weiß nicht, was ich darauf entgegnen soll. Ich bleibe, wo ich bin, starre ihn mit großen Augen an und frage mich, was zum Henker ich mit diesem großen, schönen Mann, der sich in meinem Wohnzimmer befindet, nur anstellen soll.

Jenen Mann, in den ich mich verliebt habe. Einen Mann, von dem ich mir nicht sicher war, ob ich ihn je wiedersehen würde.

Gott.

Dieser wunderschöne Mann.

Legacy

Mir hat es noch nie die Sprache verschlagen. Normalerweise habe ich immer etwas zu sagen, wie zum Beispiel meine Meinung.

Jedoch nicht in diesem Moment.

In diesem Augenblick bin ich tatsächlich verdammt sprachlos.

Ich dachte, meine Vorstellungskraft hätte mir einen Streich gespielt. Ich dachte, vielleicht hätte ich sie mir einfach bloß hübscher und ihre Stimme verruchter vorgestellt. In den letzten zwei Jahren, die ich im

Knast verbracht habe, hatte ich ausreichend Zeit, um sie mir auszumalen.

Aber ich habe nicht übertrieben.

Henli ist noch genauso, wie ich sie in Erinnerung hatte – bis ins kleinste Detail.

„Es tut mir so verdammt leid, was dir widerfahren ist“, gestehe ich ihr. „Ich habe versucht, genau so etwas zu verhindern, und es ist verflucht noch mal doch passiert. Und ich konnte nichts tun, um dich zu beschützen.“

Ich habe mich noch nie zuvor entschuldigt. Mein Vater hat mir immer eingebläut, Entschuldigungen seien nur etwas für Weicheier. Entweder man ändert sich oder eben nicht. Entschuldigungen seien nichts wert. Aber etwas sagt mir, dass Henli diese Worte aus meinem Mund hören muss.

Es tut mir leid.

Eine Entschuldigung kann eine Menge bewirken und der Art nach zu urteilen, wie sich ihr Gesichtsausdruck erweicht, scheint da etwas dran zu sein. Doch plötzlich, quasi im nächsten Moment, spiegelt sich Besorgnis auf ihrem Gesicht wider.

„Ist das der Grund, wieso ich dein Geheimnis bleiben sollte?“, will sie wissen.

Als ich mich ihr erklären will, hebt sie die Hände und stößt mich von sich.

Ich schließe meinen Mund wieder und gebe ihr, was sie braucht: Einen Moment Zeit. Danach werde ich mir nehmen, wonach ich mich sehne. Wir werden miteinander vögeln und wieder auf den richtigen Pfad gelangen. Ich kann ein geduldiger Mann sein … zumindest für den Augenblick.

Ich sehne mich danach, mich in ihr zu vergraben. Wenn es nur nach meinen körperlichen Bedürfnissen ginge, würde sie schon längst vor mir knien und ich sie von hinten ficken, während ich sie mit meinen Fingern zum Kommen bringe.

Zwei Jahre ist das nun her, zwei *lange* Jahre.

„Leugne es nicht. Du hast mir zwar bereits deine Gründe genannt, die ich aber allesamt für Blödsinn halte. Du wolltest diese schreckliche Frau heiraten und es mir verschweigen. Du wolltest zwei Leben führen, zwei Frauen haben und zwei Familien gründen.“

„Ich hätte niemals eine Familie mit ihr gegründet“, halte ich dagegen.

Doch damit habe ich die falschen Worte gewählt.

Wenn ich könnte, würde ich sie wieder zurücknehmen. So, wie sie mich ansieht, bin ich mir sicher, dass ich verdammt noch mal das Falsche gesagt habe.

„Was soll mir diese Aussage bringen? Soll ich mich dadurch besser fühlen?“

Nicht antworten.

„Henli“, murmle ich. „Es ist doch überhaupt nichts passiert. Ich wollte nie, dass die Dinge so laufen. Ich habe doch bloß versucht, das Beste für den Club zu tun. Ich wollte sowohl damals als auch jetzt nur dich. Nur dich. Diese ganze Scheiße bedeutet mir rein gar nichts.“

Ihre Augen verengen sich zu Schlitzen, während sie sich auf die Unterlippe beißt. Sie sieht verdammt anbetungswürdig aus und ich hätte nie gedacht, dass ich das mal über eine Frau sagen würde, die wütend auf mich ist. Aber sie …

„Für mich spielt es eine Rolle“, erwidert sie. Ihre Stimme ist brüchig. „Ich war dazu bereit, dir alles von mir zu geben, Brick. Aber du wolltest kaum etwas mit mir teilen. Du wolltest mich nur mit einem Teil von dir abspeisen."

„Du verstehst das nicht."

Sie schüttelt den Kopf. „Du bist kein König und wir befinden uns nicht im fünfzehnten Jahrhundert. Du musst also nicht aus Liebe zu deinem Vaterland heiraten. Also verschone mich mit diesem Scheiß."

Ich muss husten, da ich versuche, mir das Lachen zu verkneifen.

Aus Liebe zu meinem Vaterland?

Sie ist verdammt lustig.

Grinsend schüttele ich den Kopf. „Baby, das ist Geschichte. Es ist vorbei und du bist nun meine Old Lady. Sowas kommt nie wieder vor."

Ihre Augen werden ganz groß und sie spitzt die Lippen, bevor sie in schallendes Gelächter ausbricht. „Du bist doch verrückt geworden, oder? Hast du zu lange in Einzelhaft gesessen oder so? Hast du den Verstand verloren?"

Ich bin fertig mit diesem Bullshit. Mit wenigen Schritten bin ich bei ihr. Als ich meine Finger um ihre Kehle lege, schnappt sie nach Luft. Ich gleite mit dem Daumen ihren Hals hinauf, übe Druck auf ihren Kiefer aus und bringe sie so dazu, den Kopf nach hinten zu neigen. Als ihr Hinterkopf sanft gegen die geschlossene Tür stößt, lächle ich.

Die andere Hand lege ich auf ihre Hüfte und halte sie fest.

„Schluss jetzt mit dem Scheiß", knurre ich.

„Wie bitte?"

„Schluss mit dieser Unterhaltung. Du gehörst mir. Ich gehöre dir. Wenn du deinen Frust abbauen willst, dann nimm dafür meinen Schwanz. Wenn du mich anschreien willst, kannst du das tun, aber erst, nachdem ich dich gefickt habe. Aber vergiss nicht, du gehörst mir, Henli.“

Ohne ihr die Chance zu geben, mir zu widersprechen, küsse ich sie und lasse meine Zunge in ihren Mund gleiten. Dieser Kuss wird meinen Erinnerungen überhaupt nicht gerecht. Sie schmeckt phänomenal.

Ich nehme meine Hand von ihrer Hüfte und schiebe meine Finger unter ihr Shirt, um sie über ihren Bauch gleiten zu lassen. *Heilige Scheiße.* Ihre Haut ist noch viel weicher, als ich sie mir vorgestellt hatte. Jesus, bevor ich sie ausgezogen habe, werde ich schon in meiner Hose gekommen sein.

„Brick“, keucht sie, nachdem ich den Kuss beendet habe.

Mit meinen Lippen wandere ich ihre Kehle hinunter, sauge an ihrer Haut.

Sie wimmert und fährt mir mit den Fingern durch die Haare. Sie krallt sich in einem Büschel fest und zieht meinen Kopf zurück.

Nun starre ich in ihre grünen Augen.

Während sie meinem Blick standhält, blähen sich ihre Nasenflügel auf.

Meine Lippen verziehen sich zu einem hungrigen Grinsen. Ich verliere kein Wort, denn wir brauchen beide nun Taten.

Sie streicht über meine Brust, meinen Bauch hinunter, um mein Shirt anzuheben.

Als ihre Fingernägel über meine Haut kratzen, entweicht mir ein Zischen. Ich löse meinen Griff um sie und packe mir ihren Hintern, um sie hochzuheben. Sie schlingt sofort Arme und Beine um meinen Körper, so dass ich sie auf direktem Weg ins Schlafzimmer tragen kann.

Kapitel 34

Henli

Ich sollte dafür sorgen, dass er wieder verschwindet.

Ich sollte ihm sagen, dass er gehen und nie wiederkommen soll. Aber ich habe kein Interesse daran, etwas zu tun, womit ich mir selbst wehtue. Denn letzten Endes ist er der Mann, den ich will.

Der Mann, von dem ich zwei Jahre lang versucht habe, loszukommen. Aber ich habe nie einen Weg gefunden es zu tun. Keine Chance. Ich will ihn, selbst wenn er mich zerstören könnte.

Er stellt mich wieder auf dem Boden ab, doch ich halte ihn weiterhin mit meinen Armen umklammert, da ich ihn einfach nicht loslassen kann. Ich will ihn küssen, ihn berühren, ihn auf jede erdenkliche Weise spüren. Es ist, als hätte er die Schleusentore geöffnet, und nun kann ich einfach nicht genug bekommen.

Erst saugt er an meiner Unterlippe, dann gibt er mich frei und tritt einen Schritt zurück. Das hat zur Folge, dass ich ihn nun doch loslassen muss.

Sofort fehlt mir seine Wärme.

Er tritt einen weiteren Schritt zurück, zieht seine Weste aus und befördert sie auf meinen antiken, tiefgrünen Samtstuhl in der Ecke. Das Sitzmöbel war eine unsinnige Anschaffung, aber nun, da seine Weste darauf liegt, kommt es mir so vor, als wäre es nur dafür gebaut worden.

Als er damit beginnt, sein Shirt auszuziehen, vergesse ich sofort den blöden Stuhl und seine Weste. Beim Anblick seines nackten Oberkörpers setzt mein Verstand aus.

Seine Tattoos kommen zum Vorschein. Sie sind wunderschön – genau wie er – und bedecken einen Großteil seines Körpers. Er ist massiger als noch vor zwei Jahren, mit Muskeln bepackt. Das ist verdammt sexy.

„Brick“, keuche ich.

Seine Nasenflügel blähen sich auf und ein Knurren entweicht seiner Kehle.

Er klappt die Gürtelschnalle auf, dann öffnet er langsam die Knopfreihe seiner Hose und schiebt sie sich bis zu den Knöcheln herunter. Ich sehe ihm dabei zu, wie er seine Boots loswird, sodass er nur noch in Boxershorts bekleidet vor mir steht.

Ich trage noch immer meine Shorts und mein Tanktop sowie meine Badeklamotten darunter. Ich stehe mitten im Raum und bewundere ihn in seiner vollen Pracht.

Plötzlich fühle ich mich wegen meines Aussehens ein wenig verlegen, weil er in den letzten zwei Jahren noch so viel attraktiver geworden ist. Er hat einen gesunden Haarwuchs im Gesicht. Sein Körper ist wesentlich trainierter. Und sein Lächeln ist noch umwerfender als vor zwei Jahren – etwas, das ich nie für möglich gehalten hätte.

Und dann bin da ich. Ich sehe heute definitiv nicht besser aus als vor seinem Weggang. Ich habe zwar etwas abgenommen, aber trotzdem wirken meine Augen eingefallen und sind von tiefvioletten Flecken der Erschöpfung umrandet. Ich war gestresst und besorgt und habe versucht, an mir zu arbeiten, was mir aber nicht so gut gelungen ist. Mein Haar ist nicht mehr so glänzend und gesund, wie es das einst war.

Alles in allem haben die Traurigkeit, die Angst und meine Depression, die ich in den letzten zwei Jahren durchlebt habe, ihren Tribut gefordert. Ich hasse das, denn ich bin noch nicht einmal dreißig Jahre alt, aber an manchen Tagen fühle ich mich deutlich älter.

„Henli“, sagt Brick, woraufhin ich den Kopf hebe und ihn ansehe. „Wo bist du nur mit deinen Gedanken?“

„Du siehst wirklich toll aus“, lasse ich ihn wissen. „Und ich leider nicht.“

Er runzelt die Stirn, dann macht er einen Schritt auf mich zu. Dann noch einen. Als er vor mir steht, ist er mir so nah, dass ich die Hitze, die von seinem Körper ausgeht, spüren kann. Er legt seine Hände auf meine Wangen und umschließt sie. Mit dem Daumen gleitet er über mein Gesicht, sein Blick ist auf mich gerichtet. Starr und unnachgiebig.

„Du bist absolut umwerfend, Henli. Und ich will jetzt keinen Widerspruch hören.“

Ich hole Luft, um doch zu widersprechen, um ihm zu sagen, dass er sich irrt, aber die Worte kommen mir einfach nicht über die Lippen, weil er seinen Mund auf meinen presst und seine Zunge zwischen meine Lippen schiebt. Das macht mir das Sprechen unmöglich.

Allerdings stört mich das nicht, denn sobald er mich wieder küsst, ist mein Kopf wie leergefegt. Ich vergesse völlig, woran ich soeben noch gedacht habe. Nichts anderes ist nunmehr wichtig, außer seinem Mund auf meinem.

Als seine Finger zu meinem Tanktop wandern, unterbricht er den Kuss, um es mir vom Körper zu streifen. Er wirft das Top beiseite. Sofort darauf liegen seine Lippen wieder auf meinen und er wandert mit seiner Hand zum Bund meiner abgeschnittenen Jeans.

Brick zieht mir die Hose die Beine hinunter. Als sie sich auf Höhe meiner Knöchel befindet, steige ich aus ihr heraus und kicke mir die Flip-Flops von den Füßen, die daraufhin irgendwo im Zimmer landen. Ich schere mich nicht darum, da er den Kuss beendet, seine Lippen meinen Hals entlang gleiten lässt und an meiner Kehle zu saugen beginnt.

Ich hebe die Hände, fahre mit den Fingern durch sein Haar und kralle mich darin fest. Es ist länger als noch vor seinem Gefängnisaufenthalt. Es steht ihm gut und fühlt sich gleichzeitig noch so viel besser an. Ich möchte ihn überall auf meiner Haut spüren.

Zitternd atme ich aus und schließe die Augen. Als er weiterhin meinen Hals küsst, leckt und an ihm saugt, biege ich meinen Kopf nach hinten. Ich stelle mir vor, wie er all diese Liebkosungen meiner Pussy zuteilwerden lässt. Es ist einfach schon so lange her. Viel zu lange.

Sobald seine Hände zu meinem Bikinioberteil wandern und er an dem Band zupft, um es zu öffnen, verhärten sich augenblicklich meine Nippel, weil die kühle Luft im Schlafzimmer auf meine Brüste trifft.

„Scheiße", zischt er.

„Bitte", wimmere ich.

Ich öffne meine Lider und blicke ihm tief in die Augen.

Er grinst mich an. „Du brauchst mich niemals anzuflehen, Baby. Ich werde dir geben, wonach du dich sehnst."

Oh Gott.

Er ist so sexy.

Er hebt mich hoch und legt mich auf dem Bett ab.

„Zeig mir, wo du mich am dringendsten brauchst, Henli."

Ich verliere keine Zeit. Ich streife mir das Bikinihöschen von den Beinen und befördere es auf den Fußboden. Dann spreize ich meine Schenkel für ihn.

Das Mädchen, das ich einst war, bevor er ging – schüchtern und zurückhaltend -, gibt es nicht mehr. Zwei Jahre über habe ich von diesem Moment geträumt. Ich war so einsam, so unglaublich traurig, doch tief in meinem Herzen wusste ich – weiß ich noch immer -, dass er der Mann ist, den ich will.

Der Mann, an dessen Seite ich sein will – für immer.

Legacy

Wenn ich das Bild einer perfekten Frau zeichnen müsste, wenn ich den schönsten Moment einfangen müsste, wäre ich nicht dazu in der Lage, diesen Augenblick zu übertrumpfen.

Henli, die mitten auf ihrem Bett liegt, umhüllt von mädchenhaftem, weichem, blauen Bettzeug. Auf die Ellenbogen gestützt, die Beine weit für mich gespreizt und mit hungrig verzehrendem Blick.

Heilige. Scheiße.

Ich verliere keine Zeit. Genau hiervon habe ich jeden verdammten Tag geträumt, als ich weggesperrt war. Sie ist eine gottverdammte Fantasie, die zum Leben erwacht ist.

Ich drapiere ihre Beine über meinen Schultern und vergrabe mein Gesicht in ihrer Muschi.

Henli keucht auf, doch das hindert mich nicht daran, sie weiter zu verwöhnen. Ich presse meine Zunge gegen ihre Klitoris und schmecke sie – alles von ihr. Ich sauge ihre Lustperle in meinen Mund ein, schließe die Augen und verschlinge sie regelrecht. Ihr

Geschmack aktiviert all meine Rezeptoren.

Sie spreizt die Beine noch etwas weiter für mich, hebt ihre Hüften an und kommt mir entgegen.

Ich bohre meine Finger in ihre Oberschenkel, drücke fest zu und knurre gegen ihre Pussy. Ich lasse meine Zunge in sie hineingleiten und stoße ein paar Mal fest zu, ehe ich mich wieder ihrer Klit widme.

Ihre Schenkel zittern unter meinen Fingerspitzen. Ich schramme mit den Zähnen über ihre Perle und sauge und lecke abwechselnd das Zentrum ihrer Lust.

„Brick", stöhnt sie und kommt.

Mein Schwanz ist so verdammt hart und meine Eier tun weh. Ich bezweifle, dass ich mich lange genug beherrschen kann, um nicht nach den ersten beiden Stößen in ihr zu kommen. Es ist zwei Jahre her, dass ich in einer Frau war, dass ich in *dieser* Frau war.

Bevor sich ihre Muskeln wieder entspannen, lege ich mich über sie, meine Hände auf ihren Hüften und dringe mit einem gezielten Stoß in sie ein. Sie schreit auf, legt ihre Finger um meinen Bizeps und ihre Nägel bohren sich in meine Haut.

Ich verharre bewegungslos in ihr und blicke ihr in die Augen. In diese grünen Augen, die mich verdammt noch mal völlig vereinnahmen – jeden gottverdammten Zentimeter von mir.

„Henli", keuche ich.

Anstatt sie hart und schnell zu ficken, wie mein Körper das von mir verlangt, gehe ich es ganz langsam an. Ihre Fingernägel graben sich noch tiefer in meine Haut, aber das ist mir scheißegal. Ich hoffe, sie zeichnet mich fürs Leben. Ihr gehört nämlich bereits meine verdammte Seele.

Ich bewege meine Hüften ganz langsam. Während

ihr Körper mich voll und ganz in sich aufnimmt, halten wir die ganze Zeit über Blickkontakt. Mir bleibt noch ausreichend Zeit, um sie auf jede erdenkliche Weise zu vögeln. Hart, schnell, langsam, sanft – in jeder erdenklichen Stellung.

„Ich halte nicht mehr lange durch", informiere ich sie.

Sie nickt mir zu, unsere Blicke sind eng verwoben, als ich komme.

„Alles Gute zum verdammten Geburtstag, Brick", murmle ich vor mich hin, senke den Kopf und küsse sie.

„Wie jetzt? Du hast Geburtstag?", keucht sie gegen meine Lippen.

Lachend ziehe ich den Kopf zurück und schiebe die Hüften langsam vor. Ich genieße es, genau dort zu sein, wo ich gerade bin.

„Ja, es ist mein Vierzigster", gestehe ich ihr.

„Brick."

Ich stöhne auf. Mein Schwanz wird zu schlaff, um weitermachen zu können. Deshalb rolle ich mich von ihr herunter und lege mich auf den Rücken. Anschließend ziehe ich sie in meine Arme. Allerdings bettet sie nicht, wie gewöhnlich, ihren Kopf auf meine Brust. Stattdessen richtet sie sich auf und starrt mich an.

„Hast du wirklich Geburtstag?", will sie wissen.

Ich ziehe sie zu mir heran und lache. „Ja, Baby. Ich habe wirklich Geburtstag. Da meine Bewährungsfrist heute endete, bin ich direkt hergefahren. Ich konnte mir kein besseres Geschenk wünschen, als endlich meine Frau wiederzusehen."

Sie runzelt die Stirn, was ich nicht erwartet hatte. „Brick." Vor mich hin brummend warte ich darauf, dass sie endlich ausspricht, was ihr auf der Zunge liegt. „Mir gefällt es hier vor Ort sehr gut."

Ich fahre ihr mit den Fingern durchs Haar. Ich ziehe sanft an einer Strähne an ihrem Hinterkopf, um ihre Aufmerksamkeit wieder auf mich zu lenken.

„Ach ja?", frage ich, weil ich mir nicht sicher bin, worauf sie hinauswill. Ich kann nicht zu ihr ziehen und werde mich weigern, ohne sie wieder zu gehen. Sie versucht zu nicken, doch sie schafft es nicht, weil ich ihre Haare festhalte. „Casa Grande ist mein Zuhause. Das war es immer. Mein Leben ist dort, und ich kann den Club nicht verlassen."

„Was wird aus mir, sollte ich nach Tucson zurückgehen? Ich habe keinen Job, keine Perspektive. Keine Kundschaft. Ich habe zwar ein bisschen Geld gespart, aber nicht genug, um mich selbstständig zu machen."

Ihre Worte klingen logisch. Ich verstehe, was sie mir sagen will, aber ich kann nicht hierherziehen. Ich weigere mich, verdammt noch mal, hier zu leben. Mein Club, meine Familie ist in Casa Grande.

Verdammt, ich will nicht einmal, dass sie nach Tucson zurückgeht. Ich will sie bei mir haben. Für immer.

„Ich kann mir nicht vorstellen, hier zu leben, Henli. Ich brauche dich bei mir in Casa Grande. Ich will, dass du mit mir unter einem Dach wohnst, in meinem Haus und mit mir in einem Bett schläfst. Ich will, dass du meine Frau wirst und dass wir zusammen Kinder bekommen."

Ihre Augen werden ganz groß. Sie holt tief Luft, woraufhin ich denke, dass sie mir sagen wird, dass ich mich zum Teufel scheren soll, aber das tut sie nicht. Ich schwöre, dass ich mich noch nie in meinem

Leben so verflucht unsicher gefühlt habe.

Ich weiß, dass ich bei ihr auf ganzer Linie verkackt habe. Ich hoffe bloß, dass sie mir die Chance gibt, es wieder gut zu machen. Ich bin nämlich mehr als bereit, genau das zu tun. Ich bin hier, um meine Fehler wieder auszubügeln, und das Erste, das ich tun werde, ist, sie zu meiner Old Lady zu machen.

„Hochzeit und Babys?“, fragt sie im Flüsterton.

„Ich werde nicht jünger, Babe.“

Kapitel 35

Legacy

Ihre Gedanken scheinen Achterbahn zu fahren. Meine Worte, und zwar jedes davon, haben sie nachdenklich gestimmt. Das merke ich ihr an. Allerdings will ich, dass sie meinem Vorschlag zustimmt. Dass sie ihre Koffer packt und mit mir auf mein Bike steigt. Sie kann ihr verdammtes Auto hierlassen. Ich werde ihr ein Neues kaufen.

Sie leckt sich mit der Zunge über die Unterlippe und schüttelt den Kopf. „Lass uns anlässlich deines Geburtstags essen gehen.“

Ich lege den Kopf leicht schief und starre sie an. „Weichst du mir etwa aus?“

Ich bin deshalb nicht etwa sauer. Dass ich hier aufgekreuzt bin, hat sie verdammt noch mal überrascht.

„Geburtstagsessen“, wiederholt sie und drückt sich von mir weg.

„Geht für mich in Ordnung. Zumal ich den Nachtisch ja schon hatte.“

Ihr klappt der Mund auf, sie schnappt nach Luft und ihre Wangen röten sich. Ich muss lachen, lege meine Finger um ihren Nacken und ziehe sie wieder zu mir heran.

Henli schmiegt sich wieder an meine Brust.

Ich streife mit meinen Lippen ihren Mund. „Das Süßeste, das ich in den letzten zwei verfluchten Jahren gekostet habe, Baby. Du bist das beste Dessert auf diesem verdammten Erdboden“, murmle ich.

„Stopp“, keucht sie.

Sie will doch eigentlich gar nicht, dass ich aufhöre. Es ist das Letzte, was sie will. Das merke ich daran, wie sich ihre Nasenflügel weiten und ihre Augen funkeln.

„Ich höre aber nicht auf“, erwidere ich und sauge noch einmal an ihrer Unterlippe, ehe ich sie wieder freigebe.

Sie schiebt ihre Beine über die Bettkante und versucht, aufzustehen. Jedoch sind ihre Beine ganz zittrig, weshalb ich grinsen muss. *Ich bin der Grund dafür.*

Auf wackligen Beinen macht sie einen Schritt, dann noch einen. Anschließend blickt sie mich über ihre Schulter hinweg an. „Wir gehen ins *Cracked Crab*. Magst du Fisch?“

Ich könnte jetzt schmutzige Dinge sagen. Zum Beispiel, dass ich total auf fischigen Geruch abfahre, entscheide mich aber dagegen. Ich glaube nicht, dass sie mit dieser Anspielung klarkommen würde. Deshalb nicke ich und gebe ihr so zu verstehen, dass sie sich fertig machen soll.

Sie lächelt mir zu. Es ist ein verdammt schönes Lachen. Anschließend stiehlt sie sich aus dem Zimmer.

Ich nehme mir einen Moment, um in ihrem verfluchten Schlafzimmer vor mich hinzuträumen, bevor auch ich mich anziehe und mich auf den Weg zu Rauls Mann mache, der das Apartment neben ihrem bewohnt. Ich will später ausführlich mit ihm reden, aber dafür muss ich sicherstellen, dass er überhaupt zugegen ist.

Ich verlasse ihre Wohnung und gehe zu seiner Haustür.

Nachdem ich angeklopft habe, öffnet er mir. Er mustert mich von Kopf bis Fuß. Sein Blick bleibt schließlich an den Aufnähern auf meiner Kutte hängen.

„Raul meinte schon, dass sie dich endlich

rausgelassen haben", sagt er lachend.

Er ist ein gutaussehender Kerl, der ein paar Zentimeter kleiner ist als ich. Er hat einen dunkleren Teint, dunkle Augen und sein Kopf ist komplett kahlrasiert, wie der von Raul.

„Ich wollte mich nur kurz vorstellen", erwidere ich.

Er nickt mir zu und tritt anschließend zu mir ins Freie. „Ich habe in meinem Apartment eine Tussi zu Gast. Sie wird immer total nörgelig, wenn ich Besuch bekomme", murmelt er.

„Legacy", sage ich und strecke ihm eine Hand entgegen.

Er ergreift sie und schüttelt sie. „Miguel. Aber die Meisten nennen mich einfach Miggy."

„Ich glaube nicht, dass ich mich jemals dafür revanchieren kann, dass du auf meine Frau aufgepasst hast, dass du extra dafür hierhergezogen bist. Ich weiß das echt zu schätzen."

Grinsend schüttelt er den Kopf. „Bruder, glaub ja nicht, dass ich es bereue, zwei Jahre über in unmittelbarer Nähe zum Strand und mit Blick auf das Meer gelebt zu haben. Das ist nicht der Rede wert. Außerdem war es alles andere als lästig, ein Auge auf dein Mädchen gehabt zu haben. Sie hat nicht viel gemacht, außer zu arbeiten und am Strand abzuhängen."

Eigentlich wollte ich nie, dass er jeden Schritt von Henli überwacht. Zumindest nicht so. Sie ist schließlich gegangen, weil man mich eingebuchtet hat.

Ich hatte nicht erwartet, dass sie mir treu bleiben würde. Obwohl ich das natürlich gehofft hatte. Allerdings stand für mich bereits fest, dass ich ihr nicht böse sein werde, wenn sie mir nicht treu geblieben wäre. Technisch gesehen war sie eine freie Frau.

Auch wenn ich natürlich nie wollte, dass sie jemand

anderen kennenlernt. Aber ich bin trotzdem heil
froh, dass sie sich mit niemandem eingelassen hat,
und es ist mir scheißegal, dass mich diese Aussage als
Obermacho dastehen lässt.

Henli

Nachdem ich mich geduscht und für das Abendessen
zurechtgemacht habe, begebe ich mich auf die Suche
nach Legacy.

Er ist nicht in meiner Wohnung, jedoch höre ich
Männerstimmen. Er steht draußen vor meinem
Apartment und plaudert mit meinem Nachbarn.

Ich schließe die Haustür ab und gehe zu den beiden
herüber.

„Hi“, sage ich und schäme mich dafür, dass ich
nicht einmal den Vornamen meines Nachbarn kenne.
Ich habe ihn zwar schon oft gesehen, habe aber noch
nie ein Wort mit ihm gewechselt.

Als ich den beiden näherkomme, schenkt der Mann
aus der Nebenwohnung mir ein zaghaftes Lächeln.

Brick dreht sich grinsend zu mir um. „Bist du startklar, Baby?“

Nickend trete ich einen Schritt zurück und winke
meinem Nachbarn zum Abschied zu. Brick greift sofort nach meiner Hand und zieht mich den Gang entlang.

Wir bleiben vor seinem Motorrad stehen. Er streichelt mir über die Wange, sucht meinen Blick, jedoch
küsst er mich nicht.

„Steig auf, Baby.“

„Ich trage ein Kleid“, quieke ich.

„Dann musst du eben näher an mich heranrücken.“

Ich kann nicht fassen, dass er erwartet, dass ich mich mit Highheels an den Füßen und einem Kleid zu ihm aufs Motorrad setze. Aber als er sich auf seine Höllenmaschine schwingt, schaue ich mich um und steige doch hinter ihm auf.

Zum Glück ist mein Kleid sehr dehnbar, sodass ich die Beine weit genug spreizen kann, um sie über die Sitzbank zu bekommen. Ich rutsche ganz nah an ihn heran, ziehe das Kleid so weit wie möglich wieder herunter und schlinge meine Arme um seinen Oberkörper. Einen Helm habe ich nicht. Ich habe ihn in Arizona gelassen, als ich gegangen bin. Aber andererseits, Brick trägt auch nie einen.

Ich bin mir sicher, dass in Kalifornien Helmpflicht besteht. Hoffentlich werden wir nicht erwischt, denn er besteht schließlich darauf, dass wir mit dem Motorrad fahren. Ich sehe, wie er etwas auf seinem Handy eintippt. Anschließend räuspert er sich, startet den Motor, lässt ihn aufheulen und fährt los.

Die salzige Luft streift mein Gesicht, was sich unglaublich schön anfühlt. Ich versuche mir vorzustellen, diesen Ort wieder zu verlassen. Sofort nimmt die Traurigkeit von mir Besitz. Diese Stadt ist wunderschön und ruhig. Man lässt mir bei der Arbeit freie Hand. Ich unterstütze meine Kunden, bekomme eine Provision gezahlt und gehe wieder nach Hause. Aber der Gedanke, Brick nicht jeden Tag um mich zu haben, stimmt mich ebenfalls sehr traurig.

Allerdings wären da auch noch meine Eltern. Sie fehlen mir. Mir hat es gefallen, in ihrer Nähe zu wohnen und ab und an zum Abendessen oder zum Plaudern vorbeizukommen.

Während wir zum Restaurant fahren, wäge ich die Vor- und Nachteile ab. Brick findet eine freie

Parkbucht und hält an, ehe er den Motor abstellt.

Er greift hinter sich, um meinen Körper herum, woraufhin ich seine Hand auf meinem Hintern spüre. Er will mir dabei helfen, vom Motorrad zu steigen, ohne dass der Rest der Welt meine Unterwäsche zu sehen bekommt.

Lächelnd versuche ich, ganz anmutig herunterzusteigen, obwohl ich sicherlich alles andere als grazil wirke. Ich zupfe am Rock meines Kleides und schaue, ob uns jemand beobachtet.

Als Brick von der Maschine steigt, läuft mir das Wasser im Mund zusammen. Es ist ein einmaliger Anblick, ihm dabei zuzusehen, wie er seinen massiven Körper über das Motorrad bewegt.

Sofort danach nimmt er meine Hand in seine, zieht mich hinter sich her und steuert auf den Eingang des *Cracked Crab* zu.

Nachdem wir das Lokal betreten haben, kann ich nicht glauben, wie leger es ist. Ich habe so viele Leute von diesem Restaurant schwärmen hören und wegen der hohen Preise die Augenbrauen in die Höhe ziehen sehen. Ich hatte etwas Superschickes erwartet, aber das ist ganz und gar nicht der Fall. Außerdem ist das Lokal ziemlich winzig.

Wir werden an einen Tisch im hinteren Bereich geführt, was perfekt ist, da wir noch eine Menge zu besprechen haben. Brick verlangt von mir, einen großen Schritt zu wagen, und ich weiß nicht, ob ich noch mal dazu bereit bin. Ich habe mich in diesen Mann verliebt, ohne ihn überhaupt zu kennen. Er war zwei Jahre lang weg und nun will er einfach so weitermachen, als hätte es diese Auszeit nie gegeben, als wären wir die ganze Zeit über zusammen gewesen.

In Wahrheit haben wir aber bloß ein paar Wochen

miteinander verbracht. Er wollte ein Doppelleben führen. Etwas, was nie wieder vorkommen darf, sollte ich mich dazu entscheiden, mit ihm zu gehen. Nachdem wir unsere Getränke und das Essen bestellt haben, lehnt er sich zurück und betrachtet mich.

„Du hast Fragen, richtig?", will er wissen.

Keine Ahnung, wie er wieder einmal meine Gedanken erraten hat. Bin ich so leicht zu durchschauen?

„Ich habe Fragen", bestätige ich ihm.

Lachend greift er nach meiner Hand. „Dann schieß los, Baby. Ich werde so ehrlich zu dir sein, wie ich nur kann."

„Wie geht es weiter, wenn ich mit dir gehen sollte? Wie sieht die Zukunft aus? Was passiert, wenn du wieder ins Gefängnis musst? Was, wenn ich keinen Job finde?"

Er hebt eine Hand in die Höhe, um mich davon abzuhalten, weitere Fragen auf ihn abzufeuern. „Babe, das reicht für den Anfang."

Ich atme ein und greife nach dem Wasser. Ich führe das Glas an meine Lippen und trinke einen Schluck. Ich bin mir nicht sicher, was er von mir erwartet. Selbst wenn ich ihn mit Fragen bombardiert habe, ändert das nichts an der Tatsache, dass ich noch viele weitere habe. So viele mehr.

„Wenn du mit mir kommst, kaufen wir uns ein Haus in Casa Grande. Wir holen dein Zeug aus Tucson und natürlich von hier und bringen es in unser neues Haus."

„Meine Sachen aus Tucson?"

„Du glaubst doch wohl nicht, dass dein ganzer Krempel auf der Müllkippe gelandet ist, oder?"

Ich lehne mich leicht über den Tisch, meine Augen sind ganz groß, meine Lippen sind vor Ehrfurcht gespitzt. „Du nimmst mich doch auf den Arm, oder? Hat Chains sie etwa einlagern lassen oder so ähnlich?“

„Ja, sie haben genau dort gelagert, wo du sie zurückgelassen hast. Ich habe während der letzten zwei Jahren weiterhin die Miete für das Haus gezahlt.“

Schock.

Er durchfährt mich – er nimmt vollständig und allumfassend von mir Besitz.

Ich atme tief ein und starre auf die Tischplatte. Dann sehe ich wieder zu ihm auf. „Das hast du nicht getan.“

Er nickt. „Doch, denn es war meine Schuld, dass du dir das Haus nicht leisten konntest. Es war meine Schuld, dass du ganz allein warst. Meine Schuld, dass dir etwas zugestoßen ist. Also ja, ich habe weiterhin die Miete gezahlt. Das war das Mindeste, das ich tun konnte.“

„Es war doch nicht allein deine Schuld“, halte ich dagegen. „Ich konnte einfach nicht vor Ort bleiben. Nicht nach dem, was passiert war. Ich wollte nur noch weg.“

„Genau, Babe. Der ganze Scheiß, der dir widerfahren ist, war meine verdammte Schuld. Deine Worte sorgen nicht dafür, dass es verflucht noch mal besser klingt“, erwidert er lachend. „Also habe ich weiterhin die Miete gezahlt. So ist das nun mal.“

Lachend schüttle ich den Kopf. Ich kann nicht fassen, was er da sagt. Ich weiß nicht, wie ich die Informationen verarbeiten soll. Er hat zwei Jahre lang Miete für ein Haus bezahlt, das nur als Lagerraum diente.

„Und was ist mit dem Gefängnis?“

„Ich habe nicht vor, jemals in den Knast

zurückzukehren. Die Zeit, die ich dort abgesessen habe, war verdammt noch mal lang genug. Den Rest, Babe, müssen wir einfach im Lauf des Lebens herausfinden."

Als uns das Essen serviert wird, lehne ich mich zurück und denke darüber nach, was das für die Zukunft bedeuten könnte. Ich bin mir nicht schlüssig, was ich tun soll. Mein Herz und mein Körper wollen mit ihm gehen, aber mein Verstand schreit mich an, eine andere Richtung einzuschlagen. Ich habe das Gefühl, dass mich die zwei konträren Emotionen völlig zerreißen. Was ich mit Sicherheit schon sagen kann, ist, dass ich gern mit ihm hier bin. Mir gefällt es, wie ich für ihn empfinde, und ich liebe es, was er mich spüren lässt.

„Ich liebe meinen Job", wispere ich.

„Wir würden doch nur eine halbe Stunde von Phoenix entfernt leben", erwidert er.

Er hat recht.

Wenn ich wollte, könnte ich pendeln.

Immerhin wäre ich weit genug von Grace, von Cornelia entfernt. Phoenix hat viele Möglichkeiten zu bieten. Ich könnte Fuß in der Branche fassen. Vielleicht finde ich ein Ressort, ähnlich wie das *Madonna Inn*, wo ich aktuell arbeite, das eine Veranstaltungsplanerin sucht.

„Ich habe Angst, Brick."

Er legt seine Gabel ab und greift über den Tisch hinweg nach meiner Hand. „Ja, ich weiß, dass du Schiss hast, aber ich weiß ebenso sicher, dass du meine Frau bist. Du gehörst zu mir, und ich lasse dich verdammt noch mal nicht gehen."

Kapitel 36

Henli

Einen Monat später

Nach mehreren Reisen von Kalifornien nach Casa Grande und wieder zurück, ist es nun an der Zeit, offiziell in mein neues Zuhause einzuziehen.

Wir haben uns ein Haus gekauft.

Es ist klein und umgeben von einer schönen Nachbarschaft. Ich liebe alles daran, besonders die Lage. Es ist eine Mischung aus Cornelias Bungalow, den ich gemietet hatte, und dem Haus, das Brick uns in Tucsons verschafft hatte. Es hat die perfekte Größe für den Moment und wäre dennoch groß genug, um unsere Familie wachsen zu lassen – wenn wir das denn wollten.

Nachdem ich die Auffahrt entlanggefahren bin, stelle ich den Motor ab, öffne die Autotür und steige aus. Anschließend recke und strecke ich mich. Ich saß stundenlang im Wagen, um von Kalifornien nach Arizona zu fahren.

Die Haustür fliegt auf. Ich lächle, da Brick umgehend auf mich zugestürmt kommt. Er beugt sich zu mir herunter, hebt mich hoch und presst seine Mund für einen intensiven Kuss auf meinen. Dann trägt er mich in Richtung Haus davon.

Im Inneren unserer neuen Behausung herrscht eine Menge Trubel und es ist sehr laut. Als ich wieder festen Boden unter den Füßen habe, wird mir klar, dass meine Zukunft besiegelt ist. Mein Haus ist nämlich voller Biker.

Viele, viele Biker.

Der ganze Raum bricht in Jubel aus. „Willkommen zu Hause, Süße“, rufen ein paar seiner Jungs.

Brick bringt den Rest des Abends damit zu, mich den Männern vorzustellen, die er seine Familie nennt. Ich kann mir jedoch nicht all ihre Namen merken. Ich weiß nicht, welche Funktionen sie im Club bekleiden, aber ich weiß, dass diese Leute meinen Mann lieben.

Ich muss mir ein Dutzend Geschichten aus Bricks Kindheit und Jugend anhören. Ich höre sogar Erzählungen über seine Eltern – zwei Menschen, über die er mir bisher nicht sonderlich viel erzählt hat. Ich sauge alle Informationen in mich auf. Nun kenne ich den Grund, wieso er unbedingt hierbleiben wollte, und ich kann ihn mittlerweile verstehen.

Dies hier sind seine Leute, seine Familie. Dies ist seine Welt. Meine Eltern wohnen nicht weit von hier weg. Leider bedeutet das auch, dass ich Penelope wiedersehen werde. Allerdings muss ich zugeben, dass ich froh bin, wieder näher bei meinen Liebsten zu sein.

Als alle gegangen sind, schaue ich Brick an. Er lächelt mir zu, sein Blick ruht auf mir.

Ich gehe auf ihn zu. „Ich mag sie“, gestehe ich ihm. „Ich meine, Warden kannte ich ja bereits, aber den Rest noch nicht.“

Er grinst. „Schön, dass du sie magst. Es ist auch ziemlich schwer, sie nicht zu mögen.“

„Cornelia und Penelope haben es so aussehen lassen, als wärt ihr schreckliche, furchterregende, fiese Hooligans, die nur darauf aus sind, mein Leben zu ruinieren.“

„Wir sind zwar keine Unschuldslämmer, aber wir

werden dir niemals wehtun. Keine Chance."

„Nur mir nicht?", hake ich nach.

Seine Lippen zucken. „Willst du die Wahrheit hören?"

Ich bestätige ihm, dass ich das möchte, obwohl ich mir gar nicht sicher bin, ob ich sie wirklich erfahren will. Denn seinem Blick nach zu urteilen, wird mir nicht gefallen, was er zu sagen hat. Vielleicht sehe ich seine Jungs hinterher mit ganz anderen Augen.

„Die Wahrheit ist, dass sie beängstigend sind. Genauso wie ich. Wir stehen nicht auf der Seite des Gesetzes – wir halten uns auf der Schattenseite auf, Babe. Wir sind sozusagen umgeben von Dunkelheit. Wir gehören nicht zu den guten Jungs. Das werden wir nie."

„Brick", keuche ich.

Obwohl, um fair zu bleiben, das war mir schon irgendwie klar. Dass er meine Vermutungen so offen bestätigt, ist es, was mich überrascht. Doch es missfällt mir nicht, wie er mit mir über seine Jungs spricht. Über sein Leben. Denn er ist alles, was ich je wollte.

Lachend schüttelt er ein paar Mal den Kopf. „Babe, du wolltest die Wahrheit hören, und ich habe sie dir gegeben. Wir gehören nicht zu den Guten, aber was ich tun werde – was diese Männer tun werden -, ist, uns vor jede verdammte Kugel zu werfen, um dich und jede andere Frau oder jedes Kind zu beschützen, das zu uns gehört."

Die Überzeugung in seiner Stimme, die Art und Weise, auf die er mich ansieht und die Intensität, mit der er sich mir bewiesen hat, lassen mich glauben, dass er jedes einzelne Wort ernst meint. Er wird mich niemals verletzen, keiner von ihnen wird das. Ich weiß bereits, wie es sich anfühlt, das Opfer ihrer

Feinde zu sein. Ich muss lernen, zu akzeptieren, dass die Möglichkeit besteht, erneut ins Fadenkreuz zu geraten. Auch wenn er mir zu versichern versucht, dass das nie wieder vorkommen wird. Noch habe ich mich nicht gänzlich damit arrangiert. Es gibt noch eine Menge, mit dem ich klarkommen muss. Ich bin noch immer zu Tode darüber erschrocken, was alles passieren könnte, aber nun bin ich hier mit ihm und ich will ihn.

Ich will das mit uns.

„Und jetzt", verkündet er. „Jetzt schwingst du deinen sexy Arsch ins Bett. Gesicht nach unten, Hintern in die Höhe. Ich will dich hart ficken, Baby."

Ich mache große Augen. Dann wende ich mich von ihm ab und spurte regelrecht ins Schlafzimmer. Ich ziehe mich aus, hüpfe unter die Dusche und seife mich schneller ein als je zuvor in meinem Leben.

Nachdem ich wieder trocken bin, eile ich ins Bett und tue, was mir aufgetragen wurde.

Kopf gesenkt. Hintern in die Höhe. Gespreizte Beine.

So warte ich auf ihn.

Willig und bereit.

Legacy

Nachdem ich einen Schwung leere Bierflaschen entsorgt habe, höre ich, wie die Dusche angestellt wird. Ich werde ihr ein paar Minuten lassen, um sich zu duschen und abzutrocknen, bevor ich ins Schlafzimmer gehe.

Als ich dort angekommen bin, befindet sich Henli genau in der Position, die ich ihr befohlen habe.

Beim Anblick ihrer hübschen, rosafarbenen Pussy, die sie zur Schau stellt, lächle ich. Ich trete in den Raum ein und ziehe mich dabei langsam aus. Als ich nackt bin, lege ich eine Hand um meinen Schwanz und streichle mich ein paar Mal, während ich mich ihr nähere.

Ich lasse meine Hand auf ihre Arschbacke krachen. Das klatschende Geräusch hallt durch das ganze Zimmer.

Fuck.

Ich gleite mit zwei Fingern durch ihre Spalte, widme mich anschließend ihrer Klitoris und zwirble sie. Ein Wimmer verlässt daraufhin ihre Lippen. Sie ist bereits sehr feucht vor Vorfreude und das liebe ich verdammt noch mal.

Ich ficke sie mit meinen Fingern und sehe dabei zu. Wenn ich jetzt schon in ihr wäre, würde ich bloß die Kontrolle verlieren. Ich würde vor ihr kommen, was echt beschissen wäre.

Meine freie Hand lasse ich über ihre Hüfte ihre Wirbelsäule entlang nach oben gleiten. Ich umschließe ein Haarbüschel mit meiner Faust und ziehe ihren Kopf nach hinten.

Wimmernd bewegt sie sich zum Rhythmus meiner Finger. Sie lässt die Hüften kreisen, dann beginnen ihre Schenkel zu zittern. Als sie kommt, schreit sie laut auf.

Henli versteift sich und ihre Muskeln krampfen, während ihre Nässe meine Hand flutet.

Lächelnd steige ich zu ihr ins Bett, meine Knie sinken in die weiche Matratze ein.

In meiner Faust halte ich noch immer einen Teil ihrer Haare gefangen. Ich beuge mich über sie, um ihr in die Augen blicken zu können. Dann bringe ich mich hinter ihr in Stellung, ziehe die Hüften zurück und dringe mit einem Stoß in sie ein. Als ich tief in ihr vergraben bin – bis zum Anschlag -, stöhne ich auf.

Ich ziehe die Hüften zurück und dringe abermals in sie ein. Immer und immer wieder. Ich lasse es langsam angehen, doch nichtsdestotrotz fallen meine Stöße hart aus. Es fühlt sich genial an, wie sie mich in sich aufnimmt. Sie nimmt alles, was ich ihr zu geben habe. Mein Plan war es, dabei zuzusehen, wie mein Schwanz in sie hinein- und wieder herausgleitet, aber ich kann ihr Gesicht einfach nicht aus den Augen lassen. Ich sehe nichts anderes als sie – als ihre Augen.

Scheiße.

Es dauert nicht lange, bis ich am Rand der Klippe angekommen und bereit dazu bin, verdammt noch mal abzuheben. Ich bin nur noch Sekunden davon entfernt, tief in ihr zu kommen. Mir entgleitet die Kontrolle.

„Brick", wimmert sie. Ihre Stimme klingt angestrengt, weil ich ihren Kopf noch immer zu mir nach hinten ziehe.

Ich verliere den Verstand. Jetzt und hier.

Ich vergrabe mich tief in ihr und brülle, als ich endlich komme. Ich löse den Griff um ihre Haare und lasse mich auf ihren Rücken sinken. Sie stößt einen Seufzer aus und ich massiere ihren Nacken. Ich küsse und koste sie, bevor ich mich von ihr herunterrolle und mich auf den Rücken lege.

Ich ziehe sie in meine Arme und hauche ihr einen Kuss auf den Kopf. „Willkommen in deinem Zuhause, Henli."

Als ich meine Augen öffne, drehe ich mich um und sehe Brick aus dem Bad kommen. Sein Körper ist noch feucht vom Duschen und er hat ein Handtuch um seine Taille gewickelt.

Es überrascht mich, dass er schon wach ist. Der Wecker auf seinem Nachttisch zeigt erst zehn Uhr am Morgen an und letzte Nacht ist es sehr spät geworden.

„Wo gehst du hin?"

Kopfschüttelnd sieht er mich an. „Ich muss heute Vormittag noch etwas arbeiten. Deine Eltern kommen doch nachher vorbei, oder?"

„Ja", erwidere ich. „Welche Art der Arbeit hast du zu erledigen?"

Was er beruflich macht, weiß ich immer noch nicht so richtig. Wahrscheinlich irgendetwas Illegales oder Gefährliches und ich werde vermutlich nie Details erfahren. Ich weiß, dass er irgendwie Geld verdient, weil er Chains zwei Jahre über weiterhin die Miete bezahlt hat.

Abermals schüttelt Brick den Kopf. „Das solltest du besser nicht wissen, Babe. Es ist eine Clubangelegenheit. Niemand ist in unser Business eingeweiht, es sei denn, er trägt eine Kutte", erwidert er und deutet mit der Hand auf seine Weste.

Nun, jetzt weiß ich, dass er seine Weste als Kutte bezeichnet. Wieder etwas dazugelernt.

„Ich werde also nie erfahren, womit du dein Geld verdienst? Auch nicht, wenn wir heiraten?"

Brick räuspert sich. „Da es sich um eine Clubangelegenheit dreht und nur die Männer im Club in solche involviert sind, wird daraus wohl nichts. Dich unwissend zu lassen, schützt dich und uns."

Ich will ihn fragen, wie mich Unwissenheit vor irgendwem schützen soll, doch da ist die Gelegenheit auch schon verpufft, weil auf mich zugekommen ist. Er schlingt die Arme um meinen Nacken und presst seinen Mund auf meinen.

„Wir sehen uns später. Sei ein braves Mädchen."

In meinem Kopf dreht sich alles.

Dafür sorgen seine Lippen permanent. Sie bringen mich vollkommen durcheinander.

Er tritt einen Schritt zurück und zwinkert mir zu. Dann dreht er sich um und kleidet sich an.

Mit dem Versprechen, bald wieder nach zu Hause zu kommen, verschwindet er durch die Tür.

Ich bleibe noch eine Weile im Bett liegen und starre lächelnd die Decke an. Mir tut mein ganzer Körper weh und mein Herz platzt beinahe. Ich kann nicht glauben, dass ich ihm einen so großen Vertrauensvorschuss gegeben habe, aber habe ich das nicht ständig, seit ich diesen Mann kenne?

Und nun treten wir gemeinsam eine neue Reise an, weshalb es nötig ist, die Vorsicht in den Wind zu schlagen.

Das heißt aber nicht automatisch, dass ich keine Angst vor dem habe, was da kommen könnte. Ich gebe mich nicht länger der Illusion hin, dass Brick anständiger Arbeit nachgeht, und ich kann nicht leugnen, dass ich Angst davor habe, dass er wieder ins Gefängnis gehen könnte oder gar Schlimmeres passiert.

Ich will mein Leben nicht mit einem Berufsverbrecher teilen, der nicht dauerhaft auf freiem Fuß ist. Aber andererseits ist er schon vierzig Jahre alt und es war das erste Mal, dass er weggesperrt wurde. Ich weiß nicht, ob ich mich durch dieses Wissen besser oder schlechter fühle.

Anstatt weiter darüber nachzudenken, beschließe ich, die Augen davor zu verschließen und mich stattdessen auf etwas anderes zu konzentrieren – zum Beispiel den Besuch meiner Eltern. Oder meine Kisten auszupacken, alles zu dekorieren und einen Job zu finden.

Den Rest der Dinge, die das Leben noch so mit sich bringen wird, kann ich ohnehin nicht kontrollieren.

Alles was ich tun kann, ist leben und lieben.

Und genauso werde ich es handhaben.

Kapitel 37

Als ich vor dem Lagerhaus vorfahre, bin ich mehr als nur bereit, den Arbeitstag zu beginnen. Nur sieht es so aus, als würde daraus nichts werden. Fünf Männer der Hell's Souls stehen mit ihren Bikes vor den Toren der Werkstatt.

Itch sollte eigentlich schon hier sein und ein paar der Jungs sollten am späten Nachmittag zur Arbeit erscheinen. Im Moment weiß niemand, dass sie hier sind. Es sei denn, Itch hat sie trotz des Schweißens kommen hören.

Ich steige vom Motorrad und mache mich auf den Weg zu ihnen.

Sie tragen keine Waffen bei sich. Wenn sie mich tot sehen wollten, wäre ich das schon längst. Ich habe jedoch keine Ahnung, was sie hier wollen.

„Freut mich, dass du wieder draußen bist und keine Bewährungsauflagen mehr hast", richtet ihr Anführer das Wort an mich.

Ich kenne ihren MC nicht sonderlich gut. Ich bin erst auf ein paar ihrer Mitglieder getroffen. *Der Asphalt Circle Jerk MC hat versucht*, die Kerle so hinzustellen, als seien sie die größte Bedrohung für die gesamte MC-Welt. Allerdings waren die Souls nicht diejenigen, die meine Frau gekidnappt haben.

Für den Moment behalte ich mir ein Urteil vor.

„Du scheinst du wissen, wer ich bin, Bruder, aber ich habe keinen blassen Schimmer, wer zum Teufel du bist."

„Ich bin Duke." Er grinst mich an. „Ich bin der Präsident dieses Chapters."

Ich frage nicht, welches Chapter er meint, denn laut den ACJs halten sich die Hell's Souls zwar in unserer Nähe auf, jedoch nicht in Casa Grande. Es ist mir eigentlich scheißegal, was sie uns weißmachen wollten. Es ist nämlich nicht so, als wären sie eine besonders vertrauenswürdige Quelle gewesen. Außerdem war der einzige Ort, an dem ich einen von den Souls gesehen habe, Tucson.

Ich warte mit meinen Schlussfolgerungen, bis ich Informationen aus erster Hand habe. Und da sie gerade verdammt noch mal hier sind, hoffe ich, dass ich der Sache irgendwie auf den Grund gehen und herausfinden kann, wie groß die Bedrohung durch sie in Wahrheit für uns ist.

„Legacy", stelle ich mich vor.

Er fährt sich nickend mit einer Hand durch die Haare. „Ich war derjenige, der deiner Frau einen Besuch abgestattet hat. Ich wollte ihr keine Angst einjagen, aber die ACJs hatten eine Verschwörung gegen uns geplant. Ich wusste nicht, was sie genau vorhatten, aber sie haben probiert, uns auf verschiedenste Weisen loszuwerden."

„Das ist mittlerweile zwei Jahre her und mir scheißegal. Du hast sie verdammt noch mal erschreckt."

Duke nickt erneut. „Ich dachte, dass hier wäre ein guter Ort, um mit dir zu sprechen. Denn strenggenommen befinden wir uns hier ja nicht auf dem Clubgelände."

Ich habe keine Ahnung, worum es hier geht, aber so wie mich alle angaffen, muss es sich um etwas Ernsteres drehen als um eine Entschuldigung dafür, meiner Frau vor zwei Jahren aufgelauert und gesagt zu haben, dass sie schutzlos sei – was sie natürlich nie war.

„Was willst du?", blaffe ich ihn an.

Duke blickt über seine Schulter hinweg zu seinen Jungs. Einer von ihnen nickt ihm zu, woraufhin Duke sich wieder mir zuwendet.

„Normalerweise mische ich mich nicht in die Angelegenheiten anderer Clubs ein. Aber heute mache ich eine Ausnahme."

„Kannst du etwas konkreter werden?", hake ich nach, weil ich einfach nicht kapiere, was hier vor sich geht. Ich will wissen, wovon zum Teufel er da spricht.

Ich verschränke die Arme vor der Brust, stelle mich breitbeiniger hin, starre ihn an und warte.

Er räuspert sich und blickt auf seine Füße hinab, ehe er langsam wieder den Kopf hebt, um mich anzuschauen. „Ihr habt ein Problem in eueren eigenen Reihen. Allerdings weiß ich nicht, wer die Ratte ist. Eigentlich geht es mich einen Scheißdreck an, aber unter euch gibt es jemanden, der eure Feinde mit Informationen versorgt."

„Unsere Feinde sind alle tot. Es sei denn, ihr habt ein Problem mit uns, von dem ich noch nichts weiß?"

Ich muss herausfinden, ob er den Plan verfolgt, uns auszuschalten.

Er holt sein Handy aus der Hosentasche, hält es hoch und tippt auf dem Display herum.

Dann höre ich es.

Es ist die Aufzeichnung einer Sprachnachricht auf einer Mailbox.

Wenn ihr Legacy und die Devil's Hellions *loswerden wollt, wäre jetzt der beste Zeitpunkt. Er ist wieder auf freiem Fuß und abgelenkt. Er ist ein gefundenes Fressen. Wenn er aus dem Weg geräumt ist, wäre es ein Leichtes, den Club zu*

Ich erkenne die Stimme.

Das kann nicht sein.

Das ist verdammt noch mal nicht möglich. Diese Sprachnachricht muss völlig aus dem Zusammenhang gerissen sein.

„Diese Person will also, dass ihr mich ausschaltet, damit ihr die Leitung meines Clubs übernehmen könnt? Wieso? Welchen Nutzen hätte das für ihn oder den Rest des Clubs?", verlange ich zu wissen.

Duke reißt die Augen auf, dann räuspert er sich. „Du weißt wohl nicht, wie gut wir aufgestellt sind oder was für einen Mehrwert wir bringen könnten, oder?"

Ich zucke mit den Schultern. „Sollte mich das interessieren? Deine Angelegenheiten gehen mich einen Scheiß an. Es ist mir egal, wie viel Kohle ihr scheffelt. Das ist allein deine Sache und nicht meine."

Duke tritt nickend einen Schritt vor. „Ich glaube, zwischen uns könnte eine gute Geschäftsbeziehung entstehen", murmelt er. „Ich wollte dir nur sagen, was vor sich geht und dich warnen, dass der Grund, wieso du zwei Jahre im Knast gesessen hast, wahrscheinlich denselben Namen trägt wie der Mann von der Sprachnachricht."

Nun tritt er wieder zurück und geht zu seinem Bike. Er neigt den Kopf so, dass er mir von seinem Platz aus – mittlerweile sitzt er auf seiner Maschine – in die Augen blicken kann.

„Raul meinte, dass du im Knast gut zu ihm warst. Er sagte auch, du hättest dich um die Situation mit dem ACJ-Club gekümmert. Er vertraut dir, was mir wiederrum ausreicht, um dasselbe zu tun. Das ist der einzige Grund, wieso ich hier bin. Zugegeben, ich hatte nie vor, der Voicemail Beachtung zu schenken, die dein Mann mir hinterlassen hat. Ich wollte sie ignorieren, bis Raul mit mir gesprochen und mich darüber in Kenntnis gesetzt hat, was für ein Mann du bist."

„Was hast du mit Raul zu schaffen?"

Er lacht auf. „Ich dachte, du scherst dich einen Scheiß um meine Geschäfte."

Grinsend zucke ich mit den Schultern. „Tue ich auch, aber Raul ist mir nicht egal. Ich mache ebenfalls Geschäfte mit ihm, weshalb ich verdammt neugierig bin, was er mit uns beiden zu schaffen hat."

Duke brummt. „Was wir mit Raul auf die Beine stellen, würde euer Club nie fertigbringen. Unser moralischer Kompass ist ein bisschen dehnbarer als eurer."

Lachend ziehe ich die Augenbrauen in die Höhe. „Ich glaube, dass unser aller moralischer Kompass dehnbar ist, Duke. Du musst schon etwas konkreter werden."

Er rutscht auf seiner Sitzbank umher und sieht anschließend zu mir auf.

Allerdings ist nicht er derjenige, der mir antwortet, sondern einer seiner Männer. „Unser moralischer Kompass ist wesentlich biegsamer als eurer, Legacy. Sicherlich bewegen auch wir uns genau wie ihr in bestimmten Angelegenheiten im Graubereich, aber darüber hinaus? Ich würde behaupten, da bewegen wir uns eher im Farbbereich mitternachtsdunkel."

Ich schätze, dass diese Aussage heißt, dass ich keine weiteren Details erfahren werde.

„Was passiert, wenn ich nichts dagegen unternehme?“, will ich wissen, obwohl ich bereits weiß, dass ich Maßnahmen einleiten werde.

„Von unserem Club haben die Devil’s Hellions nichts zu befürchten. Ich habe zu viel Respekt vor Raul, vor dir und der Art und Weise, wie du deinen Club führst. Aber ich kann dir natürlich nicht garantieren, dass dein Mann sich nicht an andere Clubs, an einen Club wie die ACJs, einen Club ohne Respekt wendet, und es nicht wieder versuchen wird. Pass auf dich auf.“

Nach diesen Worten röhren die Auspuffe ihrer Bikes auf und sie rasen vom Lagerhausparkplatz herunter. Ich blicke ihnen nicht hinterher, sondern gehe auf die Eingangstür zu. Ich stecke den Schlüssel ins Schloss, schließe auf und trete ein. Itch arbeitet an einem unserer neusten Wagen.

Ich weiß nicht, was ich tun soll. Ich kann diesen Wichser nicht einfach anrufen und zur Rede stellen, also werde ich mich stattdessen an Roadkill wenden. Er war schon immer die Stimme der Vernunft.

„Roadkill hier“, knurrt er ins Telefon.

„Wir müssen uns treffen. *Allein.* Es handelt sich um einen Notfall.“ Ich werfe einen Blick über die Schulter, um nach Itch zu sehen. Er ist voll und ganz auf seine Arbeit konzentriert. Ich wünschte, ich könnte dasselbe von mir behaupten.

„Komm ins *FoxTrot.*“ Roadkill wickelt den Großteil seiner Deals im örtlichen Stripclub ab.

Ich will lachen, entscheide mich aber dagegen. „Wir sehen uns dort in zwanzig Minuten.“

Er pfeift. „Geht klar.“

Damit ist das Gespräch beendet. Ich gehe zu Itch hinüber und teile ihm mit, dass mir etwas dazwischengekommen ist und dass ich so schnell wie möglich wieder zurück sein werde.

Ihm ist das scheißegal. Er lebt genauso sehr für die Arbeit wie ich. Er würde den ganzen Tag hier zubringen, jeden Tag, wenn er denn könnte. Und mir geht es verdammt noch mal ebenso.

Henli

„Ich kann nicht fassen, dass du wieder zurück und mit einem Mann zusammengezogen bist, den wir nur einmal persönlich getroffen haben", sagt meine Mom.

Es herrscht ein Moment lang Schweigen.

Ich blicke zwischen meinen Eltern hin und her und frage mich, ob sie denken, dass ich einen großen Fehler gemacht habe. Aber dann erinnere ich mich an all die Male zurück, an denen ich Mom gesagt habe, ich sei noch nicht bereit für Dates, weil mein Herz noch immer an diesem Mann hängt.

„Es tut mir leid?" Nicht, dass das der Wahrheit entspräche.

Mein Vater lacht auf. „Nein, tut es dir nicht. Aber uns sollte es das."

Ich wende mich ihm zu und bin schockiert wegen dem, was er gesagt hat. Ich verstehe nicht, warum ihnen etwas leidtun sollte.

„Wir hätten Penelope den Geldhahn zudrehen sollen. Wir hätten ihr sagen sollen, dass sie ihren Kram allein geregelt bekommen muss. Wir hätten so viele Dinge tun sollen, aber wir hätten sie garantiert nicht wieder bei uns zu Hause aufnehmen sollen."

„Dad", wispere ich.

„Nein, er hat recht“, pflichtet Mom ihm bei. „Wir hätten Penelope sagen sollen, dass wir nicht wollen, dass sie zurückkommt. Wir haben dich in Gefahr gebracht. Wegen ihrer Mätzchen hätten wir dich verlieren können. Und das ist nicht in Ordnung.“

Ich gehe auf meine Eltern zu und ziehe sie für eine Umarmung zu mir heran.

Meine Mom schluchzt und zittert.

Mein Dad legt eine Hand um mich und hält sich an meinem Shirt fest.

„Es ist okay“, flüstere ich.

„Ist es nicht“, hält mein Vater dagegen.

Lächelnd wische ich mir die Tränen aus den Augenwinkeln. „Doch, das ist es. Wirklich. Für mich hat sich alles zum Guten gewendet. Ich will zwar nie wieder etwas mit Penelope zu tun haben, aber ich verzeihe ihr – für meinen eigenen Seelenfrieden.“

Meine Eltern nicken und lassen mich los.

„Wir wollten dich nur wissen lassen, dass sie nicht länger in unserem Haus willkommen ist. Dir hingegen stehen jederzeit die Türen offen und ihr müsst euch keine Sorgen machen, dass sie da ist.“

„Wisst ihr, wo sie gerade ist?“, erkundige ich mich.

Dad schüttelt den Kopf. „Wir haben sie seit fast einem Jahr nicht mehr gesehen.“

„Und das sagt ihr mir erst jetzt?“

Mom räuspert sich. „Wir wollten sichergehen, dass es dabei bleibt, und dass sie sich wirklich fernhält. Du weißt ja selbst, wie sie sein kann.“

Oh ja, ich weiß, wie sie ist, und genau deshalb will ich sie auch nie wiedersehen.

„Okay“, sage ich. „Okay.“

Es gibt eine Menge zu verdauen und ich komme nicht drum herum, mich schlecht zu fühlen, weil meine Eltern eine Tochter verloren haben. Sie schenkten uns ihre bedingungslose Liebe – immer -, aber Penelope hat das ausgenutzt, sie ausgenutzt, mich ausgenutzt. Penelope benutzt jeden.

„Und das hier geht für euch in Ordnung?“, frage ich vorsichtig und deute ihnen an, das Haus zu besichtigen.

„Bist du glücklich?“, stellt meine Mom die Gegenfrage.

„Sehr sogar.“

Mein Vater wippt auf den Fersen auf und ab. „Und er ist auch gut zu dir, ja? Du würdest es mir doch sagen, wenn dem nicht so wäre, oder?“

Ich bin mir sicher, dass Penelope ihnen einen Haufen Müll über Brick ins Hirn gepflanzt hat, auch wenn ein Teil dieses Blödsinns sicherlich ein Fünkchen Wahrheit beinhaltet. Es ist nämlich nicht so, dass ich die Tatsache verheimlichen kann, dass Brick einem MC angehört.

„Das würde ich, Dad, aber er behandelt mich gut. Ich weiß, dass er nicht perfekt ist, aber das bin ich auch nicht.“

Mein Vater lächelt mir zu. „Niemand ist perfekt, Liebling. Alles, was zählt, ist, dass er gut zu dir ist und dir guttut.“

„Das tut er, Dad. Ich glaube wirklich, dass dies der Ort ist, an dem ich sein sollte.“

Er legt einen Arm um mich und zieht mich in eine Umarmung. In diesem Moment bin ich fest davon überzeugt, dass alles genauso geschehen sollte, wie es abgelaufen ist.

Ich versuche, mich mies wegen Penelope zu fühlen, aber wie sagt man so schön? Wie man sich bettet, so liegt man. Ich werde ihr nie verzeihen wegen dem, was sie mir antun wollte. Sie ist, wie sie ist, und daran werde ich nichts ändern können. Genauso wie man nicht daran rütteln kann, wer ich bin. Letzten Endes plante sie, mich töten zu lassen. Es war ihr egal, was mit mir passiert, und ich kann mein Leben nicht damit zubringen, mir ständig wegen ihr Sorgen zu machen … oder auch nur an sie zu denken.

Das geht nicht mehr.

Ich habe nun mein eigenes, schönes Leben mit Brick und das werde ich in vollen Zügen genießen.

Kapitel 38

Legacy

Roadkill reißt die Augen auf und das nicht nur, weil eine nackte Frau mit gespreizten Beinen vor ihm herumturnt und sich vorneüber beugt, um mit ihrem Arsch und ihrer Pussy vor seinem Gesicht herumzuwackeln. Nur wir zwei befinden uns in dem Laden, was nicht sonderlich verwunderlich ist, wenn man berücksichtigt, dass es mitten in der Woche und erst ein Uhr am Mittag ist.

„Du willst mich doch verarschen", zischt er. „Haben sie seine Stimme vielleicht irgendwo anders aufgenommen und mit einer IT-Software manipuliert, damit die Aufzeichnung nach ihm klingt?"

Ich räuspere mich und schüttle den Kopf. „Er war es. Er hat die Nachricht hinterlassen. Fuck, das ist so verdammt nervenaufreibend."

„Ohne Scheiß, was sollen wir jetzt machen? Das können wir nicht einfach so beim nächsten Meeting vorbringen. Und es ist auch garantiert nichts, über das wir abstimmen lassen können. Sollen wir ihn einfach rausschmeißen?"

„Es gibt nur zwei Auswege, Bruder, und das weißt du", murmle ich.

Beide Optionen sind brutal. Entweder töten wir ihn, oder wir schneiden ihm das Tattoo aus seinem Rücken. Eine Tätowierung, die wir alle tragen: den Namen des Clubs samt unserem Clublogo – einem Totenkopf mit roten Teufelshörnern.

Ich habe noch nie jemanden getroffen, der eine der beiden Möglichkeiten überlebt hat. Obwohl, um ehrlich zu sein, habe ich auch erst zwei Menschen gesehen, die auf diese Weise verbannt wurden.

„Wie wollen wir vorgehen?“, frage ich ihn.

Er zuckt mit den Schultern und rutscht nervös auf seinem Stuhl umher. Eine weitere Frau gesellt sich zu uns und erkundigt sich, ob wir unsere Biergläser wieder aufgefüllt haben möchten. Ich lehne ab, Roadkill hingegen nicht. Er lässt sich den Krug nochmal vollmachen, steckt ihr etwas Geld zu und zwinkert ihr zu.

„Stehst du auf sie oder eine andere von hier?“

Er gibt mir keine Antwort. Stattdessen hebt er die Augenbrauen, nimmt einen Schluck von seinem Getränk und rutscht weiterhin auf dem Stuhl umher. „Wir müssen zu ihm und mit ihm reden. Ihn einfach darauf ansprechen.“

„Und was dann?“

„Dann sehen wir weiter“, meint er.

Mir gefällt der Plan nicht, aber ich weiß, dass das vermutlich der richtige Weg ist. „Trink dein Bier aus, wir brechen sofort auf.“

Ich halte die Situation kaum noch aus. Ich kann es nicht erwarten, es endlich hinter mich zu bringen. Ich kann mir vorstellen, dass er das, was er auf die Mailbox gequatscht hat, wirklich in die Tat umsetzen wird. Er will mich tot sehen, aber das wird nicht passieren. Ich habe mehr Anspruch auf diesen Club als jeder andere.

Es sieht so aus, als wäre meine Zeit gekommen, und ob es mir gefällt oder nicht, ich werde die Führungsrolle im Club einnehmen müssen. Und das werde ich auf gar keinen Fall auf die leichte Schulter nehmen.

Wenn ich zu lange warte, wird man mich kaltmachen.

Roadkill leert sein Bier und hinterlässt der Kellnerin

von eben einen fetten Batzen Trinkgeld. Wir verlassen den Schuppen, steigen auf unsere Bikes und fahren auf direktem Weg zum Clubhaus. Obwohl das der letzte Ort ist, an dem ich ihn konfrontieren will, ist es dennoch der einzige Ort, an dem es passieren kann.

Es dauert nicht lange, bis wir das Ziel erreicht haben. Wie bereits vermutet, steht seine Maschine direkt vor dem Eingang. Roadkill parkt sein Bike neben meinem und stellt den Motor ab.

Ich tue es ihm gleich und schaue zu ihm herüber. „Das hier könnte eine langfristige Beziehung ruinieren."

„Die ist doch schon längst im Arsch. Denk doch nur an die Aufnahme, die du gehört hast."

Er hat recht.

Wir bahnen uns unseren Weg durch das Clubhaus zu seinem Büro. Ohne anzuklopfen, treten wir ein. Roadkill schließt die Tür hinter uns und sperrt sie zu.

„Kann ich euch verdammt noch mal helfen?", knurrt mich dieselbe Stimme an, die ich auf Dukes Handy gehört habe.

Ich räuspere mich und trete einen Schritt vor. So gern ich auch Roadkill diese Angelegenheit überlassen würde, muss ich es selbst tun. Vor allem, weil ich der Grund für diese Situation bin.

„Wir haben ein Problem, Warden. Ein ziemlich großes sogar."

Henli

Ich hatte gehofft, Brick würde wieder hier sein, bevor meine Eltern fort sind, damit wir gemeinsam mit ihnen zu Abend essen können. Aber er kam nicht. Und er ist immer noch nicht daheim.

Sieht so meine Zukunft aus? Was wird erst, wenn wir Kinder haben? Werde ich allein einen Stall voller Babys hüten, während er … was auch immer macht?

Es ist mein erster Tag in unserem Haus, in dieser neuen Stadt, und er war den ganzen Tag unterwegs. Und den Abend. Ich laufe auf und ab, denn ich weiß nichts mit mir anzufangen oder habe eine Ahnung, wohin ich gehen könnte.

Die Stunden verstreichen.

Eine nach der anderen.

Schließlich gebe ich auf, lasse mich auf die Couch fallen und schalte den Fernseher ein. Es vergehen noch ein paar Stunden, bis sich endlich die Haustür öffnet.

Brick betritt das Haus. Sein Blick ist auf mich gerichtet, während er die Tür hinter sich zu schlägt. Ich mustere ihn.

Es klebt Blut an ihm – ich glaube zumindest, dass es sich um Blut handelt.

Als mein Blick dem seinen begegnet, schließe ich meinen offenstehenden Mund. Ich knete die Hände und atme tief ein und wieder aus. Ich möchte ihm Fragen stellen, aber ich glaube nicht, dass ich die Antworten hören will.

Anstatt sie auf ihn abzufeuern, beobachte ich ihn und warte darauf, dass er zu sprechen beginnt. Hoffentlich bekomme ich eine Erklärung.

Er schaut kurz zur Seite und blickt dann wieder zu mir. Seine goldenen Augen wirken irgendwie schwarz. Was auch immer heute vorgefallen ist, hat ihn sichtlich mitgenommen.

„Es hat sich einiges geändert", sagt er.

Mein Herz klopft wie verrückt. Es fühlt sich so an, als würde es jeden Moment aus meiner Brust springen, auf den Boden fallen und wie ein Flummi herumhüpfen. Natürlich bleibt es an Ort und Stelle. Jedoch starrt Brick mich weiterhin schweigend an.

„Was hat sich geändert, Brick?", hake ich nach und habe sogleich Angst vor der Antwort.

„Eine ganze Menge. Vor dir steht der neue Präsident der Devil's Hellions."

„Wie bitte?" Ich atme aus. Ich bin mir nicht sicher, was das für Brick bedeutet, aber er sieht alles andere als begeistert aus. „Ist Warden in den Ruhestand gegangen, oder wie?"

Er schüttelt den Kopf. „Babe."

Ich habe Angst, nachzuhaken, was das bedeutet.

Er kommt einen Schritt auf mich zu, dann noch einen. Er streichelt mir über die Wange, gleitet mit seinem Daumen über meine Unterlippe. Als er mit mir spricht, ist seine Stimme gedämpft. So, als wolle er die Worte eigentlich nicht laut aussprechen. „Man geht in einem MC nicht in den Ruhestand, Henli."

„Versuchst du mir gerade etwas zu sagen, ohne es wirklich auszusprechen?"

Nickend kommt er mir noch etwas näher. Er küsst mich jedoch nicht, obwohl sein Mund dem meinen ganz nah ist. Ich müsste mich bloß einen halben Zentimeter vorbewegen, aber das tue ich nicht. Dies ist nicht der richtige Zeitpunkt.

„Er hat mich verraten. Er hat den Club verraten und dich ebenso."

„Er war doch wie ein Vater zu dir", weise ich ihn unnötigerweise auf eine Tatsache hin.

Brick brummt. „Ja, das war er, aber die Gier kann einen Menschen dazu verleiten, wirklich beschissene

Dinge zu tun, Baby.“

„Ich bin total verwirrt.“

Er lacht leise auf, aber das Lachen erreicht seine Augen nicht. Das beunruhigt mich – sehr sogar. Auch seine Stimme klingt, wenn er spricht, nicht so wie sonst. Sie ist nicht länger tief und kratzig. Sie ist nun rau – sie hört sich verdammt noch mal gebrochen an.

„Ich kann es einfach noch nicht fassen. Er ist weg und ich bin nun der Präsident. Er war die treibende Kraft, die mich in den Knast gebracht hat. Außerdem hat er versucht, dass der Club von einem anderen übernommen wird. Hinter den Rücken aller. Sein Verrat ist verflucht real. Genauso wie das, was er getan hat. Wir können einen solchen Scheiß nicht einfach so hinnehmen. Haben wir nie und werden wir auch nie. Wir halten uns vielleicht nicht an Gesetze, aber wir haben unsere eigenen. Und er kannte sie besser als jeder andere.“

Ich bitte ihn nicht, näher darauf einzugehen. Ich frage bewusst nicht, weil ich glaube, dass ich keine Details wissen will.

„Sein Blut klebt an mir, weil er tot ist, Henli. Er wird nie wieder hinterrücks agieren. Er wird nie wieder probieren, jemanden loszuwerden oder uns den Club wegzunehmen. Wir sind kein schwacher Club und wir können keine Leute an der Macht gebrauchen, die solch einen Scheiß abziehen.“

„Ich verstehe.“ Das tue ich wirklich. „Es tut mir leid. Ich weiß, dass du ihn geliebt hast.“

Brick schüttelt den Kopf und beugt sich vor, um mir noch näher zu sein. Er küsst mich, woraufhin mein Körper mit seinem zu einer Einheit verschmilzt. Allerdings intensiviert er den Kuss nicht.

Seine Lippen streifen ein letztes Mal über meine,

ehe er wieder das Wort ergreift. „Dir muss überhaupt nichts leidtun, Baby. So ein Scheiß kann passieren, wenn du einen Raum voller Alphamänner hast. Irgendwer will immer der Platzhirsch sein."

„Allerdings würdest du nie deinen Club hintergehen", murmle ich.

„Niemals."

Er drückt seine Lippen auf meine, taucht mit seiner Zunge in mich ein und kostet mich.

Ich spüre, dass er Erleichterung bitternötigt hat — das merke ich an der Art, wie er mich festhält. Aber er braucht etwas mehr, als dass ich bloß meine Beine für ihn breit mache. Deshalb lasse ich mich auf die Knie sinken und öffne seinen Gürtel.

Er blickt mit halbgeschlossenen Lidern auf mich herab und legt eine Hand auf meinen Hinterkopf.

„Du gehörst mir", betont er. „Ich lasse nie wieder zu, dass dir jemand wehtut. Es ist mir scheißegal, wer es versucht. Bei mir wirst du immer sicher sein."

„Brick", wispere ich.

„Das ist mein gottverdammter Ernst, Babe."

Ich knöpfe seine Jeans auf und ziehe anschließend den Reißverschluss langsam herunter. Dann schiebe ich ihm Hose und Unterwäsche von den Beinen, bis sie zu seinen Knöcheln liegen.

Ich schließe meine Finger um seine harte Länge und streichle ihn sanft. Einmal. Zweimal. Dreimal. Schließlich öffne ich den Mund und sauge ihn so tief wie möglich ein.

„Bleib genauso", knurrt er und schließt für einen Moment die Augen. Er zittert am ganzen Körper. „Fuck."

Er zieht meinen Kopf sanft an den Haaren zurück und schiebt ihn wieder vor. Nun hat er das Sagen.

Ein Schauer der Erregung läuft mir über den Rücken.

Ich schließe ebenfalls die Augen. Ich nehme ihn auf – voll und ganz. Ich nehme, was ich kriegen kann und schätze mich … glücklich.

Ich bin noch ein kleiner Welpe in dieser für mich neuen Welt, in die er mich eingeführt hat, aber mich erfüllt trotzdem eine wundersame Aufregung, weil dieser Mann mir das Gefühl von Sicherheit vermittelt.

In dieser Welt ist nicht viel heiter Sonnenschein und es existieren keine Regenbögen. Sie ist dunkel und gefährlich, aber an Bricks Seite möchte ich nirgendwo anders sein. Er ist, wie er ist, und akzeptiert mich, so wie ich bin. Das macht die ganze Sache so süß, wie eine Ladung fluffiger Buttercreme-Glasur.

Ich kann die Zukunft kaum erwarten, denn ich weiß, dass sie nicht perfekt, aber ein Ritt voller Wendungen, Höhen und Tiefen sein wird. Voller Liebe, Spaß und Lachen.

Und am Ende werde ich sagen können, dass ich mich sehenden Auges und mit beiden Füßen in dieses Leben gestürzt habe.

Kapitel 39

Brick betrachtet mich. Dies ist ein großer Abend für ihn, für mich, für uns.

Es ist mittlerweile zwei Wochen her, seit er das Amt des Präsidenten übernommen hat. Seither hat er viele lange Nächte im Clubhaus zugebracht, um zu sichten, was Warden im Büro hinterlassen hat.

Er spricht nicht sonderlich viel über Warden, den Club, über die Dinge, die er herausgefunden hat, und über seine Eltern.

Ich akzeptiere all das. Allerdings sehne ich mich nach mehr, doch gleichzeitig versuche ich, ihn nicht zu sehr zu drängen.

„Bist du bereit, Baby?", will er wissen.

Ich gehe auf ihn zu und bleibe direkt vor ihm stehen. „Ich liebe dich, Brick."

Ich spreche die Worte zum allerersten Mal laut aus, die mir im Kopf herumschwirren, seit ich ihn vor über zwei Jahren zum ersten Mal getroffen habe: Ich liebe dich. Drei kleine Worte, die mir alles bedeuten. Ich habe sie noch nie zuvor zu jemandem gesagt, mit dem ich nicht verwandt bin.

Er schlingt die Arme um mich. Er zieht mich ganz eng an sich heran, sodass mein Gesicht seinem ganz nah ist.

Ich küsse ihn und keuche auf, als seine Zunge über meine Lippe gleitet.

Plötzlich zieht er den Kopf zurück, beendet den Kuss und schaut mich an. „Sagst du mir das, weil du es dir gerade erst selbst eingestanden hast?"

„Nein", erwidere ich. „Ich habe es mir nicht soeben

erst eingestanden.“

Brick lacht auf. „Baby, ich wusste bereits, dass du mich liebst, gleich nachdem wir uns wiedergesehen haben.“

„Ach ja?“

„Natürlich. Denn wir waren schon verdammt lange getrennt.“

Tränen schießen mir in die Augen. „Ich hasse es, dass wir uns so lange nicht sehen konnten.“

Er presst die Lippen aufeinander, legt den Kopf leicht schief und sieht mich an. Und zwar nur mich. „Wenn ich nicht eingesessen hätte, wenn du nicht in Gefahr geschwebt hättest – wenn du mich Arschloch nicht verlassen hättest –, dann stünden wir zwei jetzt nicht hier. Ich hätte dich höchstens zur Citizen Wife genommen. Ich hätte deine Stärke nicht zu schätzen gewusst. Ich hätte nie gedacht, dass du es an meiner Seite aushältst, dass du beides sein kannst. Meine Ehefrau und meine Old Lady. Natürlich bin ich sauer, weil man mich weggesperrt hat. Und natürlich bin ich pissig, weil du nicht so beschützt wurdest, wie es hätte sein sollen. Aber ich habe den Knastaufenthalt gebraucht.“

„Ich hasse es trotzdem, dass wir zwei Jahre verloren haben“, wispere ich.

Er beugt sich zu mir herab, um mir einen flüchtigen Kuss zu geben. „Ich nicht. Ich hätte nämlich sonst nie erkannt, dass das, was ich für dich fühle, Liebe ist, Baby. So ist das nun mal. Und jetzt, lass uns feiern gehen.“

Brick gibt mein Gesicht frei, nimmt meine Hand in seine und führt mich zur Haustür. Ich schließe die Tür hinter uns ab, dann gehen wir zu seinem Motorrad. Normalerweise fahren wir, wenn ich ein Kleid trage, mit dem Auto. Jedoch nicht heute Abend.

Heute Abend muss der Präsident der Devil's Hellions mit seiner Maschine zum Clubhaus fahren und seine Frau sollte direkt hinter ihm sitzen.

Weil ich einen guten Eindruck machen möchte, trage ich heute mein schwarzes Wickelkleid, rote High Heels und habe meine Haare so glatt wie möglich frisiert. Das Letzte, das ich will, ist einen Helm aufzusetzen, aber ich tue es trotzdem. Außerdem ziehe ich mir meine sexy Lederjacke über.

Ich steige auf sein Motorrad und lege die Arme um meinen Mann. Dann fahren wir los. Mittlerweile habe ich keine Angst mehr vor dem Motorradfahren. Ich liebe es sogar, mir den Wind um die Nase blasen zu lassen und die Freiheit, die der Rücken eines Motorrads mit sich bringt, zu spüren – es erfüllt mich und hüllt mich ein.

Nachdem wir das Clubhaus erreicht haben, parkt Brick seine Maschine in vorderster Reihe. Er stellt den Motor aus und hält mir seine Hand hin. Ich steige ab und gerate kurz ins Schwanken wegen der hohen Hacken. Er stützt mich, indem er seine Finger um meine Hüften legt.

Er zieht mir vorsichtig den Helm vom Kopf. Ich lächle ihm zu und trete einen Schritt zurück, fahre mir mit den Fingern durchs Haar, um es wieder zu bändigen.

Brick legt eine Hand auf meiner Hüfte ab, dann betreten wir Seite an Seite das Clubhaus. Es läuft Musik, Zigarettenrauch liegt in der Luft und es ist eine Menge Alkohol im Spiel. Das hier ist eindeutig eine Party.

Brick legt einen ernsten Gesichtsausdruck auf, jedoch sind seine Mundwinkel zu einem überheblichen

Grinsen hochgezogen.

Das hier ist *seine* Party.

Legacy

Eine Hand liegt auf Henlis Hüfte, in der anderen halte ich ein Bier. Ich blicke mich im Raum um.

Fuck. Das alles gehört jetzt mir.

Allerdings wollte ich es nie haben.

Aber als ich meinen Kopf in Henlis Richtung drehe und auf sie herabblicke, wird mir klar, dass ich sie auch nie an meiner Seite wollte.

Zumindest nicht auf diese Weise.

Nicht als meine Old Lady, nicht als Königin der verdammten Devil's Hellions.

Und dennoch ist sie hier, verflucht. Und ich bin verdammt dankbar, dass dem so ist.

Ich kann mir nicht vorstellen, was ich ohne sie an meiner Seite gemacht hätte. Sie macht den Mord an dem Mann, den ich als meinen Ersatzvater betrachtet habe, erträglicher.

Dabei hätte es für mich überhaupt nicht erträglich sein sollen. Das hätte verdammt noch mal nie passieren dürfen. Aber ich habe es nicht zu verschulden, dass aus ihm ein gieriger Mistkerl geworden ist, der mich und sie loswerden wollte, der den Club, so wie ich ihn kenne, von anderen übernehmen lassen wollte.

Mein Erbe ist nichts, mit dem man spielen sollte, und trotzdem hat er es versucht. Er hat es probiert, und ist verdammt noch mal gescheitert. Beinahe wäre es ihm gelungen, aber so etwas wird nicht noch einmal passieren. Nie wieder wird jemand dazu in der

Lage sein, einen solchen Scheiß abzuziehen.

„Du arbeitest jetzt also mit den Leuten aus Phoenix zusammen?", fragt Chains mich, nachdem er sich an mich herangeschlichen hat.

Er will wissen, ob wir mit Rauls Gang zusammenarbeiten. Einer Organisation, mit der wir vorher nie Geschäfte gemacht haben. Aber Knastverbindungen schweißen nun mal zusammen und mir gefällt dieser neue Zusammenschluss.

„Du weißt, dass es so ist", murmle ich.

Er lacht auf. „Sicher. Zwischen uns und denen ist alles geritzt, oder? Sie werden uns keine Probleme machen? Ich meine, weil die Hell's Souls schon seit Jahren mit ihnen in Kalifornien und anderen Orten zusammenarbeiten."

Mir imponiert es, dass er jedem kleinen Detail so viel Aufmerksamkeit schenkt, jedoch hasse ich den Umstand, dass er scheinbar vergessen hat, dass ich mich bereits um alles gekümmert und die Sache unter Kontrolle habe. Andererseits war ich auch noch nie der Anführer eines Clubs.

Während Warden das Sagen hatte, war ich bloß Vizepräsident. Allerdings wurde mir dieser Titel nur aufgrund des Status meines Dads verliehen. Ich hatte ihn mir nicht verdient. Ich war zu sehr damit beschäftigt, mein eigenes Ding durchzuziehen – zu arbeiten und Frauen zu ficken.

„Es ist alles unter Kontrolle, Bruder. Ich kümmere mich", versichere ich ihm und lege ihm eine Hand auf die Schulter. „Jetzt lass uns feiern."

Ich führe Henli in die Ecke des Raumes, setze mich auf einen Stuhl und ziehe sie auf meinen Schoss.

Sie wartet nicht darauf, dass ich sie dazu auffordere, mich zu küssen. Sie tut es einfach. Ihre Lippen berühren die meinen, ihre Zunge gleitet in meinen Mund hinein. Ich nehme mir einen Moment, um sie gut, lange und intensiv zu küssen. Allerdings endet es darin, dass wir beide nach Luft schnappen müssen.

„Hey", sagt sie leise.

Wegen der lauten Musik, kann ich sie kaum verstehen. Sie hält einen Drink in der Hand, lächelt und ihre Augen sind glasig. Sie ist betrunken und das finde ich verdammt süß.

„Hey, Baby", erwidere ich.

„Ich mag diesen Ort. Und deine Leute."

Lachend ziehe ich sie näher an mich heran. „Das freut mich, aber dennoch sollten wir bald von hier verschwinden."

„Von hier verschwinden?", wiederholt sie. „Aber ich habe doch noch gar nicht alle kennengelernt."

Ich lege eine Hand auf ihren Rücken, die andere schiebe ich unter ihren Knien hindurch, um sie hochzuheben. Sofort schlingt sie ihre Arme um meinen Hals.

„Du hast noch den Rest deines Lebens Zeit, sie näher kennenzulernen, Henli. Lass uns in mein Zimmer gehen, damit ich dir zeigen kann, wie sehr ich dich liebe, Babe."

Sie macht ganz große Augen. Aus einem lockeren Lächeln wird ein verdammt sexy Grinsen.

Sie will es auch.

Herrgott noch eins, ich bin dieser Frau verfallen.

Jeder verdammte Teil von mir gehört ihr.

Ich setze sie wieder ab und stelle sicher, dass sie fest auf ihren Füßen steht.

Da ist er – dieser eine Moment. Angetrunken oder nicht, ich wollte ihr diese Frage schon stellen, seit ich aus dem Knast gekommen bin. Der Alkohol sorgt dafür, dass ich mich mutig und unbesiegbar fühle.

Ich ziehe eine kleine Schachtel aus meiner Tasche und gehe vor ihr auf die Knie.

„Brick", wispert sie.

Sie steht direkt vor mir, mit zittrigen Beinen. Sie sieht verdammt sexy in ihrem schwarzen Kleid und den höllisch heißen Highheels aus.

Ich räuspere mich und öffne die Box. „Du bist die Eine, Henli. Das war schon immer so. Und so wird es auch immer bleiben. Ich möchte endlich unser gemeinsames Leben beginnen."

Ihre Augen füllen sich mit Tränen. Sie starrt auf den Ring, dann sieht sie mich an. „Du bist ebenfalls der Eine, Brick."

Und da ist er: Der Start in unser gemeinsames Leben. In gewisser Weise mag es so sein, dass keiner von uns damit gerechnet hat, dass es mal so kommt. Aber so ist es nun mal, verdammt.

Sie war schon immer die Eine für mich, als ich sie zum ersten Mal sah, als sie in der Innenstadt von Tucson zu Boden ging.

Alles, was uns, zwischen uns und um uns herum passiert ist, hat uns enger zusammengeschweißt. Es hat dazu beigetragen, dass wir unsere verdammte Geschichte schreiben konnten. Eine Geschichte, die noch lange nicht zu Ende erzählt ist.

Eine Geschichte, die gerade erst beginnt.

Diese Frau und Ich.

Unsere Zukunft.

Epilog

Henli

Sechs Monate später

Heute ist der große Tag: Unsere Hochzeit. Brick hat nicht viel zur Vorbereitung beigetragen, außer zu bestimmen, dass er seine Kutte über dem Anzug tragen wird. Daran führte kein Weg vorbei. Ansonsten lag die Planung allein in meinen Händen.

Anstatt das volle Besteck aufzufahren – was wahrscheinlich jeder von mir erwartet hat -, entschied ich mich für etwas ganz Intimes und Elegantes. Etwas Entspanntes.

Ist das möglich?

Ich wollte, dass alles im *Gather Estate* in Mesa stattfindet, die Hochzeit und auch der Empfang.

Wir buchten Hotelzimmer für all unsere Gäste und organisierten einen Shuttle-Service, der alle zum Veranstaltungsort befördert und wieder wegbringt.

Ich wollte alles unter einem Dach haben und dass die Party früh steigt. Es geht heute um Brick und mich. Dieser Tag soll nur aus Vergnügen bestehen und uns die Richtung für unsere Zukunft als Paar weisen.

Ich freue mich schon darauf, ihn zu sehen, Fotos zu machen, leckeres Essen und köstlichen Kuchen zu genießen und zu tanzen.

„Du siehst umwerfend aus", sagt meine Mom.

Als ich einen Blick in die Spiegel werfe, treffen sich unsere Blicke. Mein dunkles Haar wurde zu einer Steckfrisur mit Flechtelementen hochgesteckt. Mein

Schleier ist nicht sehr lang, damit er nichts verdeckt. Ich fühle mich wunderschön.

Mein Kleid hat einen tiefen V-Ausschnitt, der unten an der Brust beginnt und zur Taille hin immer schmaler wird. Es ist in einer fließenden A-Linie geschnitten und verdeckt meine babyblauen Hochzeitsschuhe, die mit Strass besetzt sind. Nur beim Gehen kann man sie leicht sehen.

Ich drehe mich zu meiner Mom um und lächle. „Danke.“

„Bist du bereit?“

Nickend mache ich einen Schritt auf sie zu.

Ich habe mich gegen Brautjungfern entschieden. Ich habe schließlich keine Freundinnen und meine Schwester habe ich nie wieder gesehen, seit meine Eltern ihr gesagt haben, dass sie nicht mehr Willkommen ist.

Ich habe auf der Arbeit viel um die Ohren und konnte mich seit der Sache mit Cornelia niemanden mehr für eine Freundschaft öffnen. Wahrscheinlich brauche ich eine Therapie.

Aber ich habe meine Eltern.

Ich habe Brick und bin damit vollkommen zufrieden und glücklich.

Lächelnd rufe ich mir ins Gedächtnis, dass ich auch Bricks Männer habe. Sie sind die besten Freunde, die sich ein Mädchen nur vorstellen kann.

Wir werden dort oben völlig allein stehen und unsere Gelübde vor all unseren Freunden und unseren Familien ablegen.

Während ich mich auf meinen Verlobten zubewege, beginnt der Fotograf damit, Bilder zu schießen.

Brick steht mit dem Rücken zu mir und wartet auf mich. Ich blicke auf seine Weste und das Logo der

Devil's Hellions.

Ich bleibe ein paar Meter von ihm entfernt stehen und warte darauf, dass er sich zu mir umdreht.

Wir haben zwei Fotografen engagiert – sie stehen zu beiden Seiten – um unsere Reaktionen festzuhalten. Ich möchte diesen Moment unbedingt für die Ewigkeit dokumentiert haben.

Als er sich zu mir wendet, weiß ich, dass das eine gute Entscheidung war. Ein Ausdruck purer Ehrfurcht stiehlt sich auf sein Gesicht. Seine Augen sind groß, die Lippen hat er geöffnet. Langsam breitet sich ein Lächeln auf seinem Gesicht aus.

„Verdammte Scheiße", zischt er. „Du siehst absolut atemberaubend aus."

Ja, deshalb habe ich das Kleid ausgesucht.

Ich gehe auf ihn zu und streichle seine Wange. „Alles Gute zum Hochzeitstag."

„Der bisher glücklichste Tag meines Lebens", erwidert er. „Lass uns das durchziehen, Baby."

„Ja, lass es uns tun."

Legacy

Sechs Monate später

„Die Sache läuft doch spitzenmäßig. Ich bin echt zufrieden, Legacy", verkündet Dutch.

„Das freut mich", entgegne ich grinsend.

Wir sitzen in Wardens ehemaligem Büro, *meinem* Büro. Davor gehörte es schon meinem Vater. Eigentlich sollte es schon immer meins sein. Allerdings war ich noch nicht bereit für die Verantwortung.

Wenn Warden nicht getan hätte, was er getan hat,

wäre ich vermutlich niemals bereit gewesen. Er hat mich quasi dazu gedrängt und ich bin froh darüber. Obwohl ich mir wünschte, er hätte den Club nicht hintergangen.

Es macht mich immer noch krank, wenn ich nur an ihn denke. Wir haben ihm alle vertraut. Mein Vater hat ihn wie einen echten Bruder geliebt.

Ich muss nach Tucson fahren, mich mit Chains treffen und mit ihm über seine Männer und ihre Produktivität sprechen. Er hat andere Dinge am Laufen, die seinem Club Kohle einbringen, aber wir müssen uns aufs Wesentliche fokussieren.

Ich hole mein Handy aus der Tasche und rufe meine Frau an, während ich das Clubhaus verlasse.

„Hey, Ehemann", begrüßt sie mich.

„Hey, Baby. Ich muss nach Tucson fahren. Ich komme erst spät am Abend nach Hause."

Es herrscht einen Moment lang Schweigen, weshalb ich denke, dass sie sauer ist. Aber dem scheint nicht so. „Danke, dass du mir Bescheid gesagt hast, Brick. Willst du zu Abend essen, wenn du nach Hause kommst, oder soll ich etwas ins Clubhaus bringen?"

Fuck.

Verdammte Scheiße.

Sie ist alles, was ich je wollte, verpackt in einem verflucht sexy Körper. „Ich esse zu Hause, Baby. Zwar erst spät, aber ich esse daheim."

„Wir sehen uns dann nachher", sagt sie und beendet das Telefonat.

Ich verstaue mein Handy wieder in der Hosentasche und frage Roadkill, ob er mich begleiten will, was er natürlich möchte. Ich steige auf mein Bike und deute ihm per Handzeichen an, dass er losfahren soll.

Gemeinsam düsen wir in Richtung Tucson.

Es dauert nicht lange, bis wir die Stadt erreichen. Wir fahren erst in die Innenstadt, bevor es zum Clubhaus geht. Ich halte vor dem Laden an, wo ich Henli das erste Mal gesehen habe. Es ist nicht überraschend, dass er nun anders heißt.

Er trägt jetzt den Namen *Grace's Events*.

Beim Anblick des Namens muss ich schnauben. Wie einfallslos.

Eine Frau verlässt das Büro. Ihr Blick trifft den meinen. Sie schließt die Tür hinter sich ab und kommt direkt auf mich zu.

Ich überlege, ob ich abhauen sollte, entscheide mich aber dagegen. Ich schaue ihr dabei zu, wie sie auf mich zu marschiert und direkt vor mir stehen bleibt.

„Wie geht es ihr?"

„Kennen wir uns?"

Sie blickt kurz zur Seite, dann wieder zu mir. „Es ist zwar schon über drei Jahre her, aber ich war einst Henlis Chefin."

Ich weiß genau, wer zum Teufel sie ist. Ich wollte es sie bloß sagen hören.

„Meiner *Frau* geht es gut."

Sie schnappt nach Luft und tritt einen Schritt zurück. Verlegen schaut sie zu Boden, dann sieht sie wieder zu mir auf.

„Ihr seid verheiratet?"

„Sind wir."

„Wow", keucht sie.

Unsicher, ob sie dem noch etwas hinzufügen will, warte ich einen Moment.

Sie wippt auf ihren Füßen, dann seufzt sie auf. „Ich habe einen Fehler gemacht. Einen Großen", gibt sie zu.

Das überrascht mich nicht. Die Entscheidung, die

sie getroffen hat, war falsch, aber die Tatsache, dass sie es mir gegenüber eingesteht, schockt mich.

„Grace hat meine Firma in den Ruin getrieben. Ich bin gerade dabei, sie zu retten. Ich wollte mich an Henli wenden, aber ich bin mir nicht sicher, ob sie mich anhören würde."

Was ich am liebsten tun würde und was ich tatsächlich mache, sind zwei unterschiedliche Dinge. Anstatt ihre eine Ohrfeige zu verpassen oder ihr zu sagen, dass sie sich zum Teufel scheren soll, räuspere ich mich und atme tief ein und wieder aus. Henli würde nicht wollen, dass ich dieser Fotze die Meinung geige, also halte ich mich zurück.

„Du kannst es versuchen, aber Henli hat ein neues Kapitel in ihrem Leben aufgeschlagen. Ich könnte mich irren, aber ich bin mir ziemlich sicher, dass sie keine Menschen um sich haben will, die sich ihr gegenüber hinterhältig verhalten haben. Menschen, die Lügnern Glauben schenken und Männern, die versuchen, sie unter Drogen zu setzen und zu vergewaltigen. Henli umgibt sich nicht mehr mit Leuten, die probieren, sie vor ihrem Mann zu warnen. Wie gesagt, ich könnte mich irren. Du kannst es versuchen."

Ich lasse den Motor aufheulen und fahre die Straße hinunter, ohne abzuwarten, ob sie noch etwas zu sagen hat. Ich will, dass dieses Miststück an meinem Staub erstickt.

Als ich auf den Parkplatz der Devil's Hellions in Tucson eingebogen bin, halte ich an und rufe Henli an, ehe ich ins Clubhaus gehe. Ich erzähle ihr, was passiert ist und warne sie, dass die blöde Kuh vielleicht die Dreistigkeit besitzen wird, sie anzurufen.

„Hat sie nicht?", quiekt Henli.

„Doch, hat sie, verdammt noch mal", versichere ich

ihr lachend.

„Wow, was für eine Ziege", murmelt sie. „Nach mehr als drei Jahren. Nach allem, was sie zu mir gesagt hat, hat sie nun…"

„Baby?", unterbreche ich sie.

Henli verstummt und wartet darauf, dass ich fortfahre.

„Ich liebe dich. Ganz im Ernst, ich liebe dich verdammt noch mal, Henli. Aber ich würde dieser Frau nicht über den Weg trauen. Die Scheiße, die sie abgezogen hat … sie hat es zu weit getrieben."

Sie ist kurz still, dann lacht sie leise auf. „Ich liebe meinen Job. Ich liebe dich und ich würde nie wieder für sie oder mit ihr arbeiten."

„Ich komme nach Hause, so schnell ich kann, Baby."

„Wir sehen uns."

Ich beende das Telefonat, stecke mein Handy in die Hosentasche und grinse. Ich liebe diese Frau verflucht noch mal.

Sie wurde für mich geschaffen. Ihr Lächeln macht mein Leben erst verdammt lebenswert. In dem Moment, als ich sie zum ersten Mal sah, wusste ich, dass sie meine Welt auf den Kopf stellen würde. Und das hat sie getan.

Henli hat mein komplettes Leben verändert, sie hat mir gezeigt, was die Zukunft für mich bereithalten kann und ich könnte nicht zufriedener sein.

Das Leben, das wir führen, ist wunderschön, und jeden Tag wird es besser und besser.

Ich bin dankbar für jede einzelne Nacht, in der ich neben ihr einschlafe, und ich kann es kaum erwarten, zu sehen, was der nächste Tag bringt – jeden Tag.

Ich hatte mir nie ausgemalt, der Präsident des

Mutterchapters der Devil's Hellions zu werden. Aber andererseits hätte ich mir auch nie vorstellen können, dass Warden einmal zum Maulwurf werden würde.

Das Leben hält Herausforderungen für uns bereit, manchmal in Form von Gefängnisstrafen. Manchmal in Form von hinterhältigen Arschlöchern. Und manchmal in Form von wunderschönen Frauen.

Wir müssen Erfahrungen sammeln und aus Fehlern lernen, damit wir wissen, woran wir festhalten wollen – wen wir festhalten und nie mehr loslassen – und wen wir ziehen lassen müssen.

Henli ist meine Herausforderung. Eine, die ich gern angenommen habe und nie wieder missen möchte.

Ich liebe sie – Henli Goodwin.

Fuck.

Wenn ich nur an ihren vollen Namen denke, möchte ich in dieser Sekunde nach Hause fahren und mich tief in ihr vergraben. Ich liebe unser gemeinsames Leben und werde sie niemals, verdammt noch mal niemals, wieder gehen lassen.

Ende

Bonusgeschichte:

Lovely Perfect Storm

Kapitel 1: Der Tag vor Valentinstag

Legacy

Ich habe zu viele Feiertage ohne Henli verbracht, um nicht jeden einzelnen, den wir nun zusammen verbringen, zu etwas Besonderem zu machen. Nein, nicht nur besonders, sondern wirklich verdammt *spektakulär*. Und an diesem Valentinstag wird das nicht anders sein.

Bis auf eine Sache.

Ich habe verflucht noch mal nicht mitbekommen, dass dieser verdammte Feiertag so bald vor der Tür steht. Heute ist der dreizehnte Februar, und ich habe absolut nichts geplant.

Rein gar nichts.

Ich sitze an meinem Schreibtisch und tippe den dümmsten Scheiß in die Suchmaschine von Google ein, in der Hoffnung, dass mir ein Geistesblitz kommt, dass mir irgendetwas weiterhelfen wird. Aber ehrlich gesagt, glaube ich, dass ich am Arsch bin.

Was könnte ich meiner Frau zum Valentinstag schenken?

Es erscheinen immer wieder dieselben dämlichen Suchergebnisse, egal, was ich auch eintippe. Ich weiß nicht, wie ich diesen Ehemann-Scheiß geregelt bekommen soll. Ich verkacke es wieder und wieder. Der erste Valentinstag letztes Jahr war noch leicht. Ich habe ihr Diamantohrringe gekauft und sie zum Abendessen ausgeführt.

In diesem Jahr habe ich es verpennt, einen Tisch zu reservieren. Die Blumenläden nehmen keine Vorbestellungen mehr an und ich habe ihr im vergangenen Jahr so viel Schmuck besorgt, dass ich befürchte, sie könnte genug davon haben.

Außerdem muss ich die Option Schmuck als Notnagel in der Hinterhand behalten, falls ich mal wirklich großen Mist baue.

Ich starre auf meinen Computermonitor und bete im Stillen um eine Antwort, aber alles, was ich zu sehen bekomme, sind Bilder von herzförmigen Halsketten, Rosen, Abendessen und Urlauben. Doch plötzlich sticht mir etwas ins Auge.

Es handelt sich um ein Ressort mit heißen Quellen, etwa eine Stunde von hier entfernt.

Ich nehme mein Handy zur Hand und wähle die Nummer, die unten auf der Webseite steht. Ich weiß nicht, ob sie noch Zimmer frei haben, aber die Aussicht auf ein schönes, entspanntes Wochenende zu zweit ist verlockend.

Drei Mahlzeiten pro Tag sind im Preis inbegriffen und auf den Bildern sehe ich bloß ausgefallenes, gesundes Zeug, auf das Henli so abfährt. Sie steht neuerdings auf diesen „von der Farm bis auf den Tisch" Nachhaltigkeitsscheiß. Die Leute auf den Fotos wirken auf mich, als würden sie den Esstisch hungrig verlassen, aber ich kenne meine Frau. Sie würde das Konzept absolut lieben.

Es klingelt etwa fünfmal, bevor eine nervös klingende Empfangsdame rangeht. Zum Glück gibt es noch ein paar freie Zimmer für das Valentinswochenende. Der Preis ist wahnsinnig hoch, dennoch buche ich für uns.

Glücklicherweise teilt Henli ihren Kalender via Smartphone-App mit mir. Deshalb weiß ich, dass an diesem Wochenende keine Hochzeit oder andere Veranstaltungen geplant sind. Außerdem ist es mir scheißegal, was das Zimmer in diesem Ressort kostet.

Egal, was wir machen würden, es würde ohnehin teuer werden, also können wir uns auch diesen Luxus gönnen.

Henli hat sich in letzter Zeit echt den Arsch aufgerissen und ich war ihr absolut keine Hilfe. Ich bin immer noch dabei, mich in meine neue Rolle als Präsident der *Devil's Hellions* einzufinden. Ich verbringe mehr Zeit in diesem Büro, in diesem Club, als mit meiner Frau.

So habe ich mir unsere ersten Monate als Ehepaar nicht vorgestellt. Ich gebe allerdings zu, dass Henli es erträglicher macht. Selbst wenn ich denke, dass ich Mist gebaut habe, schenkt sie mir ein Lächeln, und ich fühle mich wie ein verdammter König.

Nachdem der Kurztrip gebucht ist, packe ich meinen Kram zusammen, schalte den Computer aus und verlasse das Büro. Natürlich nicht, ohne die Tür hinter mir abzuschließen.

Als Warden abgezogen hat, was er nun mal getan hat, als er den ganzen Club auf nationaler Ebene verraten hat, musste ich eine harte Lektion lernen.

Man kann niemandem trauen.

Nicht einmal den Menschen, die du schon dein ganzes Leben lang kennst.

Nicht einmal der Person, die du als deinen Bruder bezeichnest.

Nun ist es so, dass jeder Einzelne von uns dauerhaft in Alarmbereitschaft ist. Es ist schwer, das zu ignorieren. So etwas kann man nicht einfach ablegen. Wir sind alle nervös und nicht dazu bereit, blind zu vertrauen … und wir werden es wahrscheinlich nie wieder sein.

Als ich die Bar betrete, sehe ich mich um und betrachte die Männer und die wenigen Frauen, die hier abhängen. Thunder sitzt auf der Kante von Hellcats Oberschenkeln, seine Hand befindet sich zwischen ihren Schenkeln und er spielt mit ihrer Pussy, während er sich mit Itch unterhält. Wer weiß, worüber sie gerade quatschen. Sie haben immer etwas zu bereden.

Roadkill sitzt am anderen Ende der Bar. Mit gesenktem Kopf starrt er auf den abgerockten Tisch. Ich denke darüber nach, zu ihm zu gehen, entscheide mich aber dagegen. Er hat eine Menge um die Ohren, was er verarbeiten muss, und ich kann ihm dabei nicht helfen.

Ich gehe genau in die entgegengesetzte Richtung, hebe meine Hand und gebe dem Prospect ein Zeichen, mir ein Bier zu bringen. Nahezu sofort serviert er es mir.

Ich führe die kühle Flasche an meine Lippen und schließe die Augen, als die kalte Flüssigkeit meine Kehle hinabrinnt. Kaum habe ich das Bier heruntergeschluckt, brummt mein Handy in der Hosentasche. Ich hole es heraus und schaue aufs Display.

Es ist Henli.

Ich gleite mit dem Daumen über den Screen und halte es mir grinsend ans Ohr. „Hey, Baby.“

Einen Augenblick lang ist es still, dann endlich höre ich ihre süße Stimme durch den Lautsprecher. „Was möchtest du heute zu Abend essen? Ich habe nichts Spezielles geplant und mache mich nun auf den Heimweg. Ich dachte, ich lege einen Zwischenstopp im Supermarkt ein.“

Ich muss grinsen. Ich muss mich wegen des gebuchten Kurztrips echt zusammenreißen. Wenn es um Henli geht, kann ich normalerweise nichts geheim halten. Es wird schwer, meine Klappe zu halten, aber zum Glück muss ich es nur ein paar Stunden schaffen.

„Wir sehen uns zu Hause. Wir gehen heute Abend essen“, teile ich ihr mit.

„Bist du dir sicher?“, hakt sie atemlos nach.

Fuck.

Diese Frau.

Wenn sie so atmet, meldet sich sofort mein Schwanz. Sie macht mich verdammt noch mal ständig verrückt. Ich kann nicht glauben, dass ich sie fast verloren hätte. Wahrscheinlich hätte ich das verdient. Aber sie ist bei mir und ich werde sie niemals gehen lassen.

Henli Goodwin gehört mir, bis in alle Ewigkeit.

„Ich bin mir sicher. Ich bin bald zu Hause, okay?“

„Abgemacht.“

Ich stelle die halbleere Bierflasche auf dem Tresen ab, drehe mich um und verlasse den Club. Im Moment brauche ich keinen Alkohol. Ich habe Wichtigeres zu tun. Zum Beispiel zu meiner Frau nach Hause zu fahren. Ich gehe zur Tür, drücke sie auf und blinzle.

Die Sonne geht unter und der Parkplatz ist in einen satten Rotton gehüllt. Ich gehe zu meinem Bike, schwinge mich auf den Sitz und will den Motor anlassen, als neben mir ein Auto eine Vollbremsung hinlegt.

Ich zucke zusammen, weil ich weder mit einem plötzlich aufkreuzenden Fahrzeug noch mit der Aggressivität des Fahrers gerechnet habe. Ich drehe den Kopf, schaue zum Wagen und ziehe die Augenbrauen hoch, da Kiplyn hinter dem Steuer sitzt. Seit sie vor nicht allzu langer Zeit ins Krankenhaus gebracht wurde, habe ich sie nicht mehr gesehen.

Sie sieht immer noch ein wenig mitgenommen aus. Ihre blauen Flecken sind zwar mittlerweile verblasst, dennoch sind sie noch mit bloßem Auge zu erkennen. Sie steigt aus ihrem Auto und dreht sich zu mir hin. Als sie mich auf meinem Bike sitzen sieht, werden ihre Augen ganz groß.

Ich lächle und winke ihr zu, dann starte ich den Motor.

Ich verlasse den Club und den Streit, der zweifellos folgen wird, und mache mich auf den Weg nach Hause zu meiner Frau. Außerdem müssen wir unsere verdammten Koffer packen. Vor uns liegt eine Reise. Ich kann mich heute Abend nicht mit dieser Art des Dramas befassen … oder vielleicht auch niemals.

Die Sache geht nur Roadkill und Kiplyn etwas an, nicht mich. Ich habe meine Pflicht getan und ihm gesteckt, dass sie von ihrem Old Man verprügelt wurde. Wahrscheinlich hätte ich mich nicht einmischen sollen. Deshalb werde ich auch nichts weiter unternehmen und kein Wort mehr darüber verlieren.

Ich sollte nicht zum Mittelpunkt der Auseinandersetzung werden.

Henli

Lächelnd betrachte ich meinen Ehering. Mein Blick schweift zu den goldgeprägten Karten, die aus dickem Papier sind. Sie sind heute angekommen und ich habe sie den ganzen Nachmittag über angestarrt.

Vor allem eine Sache begeistert mich.

Mein neuer Nachname auf meinen neuen Visitenkarten. Ich kann nicht anders, als mich darüber zu freuen. Ich liebe es, *Henli Goodwin, Senior*

Eventmanagerin, auf ihnen geschrieben zu sehen. Ich habe das Gefühl, dass meine Welt nur noch aus Sonnenschein besteht, seit Brick erneut in mein Leben getreten ist.

Ich hatte große Angst, ihn wieder Teil davon werden zu lassen und diese Reise mit ihm fortzuführen. Das Beste, das ich je getan habe, war, die Vorsicht über Bord zu werfen, als er aus dem Gefängnis freikam.

Für mich selbst und für meine Zukunft – vor allem jetzt.

Ich packe meine Handtasche und beschließe, noch eine Sache zu erledigen, bevor ich das Büro für heute verlasse. Ich gehe ins Bad und schließe die Tür hinter mir ab. Ich krame in meiner Handtasche und finde, wonach ich gesucht habe. Ich lege meine Finger um den Karton und halte ihn fest, ehe ich ihn letztlich aus der Tasche nehme.

Ich betrachte die Schachtel, lese die fettgedruckte Aufschrift und halte den Atem an. Es ist schon eine Weile her, dass ich einen gemacht habe. Sehr lange her. Ich weiß, dass kein Grund zur Nervosität besteht, denn Antwort ist Antwort. Diesmal bin ich nicht ängstlich und durch den Wind, sondern mich flutet eine nervöse Aufregung.

Ich *möchte*, dass er positiv ausfällt.

Nachdem ich den Schwangerschaftstest gemacht habe, lege ich ihn flach auf den Waschtisch und wasche mir die Hände. Nun heißt es, auf das Ergebnis zu warten. Ich versuche, nicht ständig auf den Test zu starren, nicht darauf zu hoffen, dass die Zeit schneller verstreicht. Gut Ding will Weile haben. Mit jeder Sekunde, die vergeht, drehen sich meine Gedanken mehr und mehr.

Ich schaue auf meine Füße und frage mich, ob ich heute vielleicht besser schwarze High Heels hätte tragen sollen. Ich hatte ein wichtiges Meeting, zu dem ich helle Schuhe trug, aber Schwarze wirken in der Regel professioneller. Ich hoffe, niemand hat meinen Schuhen Beachtung geschenkt.

Während ich warte und warte und warte, schweifen meine Gedanken ab.

Die Sekunden fühlen sich wie Stunden an.

Als endlich der Alarm meines Handys klingelt, schalte ich ihn aus und greife nach dem weißen Test, der auf dem Waschtisch liegt.

Schwanger.

Das Wort steht eindeutig im Display.

In digitaler Form starrt es mich an. Meine Augen füllen sich augenblicklich mit Tränen. Das kann nicht wahr sein. Das kann es nicht sein, aber es ist so.

Es ist real.

Ich werde Mom.

Brick wird Vater.

Mein ganzer Körper fühlt sich an, als würde er gleich platzen.

Ich schaue auf mein Handy und denke daran, meine Mutter anzurufen, entscheide mich aber dagegen. Ich muss es zuerst Brick erzählen. Er soll die erste Person sein, mit der ich die Neuigkeiten teile.

Mir fällt das Datum auf, das im Display meines Telefons steht.

Dreizehnter Februar.

Morgen ist Valentinstag.

Ich habe nun das perfekte Geschenk für meinen Ehemann.

Anstatt nach Hause zu fahren, beschließe ich, noch bei einem Einkaufscenter vorbeizuschauen. Ich weiß genau, was ich kaufen werde, denn morgen wird Brick von dem Baby erfahren. Einen Strampler, ein Kuscheltier und eine Karte. Das wird das perfekte Geschenk, um ihm von der Schwangerschaft zu erzählen.

Ich glaube nicht, dass ich dieses Geschenk für ihn jemals übertreffen kann. Nicht in einer Million Jahren. Wie soll man ein neues Leben, das in diese Welt tritt, übertreffen? Ich bin so aufgeregt. Ich hoffe, ich kann das Geheimnis noch bis morgen hüten. Ich habe nämlich das Gefühl, dass ich jeden Moment platze.

Als ich mich in der Babyabteilung des Ladens umsehe, falle ich fast in Ohnmacht, weil ich von so vielen niedlichen Sachen umgeben bin. Ich habe mich bewusst immer von dieser Abteilung ferngehalten, um nicht ins Hoffen zu verfallen und dann enttäuscht zu werden. Ich war bemüht, bei dieser Baby-Sache einen kühlen Kopf zu bewahren.

Ich wusste nicht, wie lange es dauern würde oder ob wir Probleme haben würden, aber ich wollte nichts heraufbeschwören. Ich habe mir zudem nicht erlaubt, wirklich viel über eine mögliche Schwangerschaft nachzudenken. Ich habe mich nicht auf Baby-Webseiten herumgetrieben und habe diese Abteilungen in den Geschäften gemieden.

Aber nun ist es real.

Jetzt ist es endlich so weit.

Ich eile nach Hause, biege auf die Auffahrt ein und öffne mittels Funkfernbedienung das Garagentor. Als es hochfährt, bin ich überrascht, dass Brick vor mir da ist. Das kommt nur äußerst selten vor.

Selbst wenn er sagt, er sei auf dem Heimweg, hält ihn immer noch etwas auf. Aufgrund seiner neuen

Position verbringt er viel Zeit im Clubhaus.

Doch heute Abend steht sein Motorrad schon in der Garage. Ich parke meinen Wagen neben seiner Maschine, schalte den Motor ab, schließe die Garage per Knopfdruck wieder und warte, bis das Tor geschlossen ist, ehe ich aussteige.

Ich schnappe mir die Tüte mit den Einkäufen und halte sie ganz fest in meiner Hand, um mich ins Haus zu schleichen. Ich verstecke sie im Schlafzimmerschrank und mache mich anschließend auf die Suche nach Brick.

Mein Herz rast und ich frage mich, ob er wohl irgendeine Veränderung an mir wahrnehmen wird. Ich hoffe nicht. Ich möchte ihn unbedingt morgen mit den guten Neuigkeiten überraschen. Mein Bauch flattert schon bei dem Gedanken daran, es ihm zu sagen.

Es dauert nicht lange, bis ich ihn finde. Brick steht in der Küche, er lehnt mit der Hüfte an der Küchenzeile. Mit gesenktem Kopf schaut er auf sein Handy. Wahrscheinlich schickt er seinen Jungs eine Nachricht oder spielt ein Spiel.

Ich gehe auf ihn zu, lege meine Arme um seine Taille und den Kopf in den Nacken, um ihm in die Augen blicken zu können. Er grinst mich an, als sein Blick den meinen findet. Sein Handy legt er zur Seite. Als er sich daraufhin zu mir herunterbeugt und seine Lippen auf meine drückt, halte ich den Atem an.

„Hey, Baby", murmelt er gegen meine Lippen.

„Hey."

Er lässt seine Zunge in meinen Mund hineingleiten, um mich zu schmecken.

Wir küssen einander lange, tief und feucht. Es ist ein perfekter Kuss. Als er ihn beendet, indem er den Kopf zurückzieht, stehen wir einander gegenüber fest aneinandergedrückt.

„Willst du wirklich essen gehen? Wir könnten uns etwas kommen lassen“, schlägt er vor. Seine Lippen berühren bei jedem Wort die meinen.

Ich lächle und stoße einen Seufzer aus. „Lass uns etwas bestellen … später.“

Seine Antwort ist ein Brummen, nichts weiter. Er umfasst meine Oberschenkel und hebt mich hoch, um meinen Hintern auf der Kante der Küchenzeile abzusetzen. Ich lege meine Beine um seine Hüften und ziehe ihn näher zu mir heran.

Abermals gleitet er mit seiner Zunge in meinen Mund und erforscht ihn gründlich. Meine Arme liegen mittlerweile auf seinen Schultern. Mit einem Stöhnen lässt er seine Hände zu meiner Taille wandern.

Dann greift er nach meiner Bluse und nimmt seine Lippen von meinen, um mir das Oberteil über den Kopf zu ziehen und irgendwo in die Küche zu werfen. Mein BH liegt genauso schnell auf dem Fußboden. Er liebkost meinen Hals, küsst meine Haut, meine Kehle. Immer und immer wieder, bis er sich schließlich meinen Brustwarzen widmet.

Ich drücke den Rücken durch und schiebe regelrecht meine Brust seinem Mund entgegen, weil ich weiß, dass er etwas Wunderbares mit ihr anstellen wird. Als sich seine Lippen um einen meiner Nippel schließen, fällt mein Kopf wie ferngesteuert nach hinten.

Er saugt, leckt und kostet ihn, dann widmet er sich der anderen Brustwarze. Ich bin mittlerweile so weit, mir die Hose vom Leib zu reißen und ihn anzuflehen, mich zu ficken.

Glücklicherweise brauche ich nicht zu betteln.

Es scheint, als könne er Gedanken lesen. Brick tritt nämlich einen Schritt zurück und öffnet den Knopf meiner Hose. Ich hebe den Hintern an, um ihm dabei zu helfen, mir die Hose und meinen Slip auszuziehen.

Mit gespreizten Schenkeln auf der Küchenzeile sitzend, beobachte ich, wie er seinen Gürtel öffnet und Knöpfe und Reisverschluss seiner Jeans aufmacht. Dann tritt er wieder einen Schritt vor, zieht sich die Hose aus und schiebt sich zwischen meine Beine.

Es ist erregend, ihm dabei zuzusehen, wie er eine Hand um seine Härte legt und sich selbst streichelt. Nach ein paar Augenblicken löst er den Griff um seine Länge und dringt in mich ein. Ich keuche auf, weil er sich vollständig bis zum Ansatz in mir versenkt.

Ich lege meine Arme um seinen Rücken und versuche, ihn noch etwas näher an mich heranzuziehen. Er knurrt und küsst mich. Seine Zunge taucht zwischen meine Lippen ein. Er kostet mich, während er beginnt, sich in mir zu bewegen.

Er bewegt seine Hüften, sein Becken stößt mit jedem Vorstoß gegen meins. Ich halte mich an ihm fest und keuche bei jedem Eindringen laut auf. Ich liebe es, wie er sich anfühlt.

„Baby", knurrt er gegen meine Lippen.

Ich spüre, wie er seinen Daumen auf meine Klitoris legt. Er reibt sie mit kreisenden Bewegungen. Er steht kurz vor seinem Höhepunkt. Ich weiß, dass es so ist. Allerdings ist er ein Mann, der dafür sorgt, dass seine Frau zuerst kommt. Deshalb kontrolliert er sich. Er hält sich für mich zurück.

Ich schließe die Augen. Mein Keuchen wird immer lauter und schwerer, bis er mir in die Klit kneift und ich endlich heftig komme.

Mein Orgasmus durchströmt meinen gesamten Körper. Jeder Muskel spannt sich an. Meine Pussy pulsiert um seinen Schwanz herum, woraufhin er ein allerletztes Mal in mich eindringt und dann ebenfalls kommt. Als er seinen Samen in mir verströmt, zuckt sein Schwanz. Mit einem Knurren reißt er den Mund von meinen Lippen und presst ihn gegen meinen Hals.

Nach dem Sex bestellen wir uns eine Pizza. Wir essen sie im Bett und schieben anschließend noch eine heiße Nummer. Ich bekomme nicht genug von diesem Mann. Und das Einzige, das mir einfällt, um mich abzulenken und ihm nichts von unserem Baby zu erzählen, ist nun mal Sex.

Kapitel 2: Valentinstag

Als ich Henli beim Packen ihrer Tasche zusehe, kann ich nicht anders als zu lächeln. Das Ressort befindet sich nur anderthalb Stunden von hier entfernt und ich habe sicher nicht vor, dass wir an diesem Wochenende oft Klamotten tragen. Sie braucht bloß einen Badeanzug, damit wir die heißen Quellen ausprobieren können, und ein Outfit fürs Abendessen. Ansonsten wird sie nackt sein.

„Baby, so viel brauchst du überhaupt nicht."

Henli hält in ihrer Bewegung inne und sieht mich an. Ich halte bloß eine Tasche mit einer Jeans, einem Shirt und meiner Badehose in der Hand.

„Wenn du mir verraten würdest, wohin wir fahren, wäre das Packen viel leichter für mich", mosert sie und klingt hinreißend frustriert.

„Badeanzug und etwas fürs Dinner. Das ist alles, was du brauchst", lasse ich sie wissen.

Sie verdreht die Augen und verschwindet anschließend wieder in ihrem begehbaren Kleiderschrank. Ich bleibe im Schlafzimmer stehen, lehne den Rücken gegen die Wand und sehe ihr dabei zu, wie sie herumläuft.

Es ist verdammt niedlich. Normalerweise würde mich das wahrscheinlich echt nerven, weil ich unbedingt los will, aber ich bin sowas von entspannt wegen letzter Nacht, dass es mich nicht im Geringsten stört. Ich weiß nicht, was gerade mit ihr los ist, aber ich frage sie auch nicht danach.

Als sie endlich den Reißverschluss ihrer Tasche

zuzieht, schaut sie mich an. „Ich glaube, ich bin so weit.“

„Du glaubst?“ Grunzend hebe ich ihre Tasche an.

Ich habe keine Ahnung, was sie alles eingepackt hat, aber ihr Gepäck ist verdammt schwer. Kopfschüttelnd lache ich und trage ihre Tasche zum Auto. Ich lade unsere Sachen in den Kofferraum und öffne für Henli die Beifahrertür. Anschließend umrunde ich den Wagen und setze mich auf den Fahrersitz.

Sie befindet sich noch nicht im Auto. Wahrscheinlich löscht sie die Lichter im Haus und überprüft jedes Schloss doppelt und dreifach, obwohl ich die Türen von meinem Telefon aus verriegeln kann und wir Kameras installiert haben.

Als sie in die Garage gerannt kommt, kann ich nicht anders, als zu lachen. Verdammt, hätte man mir vor fünf Jahren gesagt, dass ich in den Hafen der Ehe eingelaufen sein würde und darauf warte, dass meine Frau in die Hufe kommt, damit ich sie auf einen Wochenendtrip in ein Ressort zum Valentinstag entführen kann … dann hätte ich diesen Jemand einen Lügner genannt.

Aber nun sitze ich hier.

Und tue genau das.

„Startklar?“, fragt Henli mich, als sie im Auto sitzt und den Sicherheitsgurt anlegt.

Sie schaut mich an und ein Lächeln umspielt ihre Lippen. Ich strecke den Arm aus und streichle ihr mit den Fingern über die Wange. Mein Daumen gleitet über ihre Unterlippe. Ich kann einfach nicht genug von ihr bekommen.

Während ich ihr in die Augen blicke, muss ich an die Zeit vor drei Jahren zurückdenken. Vor dem Knast. Ich hätte nie dieser Mann für sie sein können.

Ich rufe mir immer wieder ins Gedächtnis, dass ich sie fast verloren hätte. Sie hatte ein neues Leben begonnen und war bereit dazu gewesen, mich hinter sich zu lassen.

Für den Mann vor drei Jahren wäre sie bloß ein Geheimnis gewesen. Ich hätte sie nur dann besucht, wenn ich sie hätte ficken wollen. Vielleicht hätte ich ihr ein paar Kinder gemacht und hätte sie dazu gezwungen, sie allein großzuziehen.

Ich wäre nicht der Mensch, der ich jetzt bin. Später im Leben hätte ich sicher jede verdammte Sekunde davon bereut. Ich wäre zu nichts zu gebrauchen gewesen, zu verflucht noch mal überhaupt nichts. Nicht, dass ich jetzt viel besser bin als das.

Aber wenigstens kann ich behaupten, dass ich nichts bereue.

Kein bisschen.

Ich nehme meine Hand von ihrer Wange, um den Motor zu starten. Dann lege ich den Rückwärtsgang ein, fahre aus der Einfahrt, drehe die Musik auf und mache mich auf den Weg zum Resort.

Wir brauchen in etwa eineinhalb Stunden. Die Fahrt verläuft weitestgehend schweigend. Es herrscht eine angenehme Stille, während Henli die Landschaft bestaunt. Ich verliere kein Wort. Zu groß ist die Angst, dass ich ausplaudere, wohin wir fahren. Also bleibe ich lieber schweigsam.

Als wir endlich vor dem Resort vorfahren, greift Henli nach meinem Arm und legt ihre Finger um mein Handgelenk. Es ist das erste Mal, dass sie sich bewegt, seit wir losgefahren sind.

Ich drehe meinen Kopf zu ihr herüber und sehe sie an.

Mir fällt auf, dass ihre Augen strahlen. Ihr ganzes

verdammtes Gesicht strahlt und das freut mich, weil ich mir genau das für unseren Kurztrip erhofft hatte. Sie hat es verdient.

Eigentlich ist das nicht mal ein Bruchteil dessen, was sie verdient, aber es ist das, was ich ihr im Moment geben kann. In Wahrheit würde ich ihr am liebsten die Welt schenken. Die absolut verfluchte ganze Welt.

„Baby?“

„Hast du hier wirklich ein Wochenende für uns gebucht?“, fragt sie flüsternd.

„Habe ich“, erwidere ich grinsend.

„Du hast mir zum Valentinstag ein Wochenende in einem Thermalbad gebucht?“

Lachend nicke ich, ohne ihr verbal zu antworten. Ich lasse ihr auch keine Gelegenheit mehr, weitere Fragen zu stellen, indem ich meine Tür aufmache, um das Auto herumjogge und ihr die Tür öffne. Ihre Augen werden ganz groß, während sie sich umschaut. Sie ist bestimmt geschockt darüber, dass ich es fertiggebracht habe, diesen Ort zu finden und ein Zimmer zu buchen. Und zwar ganz ohne fremde Hilfe.

Zugegeben, wenn sie wüsste, dass ich erst gestern alles arrangiert habe, wäre sie sicherlich weniger überrascht. Natürlich erzähle ich ihr das nicht, um meine guter-Ehemann-Pluspunkte nicht zu verspielen.

Nachdem wir eingecheckt haben und einer der Hotelangestellten unser Auto umgeparkt hat, will ein Page unser Gepäck an sich nehmen, aber das lasse ich nicht zu. Es sind nur zwei kleine Taschen. Ich bin mir sicher, dass ich das ohne Hilfe geregelt bekomme.

Als wir unser Zimmer betreten – die Taschen noch

immer in meiner Hand haltend -, lächle ich beim Anblick des Bettes. Mittig auf dem Laken befindet sich ein Herz aus Rosenblüten und es stehen Champagner und Erdbeeren für uns bereit.

„Baby, da ist Champagner", sage ich.

Henli inspiziert das Zimmer. Mit jedem Schritt, den sie tut, werden ihre Augen größer und größer. Am Fußende des Bettes bleibt sie letztendlich stehen. Ich drehe mich zu ihr um und schenke ihr ein Lächeln.

„Willst du Champagner?", erkundige ich mich.

Sie öffnet den Mund und schließt ihn direkt wieder. Sie blickt kurz auf ihre Füße, dann sieht sie zu mir auf. „Später?", antwortet sie, lässt es aber wie eine Frage klingen.

Das kommt mir irgendwie seltsam vor. Ich sehe ihr dabei zu, wie zu den großen doppelflügeligen Fenstern eilt, die zum Balkon führen. Sie öffnet sie, tritt hinaus ins Freie und stellt sich ans Geländer.

Sie schaut mich über ihre Schulter hinweg an. Ich kann mich nicht rühren, kann aufgrund ihres Anblicks nicht einmal blinzeln. Sie sieht mit ihren Haaren, das durch die Sonne zu glitzern scheint, einfach zu gut aus.

Verdammt phänomenal.

„Komm her und genieß die Aussicht", ruft sie mir zu.

Erst auf ihre Aufforderung hin, setze ich mich in Bewegung. Es kommt mir so vor als könne ich mich erst vom Fleck bewegen, nachdem ich ihre Stimme vernommen habe. Ich bin dieser Frau einfach verfallen. Von Kopf bis Fuß.

Später am selben Abend

Der gesamte Nachmittag war perfekt. Natürlich war ich bemüht, den Champagner nicht zu trinken, ohne eine große Sache daraus zu machen oder dass Brick etwas bemerkt. Zum Glück ist Sex eine perfekte Ablenkung … erneut. Wir schlafen wieder und wieder miteinander.

Wir hatten in den letzten vierundzwanzig Stunden so viel Sex, dass ich wund bin. Aber ich kann nicht damit aufhören, mit ihm zu schlafen. Nicht nur, weil es mich beruhigt und beschäftigt hält, sondern weil ich ihn einfach in mir spüren muss. Ich frage mich, ob ich diesem Gefühl jemals überdrüssig werde. Noch nie hat es sich so gut angefühlt wie mit Brick. Er ist der Richtige.

Er war schon immer der Eine.

Ich wurde nur für ihn geboren.

Und er für mich.

Während ich das Glätteisen benutze, höre ich das Klicken und Klacken bei jedem Öffnen und Schließen des Geräts, das meine Haare erhitzt. Ich habe ein schlichtes, schwarzes Baumwollkleid angezogen, das meine Kurven umschmeichelt und mir bis zu den Knien reicht.

Ich habe ein Paar rote Highheels in meine Tasche gepackt. Primär, weil heute Valentinstag ist, aber auch, weil rote Schuhe immer toll zu Schwarz aussehen und sie einem auch ein sexy Gefühl vermitteln.

Ich betrachte mein Spiegelbild und lächle. Das ist die Nacht. Kein Geheimnis mehr, kein Vorwand mehr, um keinen Champagner zu trinken.

Heute Abend werde ich Brick sagen, dass er Vater wird.

Heute Abend ändert sich unsere ganze Welt.

Es kommt mir vor, als würde es wieder und wieder geschehen. Und jedes Mal, wenn die Welt auf den Kopf gestellt wird, liebe ich es mehr als zuvor. Ich bin total nervös, es ihm zu sagen, freue mich aber gleichzeitig auf den nächsten Schritt. Und den nächsten und den nächsten. Denn bisher war jeder Schritt, den Brick und ich gemeinsam genommen haben, besser als der vorherige.

Ich nehme die kleine Tüte von der Ablage und lächle meinem Spiegelbild zu. Dann wende ich mich ab und greife nach dem Türgriff. Ich drücke ihn herunter, öffne die Tür und betrete das Schlafzimmer. Als ich ihn mit dem Rücken zu mir im Raum stehen sehe, halte ich aufgrund seines Anblicks kurz inne.

Er erstaunt mich immer wieder aufs Neue, aber in diesem Moment macht er mich voll und ganz sprachlos. Während ich ihn vor mir stehen sehe, in seinem dunkelgrauen Hemd, ist es jedoch seine dunkle Hose, die seinen Hintern so schön betont, die mir vollkommen den Atem raubt.

„Brick?", wispere ich.

Er dreht sich zu mir um, hebt die Hand und fährt sich seitlich damit durch seine gestylten Haare. Sein Blick gleitet über meinen Körper und seine Lippen verziehen sich beim Anblick meiner Schuhe zu einem Lächeln. Dann schaut er mir wieder ins Gesicht.

„Hey, Baby."

Er bewegt sich langsam auf mich zu, um eine Hand auf meine Wange zu legen und seinen Daumen über meine Unterlippe streifen zu lassen.

„Ich habe etwas für dich, das nicht länger warten

kann.“

Er runzelt die Stirn und tritt einen Schritt zurück. „Echt?“

Nickend halte ich die Tüte an den Schleifengriffen in die Höhe. Er betrachtet sie, sieht mich an und dann wieder die Tasche. Ich strecke ihm die Tragetasche entgegen und drücke sie gegen seine Brust.

Er nimmt sie mir ab und stolpert leicht nach hinten. Er geht zu dem kleinen Tischchen und den Stühlen, die sich auf der anderen Seite des Raumes befinden.

Mit angehaltenem Atem sehe ich dabei zu, wie er in der Tüte stöbert. Zuerst liest er die Karte. Sie ist kitschig und süß und mit einem Hauch sexueller Anspielungen gespickt. Während sein Blick zu mir herüberwandert, hebt er die Augenbrauen. Anschließend widmet er sich wieder seinem Geschenk und nimmt den kleinen Strampler aus der Tüte.

„GENAUSO COOL WIE MEIN DAD“, liest er laut vor.

Es ist der perfekte Strampler. Er ist schlicht. Schwarz mit weißer Aufschrift. Ich kann sehen, dass Brick den Wink nicht sofort versteht. In dem Moment, wo er sie laut vorgelesen hat, waren es bloß zufällige Worte für ihn. Aber als er sie verinnerlicht, dreht er sich zu mir um und starrt mich an.

„Henli?“

Ich nicke bloß, denn ich kann nicht sprechen. Meine Augen schwimmen in Tränen und meine Lippen zittern. Ich stehe kurz davor, loszuweinen – riesige Tränen zu vergießen.

Als er aufsteht, auf mich zu kommt und mich küsst, fließen sie. Sie rinnen mir über die Wangen.

Brick beendet den Kuss und drückt seinen Kopf gegen meinen. Seine Augen sind geöffnet und er sieht mich an.

„Du bekommst mein Baby?“, will er flüsternd wissen.

„Ich bekomme dein Baby“, bestätige ich ihm. „Alles Gute zum Valentinstag.“

„Fuck“, zischt er.

Es erweckt nicht den Anschein, als wäre er wütend oder verärgert. Er wirkt überrascht. Brick schürzt die Lippen mit großen Augen. Ein Moment lang ist er still.

Ich habe keine Ahnung, wie er darüber denkt.

Ich hatte wirklich gehofft, dass er weniger schockiert und stattdessen mehr aufgeregt sein würde. Ich halte den Atem an, während ich darauf warte, dass er etwas sagt, weil ich spüre, dass ihm etwas auf der Zunge liegt.

„Ich werde nie dazu in der Lage sein, dieses Geschenk zu toppen, Baby“, rasselt er.

„Was?“, frage ich lachend.

Er schüttelt den Kopf und kommt näher. Er legt seine Arme um meine Taille, zieht mich enger an sich heran, senkt den Kopf und küsst mich erneut. Er atmet tief ein, intensiviert den Kuss aber nicht.

„Das ist das beste Geschenk, dass mir je jemand gemacht hat, Henli. Besser als alles andere, was ich mir je erträumt habe. Du bekommst mein verdammtes Baby.“

Wir verstummen beide. Worte sind auch nicht nötig. Ich bin zwar wund, aber mein Körper sehnt sich mehr denn je nach den Berührungen dieses Mannes. In dem Augenblick, in dem er seine Hände auf meinen Po legt, verschwindet jegliche Zärtlichkeit und macht einem schmerzhaften Verlangen Platz, das ich nicht verleugnen kann.

Wir schaffen es natürlich nicht zum Abendessen. Stattdessen bemühen wir den Zimmerservice. Wir testen nicht einmal die heißen Quellen aus. Und obwohl wir dieses Hotelzimmer das ganze Wochenende nicht verlassen, ist es der beste Valentinstag meines Lebens.

Brick hat Recht. Das hier kann niemals jemand toppen – nicht in einer Million Jahren.

Autorin

Als Einzelkind musste Hayley Faiman sich mit sich selbst beschäftigen. Im Alter von sechs Jahren begann sie, Geschichten zu schreiben, und hörte nie wirklich damit auf. Die gebürtige Kalifornierin lernte ihren heutigen Ehemann im Alter von sechzehn Jahren kennen und heiratete ihn mit zwanzig Jahren im Jahr 2004. Nach all den vielen gemeinsamen Jahren ist er immer noch die Liebe ihres Lebens. Mit ihrem Mann und den gemeinsamen Kindern lebt Hayley Faiman heute im Osten von Texas.

Die meisten Tage verbringt Hayley damit, sich um ihre beiden Söhne zu kümmern, ihnen bei den Hausaufgaben zu helfen oder zum Sporttraining zu gehen. Ihre Abende verbringt sie mit ihrem Mann und ihre Nächte damit, sich neue Romane mit heißen Alpha-Helden – gemäß dem Motto „Alphas Do It Better" – auszudenken.

www.hayleyfaiman.com